세상의
중심에서
도전을
외치다

세상의 중심에서 도전을 외치다

지은이 2010년 LG글로벌챌린저 대원들
펴낸이 안용백
펴낸곳 (주)도서출판 넥서스

초판 1쇄 인쇄 2010년 12월 15일
초판 1쇄 발행 2010년 12월 20일

출판신고 1992년 4월 3일 제311-2002-2호
121-840 서울시 마포구 서교동 394-2
Tel (02)330-5500 Fax (02)330-5555
ISBN 978-89-5797-445-2   13810

www.nexusbook.com
넥서스BOOKS는 (주)도서출판 넥서스의 실용 브랜드입니다.

청춘 無한도전

세상의 중심에서 도전을 외치다

2010년 LG글로벌챌린저 대원들 지음

넥서스BOOKS

전 세계에 나눔을 전하라

LG글로벌챌린저 결과 보고서와 탐방기를 엮어 만든《세상의 중심에서 도전을 외치다》의 출간을 진심으로 축하하며 환영한다. LG글로벌챌린저 프로젝트는 대한민국 대표기업 LG가 대한민국 대표 젊은이를 대상으로 하는 해외 탐방 프로그램이다. 우리 젊은이들이 과감히 세계를 향해 도전을 하여 대한민국을 전파하고 세계를 포용하며 미래의 글로벌 리더로 성장할 수 있는 큰 밑그림을 그릴 수 있는 기회를 주고 있다. 또한 피 끓는 젊은이들이 설레는 가슴을 안고 세계를 향해 마음껏 꿈을 펼칠 수 있도록 해 세계 속에서 대한민국을 확인하고 한국 속에 세계를 열어 갈 수 있게 만든다.

처음부터 이 행사에 기꺼운 마음으로 참여해 오면서 LG에게 진심으로 고마운 마음을 품어 왔다. 내가 오랜 세월《먼 나라 이웃나라》를 통해 우리 젊은이들에게 보여 주고 싶었던 드넓은 세계와 그 속의 대한민국의 위상을 LG가 현실적으로 가능케 해주고 있기 때문이다.

선발된 젊은이들이 세계를 누비며 몸소 겪고 느끼고 배워 온 정보, 지식과 체험은 우리나라의 미래를 위한 소중한 재산이다. 이런 재산은 당사자와 LG 자신만의 것이 아니라 온 국민, 모든 젊은이가 함께 누려야 할 귀중한 공동의 가치다. 그동안 이런 가치 있는 보고서들이 널리 공개되어 책으로 엮어졌으면 하고 바라던 것이 이제 이루어지게 되어 더할 나위 없이 기쁘고 대견하다. 부디 모든 이들에게 글로벌 대한민국의 내일을 열어 갈 소중한 자산이 되기를 기원한다.

이 기회에 LG글로벌챌린저에게 한 가지 더 바람을 이야기하고자 한다. 우리나라는 지금까지 원조를 받던 나라에서 주는 나라로 성장한 세계 유일의 국가답게 '나누어 주는 글로벌챌린징'이 필요한 시대로 접어들었다. 그런 만큼 우리의 젊은이들이 세계로 나아가 우리에게 이로운 자양분을 거두어 오는 것뿐만 아니라, 우리 대한민국의 성공한 사례를 세계에 전파하는 '베푸는 글로벌챌린저'가 되었으면 한다.

글로벌 코리아, 파이팅!
LG글로벌챌린저, 파이팅!

2010년 12월

이원복
덕성여자대학교 예술대학 학장

Part1.
청춘, 사람을 위한 열정을 내뿜다!

Part2.

청춘, 자연 속으로 이끌다!

Part3.

청춘, 미래의 세상으로 나아가다!

LG글로벌챌린저란?

**젊은 꿈을 실현하는
대학생 해외 탐방
프로그램의 리더**

1995년부터 시작해 현재까지도 꾸준히 젊은 꿈을 지원하고 있는 LG글로벌챌린저는 국내에서 가장 오랜 전통을 가지고 있는 대학생 해외 탐방 프로그램이다.

LG글로벌챌린저는 대학(원)생들이 직접 탐방 활동의 주제 및 국가를 선정한다는 점에서 단순한 해외 연수나 해외 시찰과는 차별화된 프로그램이다. 젊은 꿈을 펼칠 수 있는 진정한 대학생들의 장인 셈이다. 또한 탐방 활동 후 결과 보고서를 홈페이지에 등록하여 누구나 공유하게 함으로써 대학생들의 참여, 공유, 확산으로 이루어지는 대학생에 의한, 대학생을 위한, 대학생의 해외 탐방 프로그램이다.

**젊은 꿈을
키우는
한결 같은 사랑**

LG글로벌챌린저는 2010년까지 530개 팀, 1,980명의 챌린저 대원을 배출했으며, 연평균 21:1의 높은 경쟁률을 기록하고 있다. 특히 2010년은 역대 최고 경쟁률인 28:1을 기록하며 식지 않는 대학생들의 탐구 정신을 확인할 수 있었다.

또한 2010년 16기에 이르기까지 역대 챌린저들의 총 비행 거리는 약 10,650,000km로 지구를 무려 266바퀴나 돌 수 있는 거리다.

IMF라는 전 국가적 위기 속에서도, 전 세계적 금융위기의 불황 속에서도 젊은 꿈을 키우는 마음으로 살아남아 대학생 참여 선호도 1위의 해외 탐방 프로그램으로 자리잡고 있는 LG글로벌챌린저. 대학생들이 보다 넓은 세상에서 새로운 가치를 창조할 수 있도록 돕는 기업의 한결 같은 사랑과 대학생들의 뜨거운 열정을 동시에 확인할 수 있는 프로그램이다.

▶ 총 참여 인원: 1기부터 16기까지 530개 팀 1,980명
▶ 연평균 경쟁률: 21:1
▶ 총 탐방 국가: 54개국 442개 도시
▶ 총 이동 거리: 지구 266바퀴, 10,650,000km

탐방계획서 서류심사, 면접 심사 등을 거쳐 선발된 젊은 열정을 대표하는 챌린저들은 발대식 후 탐방 교육을 받으며 더 큰 세상을 향해 내디딜 준비를 하게 된다. 이후 챌린저 대원들은 여름방학(7~8월) 기간 중 각 팀별 자율적인 탐방 계획에 따라 2주일 간의 해외 탐방 활동을 펼치게 되며, 그 과정에서 LG는 탐방 활동에 필요한 항공료, 숙식비, 소정의 연구 활동비 등 탐방 활동비 전액을 지원한다.

또한 UCC라는 단어가 생소했던 1997년부터 인터넷을 통한 탐방 중계를 실시하였다. 미션을 수행하는 챌린저 팀들의 실황을 홈페이지를 통해 제공하여, 챌린저들이 탐방 기간 중 젊은 꿈을 이루어나가는 과정을 보다 많은 이들에게 생생하게 전달할 수 있도록 하였다.

2010년에는 인터넷 중계뿐만 아니라 〈EBS 세계테마기행2.0-글로벌챌린저〉를 통해 대원들의 탐방을 지상파에서도 만나 볼 수 있었다.

UCC live

젊은 꿈을 이루기 위한 터닝 포인트

4

LG글로벌챌린저는 탐방 후 각 팀이 제출한 탐방 결과 보고서를 심사하여 수상 팀들에게 장학금 및 LG 입사 또는 인턴 자격을 부여한다.

역대 대원들이 작성한 탐방 결과 보고서는 사회 각계 다양한 분야의 정책 및 활동에 활발하게 활용되고 있으며 대한민국의 더 나은 미래를 위한 밑거름이 되고 있다.

역대 대원들의 공식모임 글로벌챌린저플러스를 운영하여 단순히 탐방 보고서를 제출하는 데서 끝나지 않고 모든 챌린저가 지속적인 인연을 만들어 나갈 수 있도록 노력하고 있다.

LG글로벌챌린저에 대한 정보와 대원들의 활약상은 공식 홈페이지 LG러브제너레이션과 네이버 공식 블로그에서도 확인할 수 있다.

공식 홈페이지 www.lovegen.co.kr
공식 블로그 http://blog.naver.com/lg_global

2010년 6월 30일, LG글로벌챌린저 발대식을 가졌다. 참여한 모든 대학(원)생 모두 흥분과 설렘으로 가득했다.

'우물 안 개구리'에서 벗어나 세계를 둘러보며 우리나라의 발전을 위한 다양한 제도와 시설, 기술 등을 접하였다.

여러 탐방기관에서 그동안 고민해오던 탐방 주제에 대해 토론을 벌이고 해답을 찾으려고 노력했다.

세계 속 LG글로벌챌린저, 그들의 용기와 도전, 열정이 한국을 넘어 세계 속에 퍼져나간다.

탐방 중간 중간 다양한 나라의 사람들을 만나고 색다른 경험도 하였다. 푸른 하늘 위를 마음껏 날 수 있어 더욱 짜릿한 순간도 기억 속에 담아 온다.

모든 탐방을 마치고 결과 보고를 진행했다. 이제는 그동안의 노력을 펼쳐 보일 시간이다.

최우수 탐방팀을 선정하고 그간 노력한 대원들의 성과를 축하해주는 시상식. 수상자에게는 LG 입사 자격증과 장학금 등을 수여한다.

Part 1

청춘, 사람을 위한 **열정을** 내뿜다!

무엇보다 사람이 먼저다!

아무리 사회가 변해도 사람이 기본이라는 진리는 바뀌지 않는다.

문명의 발달도 사람에 의해 이루어지며 결국 사람을 위해 쓰여야 한다. 사람이 살아가는 이 사회 속에서

사람을 위한 과학과 문화, 예술의 나아갈 방향을 모색하기 위해 LG글로벌챌린저 대원들이 나섰다.

미국과 유럽 등지에서 보고 느낀 다양한 사회·문화적 이슈 속에서 우리나라 발전의 씨앗을 찾아보았다.

그럼 이제 출발해 보자!

01

기부가 일상인 나라,
뗄레똔에서
답을 찾다

손지혜, 전혜미, 박민섭, 안윤철 ●고려대학교

많은 외국인이 '코리안 드림'을 꿈꾸며 한국에 오고 있고, 한류 열풍은 아시아를 넘어 미국과 유럽까지 기세를 몰아갈 정도다. 하지만 눈부신 경제 성장만큼 기부문화도 성장했을까? 현재 기부와 나눔을 위해 공식적으로 활동하는 비영리 단체는 1천여 개가 넘는다고 한다. 또한 2009년 기준 각종 단체와 행사를 통해 모금되는 기부액이 6조 2,000억 원에 달하는 것을 보면 기부문화도 많이 성장한 듯 보인다.

하지만 사람들의 마음은 끼니를 걱정하며 하루하루를 살던 시절보다 더 허전하고 춥다. 왜일까? 무엇이 서로 돕고 나누려는 사람들의 마음을 방해하는 것일까? 그 답을 찾기 위해 지구 반대편에 있는 칠레를 향한 긴 여정을 시작했다.

Why?
기부문화,
왜 하필 칠레일까?

"TV 방송 모금? 우리나라에도 있잖아. 그게 뭐가 특별해?"

처음 민섭이가 칠레의 뗄레똔Teletón을 이야기했을 때만 해도 뗄레똔의 특별함을 쉽게 짐작할 수 없었다. 불우한 이웃들의 사연을 소개하며 기부금을 모금하는 방송 프로그램은 우리나라에도 많다. 그런 방송이 방영될 때마다 사람들은 가슴 아픈 사연에 눈물지으며 기꺼이 기부에 참여한다. TV 모니터에서 시시각각 빠르게 쌓여 가는 기부 금액을 볼 때마다 그래도 아직까지 따뜻한 마음을 가진 사람들이 더 많다는 것을 확인하며 안도하기도 했다.

"그렇게 일시적으로 정서를 자극해 기부를 유도하는 프로그램과는 달라. 뗄레똔은 국가 차원에서 진행하는 기부축제 같은 거야. 칠레의 모든 방송사는 물론 라디오, 신문까지 뗄레똔을 방송한다고. 그것도 장장 이틀 동안이나 말이야."

민섭이는 외교관인 아버지를 따라 3년 동안 칠레에서 산 적이 있다. 그때 뗄레똔의 날 '27시간의 사랑'이라는 행사를 처음 보았는데, 지금까지도 머릿속에 각인되어 있을 정도로 강렬한 인상을 받았다고 한다.

우리는 뗄레똔에 빠져들기 시작했다. 모든 방송사가 하나가 되어 매해 연말에 뗄레똔 방송을 한다는 것도 놀라웠지만 칠레 국민 모두가 마치 축제를 즐기듯 유쾌하게 기부에 참여한다는 데 신선한 충격을 받았다. 뗄레똔을 믿고 기꺼이 지갑을 여는 사람들. 뗄레똔의 그 무엇이 칠레 국민들을 열광하게 만드는지 궁금해졌다.

칠레 사람들의 뗄레똔에 대한 신뢰는 절대적이다. 비록 대대적인 뗄레똔 기부축제는 이틀 만에 막을 내리지만 뗄레똔은 칠레 국민들의 일상에 깊이 들어와 있다. 뗄레똔은 개인이 쉽게 기부를 할 수 있는 방법을 알려 주는 기부 아이콘이다. 평소 뗄레똔을 후원하는 기업들의 상품을 구매하는 방법으로 기부를 실천하기도 하고, 인터넷이나 전화를 통해 일 년 내내 열려 있는 뗄레똔 계좌에 입금을 하기도 한다. 뗄레똔에 대한 이야기를 접하면서 조금은 씁쓸해졌다. 경제적으로는 칠레보다 우리나라가 훨씬 앞설지 몰라도 기부문화는 한참 뒤처져 있다는 생각이 들어서였다. 행복이 성적순이 아니듯 기부 강국 순위도 경제 수준과 비례하지 않는다는 것을 새삼 깨달았다.

자본주의는 필연적으로 '부익부 빈익빈'을 낳는다. 이를 해결할 수 있는 방법 중의 하나가 '나눔과 기부'다. 우리나라의 기부문화도 많이 발전해 나눔과 기부의 필요성을 인식하는 사람이 점점 많아지고 있다. 그런데 마음과 달리 선뜻 기부에 참여하지 못하고 망설이는 사람이 너무 많다.

이유는 여러 가지다. 마음은 있지만 경제적 사정이 허락하지 않는 경우, 방법을 몰라 기부하지 못하는 경우도 있지만 우리를 가장 마음 아프게 만든 것은 '기부 대상의 불신'이다. 2007년 연세대 강철희 교수가 시민들을 대상으로 '기부 회피 이유'를 묻는 설문에 '기부 대상의 불신'이라고 답한 응답자가 무려 14.5%에

달했다. 자신이 낸 돈이 어디에, 어떻게 쓰이는지를 몰라 몇 년씩 해오던 기부를 중단하는 사람도 적지 않다는 얘기를 듣고 그 불신이 어디에서 온 것인지를 알아보고자 한국가이드스타에 방문했다.

"현재 한국가이드스타에 1,005개의 비영리 단체가 운영 정보를 재단 홈페이지에 공시하고 있어요. 하지만 그중 회계 정보를 공시한 단체는 95곳에 불과합니다."

기부금의 출처와 사용 내역을 투명하게 공개하는 공익재단이 1/10이 채 안 된다니. 기부 대상에 대한 불신이 괜히 생기는 것이 아님을 확인하니 마음이 더욱 착잡해졌다. 이 불신을 해소하지 않고서는 기부문화가 제대로 성장하지 못할 것이란 조바심이 들었다.

그래 칠레로 가자. 직접 칠레로 건너가 뗄레뚠을 만나면 길이 보이지 않겠는가! 어떻게 뗄레뚠이 칠레 국민들의 전폭적인 신뢰를 받고, 자발적으로 기부에 참여하도록 만들었는지를 알면 우리의 기부문화도 어디로 가야 하는지 알 수 있으리란 기대를 품고 칠레로 가는 비행기에 몸을 실었다.

산티아고에서 습관처럼 기부하는
칠레인들을 만 나 다

한국에서 떠날 때는 가만히 있어도 땀이 나는 무더운 여름이었는데, 칠레에 도착하니 한겨울이었다. 코끝을 스치는 찬바람을 느끼며 우리는 비로소 지구를 반 바퀴나 돌아 한국의 정반대인 칠레에 왔음을 실감했다.

칠레에서의 첫 번째 여정은 수도 산티아고에서 시작했다. 칠레 사람들을 빨리 만나고 싶은 마음에 서둘러 아르마스 광장Plaza De Armas 으로 발걸음을 옮겼다. 익살스러운 만담으로 사람들의 배꼽을 잡는 거리 예술가가 우리의 눈길을 사로잡고, 길거리 음식의 유혹에 넘어가기도 했지만, 가장 오랫동안 시선을 끈 것은 광장 한켠에서 한 여자가 같은 자리를 맴돌며 외치는 모습이었다.

"아이들을 위해 모금을 하고 있습니다!"

사람들은 스스럼없이 지갑을 꺼내 모금함에 돈을 넣었다. 우리도 호기심에 모금가에게 다가가 "모금을 통해 어떤 일을 하는 건가요?" 하고 물었다.

"우리는 모금을 통해 정신지체 아동들에게 필요한 것들을 제공합니다. 제 조카도 자폐증을 앓고 있는데, 이 모금을 통해 학교도 다니고 있습니다. 이 모금은 다른 사람에게 의존하지 않고 자립할 수 있도록 도와줍니다."

모금가는 자폐아동학교 선생님이었다. 우연히도 그날이 일 년에 한 번 있는 자신들의 학교를 위한 기부의 날이어서 학부모, 선생님 모두 거리에서 모금을 하고 있다고 했다. 모금함에 돈을 넣으니 초록색 작은 스티커를 붙여 주었다. 모금함에 돈을 넣고 스티커를 붙인 후 뿌듯해하며 돌아가는 한 남자를 붙잡고 물었다.

"당신은 얼마나 자주 기부를 하나요?"

"저는 이 단체에서 모금 운동을 하는 것을 볼 때마다 항상 기부를 합니다."

"기부금을 투명하게 사용한다고 생각하세요?"

"기부의 투명성에 대해서는 잘 모르지만 기부를 하면 제 마음이 편해지고 보람을 느끼고 있어요."

광장에서 만난 사람들은 기부가 습관화된 것처럼 보였다. 많든 적든 좋은 일에 쓰고자 모금을 하면 기부를 한다. 자기가 기부한 돈이 분명 어려운 사람에게 힘이 되어 줄 것을 믿어 의심치 않으면서 말이다.

기부가 생활화되었다는 것은 전체 기부금 중 개인이 차지하는 비율만 봐도 알 수 있다. 텔레똔의 경우 2008년 모금액에서 개인이 기부한 비율이 76.8%라고 한다. 이에 비해 우리나라의 개인 기부 비율은 현저히 낮다. '사랑의 열매'로 잘 알려진 우리나라 '사회복지공동모금회'에 의하면 기업과 개인의 기부 비율이 약 6대4 정도라고 한다. 물론 월드비전과 같은 NGO 단체들의 통계는 개인 기부가 더 많이 앞서는 것으로 나오지만 적어도 칠레인들처럼 습관화된 기부를 하는 개인이 적은 것은 분명한 사실이다.

칠레 산티아고 아르마스 광장에서 기부 문화 탐방의 첫 여정이 시작되었다.

아르마스 광장에서 만난 칠레인들은 우리를 들뜨게 만들었다. 출발이 좋다. 따뜻하면서도 유쾌한 느낌. 그런 느낌은 사회 저변에 깔려 있는 기부 인프라에서 오는 것일지도 모른다는 생각을 하며 칠레에 정말 잘 왔다는 마음이 절로 들었다.

🔵 자폐아 가족의 사랑이 만든 아스파웃 학교

광장에서 기부 모금을 하던 자폐아학교 선생님의 초대로 자폐아를 대상으로 무상교육을 하는 아스파웃 학교를 방문했다. 거리에서 모금한 기부금이 어떻게 쓰이고, 어떤 방식으로 학교가 운영되는지 궁금했기 때문이다.

학교에 들어가자 앞치마를 두른 귀여운 소녀가 우리를 반겼다. 소녀는 11세의 루시아. 선생님은 학교를 위해 자원봉사하는 사람이 많은데, 루시아 역시 자원봉사자라고 귀띔해 주었다. 칠레에서는 어릴 때부터 기부문화 교육이 이루어진다. 그래서 누구든 나이와 상관없이 자원봉사자로 활동할 수 있다.

얼마쯤 시간이 지나자 거리 모금을 나갔던 자원봉사자들이 속속 돌아오기 시작했다. 수도 산티아고를 중심으로 자폐아의 부모, 친척, 친구 등 200여 명의 자원봉사자가 돌아와 한쪽 구석에 모금함을 차곡차곡 쌓아 두었다. 그런데 그들은 모금함을 쌓기만 하고 그대로 돌아서 나갔다. 이유가 궁금했다.

"여기 흰 자루에는 모금함 가방이 50개씩 들어 있는데 이것을 다음 주 월요일 은행에서 개봉합니다."

굳이 은행에서 개봉을 하는 데는 이유가 있었다. 아스파웃 학교는 투명한 절차를 거쳐 기금을 모아 학교에 다니는 200여 명의 자폐아를 위해 알뜰하게 사용한다. 기부금의 투명한 관리를 위해 개봉을 은행에서 하는 것이다.

칠레에는 1980년대까지만 해도 자폐아를 위한 어떤 시스템이나 시설도 없었

자폐아 자녀를 가진 학무모들의 노력이 이룩한 뗼레뚠 아스파웃 자폐아학교

다. 지금 산티아고에는 자폐아학교가 3개 있는데, 이렇게 되기까지 학부모들이 끊임없이 노력해야 했다. 자기 세계에 갇혀 세상과 소통하지 못하는 자폐아 자녀를 둔 학부모들이 눈물과 슬픔을 뒤로 한 채 매일 다시 일어나고 힘을 내 열심히 모금한 결과 지금의 아스파웃 학교가 탄생할 수 있었다. 아스파웃 학교의 교장 선생님은 학교를 설립한 초창기 멤버 중 하나로 그 역시 자폐아 아들을 둔 학부모다. 그래서인지 교장 선생님의 학교에 대한 애정은 남달랐다.

"이 학교를 설립할 당시 우리에게 주어진 것은 아무것도 없었지요. 이 건물은 뼈대만 있을 때 우리에게 주어졌는데, 모든 것을 우리 손으로 만들었어요. 위층에는 많은 교실이 있고, 복도 안으로 보이는 모든 것을 우리가 지었습니다. 지금의 학교는 그야말로 무에서 유를 창조한 것이지요."

학부모들이 중심이 되어 시작한 모금 운동은 점차 기업과 정부, 국민들의 호응을 얻어 내며 대대적인 캠페인까지 벌이게 되었고, 그 결과 지금은 100% 무상 교육이 가능해졌다. 자폐아 학부모들의 헌신 그리고 많은 사람의 관심과 기부로 무에서 유를 창조하는 기적이 이루어진 것이다.

아스파웃 학교를 보며 작은 관심들이 모여 얼마나 큰 기적을 만들어 낼 수 있

모금을 마친 자원봉사자들은 학교로 돌아와 모금함을 건넨다. 모금함은 은행에서 개봉하며 투명성을 강화했다.

는지 확인했다. 그런 기적을 직접 체험하고 눈으로 확인할 수 있었기에 칠레인들의 기부가 생활의 일부로 자리 잡을 수 있었던 것은 아닐까?

● 돈 프란시스코, 뗄레뚠의 시작

지금은 '뗄레뚠' 하면 칠레가 제일 먼저 떠오르지만 원래는 미국에서 시작되었다. 미국에서는 다양한 자선단체를 통해 사회 기금을 마련하기 위한 마라톤 자선방송을 했는데, 이를 텔레비전television과 마라톤marathon을 합성한 '텔레톤Telethon'이라는 이름으로 불렀다. 칠레의 뗄레뚠television+maratón=Teletón은 미국의 것을 모티브로 해서 만들어졌다.

뗄레뚠의 모든 것을 알고 싶은 마음에 한달음에 뗄레뚠 재단을 찾았다. 약속했던 것도 아닌데 때마침 텔레뚠 창시자인 돈 프란시스코Don Francisco를 만날 수 있었다. 그의 본명은 마리오 크루츠버거Mario Kreutzberger이며 뗄레톤을 창시하면서 돈 프란시스코로 더 잘 알려졌다. 사무실 문을 열고 들어가자 그가 "안녕하세요. 빨리빨리 앉으세요." 하고 말을 건넸다.

직접 만난 그는 상상했던 것 이상으로 존경스러운 사람이었다. 그는 미국에서 〈사바도 히간떼Sáado Gigante〉라는 토크쇼 프로그램 진행자로 큰 성공을 거두며 미국 전역에 사는 히스패닉 인구의 '정신적 아버지'라는 호칭을 얻을 만큼 중남미 대륙을 넘어 미국에서도 큰 인기가 있는 연예인이다. 대중들의 큰 사랑에 어떠한 형태로든 보답을 하고 싶다고 생각하던 돈 프란시스코는 자신의 고향인 칠레 전역을 돌며 영화 한 편을 찍기로 계획했다.

이 영화를 찍던 중 칠레의 한 지방 길거리에서 개처럼 웅크리고 있는 한 어린 소년을 만났다. 이 소년은 뇌 손상으로 인한 신체 장애를 앓고 있었는데, 집에서 치료할 형편이 안 되서 아픈 소년을 길거리에 내놓은 것이었다. 자신의 막내아들과 같은 나이의 장애아를 만난 그는 큰 충격을 받았고, 장애아동들의 사회적 위치와 그들의 교육, 미래에 대해 생각하게 되었다.

그러던 중 그는 미국의 장시간 방송을 통한 기금 모금을 목적으로 한 '텔레톤' 방송을 보게 되었고, 이를 칠레에 들여오기로 마음 먹었다. PD에게 장애아동 복지 기금 마련을 위한 마라톤 방송을 제안하고, 다른 한편으로는 칠레에 있는 장애아동 단체를 찾아 재단 설립을 준비했다.

1978년 돈 프란시스코는 장애아동을 위해 1백만 달러를 모금하기로 발표했다. 1백만 달러라는 큰 모금액을 달성하려면 칠레 모든 방송 매체의 연합이 유일한 길이라고 생각하고 칠레에 존재하는 방송 매체의 연합을 주도했다. 모든 텔레비전 채널과 라디오, 신문, 잡지의 이사진을 한 명씩 만나 일일이 설득했고 예술가, 정치가, 연예인 등 칠레의 유명인들의 마음을 움직여 무료로 마라톤 방송에 출연하도록 만들었다.

당시 칠레의 상황은 매우 좋지 않았다. 1973년의 쿠데타와 군사 정권의 설립 이후로 매우 살벌한 분위기였고, 아르헨티나와의 무력 충돌 가능성도 있어 국내외적으로 국가적 자선행사를 하기에 적합한 시기는 아니었다. 그럼에도 불구

떼레똔 재단의 창시자인 돈 프란시스코의 소신과 따뜻한 마음이 지금의 떼레똔을 만들어냈다.

하고 돈 프란시스코는 장애아동 복지라는 자선 주제 아래 모든 칠레 사람을 단합시키려고 노력했다. 드디어 1978년 12월 8일, 라스베가스 카지노 극장에서 27시간의 마라톤 방송으로 떼레똔은 그 첫발을 내디뎠다. 그때 모인 기부 금액은 목표액 1백만 달러를 훌쩍 넘는 미화 250만 달러8,400만 칠레 페소, 30억 원. 당시로선 실로 천문학적인 규모의 모금액을 달성해 세상을 놀라게 했다.

국민에 의한, 국민을 위한 떼레똔

지금 떼레똔은 칠레 국민 모두가 참여하는 국가적 연례 행사로 자리를 잡았다. 돈 프란시스코가 처음 떼레똔 방송을 시작할 때만 해도 미처 예상하지 못했던 일이다. 첫 모금 방송을 성공적으로 끝낸 후 떼레똔은 4년간의 추가 방송을 계획했다. 1980년대에 칠레를 강타한 경제 위기에도 불구하고, 매년 떼레똔 방송은 쉽게 목표액을 달성했다.

떌레똔을 통해 모금한 기부금은 '장애아동돕기 사회모임SPANL: Sociedad Pro-Ayuda al Niñ Lisiado'을 운영하는 데 쓰였고, SPANL 운영에 충분한 자금을 조달했다고 판단한 돈 프란시스코는 1984년 마지막 뗄레똔 방송을 하기로 결심했다.

그런데 이게 웬일인가! 그해 목표액보다 8배나 많고 전년도 모금액보다 3배나 많은, 역사상 가장 충격적인 금액인 2억 6,300만 페소가 모였다. 그 돈으로 뗄레똔은 수많은 장애아동이 무료로 치료받을 수 있는 재활 치료 센터를 새로 건설했고, 그러면서 뗄레똔에 대한 신뢰와 애정은 더욱 깊어졌다. 시작은 돈 프란시스코가 했지만 어느새 칠레 국민 모두의 행사로 발전한 것이다. 어떻게 뗄레똔이 전 국민을 하나로 묶을 수 있었을까? 이 질문에 돈 프란시스코는 이렇게 답했다.

"우리는 연말에 얻은 수익금으로 기관을 세우겠다고 발표하고 그 다음 해에는 약속한 대로 기관을 세워 사람들에게 그 결과를 보여 주었습니다. 또 복지시설을 설치하겠다고 말하면 반드시 약속을 지켰습니다. 매년 이렇게 목표를 달성하는 모습을 보여 줌으로써 칠레 국민들의 신뢰를 얻게 되었습니다. 그래서 30년의 역사를 갖게 된 거죠."

국민들이 낸 기부금을 약속한 대로 투명하게 사용하고, 그 결과를 확인할 수 있게 만든 것이 뗄레똔 성공의 주요인이었다는 말이다. 현재 산티아고를 비롯한 10개 도시에 뗄레똔이 만든 재활 치료 센터가 운영 중이고, 이 밖에도 4개 도시에 새로운 재활 치료 센터가 건설되는 중이라고 한다. 물론 재활 치료 센터는 100% 국민들이 낸 기부금으로 운영된다.

매년 연말에 열리는 '뗄레똔의 날'에 칠레 사람들은 하나가 된다. TV, 라디오, 신문, 인터넷에서도 온통 뗄레똔만을 이야기한다. 유명 정치인, 연예인, 스포츠 선수들이 행사에 참여하고, 행사를 매년 정기적으로 후원하는 수십 개의 기업들이 축제의 분위기를 고조시킨다. 그래서 평소에도 기부를 습관처럼 하는 칠레인들이지만 그날은 더욱 기쁘고 설레는 마음으로 기부에 참여를 한다.

In MEXICO
뗄레똔을 따라

멕시코에　가　다

칠레 뗄레똔의 성공은 중남미는 물론 유럽, 아시아 국가에까지 큰 영향을 미쳤다. 세계 각지에서 앞다퉈 칠레의 뗄레똔을 벤치마킹했는데, 그중 자국의 실정에 맞게 가장 성공적으로 토착화시킨 나라가 멕시코다.

칠레의 뗄레똔이 멕시코에선 어떤 모습일지 궁금해 칠레의 수도 산티아고에서 비행기로 약 3시간을 날아 태양의 땅, 멕시코에 도착했다. 그리고 멕시코시티에 있는 장애아동 재활 센터CRIT: Centro de Rehabilitación Infantil를 방문했다. 세계 최대 규모를 자랑하는 이 센터가 바로 멕시코 뗄레똔이 만들어 낸 나눔의 현장이다.

멕시코의 뗄레똔은 칠레 뗄레똔과 마찬가지로 연말에 장애아동의 재활 치료와 복지를 돕기 위해 24시간 이상 진행하는 장시간 마라톤 방송으로, 1997년 페르난도 란데로스Fernando Landeros에 의해 탄생했다. 멕시코 주요 공영 방송과 다른 500여 개의 멕시코 국내외 방송사들의 협력과 100여 개 이상 기업의 후원으로 진행되는데, 멕시코 뗄레똔으로 모인 기부금으로 장애아동 재활 센터를 만들고 운영하고 있다.

뗄레똔 덕분에 멕시코에서 장애는 더 이상 개인이 짊어져야 하는 짐이 아니고 사회 전체가 나누어야 하는 공동의 책임으로 자리를 잡았다. 신체 장애가 있는 18세 이하의 아동이라면 누구나 재활 치료를 받을 수 있다. 치료비는 환자들의 경제 수준에 따라 할인받는 혜택이 다른데, 현재 약 98% 환자가 금액의 95% 정도를 할인받고 있다. 원래 내야 하는 금액의 5% 정도만 내고 센터의 고급 시

(왼쪽) 소깔로 광장 입구에서 멕시코 탐방이 시작되었다.
(오른쪽) 따스꼬Taxco를 감싸고 있는 산 정상에 있는 예수님 상 아래서 팀원이 화합을 다졌다.

설에서 수준 높은 치료를 받을 수 있다는 얘기다. 이곳 외에도 멕시코에는 15개의 장애아동 재활 센터가 있는데 모두 기부금으로 운영된다.

멕시코의 뗄레똔을 보고 있노라면 '청출어람'이라는 말이 떠오른다. 멕시코의 뗄레똔은 칠레 뗄레똔의 장점을 극대화시키고, 칠레 뗄레똔에는 없는 멕시코만의 색깔을 칠해 한층 발전한 형태의 뗄레똔을 만들었다.

우선 시작은 장애 아동 복지를 위한 것이었지만 현재는 아동 암환자에게 가발을 만들어 주는 기부 캠페인으로까지 영역을 확장했다. 단순히 가발을 만들어 주는 것이 아니라 뗄레똔 재단으로 모인 기부금 일부를 아동 암환자를 치료하는 데 쓰기도 한다.

칠레 뗄레똔에는 존재하지 않는 또 다른 멕시코 뗄레똔만의 특징은 자원봉사자 시스템이다. 매년 연말 뗄레똔의 날 두 달 전인 10월부터는 멕시코 전역에 뗄레똔 티셔츠를 입고 뗄레똔 마크가 그려진 상자를 들고 뗄레똔을 위한 모금을 하는 젊은 자원봉사자들로 넘쳐 난다. 경제 능력이 없는 젊은이들이 돈 대신 자신의 시간과 노력을 기부하는 것으로 뗄레똔을 돕는 것이다. 자원봉사 활동을 하면서 청소년들은 올바른 기부문화를 몸으로 배우고, 성인이 되었을 때 기꺼이 더 큰 기부를 실천함으로써 건전한 기부문화를 주도한다.

기부하는 방법도 칠레 뗄레똔에 비해 훨씬 다양하다. 코인박스, 뗄레똔 부착 상품 구입, 계좌이체, ARS, 신용카드, 인터넷 등 언제든 마음이 동하면 즉시 기부할 수 있는 방법을 마련해 두었다. 이러한 다양한 기부 방법으로 인해 멕시코인들은 일상생활에서 자연스럽게 기부를 실천하고 있다.

무엇보다 멕시코의 뗄레똔은 종합적인 면에서 적용되고 있다는 점에서 주목할 만하다. 장애아동 재활 센터에서는 장애아동뿐만 아니라 가족들이 함께 치료를 받는다. 물리 치료뿐만 아니라 심리와 교육 치료를 병행하는데, 물리 치료 과정의 70% 이상에 부모가 함께 참여하지 않으면 그 아동은 치료를 받을 수 없다. 여기에는 깊은 의미가 담겨 있다. 장애를 가진 자식을 키우기란 쉽지 않다. 그래서 장애아를 둔 부부는 갈등이 심하고 이혼하기도 쉬운데, 부부를 모두 아동 훈련에 참여시켜 가정이 깨지지 않도록 보호하려는 의도가 담겨 있다.

그래서인지 센터에는 많은 아버지들이 방문한다. 멕시코는 그 옛날 우리나라처럼 남성우월주의가 강하고 가부장제도라는 악습이 존재하는 나라다. 그랬던 멕시코를 뗄레똔이 변화시키고 있으니 그 영향력이 얼마나 큰지 경이로움까지 느껴진다.

🔵 '소녀의 집'에서 멕시코의 희망을 보다

뗄레똔 덕분에 장애 아동이나 아동 암 환자 등 어려운 이웃을 돕는 시스템은 그 어떤 나라에도 뒤지지 않지만 아직도 상대적으로 관심을 많이 받지 못하는 계층이 있다. 가난한 집 소녀들이 그중 하나다. 빈부의 격차가 심한 멕시코에서 가난한 집 소녀들은 교육을 받을 엄두도 내지 못한다. 그런 소녀들에게 무상으로 교육을 시켜 주는 '소녀의 집'이 있다는 것을 알고 멕시코의 마지막 여정을 소녀

뗼레뙨의 날은 보통 매해 12 월 첫째 주 금요일 또는 11 월 말 금요일에 개최된다 . 하지만 뗼레뙨의 날을 위한 캠페인은 11 월부터 시작한다 . 행사 포스터가 칠레의 모든 주요 도시에 배포되고 , 모든 TV 채널은 뗼레뙨 재단과 재단을 후원하는 기업들에 대한 광고를 내보낸다 . 홍보 캠페인은 공식적으로 '뗼레뙨의 전차 Tren de la Teletón' ' 라고 불리는 철도를 따라 수도 산티아고에서부터 출발해 칠레 남쪽을 돌고 북쪽으로 향하는 투어로 이루어진다 .

뗼레뙨 재단은 캠페인을 효과적으로 벌이기 위해 매년 그해의 '대표 아동'을 선정한다. 4~7세의 카메라를 두려워하지 않고 이야기를 잘할 수 있는 명랑한 아동을 뽑는다. 이 아동은 전국의 모든 재활 치료 센터에서 치료를 받은 장애아동을 대표하고, 행사 당일 모든 칠레 국민을 연합시키는 중요한 역할을 한다. 본격적인 행사는 뗼레뙨의 날에 뗼레뙨 극장에서 칠레 국가의 주석을 포함한 온 국민을 관객으로 초청해 돈 프란시스코의 초기 연설로 시작된다. 개회식 후 여러 아티스트의 공연과 함께 뗼레뙨 재활 치료 센터에서 치료를 받은 아동들의 이야기가 소개된다. '사랑의 27시간'이라는 제목으로 27시간 동안 생방송으로 전국 각지 아동들의 사연을 소개하며 칠레 은행을 통해 실시간으로 기부금을 모금한다. 방송 중간에 돈 프란시스코는 그때까지 모인 모금액을 대중에게 공개하며 방송 끝까지 장애아동을 위한 모금을 격려한다. 뗼레뙨의 날 행사 당일에는 칠레의 각 지역에서 지역 주민들의 참여를 이끌기 위한 여러 행사가 동시에 진행된다. 이는 보통 새로운 재활 치료 센터의 개관 행사와 다양한 쇼, 각종 스포츠 행사로 이루어진다. 이렇게 뗼레뙨의 날 행사는 방송을 촬영하는 수도 산티아고뿐만 아니라 칠레의 모든 도시가 참여할 수 있는 구체적인 프로그램들이 마련되어 있어 전국 각지에서 뗼레뙨을 위한 모금이 활발하게 이루어진다.

뗼레뙨의 날 행사의 폐회식은 전통적으로 토요일 자정에 뗼레뙨 극장에서 마지막까지 모인 기부액의 집계로 이루어진다. 보통 폐회식은 토요일 밤 10시에 시작해서 12시에 끝나는데, 최근 몇 년은 폐회식 이후에도 시민들의 기부가 끊이지 않고 있다.

찰코 소녀의 집에서 아이들과 함께 한글로 쓴 이름을 들어 보였다.

의 집으로 잡았다. 게다가 소녀의 집을 운영하는 사람 중에 한국인 수녀도 3명
이나 있다니 말할 수 없이 반가웠다.

소녀의 집은 멕시코 남부의 작은 도시 '찰코Chalco'에 있다. 한국 수녀님은 우리
를 반갑게 맞아 주었다. 마침 우리가 방문한 날이 신입생 환영회의 날이어서 전
국 30개 지역에서 온 3,800여 명의 학생이 한자리에 모였다. 신입생을 축하하는
합창단의 공연이 눈길을 사로잡았다. 합창 실력이 보통이 아니었는데 역시나
해외초청을 받기도 한다고 했다. 소녀들은 특별히 꾸미지 않아도 하나같이 예
뻤다. 대부분 가정 형편이 너무 어려워 학업을 계속할 수 없었던 아이들이고, 가
정폭력으로 고통받았던 아이들도 있지만, 모두들 이곳에서 새로운 희망을 꿈꾸
며 열심히 공부하고 있었다.

소녀의 집은 개인이나 기업의 기부를 받아 운영되기 때문에 부유한 가정의

아이는 입학 자체가 불가능하다. 물도 없고 전기도 없고, 먹을 거라곤 풀, 옥수수밖에 없는 가난한 집에서 힘겹게 살던 아이들이라 누구보다도 기부의 가치를 잘 안다. 그래서 누구보다도 더 열심히 살려고 노력하고, 학교를 운영하는 데 조금이라도 보탬이 되고자 선인장 밭일을 돕는 데도 몸을 아끼지 않았다.

우리도 선인장 밭을 뒤집는 일을 도왔다. 땅이 너무 딱딱해 뒤집기가 여간 힘이 든 것이 아니었는데 묵묵히 힘든 내색 한 번 하지 않고 계속 일하는 소녀들이 정말 대단하게 느껴졌다. 짧은 만남을 뒤로 하고 소녀의 집을 떠나려니 뭔가 아쉬웠다. 소녀들과 뭐라도 나누고 싶다는 마음에 서예를 알려 주었다. 벼루에 먹을 갈고 붓에 먹물을 묻혀 한글을 쓰니, 소녀들은 처음 보는 광경에 신기한 듯 숨을 죽이며 지켜보았다. 한글에 관심을 보이며 소녀들이 서툰 솜씨로 붓으로 한글을 썼고, 그렇게 한참 동안 즐거운 시간을 보냈다.

기부와 나눔이 아니었으면 평생 가난과 싸우며 살았을지도 모르는 소녀들, 그런 소녀들의 인생을 바꾼 것은 거창한 것이 아니었다. 사람들의 관심과 작은 기부가 소녀들로 하여금 다시 꿈을 꾸고 희망을 가질 수 있게 만든 것이다.

칠레와 멕시코에서 뗄레똔을 보면서 기부는 수많은 기적을 만들 정도로 큰 힘을 갖고 있지만 기부에 참여하는 것은 그리 어려운 일만은 아니라는 것을 확인했다. 마음만 있으면 나눌 수 있는 것은 얼마든지 있다. 즐겁게 기부하고 싶은 마음이 들게 하는 것! 그래서 칠레의 뗄레똔처럼 전 국민이 축제처럼 기부에 참여할 수 있도록 만드는 것이 앞으로 우리나라가 고민하고 연구해야 할 과제가 아닐까?

02

브로드웨이에서 공연 랜드마크의 미래를 보다

변민정, 김예진, 조주선, 최인아 ●청운대학교

드라마 〈겨울연가〉가 일본에서 방영되어 폭발적인 인기를 얻음에 따라 드라마의 배경이 되었던 남이섬과 주인공이 살았던 집에는 많은 관광객이 몰려들었다. 드라마 투어 상품이 관광객을 끌어들인 것이다. 그렇다면 우리나라에 이처럼 많은 관광객을 유혹할 수 있는 매력적인 공연이 존재할까? 대답은 회의적이다. 최근 〈난타〉와 〈점프〉 같은 창작 공연이 전용관에서 지속적으로 상영되고는 있지만, 몇 개의 공연만으로 사람들을 끌어모으기에는 역부족이다.

재미있는 공연이 항상 상연되고, 그 주변에 즐길 수 있는 다양한 문화가 공존하는 지역인 공연 랜드마크. 우리나라에 공연 랜드마크로 자리매김할 지역이 있을까? 있다면 어떻게 형성, 발전시켜 나가야 할지 알아보기 위해 외국 공연 랜드마크 현장을 찾아가 보았다.

이곳에 가면
쌈짓돈도 풀어 공연을 본 다

바쁜 직장인과 학생들이 바쁜 시간을 쪼개 오랫동안 별러 왔던 특별한 관광을 떠난다. 바로 여러 지역을 찍고 돌아오는 관광과 달리, 한 지역에 며칠씩 머물면서 공연을 감상하는 것이다. 〈브로드웨이 42번가〉, 〈캣츠〉, 〈오페라의 유령〉, 〈맘마미아〉 등은 이름만으로도 그 명성을 짐작할 수 있으며, 평소 한국에서 만나기 힘든 오리지널 공연이다. 더불어 공연을 하는 극장 주변을 구경하고 쇼핑도 하는 문화 관광을 즐길 수 있다.

이러한 공연의 특징은 전 세계 각지의 사람들을 불러 모을 만큼 매력적이라는 것이다. 공연의 품질은 물론이고 양에서도 다양한 사람의 욕구를 충족시킬 만큼 충분하다. 뮤지컬이나 오페라를 좋아하는 사람들은 오랫동안 기대한 보람을 느낄 만큼 그곳에 머무는 동안 환상적인 공연을 원 없이 즐길 수 있다. 한 끼 식사를 거르더라도 당장 주머니에 고이 간직한 마지막 쌈짓돈을 풀 정도로 위력이 대단하다.

전 세계 공연 애호가들의 마음을 설레게 하는 공연들, 이 공연을 일 년 내내 상연하는 극장들, 그 극장들이 밀집해 있는 거리들, 바로 공연 랜드마크다. 특정 지역을 상징하는 건물이나 조형물 등을 랜드마크라고 한다면, 공연 산업이 중심이 되어 주변에 새로운 상권이 자리 잡은 지역을 공연 랜드마크라고 한다.

가장 대표적인 곳이 미국의 브로드웨이와 영국의 웨스트엔드다. 특히 미국의 브로드웨이는 공연 랜드마크로서 가장 성공적인 곳으로 질적으로 우수한 공연

산업을 중심으로 호텔, 식당, 상가가 형성되어 서로 시너지를 주고받으며 뉴욕 경제를 활성화시키고 있다. 이처럼 공연 랜드마크가 형성되기 위해서는 공연의 장르나 규모에 상관없이 다양한 공연이 집결되어야 하고, 공연과 주변 상권이 서로 어우러질 수 있을 충분한 장소가 있어야 한다.

우리나라에서는 대학로 정도가 공연의 대표 거리로 자리 잡고 있지만, 공연 랜드마크로서의 효과는 의문이다. 그 이유는 무엇일까? 예술의 거리였던 대학로는 2004년 '문화지구'로 지정되면서 땅값과 임대료가 올랐고 극장주들은 흥행 가능성이 없는 공연을 받아들이지 못했다. 그나마 공연하더라도 임대료를 지불할 수 없는 극장들이 속속 문을 닫으며 공연 단체들이 지속적으로 공연할 공간이 줄어들었다. 극장이 빠져나간 자리에는 유흥업소가 들어섰고 대학로는 점차 공연 예술의 거리에서 유흥의 거리로 바뀌어 가고 있다.

대학로를 예로 들었지만, 공연 랜드마크로서 가능성이 있는 다른 지역들도 킬러 콘텐츠 부족, 정책 지원 부재, 관광 인프라 미흡 등의 문제로 돌파구를 찾지 못하고 있다. 이에 공연 랜드마크가 이상적으로 형성되어 있는 미국을 탐방하여 우리나라 공연 랜드마크의 발전 가능성을 알아보았다.

미국에는 세계적인 공연 메카인 브로드웨이가 있고, 예술의 거리로 지정한 후 공연 랜드마크로 새로 각광받고 있는 필라델피아가 있다. 또한 세계 엔터테인먼트의 중심지로 세계 최고의 쇼들을 365일 공연하는 라스베이거스가 있으며, 미국 정책 기반의 도시로 지정된 워싱턴 DC가 있다. 미국의 문화를 대표하는 그곳을 찾아가 보았다.

In USA

세계적 공연 메카인
미국으로 가 다

🔵 뉴욕, 공연 외에도 볼거리, 놀거리가 가득하다

탐방 주제가 공연인 데다 우리는, 공연을 전공하고 있기에 브로드웨이가 있는 뉴욕에 대한 기대가 컸다. 하지만 뉴욕에 들어서면서부터 '헉' 소리가 절로 나왔다. 사람이 너무 많아서 숨이 턱 막혔다. 저녁 시간에는 한국의 명동처럼 붐비는 인파를 뚫고 다녀야 할 정도였다.

많은 사람이 브로드웨이의 공연을 보기 위해 모여든 것이 분명했고, 인파에 휩쓸려 길거리를 돌아다니다 보면 공연 중인 뮤지컬 간판들이 속속 눈에 들어왔다. 한 집 건너 극장이라고 할 수 있을 정도로 많은 극장이 들어서 있는 그곳에서는 각기 다른 규모와 다른 색깔의 공연들이 열려 눈과 귀를 즐겁게 해 주었다.

실제 브로드웨이에서는 〈오페라의 유령〉, 〈캣츠〉, 〈라이온킹〉, 〈브로드웨이 42번가〉 등과 같은 유명한 공연을 장기 공연하고 있으며, 이로써 해외 관광객들이 늘었고, 미국 방문객의 1/3 이상이 뮤지컬을 보기 위해 브로드웨이를 방

브로드웨이는 킬러 콘텐츠 공연의 집합소로 세계 공연시장을 점령하고 있는 〈라이온킹〉, 〈오페라의 유령〉, 〈맘마미아〉, 〈위키드〉 등 최고의 공연들이 모두 모여 있다. 킬러 콘텐츠 공연들이 유독 여기에서 만들어지는 이유는 콘텐츠의 공개와 정보공유로 새로운 콘텐츠 개발에 노력을 기울이고 있기 때문이다.

1965년 처음 문을 연 링컨 센터의 뉴욕공연예술도서관의 역할이 지대했다. 이곳은 공연예술 분야에 특화된 방대하고 폭넓은 자료를 소장하고 있으며, 자료의 규모나 이용 면에서 세계적인 명성이 자자하다.

공연예술의 최전방에 있는 예술가와 스태프에서부터 학생, 비평가, 작가, 연구자 그리고 예술을 사랑하는 일반 애호가에 이르기까지 국내외에서 다양한 이용자의 발길이 끊이지 않는다. 특히 공연예술가가 필요로 하는 자료를 쉽게 구할 수 있도록 하고, 콘텐츠를 공유하도록 하여 새로운 콘텐츠를 개발할 수 있도록 충분한 지원을 한다. 이러한 노력으로 〈브로드웨이 42번가〉, 〈렌트〉, 〈금발이 너무해〉, 〈그리스〉 등의 세계적인 공연이 만들어지고 수많은 미국 자체 킬러 콘텐츠 개발로 인한 오리지널 프로덕션 확보는 브로드웨이를 세계 공연시장의 중심으로 만들었다.

문한다는 결과가 나올 정도다. 공연 시장뿐만 아니라 숙박, 요식업, 쇼핑 등의 주변 산업도 함께 성장했음은 물론이다.

브로드웨이의 공연 산업과 주변 상권이 어떻게 영향을 주고받으며 발전했는지를 알아보기 위해 1999년 이후 뉴욕의 도시 마케팅을 수행하는 비영리기관인 NYC&Company를 찾았다. 민간 후원업체의 지원으로 운영되는 이곳은 내부 전문가를 통해 시장을 예측하고 다양한 콘텐츠를 생산해 내는 한편, 관광객들이 가능하면 많이, 편리하게 브로드웨이 공연을 관람할 수 있도록 지원하고 있다.

국제방문객 안내소, 온라인 등을 통해서 뉴욕 여행과 공연에 대한 정보를 제공하고 있으며, 온라인과 오프라인, 안내소 등을 통해 어디서든지 쉽게 공연 티켓을 구매할 수 있도록 돕는다. 공연 산업이 뉴욕의 관광객을 유치하는 데 큰 영향력을 발휘한다는 판단 하에 공연과 다른 산업을 연계하여 이익을 창출할 수 있도록 하고 있다. 예를 들어, 현재 뉴욕은 호텔이나 관광안내소, 컨벤션센터 등에서 할인 공연의 정보와 이용 안내, 극장 지도 등을 편리하게 이용할 수 있으며 레스토랑이나 일반음식점, 쇼핑몰에서도 손쉽게 공연 정보를 얻을 수 있다.

마찬가지로 브로드웨이가 세계 뮤지컬의 중심이 되기까지는 주변 산업들의 도움이 컸다. 공연은 시간을 비롯해 여러 가지 제한 요소가 있는데, 주변 산업은 그것을 극복할 수 있도록 해 준다. 실제 미국인들이 공연을 보기 위해 브로드웨이를 선택하는 이유 중 하나가 다양한 볼거리, 먹을거리, 쇼핑 등 공연 시간 외에 즐길 수 있는 것이 많기 때문이다. 호텔이나 다른 산업도 관광객을 유치할 수 있는 파워를 지녀야 한다는 의미다.

자유로움이 가득한 브로드웨이에서 문화와 예술의 정기를 가득 받으며 탐방을 했다.

미국의 여러 도시가 세계적인 공연 랜드마크로 명성을 떨칠 수 있었던 이유는 정부의 적극적인 지원 덕분이다. 미국의 수도인 워싱턴 DC에서는 예술가들을 후원하기 위한 여러 정책을 입안하고, 기금을 지원하고 있다.

이러한 정부의 지원 정책을 알아보기 위해 정부의 독립적 연방 정부단체인 NEA The National Endowment for the Arts를 찾았다. 이 단체는 모든 미국인에게 예술을 경험할 수 있도록 노력하는 한편, 예술 교육을 제공하기 위해 매년 100만 달러 이상의 기금을 지원한다. 포크아트, 댄스, 극장, 문학, 오페라 등 미국의 모든 예술시장의 발전과 보존에 지대한 역할을 하고 있다.

NEA는 예술단체에 기부금을 지원하는 과정에서 세 가지의 평가단계를 거친다. 우선은 국가적으로 인정받은 예술 전문가들을 모아 제안을 검토한다. 문학, 박물관, 시각예술, 댄스, 뮤지컬극단, 예술 교육 등 다양한 분야에서 뽑힌 전문가들은 예술적 표현, 민족성, 지역성, 성별을 존중하며 다양성을 볼 수 있는 사람들로, 이들은 프로젝트의 질과 잠재적 영향력 등을 다각도로 검토한다. 다시 말해 프로젝트가 얼마나 예술적으로 뛰어난지 그리고 예술적으로 색다른 가치가 있는지를 중점적으로 본다. 여기서 예술적 가치란 그 프로젝트를 왜 하는지, 시장에 어떠한 가치를 주는지를 말한다. 슬라이드, 비디오, 또는 CD와 같은 작업 샘플을 평가해 각 프로젝트를 1위에서 10위까지 순위를 정해 NEA의 지원을 받을 만한 지원자를 추천한다.

추천받은 프로젝트는 의회로 전달되며 여기에서는 일 년에 세 번 평가단을 소집하여 다시 평가하고 투표한다.

NEA에서 예술의 활성화를 위한 다양한 프로그램을 배웠다.

그렇게 해서 최후에 뽑힌 프로젝트는 다시 NEA의 대표자에게 기부금과 함께 전달된다. 이를 통해 자금을 지원받은 예술 단체들은 그동안 자금이 부족하여 진행하지 못했던 좋은 프로젝트를 진행할 수 있으며, 결과적으로 수익은 물론 많은 실적을 거둘 수 있는 것이다.

🔵 필라델피아, 제2의 브로드웨이를 꿈꾼다

뉴욕의 브로드웨이가 공연 랜드마크로 성공을 거두는 동안 한껏 부러운 시선으로 쳐다보았던 필라델피아. 결국 필라델피아는 뉴욕의 브로드웨이를 모티브로 예술의 거리를 조정하겠다는 거대한 프로젝트를 발표하였다. 필라델피아의 중심지로 많은 극장과 레스토랑이 자리를 잡으면서 자연스럽게 공연 클러스터가 형성된 브로드 거리Broad Street에 예술의 거리를 조성하고, 여기에 관광객을 유치하겠다는 계획이다. 실제로 많은 예술 후원자를 끌어들여 변화를 꾀하고 있으며, 2008년에는 미국의 'Great Streets' 중 하나로 선정되기도 하였다.

우리는 이 프로젝틀 자세히 알아보기 위해 문화예술 번성을 위한 브로드 거리 관리 감독기관인 Avenue of the Arts를 찾았다. 예술의 거리를 발전시키기 위해 각 공연장, 예술단체의 마케팅 담당자가 건축가, 도시계획 전문가들과 함께 머리를 맞대고 연구를 하고 있으며, 우선 거리 조성을 위해 조명을 개선하고, 거리 디자인을 새롭게 하는 한편, 거리를 깨끗하게 정리하여 환경을 개선하는 데 중점을 두고 있다.

남부 브로드 거리South Broad Street는 공연 문화가 활성화되고 있는 반면 북부 브로드 거리North Broad Street는 상대적으로 많이 발전하지 못했다. 이 문제를 해결하기 위해 Avenue of the Arts는 조명 개선 프로젝트를 추진했다. 예전에 브로드 거

예술의 거리 사무국에서 필라델피아의 예술을 직접 느낄 수 있었다.

리는 다양한 조명으로 이름이 알려진 곳인데, 여기서 아이디어를 얻어 2007년부터 북부 거리의 조명을 개선했다. 조명탑의 반복되는 패턴을 통해 걷거나 자동차를 타고 지나갈 때 조명의 아름다움을 경험할 수 있게 거리를 만들었고, 이런 노력 덕분에 북부 브로드 거리는 밤 시간에 필라델피아의 랜드마크가 되었다. 한동안 위축되었던 북부 거리가 예전의 명성을 되찾았음은 물론이다.

예술의 거리는 지금까지 많은 발전을 해 왔지만, 아직 사람들에게 "예술의 거리는 어떤 곳이다!" 하는 이미지가 확실히 만들어지지는 않은 상태다. 계획했던 대로 브로드 거리에는 예술기관과 시설들이 들어서고, 관광객의 수요를 충족시킬 만한 상점과 식당들도 자리하고 있지만, 세계적인 관광지로 성장하기 위해서는 그 어떠한 거리도 가지지 못한 예술의 거리만의 특별한 콘셉트가 필요하다. 특별한 콘셉트를 만드는 일은 한국의 공연 랜드마크를 고민하는 사람들로서도 반드시 풀어야 할 숙제다. 만약 대학로를 우리나라 공연 랜드마크로 만들려면 어떠한 콘셉트로 관광객들에게 어필할 것인가? 뉴욕의 브로드웨이와는 다른, 또한 필라델피아의 브로드 거리와도 다른 우리만의 콘셉트는 무엇일까? 풀리지 않은 숙제를 떠안고 필라델피아 예술의 거리와 작별을 고했다.

🔵 라스베이거스, 공연으로 잭팟 터뜨리다

공항에 내리면서부터 관광지로서 냄새를 물씬 풍기는 라스베이거스. 엔터테인먼트 도시답게 볼 것도 즐길 것도 무척 많았다. 그렇기에 우리가 가장 많은 돈을 쓴 곳도 라스베이거스다. 주머니를 탈탈 털어 공연 두 편에 300달러 이상을 지불했지만 후회는 없었다.

　우리가 거금을 투자한 공연은 바로 〈태양의 서커스〉 공연이었다. 공연기획을 공부하는 학생으로 많은 공연을 봐 왔지만 이런 공연은 처음이어서 공연 내내 입이 쩍 벌어져 함성만 질러댔다. 더 놀라운 것은 라스베이거스에는 이런 공연이 7개나 있다는 것이다. 우리는 재정적 문제와 시간적 여유가 없어 2개의 공연밖에 보지 못했지만 앞으로 나머지 5개 공연을 꼭 봐야겠다고 다짐할 정도로 놀라운 공연이었다.

　라스베이거스는 카지노로 유명하지만, 일 년 내내 열리는 각종 공연이나 쇼에서도 명성을 떨치고 있다. 전시회와 더불어 쇼, 공연 등이 연중 4,000여 개 정도 열리며, 수입액은 2001년 기준 450억 달러에 달한다. 최근에는 스트립쇼나 셀렌디온·브리트니·비욘세 등의 콘서트, 라스베이거스 최대의 쇼라고 일컬어지는 O쇼·KA쇼와 같은 희소성 있는 쇼, 유명 뮤지컬 등이 상연되어 세계 엔터테인먼트 산업의 중심지로 부상하고 있다.

　라스베이거스의 공연산업이 어떻게 성장할지, 미국의 또 다른 공연 랜드마크가 될지 알아보기 위해 라스베이거스 관광청인 LVCVA^{Las Vegas Convention and Visitors}

Authority를 찾았다. 이곳은 1990년대 이후 라스베이거스의 이미지 변화와 새로운 관광객 유치를 적극적으로 추진하고 있으며, 카지노로 대표되는 도박도시 이미지만으로는 성장 동력의 한계가 있다고 느껴 공연문화를 포함한 레저 산업과 컨벤션 산업 발전에 많은 비중을 두고 있다.

한편 '도시를 세일즈한다'는 슬로건을 내걸고 시내에서 가장 규모가 큰 라스베이거스 컨벤션 센터를 직접 운영하는 동시에 한국을 포함한 세계 12개국에 사무소를 두고 도시를 마케팅하고 있다. '스트립 거리' 활성화로 슬럼화된 다운타운 지역에 컨벤션 센터를 개발하고, 새로운 산업을 유치하면서 도시 전체를 리모델링하는 데 힘을 쏟고 있다. 흥미로운 점은 관광객들로부터 LVCVA의 예산을 확보한다는 점이다. 시내 호텔 객실료에 붙는 세금 9% 가운데 4.2%가 LVCVA의 수입원이다. 시민들에게 부담을 주지 않으면서 마케팅 비용을 버는 것이다.

미국의 대표적인 공연 랜드마크와 그렇게 하나의 공연 랜드마크가 만들어지는 과정을 알아보면서 만감이 교차했다. 세계 각지의 사람들을 끌어들이는 공연 랜드마크가 한없이 부러우면서도 그 과정이 결코 만만치만은 않아 과연 우리나라에도 공연 랜드마크가 형성될 수 있을지 걱정이 앞섰다. 하지만 시작이 반이고 아는 것이 힘이지 않은가! 공연 랜드마크에 대해 인식하고, 해외 공연 랜드마크가 형성되는 과정을 아는 것만으로도 우리의 미래는 한결 밝아졌다고 생각한다. 조만간 우리나라에도 브로드웨이를 뛰어넘는 공연 랜드마크가 생기기를 기대하며, 그렇게 될 수 있도록 우리의 작은 힘을 열심히 보태리라 다짐했다.

03

오감으로 책 읽기, 모두를 위한 독서를 말하다

김소영, 김태은, 이경희, 이재화 ●숙명여자대학교 대학원

한국은 자타가 공인하는 IT 강국이다. 일찌감치 초고속 인터넷망을 구축하고 디지털 콘텐츠를 만든 덕분에 사람들은 디지털 정보의 홍수 속에서 즐거운 비명을 지른다. 마음만 먹으면 볼 수 있는 디지털 콘텐츠가 넘쳐나 취사선택하기도 어려울 지경이다. 지금은 휴대폰으로 책도 읽고, TV도 보고, 인터넷에 접속하고 메일을 하는 등 휴대폰 자체가 컴퓨터 역할을 할 정도로 IT 기술이 발전했다.

하지만 IT 기술이 발전하고 디지털 정보가 넘쳐날수록 더 큰 소외감을 느끼는 사람들이 있다. 콘텐츠를 읽고 싶어도 읽을 수 없는 '독서장애인'들이 바로 그 장본인이다. IT 강국 한국이 지금껏 독서장애인을 위한 해법을 만들지 못했다는 게 의아하다. 뭐가 문제일까?

당신도,
독서장애인이 될 수 있다

책이나 콘텐츠를 읽고 싶어도 볼 수 없는 사람들을 '독서장애인'이라 부른다. 흔히 '독서장애인'이라 하면 시각장애인만 생각하지만 책을 들고 있거나 책장을 넘기지 못하는 지체장애, 노령화로 인한 노안 난독증 등 신체적·정신적 장애로 인해 독서 자료를 이용할 수 없는 사람들이 모두 포함된다.

2007년을 기준으로 조사한 바에 따르면 시각장애인 216,881명, 지체장애인 중 1급에 해당하는 40,041명과 2007년 기준 노령인구만 65세 이상 4,861,746명을 합할 경우, 약 5,118,668명에 달하는 것으로 나타났다. 이는 전체 인구의 10%를 차지하는 적지 않은 숫자이다. 게다가 최근 빠르게 고령화 사회로 진행하는 추세여서 독서장애인의 수는 더욱 급증할 것으로 보인다.

이처럼 독서장애인은 급증하는데, 이들을 위한 배려는 너무 미흡하다. 이들이 읽을 수 있는 책은 드물고, 인터넷에서 접할 수 있는 정보 또한 대부분 시각적인 데이터로 구성되어 있다. 정보는 넘쳐나도 읽을 수가 없어 정보로부터 소외되는 슬픔은 지금은 독서장애인이 아니더라도 누구나 느낄 수 있다. 바로 우리 자신도 나이가 들면 독서장애인이 될 가능성이 농후하기 때문이다.

이제 독서장애는 모두의 문제가 되었다. 그만큼 빨리 대책을 마련해야 하는데, 아직까지 필요성조차 인식하지 못하는 사람이 많다. 이미 장애인을 위한 각종 복지 정책을 마련한 선진국과 확연히 비교된다. 독서장애인의 읽을 수 있는 권리를 보장하기 위해 선진국에서는 어떻게 하고 있는지를 살펴보기 위해 유럽을 탐방했다.

모든 이를 위한 독서를 위해
유럽으로 향 하 다

● 영국의 장애인은 당당한 사회 구성원

영국에서 버스를 타고 약속 장소로 갈 때의 일이다. 복잡한 시내의 한 버스정류장에서 사람들이 다 탔는데도 버스가 출발하지 않았다. 한 5분쯤 지나니 갑자기 버스가 한쪽으로 기울고, 휠체어를 탄 남자가 버스에 오른다. 버스는 그 남자를 기다린 것이다. 하지만 그 5분 동안 버스 운전사에게 왜 가지 않느냐고 따지는 사람이 아무도 없었다. 영국의 장애인에 대한 시선을 단적으로 보여 주는 에피소드다.

영국의 장애인 복지 수준은 이미 최고다. 1995년 '장애인차별금지법'을 제정해 장애인이 어떤 상황에서도 불이익이나 차별을 당하지 않도록 법적으로 권리를 보호하고 있다. RNIB^{Royal National Institute of Blind People, 영국왕립시각장애인협회}의 경우, 다양한 캠페인 활동과 공익 광고 등을 통해 시각장애인에 대한 일반인들의 인식 개선뿐 아니라 시각장애인들의 권리를 주장하고 있다.

영국을 방문했을 당시 RNIB에서는 2050년까지 약 4만 명의 영국시민들이 노령화 혹은 사고를 통해 시력을 잃어 갈 것이며, 이렇게 후천적으로 시력을 잃은 사람들에게 일반인들의 관심과 도움이 필요하다는 것을 알리고, 직접 후원할 수 있는 방법을 알려 주는 'Lost the Found'라는 캠페인을 벌이는 중이다. 노령화로 인한 시각장애인이 점점 많아지는 우리나라에서 꼭 눈여겨보아야 할 캠페인이었다.

영국의 독서장애인을 위한 복지는 놀라웠다. 영국에선 장애인을 위한 도서관이

따로 없다. 옥스퍼드 보들리언 도서
관을 방문했는데, 이미 일반 도서관
에서도 시각장애인이 자유롭게 책을
보고 정보를 찾을 수 있는 서비스가
이루어지고 있었다. 또한 독서장애인
을 세분화해 각각에 맞는 서비스와
프로그램을 제공한다는 점도 주목할
만하다. 무엇보다 독서장애인을 중심

RBIN에서 영국 복지의 다양한 면모를 배울 수 있었다.

으로 그들에게 필요한 자료를 공급한다는 점이 눈에 띄었다. 독서장애인이 원하
는 자료를 점자나 음성, 큰 활자로 제공할 수 있는 다양한 채널을 갖추고 있다.

● 스웨덴, 독서장애인을 위한 서비스의 선두주자

스웨덴은 세계 최고의 독서율과 구독율을 자랑하는 나라다. 책 읽기가 생활화
된 스웨덴에서는 거의 모든 자료가 시각장애인이 볼 수 있는 형태로 제공되고,
비용도 대부분 무료다.

스웨덴의 복지 수준에 대해 워낙 많이 들었기에, 가기 전부터 기대에 부풀었
다. 하지만 정작 스웨덴에서의 여정은 순탄치 않았다. 일행 중 한 명이 여권을 잃
어버려 발을 동동 구르다 용감히 한국 학생증을 들이 밀고 여권심사대를 통과하
기도 했고, 스웨덴에서 가장 중요한 탐방지인 국립녹음점자도서관[TPB] 약속을 잡
지 못해 속을 태우기도 했다. 다행히 TPB는 인증샷이라도 찍자는 마음으로 무조
건 방문했는데, 운 좋게도 마음씨 좋은 경비아저씨를 만나 탐방을 할 수 있었다.

국립녹음점자도서관은 스웨덴 공공 도서관과 함께 스웨덴 도서관의 서비스

어렵게 방문한 TPB에서 독서장애인을 위한 색다른 프로그램 등을 살펴볼 수 있었다.

를 총괄, 이행하고 있는 곳이다. 또한 스웨덴에서 사용되는 모든 대체 제작물을 만들기도 한다. 전 세계가 이용하는 녹음도서 표준 포맷인 DAISY 기술도 이곳에서 개발했다. 국립녹음점자도서관을 중심으로 거의 모든 주 도서관이 다층체계로 연결되어, 각 지역의 시각장애인에게 동일한 서비스 제공하는 중이다.

독서장애인을 위한 스웨덴의 기술개발은 끝이 없다. 왕립기술대학교의 IT대학은 스웨덴왕립공대와 스톡홀름대가 함께 만든 특이한 대학이다. 이 대학 도서관은 스웨덴의 IT 기술을 바탕으로 장애학생들의 특성에 맞게 다양한 서비스를 제공, 연구하고 있다. 조만간 DAISY 기술에 이어 독서장애인들에게 새로운 서비스를 제공할 수 있는 획기적인 기술을 개발할 것이란 기대를 갖게 한다.

독서장애인 중 난독증을 위한 노력도 많이 한다. 1990년대 후반 이후 전국의 모든 도서관이 참여하여 난독증에 대한 이해를 높이고 이들을 위한 코너를 따로 마련하는 등의 노력을 하고 있다.

스웨덴에서 장애인은 비장애인과 똑같은 생산 활동의 주체로 대접받는다. 우메오 도서관에서는 한눈에 봐도 신체장애가 심한 여성이 휠체어를 타고 직접 우리에게 도서관 내 시각장애인 서비스에 대해 설명해 주었다. 우메오 도서관에는 그녀가 정상적으로 생산 활동을 할 수 있도록 지원을 아끼지 않았다.

In Korea
국민 아닌 장애인이라는
인식부터 바 꾸 자

유럽 탐방은 많은 것을 생각하게 만들었다. 유럽을 탐방하면서 장애인에 대한 인식·정책·서비스·기술을 집중적으로 살펴보았는데, 그중에서도 장애인에 대한 인식에 초점을 맞추었다. 우리나라 장애인 복지의 후진성은 기술이 부족해서라기보다는 장애인에 대한 그릇된 인식 때문이란 생각이 많이 들어서였다.

2001~2004년 영국의 내무장관을 지낸 데이비드 블런켓David Blunkett은 선천적인 장님으로 태어나 영국 살림을 책임지는 최고 고위직까지 올라갔다. 만약 그가 한국에서 태어났고, 한국인이었으면 이런 일이 가능했을까? 과거에는 불가능했을지도 모르지만 장애인에 대한 인식을 개선하면 앞으로는 얼마든지 가능한 일이 될 수 있으리라 기대한다.

인식을 개선하는 작업은 국민, 정부 및 기관, 기업 및 이익단체를 대상으로 전방위적으로 행해져야 한다. 언론매체 및 기업의 사회공헌 활동을 통해 장애인 인식 개선 홍보를 실시하고 장애인과 비장애인이 함께 할 수 있는 다양한 프로그램을 개발할 필요가 있다.

공공기관, 초·중·고 및 대학, 기타 단체 등 각 기관별 장애인 인식 개선을 위한 교육을 실시하는 것도 중요하다. 연구자료에 따르면 연령이 많을수록 연령이 낮은 사람에 비해 장애에 대한 편견과 부정적인 인식이 강하므로 장애인에 대한 인식 개선은 초·중·고 대학생들을 대상으로 한 교육과정에서부터 다루어져야 효과적이다. 뿐만 아니라 최근 조사된 '공무원의 장애인에 대한 인식도'에

서 제도적으로 장애인에 대한 인식 개선 교육
프로그램을 받은 집단과 그렇지 않은 집단의
인식도를 비교했을 때 교육 프로그램을 제공
받지 못한 집단에서 장애인에 대한 편견이 더
심한 것으로 나타났다. 그러므로 법과 제도를
집행하는 정부 및 공무원 기관에서도 이러한
장애인의 인식 개선 교육 프로그램이 실시되
어야 한다.

마지막으로 장애인용 콘텐츠를 제작할 때
이익단체가 이윤을 창출할 수 있도록 하는 기
반 환경을 마련하는 것이 시급하다. 이미 민
음사를 중심으로 독서장애인을 위한 큰활자
책을 만드는 캠페인이 시작되었지만 이익단
체가 장애인 사업에 적극 개입할 수 있도록,
새로운 이익 창출 모델에 대한 사업 설명회나
가이드라인 등을 통해 기업 및 이익단체들의
적극적인 개입 기반 환경을 마련해야 한다.

우리나라 독서장애인을 위한 도서관, 어디에 있나?

우리나라에 독서장애인을 위한 도서관이 생
긴 지는 얼마 되지 않는다. 그나마도 도서관
숫자가 적고, 볼 만한 콘텐츠가 적어 실질적
인 도움은 주지 못하는 실정이다.

국립중앙도서관 국립장애인도서관지원센터_
2007년 5월 설립. 장애유형별 특성을 고려해
다양한 서비스를 제공한다. 2009년 4월부터
는 '장애인정보누리터'도 운영하고 있다.

LG상암도서관_유비쿼터스 기술을 활용해 웹
서비스, 무선 인터넷 연결을 통해 음성도서를
어디서나 독서장애인이 모바일기기로 책을
읽을 수 있는 환경을 제공한다.

한국점자도서관_1969년에 설립된 국내
최초의 점자도서관. 텍스트는 물론 이미
지나 도표 등을 점자나 음성 파일로 만드
는 DAISY(Digital Accessible Information
System)' 기술을 이용해 독서장애인을 위한
다양한 서비스를 제공한다.

독서장애인을 대표하는 기관과 정부부처는 누구?

"장애인을 보호하고 지원하는 국가 부서는 어디인가?" 하고 물으면 열에 아홉은
'보건복지부'라고 답한다. 하지만 정작 보건복지부는 자신의 소관이 아니라고
주장한다. 특히 독서장애인을 위한 대체자료인 점자도서를 제작 대여하는 점자

도서관의 경우, 복지부는 "도서관이기 때문에 문화부에서 담당할 일"이라고 주장하는 반면 문화부는 "장애인시설 운영은 복지부 담당이므로 점자도서관도 복지부 소관"이라고 맞서고 있다. 독서장애인은 날이 갈수록 급증하는데, 정작 이들을 위해 노력해야 할 정부부처는 없는 서글픈 현실이다.

그뿐만이 아니다. 독서장애인을 위한 대표적 기관도 없다. 우리나라의 경우 독서장애인 지원 기관이 대부분 독립적으로 운영된다. 이들을 중앙에서 묶고 협력과 조화를 이끄는 대표주자가 없다. 반면 해외 복지선진국은 국가의 절대 지원을 받는 대표 기관이 독서장애인 지원 업무를 총괄 관리하고, 독서장애인 지원을 위한 단독 부처와 긴밀하게 교류한다. 영국은 RNIB라는 국가가 인정하는 협회에서 독서장애인을 위한 대체자료 제작 및 홍보, 캠페인 활동을 주관하고 있으며, 해외 관련 기관과의 협력도 도맡아 추진하고 있다. 스웨덴은 TPB라는 국립도서관에서 독서장애인을 위한 대체자료 제작과 독서장애인을 위한 기술 개발에 힘쓰고 있으며, 프랑스 역시 국립도서관을 중심으로 독서장애인 지원을 위한 다양한 서비스를 제공한다.

우리나라에서도 대표 기관을 설립하려는 노력이 없었던 것은 아니다. 여러 정책 연구에서 국립시각장애인^{또는 독서장애인}도서관 건립에 대한 의견을 제시하였고, 최근 법안이 발의됨으로써 국립도서관 건립이 가시화되는 것 같으나, 아직은 건립에 회의적인 반응이 더 많다는 것이 탐방 기관들의 공통된 의견이다.

다행히 현재 우리나라에서도 이와 같은 문제점을 인식하고, 독서장애인 관련 업무를 문화체육관광부로 이관하려는 움직임이 일고 있다. 복지부와 문화부가 서로 미루는 동안 독서장애인의 소외감만 커졌던 것을 생각하면 참으로 다행한 일이다.

독서장애인 정보화 지원 기기를 사용하는 한 시각장애인을 인터뷰한 적이 있다. 해당 소프트웨어에 만족하냐는 질문을 했더니 "대안이 없기 때문에 만족감의 점수를 매길 수가 없다. 그저 이것을 사용할 뿐이다." 하고 답했다.

이것이 우리나라 독서장애인의 현주소이다. 우리나라 독서장애인에게는 선택의 여지가 없다. 그도 그럴 것이 독서장애인을 위한 대체자료가 너무나도 부족하다. 국내에서 발간되는 신간서적 중 음성이나 점자로 만들어지는 비율은 고작 2%에 불과하다.

독서장애인을 위한 다양한 콘텐츠를 확보하는 것이 필요하다. 장애인을 위한 대체자료는 7가지인데, 표에서 알 수 있듯이 대부분의 장애인이 전자도서를 통해 독서를 할 수 있으며 도서관 웹사이트를 통해서 대체자료를 사용할 수 있다. 이는 장애인을 위한 대체자료로 전자도서가 적합하며 이를 제공하기 위한 방법으로 도서관 웹사이트가 사용되어야 함을 의미한다.

구분	점자도서	큰활자책	전자도서	자막, 수화 포함된 비디오/DVD	읽기 쉬운 도서	도서관 웹사이트	ARS/ 이메일
시각	●	●	●			●	
청각				●	●	●	●
독서		●	●		●	●	
신체			●			●	●
인지			●		●	●	

장애유형별 대체 자료의 유용성 비교

가뜩이나 콘텐츠가 부족한데, 그나마도 어느 도서관에 어떤 대체자료가 있는지를 확인할 수 없다는 게 더 큰 문제이다. 우리나라 독서장애인^{주로 시각장애인} 지원 도서관은 대부분 자체기관에서 제작한 대체자료만을 갖고 있고, 그곳에서만 볼 수 있도록 되어 있다. 이로 인해 기관별로 대체자료를 중복 제작하는 일도 많고, 빌려 보기도 쉽지 않다.

하지만 해외는 중앙 기관에서 대체자료 제작을 담당하고 지자체 도서관에서는 보급에만 신경을 쓴다. 그래서 대체자료가 중복 제작될 위험이 없고, 독서장애인 역시 자신이 살고 있는 지자체 도서관에만 요청하면 언제든지 자료를 받아 볼 수 있게 되므로 여러모로 편리하다.

유럽 탐방을 떠나기 전, 이런 문제를 해결하기 위해 국립중앙도서관 장애인도서관지원센터에서 통합자료관리시스템KOLASIA을 개발해 2010년 4월 말부터 전국 장애인도서관에 보급해 나갈 예정이라는 이야기를 들었다. 하지만 탐방을 마치고 2010년이 저물어 가고 있는 지금까지 통합자료관리시스템을 적용한 사례는 찾아볼 수 없다.

우리나라는 탄탄한 IT 기술 인프라를 가졌다. 독서장애인을 위한 훌륭한 대체자료를 만들고, 그들이 정보화시대에 인터넷과 휴대전화를 이용해 콘텐츠를 이용할 수 있도록 도울 수 있는 기술력이 있다. 그 기술력을 독서장애인을 위해 쓸 준비만 하면 된다. 장애인에 대한 인식을 바꾸고, 그들을 지원하기 위한 제도적 장치를 마련하고, 콘텐츠를 개발하기 위해 노력한다면 곧 IT 강국을 넘어 IT 복지강국이 될 수 있으리라 기대한다.

04

테크놀로지의 미래,
사람 속에서
답을 구하다

고은경, 이지영, 박지훈, 소중희 ●연세대학교

오염된 물, 온갖 불순물이 떠다니고 세균들이 득실거리는 물을 마시는 아이들이 많다. 그 물을 마신 아이들은 치명적인 위험에 처할 수 있으며, 특히 심한 설사로 인한 탈수증으로 생명을 잃는 경우가 많다. 이를 해결하기 위해 대규모 정화시설을 설치하는 것이 바람직하지만, 그런 시설을 설치하기 위해서는 엄청난 비용이 필요하다. 결국 오염된 물을 마시는 아프리카 어린이를 구제할 방법은 없는 것일까? 한 회사가 마이크로필터가 내장된 휴대용 빨대를 개발하여 그 대안을 제시하였다. 이처럼 많은 비용이 들어가지 않으면서도 사용하기 쉬워 나라와 지역의 문제를 해결할 수 있는 기술을 적정기술이라고 하는데, 개발도상국이나 선진국에서도 상대적으로 소외된 사람들의 구제 방법으로 각광받고 있다.

Why?
첨단기술과 하위기술의 중간에서
그 답 을 찾 다

첨단기술의 발달은 인류에게 온갖 편의를 제공하며 위용을 뽐내지만, 정작 그 기술의 혜택을 받는 사람들은 극소수에 불과하다. 그 기술이 주는 장점을 누리기 위해서는 그만큼의 비용을 지불해야 하기 때문이다. 마땅한 비용을 지불하지 못하는 사람들에게 첨단기술은 먹고 싶어도 먹을 수 없는 '그림의 떡'에 불과하다.

돈이 없어서 기술의 혜택을 받지 못하고 생존의 위협을 받는 사람들에게 골고루 혜택을 전해 줄 방법은 없을까? 최첨단 기술만이 최고의 선이라고 생각하는 세상에 새로운 대안 모색이 요구되었고, 그래서 태어난 것인 적정기술이다.

적정기술은 첨단기술과 하위기술의 중간에 위치한다고 하여 중간기술 또는 대안기술로도 불리는데, 비용이 적게 들고 사용하기 쉬우며, 환경 친화적인 면이 부각된다. 개발도상국이나 선진국에서도 소외 계층을 위해서 개발되고 있는데, 특정한 나라와 지역의 문제를 해결하는 데에 적정하게 사용될 수 있다는 측면에서 적정기술이라고 정의된다.

현재 개발된 적정기술은 참으로 다양하다. 아프리카의 오염된 식수 문제를 해결하기 위해 개발된 마이크로필터가 내장된 휴대용빨대는 99.9%의 정화능력을 자랑하며 아프리카의 가나·나이지리아·우간다 등의 식수문제를 해결하고 있으며, 교외 지역에서 구하기 쉬운 모래·돌·콘크리트·철과 같은 재료를 이용하여 만든 물 정수 필터도 개발도상국에서 많이 사용되고 있다. 이 밖에도 놀이기구를 타는 원동력으로 지하수를 끌어올리는 시설은 사하라 사막 주변의 식수 문제를 해결하고 있다.

간편하게 물을 옮길 수 있는 이동용 카트도 있다. 보통 사람이 한 번에 18리터의 물을 운반하는 데 30분 정도가 걸리는데, 힘이 약한 여성과 아동의 경우 하루에도 몇 번씩 무거운 물을 운반하느라 과도한 노동에 시달리는 현실이다. 그러나 물을 담아 카트처럼 밀고 다니는 통을 이용하면 한 번에 90리터의 물을 운반할 수 있어 힘든 노동에서 벗어날 수 있으며, 충분한 물 공급으로 각종 수인성 질병을 예방할 수도 있다.

비단 식수의 문제뿐만 아니라 개발도상국의 식량문제도 해결 가능하다. 식량 가격의 상승과 식량 불균등 분배는 개발도상국 어린이의 영양 상태를 악화시키고 있는데, 간단하게 손잡이를 돌려서 얻는 에너지로 땅콩껍질을 깨는 기계로 이 문제를 해결하였다. 개발도상국 사람들의 단백질 주공급원인 땅콩을 손쉽게 먹을 수 있도록 해줌으로써 영양부족 문제를 해결한 것이다. 실제 한 시간 동안 깰 수 있는 땅콩의 양이 1kg에 불과했지만, 기계의 개발로 50kg으로 늘었다. 보통 모기장보다 5배의 강도를 자랑하는 살충제가 코팅된 모기장을 개발하여 말라리아를 예방하고 있기도 하다.

적정기술의 유효성이 전 세계에 알려지며 미국과 더불어 영국, 스위스 등 유럽에서 적정기술의 개발과 연구가 활발히 진행되고 있다. 그러나 우리나라는 아직까지 국가 차원에서 적정기술 관련 정책이 부족할 뿐 아니라 재정 지원도 부족한 상황이다. 우리는 여러 나라 중에서도 특히 적정기술에 대한 오랜 역사 속에서 정부의 적극적인 지원으로 발전을 거듭해 온 미국을 탐방하여 우리나라가 배워야 할 점을 알아보기로 하였다.

미국, 사람을 살리는
기술을 배 우 다

🔵 샌프란시스코, 일방적인 수혜자가 아니라 고객으로 다가간다

미국에서 어떤 일들이 일어날지 모르는 채 가벼운 마음과 복장으로 한국을 출발했다. 편하지만은 않았던 몇 시간의 비행 끝에 샌프란시스코 공항에 도착했다. 눈앞에 보이는 엄청난 수의 외국인들 그리고 여행객들, 미국에 도착했다는 것을 실감할 수 있었다. 우리는 샌프란시스코에서 지낼 숙소에 도착한 다음에는 추위에 바들바들 떨었다. 한국에서 출발할 때 여름이었지만 이곳은 쌀쌀하다는 것은 알고 있었다. 그러나 생각하는 것과 느끼는 것은 하늘과 땅 차이였다. 추위를 견디기 위해 어쩔 수 없이 가을에 입을 만한 옷들을 구입하여 입으니 조금은 살 것 같았다. 그렇게 샌프란시스코에서 지낼 날을 준비하였다.

샌프란시스코에서 가장 먼저 방문한 곳은 킥스타트^{KickStart}다. 물펌프 개발의 선두주자로 개발도상국에서 11만 대의 펌프가 사용되고 있다. 특히 슈퍼머니메이커 펌프^{Super Money–maker Pump}는 현지 농부들의 요구에 의해 개발된 제품으로 땅 밑 깊이 있는 물을 끌어올릴 수 있는 동력을 가지고 있어 가장 인기 있는 상품 중 하나다.

제품을 개발하고 판매하는 데 가장 어려운 점은 구매를 망설이는 사람을 설득하는 과정이다. 직접 찾아가 시험 운행을 하거나 시장 한가운데에 제품을 전시하며 구매를 유도하는데, 수명과 질을 우선시하는 킥스타트 제품의 특성상 극빈곤층이 구매하기에는 다소 부담스러운 가격이다. 킥스타트는 제품을 사용

미국에서의 첫 인터뷰를 마치고 기분 좋게 킥스타트의 Michael Mills와 Genevieve Porter와 사진을 찍었다.

함으로써 생계 해결은 물론 소득을 향상시킬 수 있다는 점을 설득하는 한편, 구매자를 적정기술의 일방적인 수혜자가 아니라 고객으로 대함으로써 새로운 고객을 유치하는 동시에 기관의 이미지를 높이고 있다.

궁극적으로는 현지 주민들에게 경제적 자립 환경을 조성해 빈곤의 악순환에서 탈출하도록 도와주는 것인데, 그 방법 중 하나가 현지 내 제품 생산 공장의 설립이다. 현재 킥스타트 제품은 모두 중국에 있는 공장에서 생산되고 있어 장기적으로 현지 내 상업화를 활성화시키는 방향으로의 전환이 중요한 과제로 남아 있다.

다음으로 찾은 곳은 D-School이다. 5년 전에 설립된 이 센터는 다양한 전공의 학생들이 모여 'Design Thinking'을 배우고 적용할 수 있도록 도와준다. 공간 디자인과 적정기술을 개발하는 EDEA[Entrepreneurial Design for Extreme Affordability]와 초·중·고등학교 교육을 담당하는 K12 Lab으로 나뉜다. 특히 K12 Lab은 적정기술을 개발하기 위해서는 초·중·고등학생 때부터 창의력과 문제해결 능력을 갖춰야 한다는 취지로 교육을 진행하고 있으며, 더 많은 학교에 도움을 주기 위해 정기적으로 교사를 대상으로 하는 교육도 진행한다.

실제 학생들은 의무적으로 팀을 구성하여 적정기술을 개발하고 있는데, 다양한 전공의 학생들이 팀을 이루어 더 큰 시너지효과를 낼 수 있기 때문이다. 한 발 나아가 사회적 기업을 설립하여 현지 NGO 단체와 협력하며 시장을 만들어 나가는 팀도 있다. 대표적인 사례로 경영, 기계공학 그리고 산업디자인을 전공하는 학생들이 마이티 라이트Mighty light라는 태양열 전등을 개발한 것이다. 지금은 뉴델리에 공장이 있으며 파키스탄, 아프가니스탄, 남아프리카공화국 그리고 남미까지 판매되고 있다.

문제는 수업을 이수한 후에도 꾸준히 같은 분야에 종사할 학생이 많지 않다는 것이다. 적정기술의 개발뿐만 아니라 사회적 기업 설립에도 실패를 두려워하지 않는 도전정신이 필요한데, 이를 위해서라도 장기적으로 학생들이 지속적으로 적정기술 분야에서 활발할 수 있도록 하는 제도적 장치나 지원이 필요하다.

● 콜로라도, 적정기술 현지화로 농민 수익 올려 준다

콜로라도의 덴버 국제공항에 도착해 숙소까지 가는 길에는 구름들이 회색빛과 햇빛을 머금고 뭉게뭉게 피어 있었다. 한적한 시골의 도로를 따라 달리는 차창 옆으로는 넓은 풀밭이 펼쳐지고 조그만 집들이 간간이 스쳐 지나갔다. 마침내 도착한 숙소는 상상외였다. 자그마한 콘도 같은 분위기에 전기포트부터 도마까지 모든 주방기구가 갖춰져 있는 데다 꽤나 빠른 인터넷도 무제한이었다. 아늑하고 한적한 분위기에 우리는 들떠서 기뻤지만, 얼마 지나지 않아 너무 한적한 나머지

밥 먹을 곳조차 마땅히 없다는 걸 깨달았다. 결국 우리는 그 동안 소중히 갖고 다녔던 사발면, 햇반, 김, 고추장을 총동원하여 식사를 해결할 수밖에 없었다.

오랜만에 먹은 한국 음식 덕분인지 다음날 진행한 IDE 인터뷰는 전체적으로 만족스러웠다. 비가 부슬부슬 내리는 시골길을 걷고 또 걸어 도착하니 인터뷰를 하기로 약속한 관계자가 우리를 반갑게 맞아 주었다. 우리가 인터뷰를 시작할 때쯤엔 IDE에서 일을 하고 있던 모든 사람이 나와서 우리의 대화에 관심을 가지고 듣고, 또 각자 아는 부분을 최대한 얘기해 주었다.

IDE^{International Development Enterprise}는 미국 적정기술 기관의 리더로 1990년대 이후 기술 발전에 주요한 역할을 해 왔다. 물 관련 대표 기술인 트레들 펌프^{Treadle Pump}를 처음 생산하였고, 그 밖에 로프 펌프^{Rope Pump}, 스프링클 이리게이션^{Sprinkle Irrigation}, 워터 스토리지 시스템^{Water Storage System} 등을 개발하였다. 현재 아프리카의 개발도상국뿐 아니라 아시아에도 따로 지사를 마련하여 활동 중이며, 농민 계층에 초점을 맞춘 적정기술을 개발하고 있다.

특히 농민들이 무리하지 않고 구매할 수 있도록 제품의 질이 너무 떨어지지 않는 선에서 제품 비용을 정한다. 즉 현지인이 필요로 하는 기술을 적절한 가격에 제공하면 현지 농민들의 경제력을 향상시킬 수 있고, 자연히 소득 증대로 이어질 수 있다는 계산이다. 현지 농민 중심으로 제품을 생산하고, 배급하는 시스템을 지향하는 것도 농민들의 수익 창출을 최대화시키려는 노력의 일환이다. 이 밖에도 선도적인 농민을 교육시켜 IDE가 선정한 적정기술로 농사에 성공하는 과정을 다른 농민들에게 보여 줌으로써 제품을 홍보하는 방법으로 많은 효과를 보고 있다.

다른 기관과의 연계도 활발하여 스탠포드 대학과 함께 미얀마에 펌프개선 프로젝트를 진행하여 판매에 성공하였고, 그 후에도 학생들이 현지에 맞는 기술을 개발할 수 있도록 지원하고 있다. 또한 월드뱅크, 야후로부터 경제적 후원을

IDE의 담당자들과 인터뷰하는 중

받는 한편 네슬레와 함께 커피 농업자를 위한 트레들 펌프를 상업화시켰다.

가장 어려운 점은 역시 적정기술의 중요성을 일반 사람들에게 알리는 작업이다. 현지에 적정기술의 필요성과 효율성을 알려 사용자를 보다 늘리는 한편, 기술을 상업화시키고 시장을 형성하는 일이 무엇보다 중요하다고 보고 있다.

⬤ 보스턴, MIT 최고의 인재가 개발하고 보급한다

콜로라도에서 비행기 출발이 지연되어 우리 일행은 자정을 넘겨 텅 빈 보스턴 공항에 발을 딛게 되었다. 혹시나 이상한 사람을 만나지 않을까 하는 불안감을 안은 채 택시를 타고 하버드 스퀘어에 자리 잡은 호텔로 향했다. 그런데 세계종합대학 1위 하버드대학의 새벽은 예상외로 굉장히 시끄럽고 화려했다. '저 사람들이 정말 하버드생인가'라는 생각이 들 정도로 밤 문화를 즐기는 학생들을 많이 볼 수 있었고, 호텔에 들어가 엘리베이터를 탈 때에는 진한 알코올 냄새를 풍기는 상기된 얼굴의 학생들과 맞닥뜨리기도 하였다. 그렇게 보스턴에서의 첫날 밤은 우리가 가지고 있던 편견을 깨뜨려 주었다. 다음날 피로를 뒤로하고 활기차게 시작하여 MIT D-Lab을 방문하였다. 세계적인 공과대학인 MIT는 교수들과 운영진이 사회적 기여를 중요한 가치로 생각하여 그와 관련한 다양한 프로그램을 제공·후원하고 있는데, MIT D-Lab은 그 일환 중 하나다. 이곳은 적정기술이 발전하기 위해서는 기술뿐만 아니라 기업에 대한 이해, 기술을 받아들일 현지 문화에 대한 이해가 필요하다는 판단으로 다양한 프로그램을 진행하고 있다. 실제 세계적으로 잘 알려진 적정기술을 가장 많이 만들어 낸 곳이기도 하고, 사탕수수 숯은 아프리카에서 구하기 힘든 땔감의 대안으로 개발한 것으로 아이티에 판매되어 일약 유명해졌다.

매 학기 350명의 학생이 13가지 분야에 걸쳐 교양 수업을 받고 있으며, 기술 수업과 더불어 사회적 기업 경영, 국제개발 등 넓은 분야를 아우른다. 일단 한 학

MIT D-Lab을 방문해 적정기술을 비롯한 다양한 프로그램에 대한 설명을 들었다.

기 프로그램을 이수한 학생들은 방학 때 현지방문을 통해 견문을 높일 수 있는데, 9개의 나라로 직접 나가 현지 환경과 문화를 조사한 후 기술개발을 진행한다. 인도, 네팔, 온두라스, 과테말라, 아이티 등에서 두드러진 활약을 보이고 있는데, 개발된 적정기술을 영역을 보면 보건, 물, 농업 에너지 등 총 70가지에 이를 정도로 방대하다.

다른 기관과 마찬가지로 기술 개발보다는 현지인들을 설득하여 사용하도록 만드는 과정이 어렵다는 점을 인지하고, 다른 기관과의 교류를 늘려 많은 사람들이 적정기술을 사용할 수 있도록 보급에 힘쓰겠다는 계획이다. 또한 현지에 가서 직접 기술을 개발하고 보급하는 데는 한계가 있다는 판단을 하고, 현지인들 스스로 창의적으로 문제를 해결할 수 있는 데도 애쓰고 있다.

● 워싱턴 DC, 사회 기여도 하고 이윤도 내고!

미국의 수도인 워싱턴 DC는 기존에 탐방했던 도시와 달리 웅장한 분위기였다. 무사히 호텔에 도착하고 조용히 하룻밤을 지냈는데 아침에 일어나자마자 이전까지만 해도 연락이 되던 정부기관인 USAID 담당자가 휴가를 갔다면서 만나지 못하겠다고 통보가 왔다. 지금까지 모든 게 착오 없이 잘 진행되었는데 마지막 도시에 와서 인터뷰가 펑크가 나 버려 맥이 빠지면서 아쉬웠다.

그나마 오후에 예정되어 있던 베스트가드 프랑센Vestergaard Frandsen 담당자와의 인터뷰가 있어서 정신을 차릴 수 있었다. 우리가 방문한 베스트가드 프랑센은 1957년에 섬유회사로 시작하여 1990년대에 개발도상국의 문제를 해결할 수 있는 제품을 생산하는 기업으로 발전하였다. 이후 2000년에 수인성 질병, 말라리아, 에이즈를 예방할 수 있는 제품을 개발하였다. 특히 물에 포함된 불순물을

99.9%까지 걸러 내어 생명의 빨대라고 불리는 라이프스트로^{Lifestraw}는 2005년 인덱스 어워드를 받으며 '최고의 발명품'이라는 극찬을 받았다.

이 기업은 'Profit for a purpose'를 내세워 의미 있는 이윤을 위해 회사를 운영한 특징이 있다. 즉 이윤추구를 목표로 하는 회사와 달리 사회적으로 이득이 되는 물건을 팔면서도 회사가 운영될 정도의 이윤을 남기는 것이다. 예를 들어, 말라리아로부터 생명을 구해 주는 모기장 퍼마넷^{Pema-Net}을 팔면서도 이윤을 남겨 사회적 기업도 수익을 낼 수 있다는 것을 증명하였다.

특히 제품 개발 후 다양한 나라에서 품질 테스트, 임상 실험, 현지 조사를 하여 엄격한 검증 과정을 거친다. 이 기업의 최대 히트작 라이프스트로의 경우 몇 년에 걸쳐 정화 기능을 검증하기 위해 고객들의 건강 상태와 반응을 조사한 후에 출시되었다. 더불어 문화적으로 어느 정도 파급 효과가 있을지에 대한 세밀한 조사도 놓치지 않는다. 이 회사의 적정기술의 개발과 보급 과정을 살펴보며, 전 세계 수많은 사람의 생명을 살리는 라이프스트로와 퍼마넷과 같은 제품이 나올 수밖에 없다는 생각이 들었다.

다음날에는 내셔널지오그래픽 박물관에서 하는 'Design for the other 90%' 전시회를 방문하여 적정기술 탐방의 마지막을 정리하였다. 적정기술을 한 곳에 모아둔 전시회인 만큼 설렌 마음으로 도착했는데, 여유로운 토요일이어서인지 박물관에서 주말을 즐기는 사람이 많았다. 유엔의 새천년개발 목표에 기반을 두었기 때문에 물, 주거환경, 교육, 이동수단, 에너지 등의 섹션으로 나누어 전시회를 진행하였고, 적정기술 선두주자들의 인터뷰를 담은 영상, 적정기술에 대한 설명 등의 전시가 깔끔하면서도 쉽게 돼 있어서 알차게 감상할 수 있었다.

특히 나이지리아와 카메룬에서 사용되는 기술로 물을 증발시켜 채소와 과일을 상하지 않게 해 주는 냉장고, 소량의 시멘트와 흙으로 벽돌을 만들 수 있도록 해 주는 기술, 안테나가 있어 인공위성에 정보를 전달해 주는 오토바이, 간단하게 조립 가능한 자전거, 개발도상국 인터넷 사용자를 늘리기 위해 개발된 컴퓨터, 가방과 LED를 결합시켜 만든 휴대용 전등 등을 살펴볼 수 있었다. 이 전시회를 돌아보며 일반인들에게 적정기술의 필요성을 알리고 느낄 수 있도록 하기 위해서는 직접 적정기술이 구현된 제품을 볼 수 있는 전시회가 효과적이라는 생각이 들었다.

우리는 지금까지 진행했던 기관과 업체 인터뷰를 통해 배워야 할 점이 무엇인지 정리하며 적정기술의 필요성을 더욱 절감하게 되었으며, 우리나라가 앞으로 많은 연구를 진행하여 적정기술의 새로운 모델을 만들어 내기를 바라는 마음이 더욱 커졌다.

처음 적정기술이라는 주제로 시작할 때만 해도 아무것도 모르는 갓난아기나 다름없었다. 하지만 탐방 기회를 통해 적정기술이라는 따뜻한 기술을 만나면서 주제 자체에 대해 큰 애정을 갖게 되었다. 수많은 탐방과 인터뷰를 통해 이 분야 최고의 전문가를 만나고, 시간을 훌쩍 넘긴 질의와 응답 속에서 전문지식의 습득뿐 아니라 인생의 또 다른 가치를 발견할 수 있었다. 팀원 모두 적정기술이 빈곤의 악순환으로부터 개발도상국을 구제해 줄 수 있는 열쇠라는 신념을 갖게 된 지금, 우리는 앞으로도 적정기술과 관련한 여러 활동에 참여하고자 한다.

05

사람을 위한, 사람에 의한 공간을 만들다

백승경, 이혜진, 김정현, 김선희 ●숙명여자대학교

유럽을 여행하다 보면 어김없이 '○○ 장소'이라는 이름과 조우한다. 널리 알려진 큰 도시뿐만 아니라 이름 없는 소도시에서도 어렵지 않게 '장소'를 만날 수 있는데, 그곳에 가면 일반 시민들이 편안하게 벤치에 앉아 이야기를 나누고 날아다니는 비둘기에게 먹이를 주며 한가로운 풍경을 연출한다. 여유만 생기면 그들은 장소에 모여 휴식을 즐긴다. '장소'는 그들 생활을 일부가 되어 사람들을 만나고 대화 나누고 휴식을 취하는 장소로 자리매김한 것이다. 최근 우리나라에서도 빽빽하게 들어찬 건물과 아파트 사이에 잠시나마 숨통을 트여 주는 장소가 만들어지고 있으나, 과연 이러한 공공 공간이 얼마나 잘 이용되고 있는지는 의문이다. 누구나 가보고 싶은 장소, 사람을 위한 장소를 어떻게 만들 것인가에 대한 답을 해외 탐방을 통해 찾아보았다.

디자인이 멋진 공원
vs 사람을 부르는 공원

누가 보기에도 세련된 아름다움을 느낄 수 있는 파리의 공원, 세계적으로 유명한 미술가의 작품이 곳곳에 전시되어 있어 명성과 품격을 동시에 느낄 수 있다. 그러나 유명 작품의 훼손을 막기 위해 '이곳에는 들어오지 마시오!'라는 팻말이 너무나 당당하게 붙어 있고, 방문자들도 전시된 작품을 감상하고 나면 마땅히 할 일이 없어서 오랫동안 머물 일이 없다.

반면 너무나 평범해 보이는 캘리포니아 라고나비치 공원, 사람들이 쉴 수 있는 벤치가 있고 포장된 구불구불한 길이 있다. 그러나 일 년 사계절 내내 많은 시민들이 모여 농구를 하거나 자전거를 타고, 삼삼오오 벤치에 앉아 담소를 나눈다. 두 공원을 비교했을 때 사람들이 많이 모이는 장소, 사람들이 다시 오고 싶은 장소는 당연히 디자인적으로 뛰어난 파리 공원이 아니라 라고나비치 공원이다.

우리나라에서도 일반 시민들이 모일 수 있는 쾌적한 장소를 만들어 달라는 요구가 늘어나면서 많은 장소의 개발이 이루어지고 있지만, 사람을 위한 장소가 아니라 디자인 요소에 치중한 장소 개발이 이루어지는 경우가 많다.

서울 시청 앞에 있는 광화문 광장이 대표적인 예이다. 시민들을 위한 장소로 만들어진 광화문 광장은 취지에 무색하게 사람들이 그다지 많이 이용하지 않았고, 광장 개장을 기념하기 위해 만든 잔디마당과 꽃밭도 일시적인 볼거리로 전락하였다는 비난을 받고 있다. 꽃을 심고, 뽑기를 반복하는 데 너무 많은 예산과 시간을 허비하였을 뿐만 아니라 겨울에는 스케이트장을 만들지에 대해서도 결

미국 곳곳에서는 편안한 벤치만 있으면 사람들을 위한 휴식처가 된다.

정을 내리지 않고 있어서 '미적으로 보기 좋은 광장도 좋지만 지나치게 치장에 만 집착하는 모습을 보인다.'는 지적이다.

우리나라 대표 광장격인 광화문 광장을 예로 들었지만, 최근에 도시의 미관을 새롭게 정비한다는 명목으로 만들어진 장소들이 취지에 걸맞게 제대로 이용되고 있는지에 대해서도 심각하게 생각해 봐야 한다. 즉 시민들을 위한 장소를 만들어 야 한다는 부담감, 디자인적으로 우수해야 한다는 강박관념 때문에 시민들이 오 래 머물 수 있는 장소, 자주 찾을 수 있는 장소에 대해 깊이 있게 논의할 여력이 없 었다. 바로 우리 팀이 사람을 위한 장소 만들기인 Placemaking을 생각한 계기다.

그렇다면 누구나 가 보고 싶은 장소, 사람을 위한 장소를 어떻게 만들 것인가? 'Placemaking-장소 만들기'의 철학은 사람을 위한 장소, 사람들이 계속해서 가 고 싶고 머물게 되는 장소를 만드는 것이다. 그래서 우리 팀은 한국 공공 공간 조 성의 문제점을 해결하기 위해 Placemaking이 잘 정립되어 있는 미국으로 탐방 계획을 세웠다. 이를 통해 정부-NGO-기업-주민이 함께 사람을 위한 장소를 만들어 가기 위한 방안을 찾아보기로 했다.

In USA

미국, 사람과 자연이
하나되는 법을 배우다

● **뉴욕, 잔디에 누워 영화 보는 낭만으로 시민을 유혹하다**

우리가 미국에서 가장 먼저 찾은 곳은 뉴욕이다. 뉴욕의 브라이언트 공원은 뉴욕시 미드타운 맨해튼에 있는데 오랜 역사와 함께 주변의 초고층 빌딩 사이에 위치하여 복잡한 도심 속 하나의 쉼터로 자리하고 있다.

브라이언트 공원은 처음부터 뉴요커들의 사랑을 받았던 곳은 아니다. 맨해튼 한복판에 위치하고 있지만 근접성이 좋지 않아 많은 사람들이 이용하지 않는다는 문제점이 있었다. 따라서 '어떻게 공원으로 사람을 끌어들일 것인가'와 '재정 자립을 위해 어떻게 돈을 벌 것인가'에 초점을 맞춰 재설계되어, 지금은 가장 아름다우면서도 편안한 휴식을 주는 공원으로 거듭났다.

우선은 사람들이 쉽게 접근할 수 있도록 중앙의 대형 잔디를 중심으로 11개의 입구를 만들어 어디를 통해서든 쉽게 중앙 광장에 들어갈 수 있고, 잔디를 따라 벤치를 배치해 공원을 찾는 사람들이 편안하게 휴식을 즐길 수 있도록 했다. 기존에 있던 도서관 뒤에는 아름다운 풍경을 한눈에 보며 음식을 먹을 수 있는 레스토랑을 만들어 수익을 창출하는 한편, 편의를 제공하였다.

무엇보다 가장 큰 자랑은 공원을 찾는 사람들을 위한 풍성한 볼거리와 행사이다. 공원의 대표적인 행사는 매주 월요일 저녁에 잔디에 편안하게 누워 영화를 볼 수 있는 프로그램이다. 야외에서 영화를 보는 것만으로 마음이 설레고 행

(위) 브라이언트 공원에서 자연과 하나 되어 노는 아이들을 보며
(왼쪽) 드디어 뉴욕 탐방 시작, 54번 스트리트에서 4번 스트리트가는
길에는 질서정연하게 줄을 서 있는 사람들을 볼 수 있었다.
(아래) 뮤지컬 〈메리 포핀스〉 공연을 즐기며

복한 일인데, 편안하게 누워서 영화를 볼 수 있다니 생각만으로도 짜릿하다. 이 행사는 공원 근처에 위치한 HBO 본사가 주최하는 것으로 일명 '브라이언트 공원 필름 페스티벌'이다. 이 밖에도 금융기업 HSBC는 공원 내에 파라솔과 테이블 의자를 설치하여 리딩룸Reading Room을 만들었으며, 뱅크오브아메리카Bank of America는 공원 내에 화초, 화초 이름과 설명이 적혀진 벤치를 기부하였다.

뉴욕의 브라이언트 공원은 개장 시간 외에는 공원에 들어오는 것을 금지하거나 마약 거래 금지 등을 통해서 시민들을 위한 건강한 공간을 만들기 위한 노력을 하는 등 오랜 기간 동안 개선 작업을 진행 중이다.

이처럼 뉴욕이 자랑하는 유명한 공원 뒤에는 'PPS'가 있다. PPS는 뉴욕에 위치한 사람 중심의 장소 만들기 위한 NGO 단체다.

"사람들이 모이지 않는 공간을 만드는 것은 굉장히 어려운 일인데도 불구하고 이런 일이 너무나 많이 일어나고 있다."

PPS의 창립자이자 사회과학자인 윌리엄 화이트의 말이다. 이 한마디에 PPS가 지향하는 것이 무엇인지를 명확하게 드러난다. PPS는 디자인을 직접 하는 것이 아니라 사람들을 위한 공간을 디자인할 수 있도록 적극적으로 의견을 개진하고 조언하는 역할을 한다. 디자이너는 뛰어난 미적 감각과 상상력으로 무엇이든

뉴욕 PPS에서의 인터뷰

만들어 낼 수 있지만, 때로는 실제 사용자들의 요구와 맞아떨어지지 않을 수도 있다. 일반 시민들은 마음만 먹으면 쉽게 갈 수 있는 공원을 원하는데, 전체적인 균형과 아름다움을 중시하여 높은 담을 쌓고 많은 계단을 밟고 올라가야만 들어갈 수 있도록 디자인할 수도 있다. 이때는 PPS가 적극적으로 나서서 디자이너를 설득하여 주민들의 요구와 일치시켜 나가는 과정을 거친다.

주관이 뚜렷한 디자이너를 설득하는 과정도 힘들지만 사용자들의 의견을 수렴하는 과정은 더욱 어렵다. 전혀 관심이 없는 사람이 있을 수도 있고, 관심은 있지만 자신의 의견을 적극적으로 드러내지 않는 사람도 많다. 일반 시민들의 참여를 유도하기 위해서는 상당히 많은 시간과 노력이 필요한데, '사용자가 바로 전문가'라는 믿음을 갖고 이들에게 다가가는 것이 중요하다. 즉 그 장소를 이용할 사람, 현재 살고 있는 사람이 가장 정확하게 무엇이 필요한지, 무엇이 문제인지를 알고 있다는 믿음을 가져야 한다.

보통 공청회 형식을 빌어서 참여를 유도하는데, 많은 사람들이 참여하지 않는다면 사람들이 많이 모이는 도서관, 학교 등으로 직접 찾아가 의견을 묻는다. 공청회에 참여하는 사람에 대해서도 세심한 배려가 필요하다. 아기 엄마를 참여시키기 위해 베이비시터를 고용하여 아기를 맡아 주고, 다른 언어를 사용하는 사람들을 위해 통역사를 고용하기도 한다. 또한 그 지역의 학생들에게 사전 교육을 시행한 후 일정 수당을 주고 직접 주민들의 의견을 수렴하는 방법을 사용하기도 한다. 부모들은 자신들의 자녀나 옆집 자녀들의 조사활동을 보면서 자연스럽게 관심을 갖게 되고, 참여할 수 있게 된다.

(위) 시카고 MPC 인터뷰를 하면서 걸어 본 도시는 숲과 하나가 되어 있었다.
(아래)시카고 밀레니엄파크, 우리 일정의 8할은 사례지 탐방이었다.

어린 아이를 데리고 공원을 나가도 벤치에 느긋하게 앉아 있기가 힘들다. 아이가 뛰어다니다가 빠르게 움직이는 그네 앞을 지나가다가 부딪치기라도 할까, 아이 키 높이보다 지나치게 높은 미끄럼틀에서 내려오다가 다치기라도 할까, 높은 구름다리를 건너다가 떨어지기라도 할까 노심초사하기 십상이다.

그러나 시카고에 위치한 위커 공원에서는 그러한 걱정을 더 이상 하지 않아도 된다. 영유아를 위한 안전한 놀이터를 따로 만들어 아이들이 마음껏 뛰어놀 수 있도록 하였기 때문이다. 이 놀이터의 특징은 영유아와 초등학생 자녀를 동반한 부모를 배려하고 있다는 점이다. 영유아와 초등학생 자녀를 동반한 부모가 아이들을 걱정 없이 안전하게 놀릴 수 있도록 영유아를 위한 놀이터와 초등학생을 위한 놀이터를 한 장소에 설계하여 배치하고 있다.

예전에는 위커 공원도 인공 호수를 조성하고 주변에 나무와 잔디밭을 심은 평범한 공원이었다. 그러나 2001년 시민 중심의 자문위원회를 구성하여 더 나은 공원을 만들기 위한 개선 작업을 추진하였다. 사람들이 방문하길 원하는 장소는 최소한 10가지 이상의 할 일이 있어야 한다는 원칙에 따라 위커 공원만이 할 수 있는 일들을 만들어 냈고, 시민들이 즐거운 마음으로 위커 공원을 찾을 수 있도록 공원을 더 재미있고, 안전하고, 편안한 곳으로 탈바꿈시켜 나갔다.

어린이들을 위한 계절별 행사도 그중 하나다. 여름이면 아이들이 물놀이장을 만들어 마음껏 물장난할 수 있도록 했고, 여름 축제 때는 청소년 노래자랑을 개최해 노래솜씨를 뽐낼 수 있도록 하였다. 또한 8월 한 달 동안은 어린이 여름 캠프가 진행되고 9월에는 파머스 마켓Farmer's market이 열려서 한 해 동안 수확한 곡물과 과일들을 살 수도 있다. 현재는 지역 주민들과 근처에 있는 초등학생과 중학생들이 현장 체험을 올 정도로 높은 인기를 끌고 있으며, 근처 직장인들에게 인기가 높아 시카고의 문화 공간으로 자리매김하고 있다.

위커 공원이 만들어지기까지 많은 조언을 한 곳 중의 하나가 'MPC'다. MPC는 뉴욕의 PPS에 이어 두 번째로 인터뷰한 곳이다. MPC의 장소 만들기 철학은 PPS로부터 많은 영향을 받았다. 3년 전 PPS에서 일했던 MPC 직원의 추천으로 파트너십을 맺고, '어떤 한 장소와 관련된 모든 사람들을 연결한다.'는 PPS의 철학을 받아들여 '장소에 집중하면 모든 것을 다르게 만들 수 있다.'는 신념으로 시카고의 공공 공간 개선을 위해 노력하고 있다.

MPC는 아직도 시카고에는 개선해야 할, 사람들의 눈길을 사로잡지 못하는 장소가 많다고 말했다. 예를 들어, 새로 지은 지하철역의 경우 수백만 달러는 투자해 지었지만 사람들을 위한 장소도 없고 사람들이 앉을 곳도 없다. 심지어 자전거 도로로 가기 위해서는 신호등도 없는 곳을 무단횡단으로 건너야 한다. 한마디로 전혀 사람을 위한 고려가 없는 장소 만들기가 이루어지고 있다는 것이다. 그래서 MPC는 이러한 문제점을 개선하고자 도시 기관들이 장소를 이용하는 사람을 우선적으로 생각하도록 돕는 역할을 한다고 했다.

MPC 인터뷰를 마친 후 'WPB'라는 기관을 방문했다. MPC의 추천을 받아 갑작스럽게 가게 되어 사전에 기관에 대한 정보가 별로 없어서 인터뷰 때 조금 애를 먹었다. 하지만 WPB는 우리가 원하던 주옥 같은 정보를 많이 갖고 있었다.

자전거 도로를 시카고의 문화공간과 연결하라

레이크프론트 트레일, 시카고 관광객과 직장인들의 사랑을 받고 있는 자전거 도로이다. 시카고 미술 박물관, 시카고 현대 미술관 등 유명한 박물관과 미술관들은 대부분 미시간 호수를 끼고 있기 때문에 이 도로를 타고 가면 시카고의 거의 모든 문화 명소와 만날 수 있다. 이 때문에 자전거를 빌려 호반을 따라 자전거를 타고 박물관 관람을 계획하는 관광객들을 종종 볼 수 있으며, 아침, 저녁 출퇴근 길에 열심히 자전거 페달을 돌리는 많은 직장인들을 만날 수 있다.

도로 중간 중간에 거리를 알려 주는 표지가 있어 이용자들의 편의를 돕고 있다. 또한 자전거 도로 길에 각종 편의시설과 문화 명소들이 어디에 있는지 표기되어 있는 손바닥만한 지도를 만들어 이 도로를 이용하는 관광객이나 직장인들의 이해를 돕고 있다.

시카고 WPB의 인터뷰에서는 주옥 같은 정보를 많이 얻을 수 있었다.

WPB는 특정구역을 관리하는 SSA 중 하나로 시카고에서 가장 넓은 구역을 담당하고 있다. 해당 구역에서 어떤 프로젝트를 진행할 때 주민들의 의견을 수렴해 프로젝트를 진행하는 기관들과 소통하는 것이 WPB의 주 역할이다. WPB는 주민들의 의견을 수렴하고 그것을 장소 개선에 최대한 반영하기 위해 가능한 모든 방법을 동원한다. 주민 회의, 온라인 설문, Facebook을 통한 홍보와 알림, 전단지 배포 등을 통해 주민들의 일상 범위에 침투하기 위해 적극적으로 접근한다. Milwauki 사거리 공사처럼 아무리 마감 기한이 짧은 경우일지라도 반드시 주민 회의를 갖고 의견을 모은다. 이미 개선이 필요하다고 당연시 생각되는 장소에 관해서도 예외는 없다.

예를 들어, 현재 진행되고 있는 Polish Triangle의 경우, 많은 사람들이 그곳에 대해서 개선이 필요하다고 생각하고 있었다. 하지만 그런 막연한 필요성만으로는 부족했다. 그래서 WPB는 관할 구역 지도를 벽 한 면에 가득 걸어 놓고 지역 주민들이 서로 대화를 하며 개선이 필요한 장소에 스티커를 붙이게 했다. 이 과정을 통해서 많은 사람들이 Polish Triangle의 개선을 원하고 있다는 것을 확인하는 계기가 되었다. 이처럼 WPB는 적극적으로 주민들에게 접근해서 그들의 필요를 읽고 장소 개선 프로젝트를 함께 만들어 가는 노력을 하고 있다.

탐방 주제가 장소 만들기Placemaking이다 보니 기관을 방문 하는 것 외에도 사례지로 탐방해야 할 곳이 정말 많았다. 아니, 일상이 사례지 탐방이었다. 2주 동안 하루 평균 4~5군데씩 사례지를 다녔는데 여기서는 지면 관계상 우리가 다닌 모든 것을 다 소개하지 못해 몹시 아쉽다.

'사람들이 모이는 장소, 사람들이 만들어가는 장소'는 단순히 공원만이 아니었다. 도로 바로 옆 벤치 몇 개만으로도 근사한 공간이 완성되고, 좁은 골목길들까지 사람을 위한 '장소'라는 것을 확인하며 놀라움 반, 부러움 반의 묘한 기분이 들었다. 우리나라도 이제 단지 보기에 좋은 장소가 아니라 정말 사람들이 그 속에서 편안하게 즐길 수 있는 장소 만들기를 시작해야 하지 않을까?

06

누구나 배우가 되어 사람과 사회를 치유하다

이지은, 송한아, 황승민, 정태환 ●서강대학교

직장 내 과도한 경쟁과 승진으로 자살 욕구를 느끼고 있는 40대 남성, 갱년기를 맞아 주부 우울증을 앓고 있는 50대 여성, 알코올 중독으로 가정이 파괴될 위기에 처한 50대 남성, 직장 내에서 성희롱을 당한 20대 여성, 부모의 불화로 가출 충동을 느끼고 있는 청소년, 다문화 가정의 아이로 어눌한 한국말과 다른 피부색으로 놀림을 받고 있는 초등학생. 우리 사회가 안고 있는 다양한 문제를 압축적으로 보여 주는 군상들이다. 이들을 개인의 문제로 바라본다면 참으로 암울하고 해답이 나오지 않아 더욱 답답하다. 그러나 사회 문제로 바라보고 사회 구성원 모두가 머리를 맞대고 해결책을 모색한다면 얼마든지 희망의 싹이 보인다. 구성원의 참여를 이끌어 내기 위한 방식으로 여기서는 일반인을 대상으로 교육 효과가 높은 시민연극에서 그 답을 찾아본다.

연극이 나를 바꾸고,
사회를 변화 시 킨 다

결손가정의 아이를 잠시 위탁하여 보아 주는 시설. 다섯 살짜리 아이에게 동화책을 읽어 주는데 천진난만한 행동에 비해 입에서 나오는 말은 대부분 욕이다. 동화책 《흥부와 놀부》를 읽어 주는데, 아이는 놀부를 가리키며 말한다.

"이 새끼는 나쁜 새끼지."

안타깝게도 아이의 부모가 항상 욕을 달고 살기 때문에 아이는 부끄러운 줄도 모르고 너무나 자연스럽게 욕을 하고 있는 것이다. 이러한 결손가정 아이의 문제를 해결하기 위해 부모들을 모아놓고 강의라는 수단으로 교육한다면 어떨까? 어쩔 수 없이 참여하기는 하겠지만, 교육 효과는 별로 기대하기 어려울 것이다. 이때 결손가정의 부모를 배우로나 관객으로 직접 참여시켜 연극을 꾸민다면 직접적인 체험을 통해 문제에 대해 공감하고 이해함으로써 변화를 가져올수 있다. 바로 시민연극Applied Theatre이 노리는 효과다.

시민연극은 개인의 상처를 치유하고 올바른 방향을 모색하는 기능뿐만 아니라 위급한 상황에 처했을 때 그 상황을 타개하는 능력을 터득하도록 도와준다. 예를 들어, 극장에 들어선 아이들 앞으로 장군 복장을 한 사람이 다가와서 말한다. "너희들은 조선의 병사들이다. 지금 적군이 쳐들어오고 있다. 나는 잠시 동태를 살피고 올 테니 너희들은 여기서 기다리고 있어라." 그리고 장군 복장을 한 사람은 사라진다. 그런데 이때 반대쪽에서 적으로 보이는 한 무리가 다가온다. 아이들은 이제 스스로 판단하고 행동해야만 한다. 적을 어떻게 물리칠 것인가 생각하고, 다른 사람들과 어떻게 협력하여 적을 물리칠 것인가를 최선을 다해 모색해야 하는 것이다. 이 과정을 통해 아이들은 자연스럽게 위기 대처 능력과 다른 사람과 협력하는 능력을 배울 수 있다.

이것이 바로 'Applied Theatre'이다. 한국말로 '교육연극' 혹은 '시민연극'으로 번역되고 있지만, 이 연극은 단순히 일반적인 연극 극장에서 행해지는 공연물을 의미하지 않으며, 실제 공연도 지역 주민 센터나 공원, 거리, 교도소와 같은 교정 시설, 치료와 보건 시설, 복지 시설, 학교 등 사회적 공간에서 행해진다.

연극 요소를 활용하여 관객 혹은 참여자들이 자신이 당면한 사회적 문제, 개인적 문제에 관해 이해하고 고민하도록 이끌고 돕는 데 연극의 초점이 맞춰진다. 연극이라는 미적 형식의 힘을 통해 사회 구성원 각자가 어떤 모습으로 살고 있는지, 어떻게 해야 더 나은 세상을 만들 수 있는지에 대해 진지하게 고민하도록 해 주는 것이다. 이 연극이 '응용된Applied' 연극인 이유이기도 하다.

국가와 지역마다 사회적으로 안고 있는 문제가 모두 다르기 때문에 연극의 주제도 다를 수밖에 없다. 아프리카에서는 위생이나 문맹퇴치를 주제로 잡을 수 있고, 미국에서는 오랫동안 풀리지 않는 인종차별을 화두로 삼을 수 있다. 우리나라에서는 외국인 근로자들이 국내에 급격히 유입됨에 따라 생긴 다문화, 고도성장에 따른 후유증에 급격히 늘어나고 있는 우울증, 빈부격차의 심화로 인한 상대적 박탈감과 소통 부재 등을 연극의 주제로 삼을 수 있다. 그 어떠한 내용을 주제로 삼든 사람들이 직접 상황을 체험하고, 그들이 자신은 물론 다른 사람들의 생각이나 행동을 목격하고, 직면하고, 해체해 볼 수 있는 기회를 갖는다는 점에서는 동일하다.

최근 우리나라에서 이 연극에 대한 관심이 높아져 실험하고 시행하는 사람들이나 단체들이 존재하지만, 우리나라에서는 여전히 생소한 개념이고 그 가치를 아는 사람들이 많지 않다. 우리나라에서는 아직까지 널리 알려지고 활성화되기에 여러 가지 문제점이 있기 때문이다. 반면에 영국과 미국, 호주 등의 국가에서는 오랫동안 체계적으로 진행되어 왔고, 특히 영국의 경우 지역적으로 활성화되어 있고, 시민들의 참여가 매우 적극적이다. 미국도 뉴욕과 같은 대도시부터 애리조나와 같이 상대적으로 한적한 지역까지 활성화되어 있으며 상호 연계나 협력도 매우 잘 이루어지고 있다.

우리 팀은 우리나라의 경우 인구가 도시를 중심으로 밀집되어 있기 때문에 영국이나 호주의 모델보다는 미국의 모델에서 적용방안을 모색하기 적합하다고 생각하여, 미국의 기관, 단체들을 탐방하여 교육연극의 국내 활성화 방안에 대해 연구해 보기로 했다.

미국에서는 뉴욕과 같은 대도시에서는 물론 다른 지방도시에서도 시민연극 프로그램과 이를 행하는 극단이 활발하게 활동하고 있다. 같은 시민연극도 지역에 따라 성격이 조금씩 다르다. 현지상황에 맞게 프로그램 내용을 조정하기 때문이다. 그래서 우리는 성격이 다른 지역의 시민연극을 살펴보고 싶었는데, 뉴욕과 애리조나가 적격이라 판단했다.

verizon

미국, 연극을 통해
사회를 바꾸는 힘을 느 끼 다

🔵 뉴욕, 세련되면서 생각을 일깨우는 연극으로 문턱을 낮춘다

세계 제일의 도시 뉴욕, 세상 곳곳의 사람들이 모이는 도시 뉴욕. 말로만 듣던 뉴욕 맨해튼에 발을 들이는 그 순간의 감흥은 이루 말할 수 없다. 여기저기 지면이나 매체를 통해서 이미 많이 접해서인지, 낯설면서도 낯설지 않은 도시였다.

우리는 세계 문화의 집결지라고 일컬어지는 뉴욕에서 총 4군데의 기관을 탐방했다. 미국에서 제일 잘 나가는 시민연극 전문 교육기관 뉴욕대학교 스타인하트 대학원부터 시작해, 그 외 여러 극단과 극장을 방문하였다. 첫 탐방 기관을 방문했을 때의 떨림, 그들과 영어로 대화를 시작한 순간의 신기함, 마지막으로 탐방을 성공적으로 끝마친 후의 후련함과 희열은 이루 말로 표현할 수가 없다.

처음으로 방문한 뉴욕대학 스타인하트^{New York University Steinhardt}는 1831년에 세워진 종합대학으로 뉴욕다운타운에 위치한 관계로 가장 현대적이고도 자유로운 학풍으로 유명하다. 한 학년 50여 명 안팎에 이르는 소수의 인원을 유지하고 있으며, 특히 교육연극^{Educational Theatre} 분야에서 세계적으로 공인된 학부와 대학원 과정을 자랑하며, 훌륭한 교육여건을 제공하고 있다. 체계적으로 갖추어진 커리큘럼을 통해 단순히 학생들에게 단순히 지식만 전달해 주는 것이 아니라 사람과 사람 간의 관계, 문화와 문화 간의 관계에 대해 규명함으로써 학생들로부터 창의성과 혁신을 끌어내고 있다. 실제로 서로 다른 학문 분야를 연결하는 연구로 시너지를 만들어 내고, 예술 활동에서도 새로운 모델을 만들어 내 현장에 적용시키고 있다.

두 번째로 방문한 뉴빅토리 극장The New Victory Theatre은 뉴욕 최초이자 유일한 어린이, 학생, 가족을 대상으로 한 연극전용 극장이다. 1995년에 개장한 이래로 생활과 밀접한 소재로 각색한 모험적이고 다채로운 연극을 공연하며, 뉴욕 문화의 지평을 넓히는 역할을 해 왔다.

뉴빅토리 극장의 가치는 이들의 지향점에서 빛을 발한다. 아무리 전달하는 메시지가 훌륭하더라도 지루하거나 무거우면 외면을 받기 쉽다. 그러나 뉴빅토리 극장은 세련되면서도 생각을 일깨우는, 즉 즐거움과 예술적 가치가 공존하는 작품을 만들어 냄으로써 관객들의 사랑을 많이 받고 있다. 개장 초기부터 대중이 쉽게 이용할 수 있도록 평균 18달러, 최저 8.75달러로 티켓을 판매하여 극장의 문턱을 낮췄다는 점도 눈길을 끈다.

이 극장의 궁극적인 목적은, 독창적이면서도 예술적인 학습경험을 제공함으로써 연극을 교육 도구로서 사용할 수 있게 만들고, 이를 통해 학생들의 발전에 기여하는 것이다. 따라서 모든 연령의 학생이 자신의 상상력을 갖고 주위 세계를 탐험할 수 있도록 하기 위해 기존 공연과는 다르게 생동감 넘치는 공연을 기획하고 있다.

그 다음으로 방문한 크리에이티브아트팀Creative Arts Team은 학교에서 교육 도구로서 연극을 처음으로 활용한 곳으로 1974년 설립된 이래로 뉴욕 전역의 지역사회에 사회적, 감성적, 지적 성장을 위한 도구로서 연극을 활용해 왔다. 실제 이곳의 혁신적인 업적들은 국제적으로 널리 알려져 있다.

3~24세의 젊은이들을 대상으로 하는 프로그램은 참여자들을 교육과정과 사회 속의 주제와 이슈를 몸소 체험해 보도록 이끌어 줌으로써 언어능력, 창의성, 비판적 사고와 삶의 지혜를 증진시킨다. 지금까지 50만 명 이상의 어린이들

(위) 올스타스 프로젝트(ASP)에서는 직접 무대에도 올라볼 수 있었다.
(아래) 뉴욕대 스테인하트 대학원에서 《시민연극》의 저자인 필립 테일러와도 인터뷰를 했다.

과 수만 명의 어른들을 교육했으며, 학문 증진은 물론 어린이와 교육을 위한 지역사회의 협력체계도 구축하였다. 또한 지역사회로의 끊임없는 요청에 힘입어, 다음 세대의 전문 인력 양성을 위해 2008년 9월부터 시민연극 분야의 석사학위를 미국 최초로 도입했다.

마지막으로 방문한 올스타스프로젝트All Stars Project, 이하 ASP는 공연과 연극을 매개로 어려운 환경의 학생들에게 새로운 기회를 제공한다는 점에서 관심이 갔다. 뉴욕 지역 학생들에게는 누구나 재능과 상관없이 무대에 설 수 있는 기회를 제공하며, 글로벌 리더가 될 수 있는 프로그램들을 기획하고 있다. 또한 경찰과 청소년 사이의 문제나, 인종 간의 문제를 해결하기 위해 대화의 자리를 마련하고 있다. 현재 5,000명 이상의 개인과 100개 이상 기관의 기부로 탄탄한 예산으로 운영된다.

● 애리조나, 담론화하기 어려운 주제도 놀이로 끌어낸다

도시 빌딩 사이를 헤매며 빡빡한 일정으로 움직였던 뉴욕에 비해, 애리조나에서는 아름다운 자연풍경을 즐기며 여유롭게 탐방할 수 있었다. 문제는 더위로, 우리가 도착했을 때 대충 43℃나 되는 날씨여서 정말로 더웠다. 그럼에도 불구하고 우리는 아름다운 경치와 주민들의 친절에 반하여, 애리조나에서의 탐방 일정을 무사히 소화할 수 있었다.

먼저 방문한 애리조나 주립대학Arizona State University의 Theatre for Youth는 아티스트, 교육자, 학생, 교직원, 스태프들의 협력을 바탕으로 형성된 커뮤니티다. 이 커뮤니티는 지역, 인종, 가정 등 때로는 쉽게 담론화하기 힘든 문제들을 놀이라는 요소를 통해 자연스레 흥미를 곁들이며 연극 수업을 진행한다는 것이

Tempe Center for Arts를 방문해 다양한 설명을 들었다.

(위) 차일드스플레이의 Teaching Artist가 초등학교에 방문해 수업을 하는 모습
(아래) 차일드스플레이와 연계를 맺어 그 지역 주민들이 항상 방문하여 연극을 관람할 수 있는 Tempe Center for Arts

특징이다.

이 대학의 고유 커리큘럼들은 혁신적인 연극 제작을 가능토록 한다. 학생들이 무대에 관한 예술적인 시각을 불러일으킬 수 있도록 하고, 동시에 새로운 시도와 모험을 바탕으로 예술을 할 수 있도록 한다. 나아가 전문인력을 양성하고 그들을 지역 공동체와 연계시켜 지역, 국가와 세계의 발전에 책임감을 갖고 미래를 이끌어 나가도록 만드는 것을 목표로 한다.

다음으로 방문한 차일드스플레이Childsplay는 1977년 창립한 이래 애리조나 지역 내 공연은 물론 미국 전역, 더 나아가 전 세계 각지를 순회하며 Applied Theatre를 바탕으로 한 교육 프로그램을 공연한다. 또한 해당지역의 학교와 연계하여 수업의 일환으로 프로그램을 진행하기도 한다. 특히 그들만의 독특한 특색을 지닌 질 높은 공연으로 해당 분야에서 많은 상을 휩쓸었다. 더불어 지역 사회와도 활발한 교류를 지속하고 있는데, 최근에 시에서 새로 건설한 대형예술회관과도 긴밀한 협력체계를 구축함으로써 지역공동체 문화의 중심 역할을 하고 있다.

뉴욕과 애리조나의 시민연극을 보면서 참으로 다양한 형태로 시민연극을 적용할 수 있다는 것을 확인했다. 시민연극이 사람들의 마음을 치유하고 훌륭한 교육 수단이 된다는 데 이의를 제기할 사람은 없을 것이다. 이제 우리나라 상황에 맞는 시민연극을 만들어 나갈 일만 남았다.

07

홈 헬스케어, 집이 곧 병원이 된다

강보배, 김소라, 이소영, 최인혜 ●KAIST

우리는 몸이 아프면 병원을 찾는다. 그런데 이 병원이라는 곳이 가뜩이나 아픈 사람을 더 아프게 만든다. 예약을 해도 최소 30분 이상 기다리는 것은 기본이다. 그렇게 진을 빼고 진료실에 들어가면 채 5분도 안 돼 진료가 끝난다. 허탈한 것도 잠시, 아픈 몸을 이끌고 약국에서 처방전을 내밀고 약을 타기까지 또 긴 시간을 인내해야 한다.

한 번 병원에 가는 것만으로 병이 낫는 것도 아니다. 가벼운 감기에 걸려도 두세 번은 병원에 가야 하고, 병이 깊으면 거의 매일 병원에 가야 한다. 그나마 집 가까운 곳에 병원이 있으면 다행이다. 병원이 멀면 병원에 가는 것 자체가 고통이다. 좀 더 편안하게 진료를 받을 수 있는 방법은 없을까?

What?
우리는 집에서
진료받기를 원 한 다

"매일 빨리 나 좀 데려가 달라고 기도해"

다른 사람의 도움 없이는 한 발자국도 옮기기 힘든 할머니가 울먹이는 목소리로 하소연한다. 관절도 좋지 않고 당뇨병과 고혈압 때문에 지속적인 검진을 받아야 함에도 할머니에게 병원은 가까이 하기엔 너무도 먼 당신일 뿐이다.

비단 이 할머니만의 안타까운 사연일까? 그렇지 않다. 우리 주변에는 이 할머니처럼 아파도 거동이 불편해 병원에 가지 못하는 사람이 수도 없이 많다.

우리나라는 이미 오래전에 고령화 사회에 접어들었다. 2000년 기준으로 65세 이상 인구비율이 7%를 넘었고, 이런 추세라면 2026년에는 65세 인구비율이 20%를 넘는 초고령 사회에 진입할 전망이다. 고령화 속도가 OECD 국가 중 가장 빠르다. 반면 고령화 사회를 대비한 의료 서비스가 많이 미흡해 노인들의 한숨이 날로 깊어지고 있다.

거동이 불편해 의료 서비스를 받지 못하는 노인들을 위한 대책이 필요하다. 다행히 요즘은 휴대전화와 인터넷을 활용한 '홈 헬스케어 시스템'이 마련되고 있어 노인들이 병원에 가지 않고 집에서 편안하게 건강관리를 받을 수 있는 길이 열렸다. 휴대폰을 이용한 만성질환관리 서비스가 이미 도입되었고, 혈액·당뇨·심박수 등을 측정하여 휴대전화로 전송할 수 있는 인터페이스도 이미 개발되었다. 또한 노인들의 위치정보를 파악하여 치매노인을 효과적으로 보호할 수 있는 시스템도 마련되어 있는 상태다.

이 밖에도 이동이 자유롭고 즉각적인 감지가 가능하기 때문에 헬스케어 기술의 핵심인 바이오센서, 손톱만한 크기의 칩으로 현장에서 곧바로 혈액 진단과 데이터 전송까지 가능한 랩온어칩, 심장근육의 수축에 따른 활동전위를 전달받아 호흡, 심박수 정보를 실시간으로 측정할 수 있는 TSB^{Textile Sensing Band}, 휴대폰에 작은 외장형 측정기기를 연결해 혈당 등의 건강 지표들을 측정할 수 있으며 이 결과를 휴대폰과 웹사이트에 저장하여 누적 관리할 수 있는 서비스를 갖춘 M-Doctor 등 홈 헬스케어의 바탕을 이룰 여러 기술이 발전을 거듭하고 있는 중이다.

하지만 아직도 갈 길이 멀다. 2006년부터 홈 헬스케어를 활성화하기 위해 정부가 다양한 U-Health 사업을 추진하고는 있지만 앞으로 보완하고 발전시켜야 할 부분이 많다. 가장 선결적으로 해결해야 할 과제가 '환자 건강 기록의 전산화 및 표준화'이다. 현재 병원 내의 EMR^{모든 의료기록을 전자문서로 기록 보존하는 것}은 잘 되어 있지만 병원 간의 EMR, 더 나아가 홈 헬스케어를 위한 PHR^{Patient Health Record}까지의 건강 기록 전산화 시스템은 없다. 또한 홈 헬스케어가 필요한 계층은 전산망이 구축되어 있지 않은 지역에 사는 사람이 많고, 건강기록도 표준화되어 있지 않다는 것도 큰 문제이다. 아직까지 전자건강기록에 대한 보안책이 마련되지 않았다는 것도 홈 헬스케어의 발목을 잡는 요인이다.

이처럼 홈 헬스케어를 위한 기본적인 환경이 취약한 상황에서 원격 진료에 대한 부정적인 인식이 더욱더 홈 헬스케어의 발전을 방해한다. 홈 헬스케어의 주 대상층이 노인인데, 이들은 기계에 대한 거부감도 크고, 기계를 이용해 집에서 자신의 생체 정보를 측정하는 데도 서툴다. 의사도 원격 진료를 했을 때 정확한 진단을 하지 못할 수도 있다고 우려하는 상황이라 홈 헬스케어의 앞날이 순탄치만은 않다.

그렇다면 해외 선진국들은 홈 헬스케어를 어떻게 운영하고 있을까? 그들의 홈 헬스케어 현장을 보면 산적해 있는 문제를 풀 수 있을지도 모른다는 기대감을 갖고 해외 탐방을 시작하였다.

유럽, 집에서
병을 치유하는 법을 깨닫다

● 스웨덴 SBU, 각계각층 전문가가 함께 헬스케어를 평가한다

첫 해외 탐방국은 스웨덴. 그런데 인천공항에서 스웨덴으로 바로 가는 비행기가 없어 난생 처음 '경유'라는 것을 해야 했다. 가뜩이나 불안한데, 비행기가 1시간이나 연착되는 바람에 애간장이 탔다. 다행히 우여곡절 끝에 파리 공항을 경유해 무사히 스웨덴의 스톡홀름에 도착할 수 있었다.

스웨덴에서 찾아간 곳은 'SBU'였다. SBU^Swedish Council on Health Technology Assessment'는 의료 기술의 과학적 평가를 담당하는 곳이다. SNU에서 우리를 맞아준 맨즈 로센 씨는 친절했다. 우리가 알아들을 수 있도록 일부러 천천히 영어를 구사했고, 참고할 만한 책자도 함께 주어 깊은 인상을 받았다.

SNU에서는 헬스케어를 과학적으로 평가하는 것을 중요시한다. 사실 의료 서비스는 항상 최선의 방법을 사용하지는 않는다. 때로는 비용부담 때문에 차선의 진단법과 치료법을 선택하기도 하고, 때로는 새로운 방

스웨덴 SBU에서 만난 멘즈 로센 씨는 친절한 설명과 함께
관련 책자도 주어 우리에게 큰 도움이 되있다.

법을 충분한 검증을 거치지도 않고 성급하게 사용하기도 한다. 가장 좋은 방법은 과학적인 평가에 의해 가장 좋은 치료법을 비용이나 위험부담 없이 환자에게 시술하는 것이다. 이처럼 가장 최선의 방법을 검증해 효율적으로 자원을 활용하면서 환자에게 큰 혜택을 제공하기 위해 노력하는 곳이 SNU다.

그렇다면 SNU는 어떤 방법으로 의료 서비스를 평가할까? SBU는 프로젝트 단위로 평가팀을 조직한다. 인상 깊었던 점은 각각의 개별 프로젝트를 위해 구성된 그룹이 의사, 간호사 등의 의료 관련 전문가들만이 아니라 엔지니어, 교수 등 다른 분야의 전문가들도 포함되어 있다는 것이다. 각계각층의 전문가로 구성된 평가팀의 평가는 철저하게 이루어진다.

SBU은 개인, 단체, 정부 기관 및 기타 의사 결정 기관 등 다양한 경로를 통해 프로젝트를 받는다. 이 중 어떤 주제를 선택할 것인지를 결정할 때는 보건 의료 전문 분야에서 종사하는 다양한 전문가들로 구성된 'SBU 과학 자문위원회'의 조언을 참조한다. 철저한 연구와 검토 끝에 본격적으로 시행할 프로젝트를 선정하는데 보통 '공공 헬스케어'와 '삶의 질을 향상시키는' 주제를 많이 낙점한다.

SBU 이사회 및 과학 자문위원회는 최종적으로 추가 평가할 주제를 결정하고, Yellow 리포트, Alert 리포트를 발행해 많은 사람들에게 알린다. Yellow 리포트는 수백 개가 넘는 의학적 방법을 다루는 반면에 Alert 리포트는 새로운 기술 하나를 집중적으로 소개한다. 따라서 Alert 리포트는 일반적으로 초기 단계에서 연구가 많이 이뤄지지 않거나 폭넓게 사용되지 않는 상태에서 새로운 기술을 검토하고 평가하기 때문에 과학적인 증거는 다소 제한적일 수 있다.

대부분의 프로젝트 그룹은 현재 의료 서비스에서 사용되는 설문 조사와 과학적인 증거와 함께 임상 실습을 비교해 프로젝트 주제를 결정한다. 주제에 따라 의료적인 측면뿐만 아니라 경제·윤리적인 측면에서 분석하기도 한다. 이처럼 철저하게 분석, 평가하기 때문에 허리통증, 약물남용, 비만 등 프로젝트 주제가

U-Healthcare란 U-Health 환경을 통해 언제, 어디서나 환자에게 맞춤형 건강관리를 해 줄 수 있는 보건의료서비스를 말한다. U-Health 환경이란 보건의료체계에 유비쿼터스 컴퓨팅이 도입됨으로써 보건의료서비스체계에 관련된 시설, 인력, 장비 지식, 정보 등을 뜻하는 보건의료자원과 서비스 전달체계의 지능화 및 네트워킹이 구현된 보건의료 환경을 의미한다. U-Health 서비스는 여러 가지가 있는데, 그중 홈 헬스케어 서비스에 해당하는 것이 '방문간호서비스'와 '원격건강모니터링 서비스'다.

방문간호서비스 방문간호서비스는 말 그대로 간호사가 직접 환자를 찾아가 체계적으로 건강관리를 도와주는 서비스를 말한다. 방문간호사는 보건소에 등록된 환자를 방문할 때는 '모바일 웹닥 및 이동형 측정기기'를 지참하고, 보건소에 등록되지 않은 환자인 경우에는 휴대용 PC인 'UMPC'를 이용하여 대상자를 등록하고 이력을 관리한다. 대상자의 혈압, 맥박, 혈당, 체지방률을 모바일 웹닥 단말기를 이용해 측정하고 데이터를 자동 전송하면 수치에 대한 단기 분석 및 경향 분석 결과를 확인하고 적절한 관리를 시행할 수 있으며, 중증의 경우 이동형 측정기기를 이용하여 추가 항목을 측정 전송할 수 있다. 방문간호사는 모바일 웹닥을 통해 모니터링한 정보를 바탕으로 환자에게 상담과 교육을 하고, 보건소 관리의사를 주치의로 정한다. 주치의는 통합센터를 통해 모니터링된 생체정보와 결과 분석치를 확인하고 이에 따른 적절한 관리 멘트를 기록하고 담당간호사에게 전달한다. 환자나 보호자는 웹 사이트에 접속해 언제든 자신의 관리 내역과 누적 결과를 확인할 수 있다.
이처럼 방문간호서비스는 훌륭한 홈 헬스케어 서비스이지만 아직 간호사 1명이 약 270여 명의 노인을 돌볼 정도로 그 수가 적어 여전히 의료 혜택을 받지 못하는 사람들이 많다.

USN 기반 원격건강모니터링 서비스 원격건강모니터링 서비스는 유비쿼터스 센서 네트워크를 기반으로 원격진료, 방문간호, 심장질환자를 대상으로 한 재택 건강관리 등을 하는 보건의료 서비스이다. 주로 주변에 병원이 없는 도서·산간 주민, 기초수급 대상자, 65세 이상 노인 등 의료취약계층 및 만성 질환자를 대상으로 한다.

광범위한 경우에는 평가를 하는 데 몇 년이 걸릴 수도 있다. 그런 노력 덕분에 오늘날 스웨덴이 세계적인 수준의 의료복지국가가 될 수 있었다는 생각이 들었다.

● 스코틀랜드 NHS 산하 SCT에서 Telehealth의 가능성을 보다

두 번째 탐방지인 스코틀랜드에 갈 때는 스칸디나비아 항공을 이용했다. 그런데 이 항공은 다른 데서는 다 공짜로 주는 기내식을 돈을 받고 판매하였다. 그나마 물은 공짜라 물로 배고픔을 달래며 스코틀랜드로 가야 했다. 덕분에 불과 3시간 남짓한 비행시간은 서울에서 파리행 비행시간보다 더 길게 느껴졌다.

긴 여행의 피로를 녹여 준 것은 에딘버러 축제였다. 때마침 에딘버러 축제가 시작되었고, 구하기 어렵다는 표를 운 좋게 구해 우리는 멋진 공연을 관람할 수 있었다. 그렇게 에딘버러 축제를 즐긴 다음날 드디어 우리의 목적지인 NHS를 방문했다. NHS[National Health Scotland]는 스코틀랜드국립보건서비스 기관인데, 우리의 주 관심사인 홈 헬스케어와 관련이 있는 곳이 NHS 산하에 있는 Scottish centre for telehealth[이하 SCT]여서 인터뷰는 SCT와 했다.

SCT는 다양한 프로젝트를 진행하고 있는데, 프로젝트는 대부분 임시 케어, 장기적인 관리, 소아의학, 먼 지역 및 시골 지역의 의료 지원 및 교육과 관련한 것들이다. 스코틀랜드 정부는 SCT가 진행하는 프로젝트 규모를 점차 확대해 향후 2년 동안 뇌졸중, 정신건강, 만성폐쇄성폐질환[CPOD], 소아의학의 업무 흐름을 연구할 예정이다.

구체적으로 SCT가 하는 일을 알아보기 위해 여러 프로젝트 중 만성폐쇄성폐질환[CPOD]과 관련한 프로젝트의 내용을 살펴보았다. SCT는 전화를 이용한 헬스케어[Telehealth]를 만성폐쇄성폐질환 환자를 관리하는 데 적용할 수 있는 방안을

아침 일찍 예정되었던 탐방을 마치고 스웨덴 스톡홀름 시청사 황금의 방도 둘러보고 시청사 앞에서 잠시 여유를 만끽하였다.

연구하고 있었다. 이미 이와 관련한 주요 연구 논문을 검토하고, 스코틀랜드와 그 외 지역에서도 현재 진행 중인 COPD Telehealth 프로젝트의 세부사항까지 조사를 한 상태다. 또한 스코틀랜드에 있는 만성폐쇄성폐질환 환자 관리를 돕기 위해 사용했던 Telehealth의 방안들을 열심히 제안하고 있다.

SCT와의 인터뷰를 통해 홈 헬스케어에서 Telehealth의 가능성을 확인할 수 있었다는 것이 큰 수확이다. 우리나라도 홈 헬스케어 사업이 한창인데, 거동이 불편한 노인과 만성질환자 외에도 스코틀랜드처럼 정신질환, 소아질환까지도 관심을 확대할 필요가 있다는 것을 느꼈다.

🔵 독일 Empirica의 범국가적인 활동에 반하다

마지막 탐방국가는 독일이었다. 원래 계획은 독일을 가기 전에 유로스타를 타고 벨기에를 탐방하는 것이었는데, 탐방하기로 했던 기관과 끝끝내 연락이 닿지 않아 결국 벨기에는 가지 못하고 독일로 발길을 옮겨야 했다.

독일에서 탐방한 Empirica는 아주 친절했다. Empirica는 혁신&eBusiness, 텔레워크/미래 직장, eInclusion&eAccessibility, eHealth&Telemedicine, 정보와 지식 사회, 독립생활 서비스 분야를 집중적으로 조명하고, 활발하게 리서치와 컨설턴트로서의 역할을 하고 있다.

Empirica의 프로젝트 중 eHealth를 집중적으로 살펴보았다. 독일은 최근 몇 년 동안 경제·사회적 변화로 인해 의료 시스템의 중요성이 점점 강조되고 있는 상황이다. 우리나라와 마찬가지로 독일도 만성질환자와 노인 인구의 비중이 날로 늘어나고 있다. 그만큼 이들을 효과적으로 관리할 수 있는 의료 서비스가 필요한데, 그러기 위해서는 더 많은 전문 인력과 비용이 필요하다.

제한된 인적, 물적 자원으로 의료 서비스의 품질을 높일 수 있는 방법이 eHealth이다. 정보 및 커뮤니케이션 기술을 기반으로 eHealth를 실시하면 환자들은 좀 더 수준 높고 안정적인 의료 서비스를 받고, 서비스 공급자도 헬스케어 시스템을 효율적으로 운영해 비용을 절감할 수 있다.

Empirica는 세계 최초로 노인을 위한 인터랙티브 광대역 비디오 서비스를 시작했다. 이를 시발점으로 Empirica의 유럽 파트너들은 다양한 범위에서의 eHealth 애플리케이션 프로젝트를 연구, 수행, 평가하고 있다. eHealth 분야 중에서도 특히 홈케어와 병원 케어에 대한 연구가 활발하다. 주목할 만한 점은 각 케이스별로 헬스와 사회적 케어 그룹의 서비스 공급자와 기술 관련 기업 모두가 밀접하게 연결돼 연구와 시행을 하고 있다는 것이다.

현재 Empirica는 IST 기반 헬스케어 시스템의 시장을 검증하는 것뿐만 아니라 시장 동향 및 개발, 좋은 실천 사례 연구 및 데이터베이스를 포함한 연구와 산업 의사 결정자와 시민을 대상으로 대대적인 설문 조사를 하는 등 활동범위를 넓히고 있다. 또한 최근에는 다국적 타 기업 및 유럽 여러 나라와의 협력을 통해 eHealth 케어 시범 사업을 운영하고 통계적으로 유의한 수의 환자수를 집계해 의료 서비스의 질을 높이는 데 집중하고 있다. 우리나라도 홈 헬스케어를 좀 더 빨리, 효과적으로 정착시키기 위해 여러 기업 및 아시아 여타 국가와 협력할 필요가 있을 것으로 보인다.

여기서 탐방한 유럽 외에도 홈 헬스케어를 추진하는 나라는 많다. 그중 미국, 일본, 영국의 홈 헬스케어 사례를 살펴보자.

미국의 홈 헬스케어 프로젝트

미국은 홈 헬스케어를 실시하는 나라답게 이미 공공부문에서 다양한 홈 헬스케어 서비스를 추진하고 있다. 연방 정부(국방부, 국가보훈처, 보건부, 법무부 등)를 중심으로 농촌지역 주민, 군인, 우주인 등을 대상으로 홈 헬스케어 정책을 추진 중이다. 대표적으로 보건부와 농무부의 농촌지역 유틸리티 서비스는 43개 주, 2개 준주에서 농촌지역 병원과 대도시 지역 병원을 연결한 프로그램 및 네트워크를 추진하고 있다. 연방 정부뿐만 아니라 20여 개 주 정부에서도 홈 헬스케어 프로젝트가 진행 중이다. 미네소타 주, 사우스다코타 주, 아이오와 주에서는 각각의 주에 위치한 18병상 규모의 농촌지역 병원에서부터 450병상 규모의 3차 의료기관에 이르기까지 다양한 16개 병원에 양방향 비디오 컨퍼런싱 시스템을 설치해 응급치료뿐만 아니라 각종 원격진료 서비스를 제공한다.

이 서비스 덕분에 병원을 방문하지 않고 수준 높은 진료 서비스를 받을 수 있다. 노스캐롤라이나 주에 위치한 이스트캐롤라이나 대학 의학부는 100마일이나 떨어진 롤리 지역의 주교도소에 헬스케어 자문을 하고 있다. 의사는 네트워크를 통해 환자와 대화하고 디지털 청진기, 그래픽 카메라, 소형 피부감지 카메라 등을 사용해 진단하고, 필요하면 처방까지 한다. 또한 오리건 주 밀워키의 노인간호시스템인 엘리트케어(EliteCare)는 노인들에게 위치추적 배지를 제공하고 각종 센서를 이용하여 건강상태를 파악한다. 이 결과는 자동으로 보고되어 노인들의 건강상태가 실시간으로 점검되며 이상 징후가 발견되면 자세한 진료와 처방이 이루어진다.

영국, 만성질환자를 위한 홈 헬스케어 '텔레케어'

영국은 국가보건당국(National Health Service)은 모바일을 통해 지역 의료요원들이 의료시스템 및 환자정보에 접속할 수 있게 하는 시범사업을 3개월 실시한 결과, 영국의료기록서비스(CRS)에 접속할 수 있게 되었고, 이를 기반으로 가정 내 무선망을 통해 심장병이나 기관지염과 같은 만성질환 정보를 체크할 수 있는 서비스인 '텔레케어(Telecare)' 프로젝트를 진행할 수 있었다.

카라일 시 주택협회와 카라일 지구에서는 홈 헬스케어 시스템으로 만성호흡기 질환을 모니터링한다. 환자들은 미리 배포된 모니터링 장치를 이용하여 자신의 체온, 심박수, 호흡수, 심전도 및 혈압을 직접 측정할 수 있고, 측정 결과는 전화선을 통해 안전한 서버로 송신되어 의사나 간호사가 이용할 수 있는 전자환자기록(Electronic Patient Record)의 형태로 보존된다. 이 시스템을 통해 현재 영국의 국민보험 서비스가 연간 약 14억 4천만 달러나 부담하고 있는 만성폐쇄성폐질환과 같은 병을 원격으로 감시할 수 있게 되었다.

Chorleywood 보건소에서는 보건소 담당의사의 환자 원격진료가 추진되어 보건소의 의사들은 환자들을 직접 대면할 필요 없이 환자와 담당의사 간에 원격 진료와 전문의와의 화상 회의를 통해 진료를 시행하고 있다. 또한 의사는 환자의 병을 바로 진단하기 위해 환자가 병원의 담당 전문의에게 전송한 환자의 생체 측정 데이터를 이용해 최종 진단을 내린다. 그 결과 현재 Chorleywood 보건소를 방문하는 외래 환자 수가 75% 정도 감소했다.

일본의 원격가정간호

일본의 홈 헬스케어가 좀 더 활발하게 진행된 것은 1997년 12월 후생성이 정보통신기기를 활용한 원격진료가 의사법에 저촉되지 않음을 정확하게 통지, 공인한 이후부터였다. 2001년에는 '국가 그랜드 디자인'의 일환으로 헬스케어 정보화를 시작했다. 의료표준화, 정보인프라 구축, 시범사업 추진, 시스템 도입 및 정보시스템 유지관리, 홍보 강화 등이 주 내용이다.

2003년 이후에는 'e-Japan 전략 II'를 책정하여 의료부분 포함 7개 분야를 정보화 선도 분야로 선정, 육성을 추진하고 있다. 이 전략의 핵심내용은 의료정보 네트워크 기반에서의 온라인 송신에 초점을 두고 신 IT사회기반을 정비하는 것으로 2006년까지 400침상 이상 보유병원의 60%가 e-병원시스템을 도입하도록 하고, 보건소의 60%가 전자진료시스템을 도입하는 것을 목표로 하였다.

여러 홈 헬스케어 시스템 중에서도 일본 지자체나 국민들은 원격가정간호에 대한 관심이 많다. 원격가정간호는 재택환자 중 거동이 불편한 와상 환자를 위해 집에 설치된 TV 전화를 사용해 의사의 지시에 따라 적절한 처치를 할 수 있도록 돕는 시스템이다. 후생성은 이를 감안해 1997년부터 전국의 지자체와 함께 시범사업을 하고 있다.

최근에는 원격가정간호의 내용을 재택 재활지도, 재택 임산부검진, 재택 산소요법 지원, 재택 터미널케어 지원, 재택 당뇨병환자 지도 등으로 더욱 발전시키려는 움직임이 시작되었다. 아와테 현의 엔노 시는 인구 29,000명에 65세 이상의 노인이 이미 20%를 넘어 1984년부터 '엔노방식 재택케어시스템'에 홈 헬스케어를 도입해 활용하고 있다. 후지사와 시에서는 2002~2004년 'E-Care Town' 프로젝트에 4만 5천 엔을 투입하여 복지서비스 대상자들이 시설에 방문하지 않고도 가정에서 필요한 복지 프로그램의 혜택을 누릴 수 있도록 했다.

08

인문사회 영재가 이끄는 미래를 꿈꾸다

김미숙, 이지윤, 설경은, 어지현 ●성균관대학교

미술 시간에 그림을 그리는 아이들. 다른 아이들은 알록달록한 색으로 도화지를 채워 나가는데, 유독 한 아이는 흰 도화지 전체를 검은색으로 칠하고 있다. 이를 지켜보는 선생님은 "저 아이의 머리가 잘못된 것은 아닐까?" 걱정스러운 눈길로 쳐다본다. 그러나 어느 순간 검은색으로 채워진 수십 장의 도화지를 퍼즐처럼 맞추자 커다란 고래 한 마리가 역동적인 모습으로 나타났다. 만약 선생님들이 이 아이의 창의력을 인정하지 않고, 문제아로 취급하였다면 결과는 어떻게 되었을까? 검은색을 나쁜 색이라고 생각하는 어른들의 편협한 시각, 기존의 천편일률적인 교육 시스템으로는 예술성이 뛰어난 인문사회 영재를 키워 낼 수 없다는 것이다. 여기서는 뛰어난 인문사회 영재를 제대로 키워 낼 수 있는 교육 시스템이 무엇인지 알아보자.

What?
사람을 이해하는
인문학이 답 이 다

"애플의 기술력은 우리도 갖추고 있다. 하지만 그동안 우리는 기술을 이용한 도구 안에 무엇을 어떻게 담을 것인가에 관한 문제를 중요하게 다루지 않았다."

전 방송통신위원회 부위원장 이효성 교수가 강연 중에 했던 말이다. 애플사 못지않은 기술력을 갖추고 세계 MP3 플레이어 시장을 이끌던 우리나라가 언젠가부터 스티브 잡스의 애플사에게 시장을 빼앗기기 시작했는데, 그 이유가 기술력 때문이 아니라 기술을 이용한 도구에 담을 '그 무엇' 때문이라는 설명이다.

그 무엇을 생각해 내는 사람을 '아이디어 기획자'라고 할 수 있는데, 애플은 스티브 잡스라는 천재적인 아이디어 기획자 덕분에 세계적으로 주목받을 수 있었다. 그렇다면 아이디어 기획자는 누구인가? 기획자의 기본적인 자질로 여러 가지를 꼽을 수 있지만, 가장 밑바탕이 되는 자질은 사람에 대해, 더 나아가 사람에게 가장 필요한 것이 무엇인지를 생각해 내는 능력이다. 즉 인문학적 소양이 가장 밑바탕이 되어야 한다.

우리가 그동안 흰색, 살색, 검은색이라고 부르던 크레파스 세 개가 나란히 놓여 있고, 그 위에는 '모두 살색입니다'라는 글귀가 보인다. 바로 2001년 제20회 대한민국 공익광고 최우수상을 받은 포스터인데, 밑에 작은 글씨로 '외국인 근로자도 피부색만 다른 소중한 사람입니다. 돌아가서 우리나라를 세계에 알릴 소중한 손님입니다.'라는 글을 읽어보지 않더라도 한눈에 무엇을 전달하려는지 알 수 있다. 다양한 문화가 공존하는 우리나라의 최근 변화를 읽어 낸 통찰력 그리고 그것을 가장 압축적이면서 상징적으로 표현해 낸 창의력, 실제로 사람들에게 감동을 주어 사회적으로 도움이 되도록 만들어 낸 리더십 3가지 측면에서 뛰어난 역량을 보인다.

아이디어 기획자란 바로 인문학적 소양을 바탕으로 현재 사회의 모습을 이해하여 문제점을 짚어 낼 뿐만 아니라 미래를 내다볼 수 있는 통찰력, 이러한 통찰을 바탕으로 사람에게 필요한 것을 생각해 낼 수 있는 창의력, 통찰력과 창의력을 통해 생각해 낸 결과물을 사회에 도움이 되도록 만들어 나가는 리더십을 겸비한 사람이다.

이러한 아이디어 기획자에게 반드시 필요한 자질은 얼마든지 교육을 통해 키워 나갈 수 있다. 따라서 우리는 아이디어 기획자를 효과적으로 육성해 나갈 방안으로 인문학 분야에서 재능을 보이는 어린이와 청소년을 대상으로 인문학 교육을 중점적으로 하면서 그 교육 과정에서 통찰력, 창의력, 리더십을 증진시킬 수 있는 '인문사회 영재' 육성을 제안한다. 특히 우리나라의 영재 교육은 90% 이상이 수학, 과학 영재에 집중되어 있어 인문사회 영재를 키우기 위해서는 선진국의 인문사회 영재 프로그램에 대한 체계적인 분석이 요구된다.

미국, 의식 있는 영재를 키 워 내 다

🔵 노스캐롤라이나, 축적된 데이터로 맞춤 교육을 실시한다

"지하수가 지표에서 보이지 않는다고 보존과 개발을 소홀히 한다면 지상의 생물들이 생존하기 어렵게 되는 것처럼, 실용 학문들의 기초가 되는 인문학은 학문의 세계에서 지하수의 수맥과 같다. 따라서 인문학이 빈사 상태에 빠진다면 우리 사회의 문화와 문명의 발전은 기약하기 어렵다."

듀크 대학의 TIP센터가 지향하는 인문사회 영재교육의 실체를 알 수 있는 말로, 이 대학에서는 영재교육에서 인문사회 교육의 중요성을 강조하고 있다. 특히 영재교육에서 무엇보다 영재성 검사가 중요하다는 것을 인지하고, 오랫동안 여기에 초점을 맞춰 연구해 왔다. 영재에 대한 정의와 영재의 수준을 측정하는 과정 없이 적합한 교육을 제공할 수 없기 때문이다.

기존의 전통적인 영재성 검사는 일정 수준을 넘어서는 학생들의 능력을 자세하게 검증하는 데는 많은 한계를 드러냈다. 일정 수준을 넘는 아이들을 모두 동일한 집

첫 탐방지인 듀크 대학에서는 커뮤니케이션이 제대로 이루어지지 않아서 인터뷰를 하지 못할 뻔했지만 다행히도 무작정 찾아간 우리를 Rick이 반갑게 맞아 주었다.

단으로 분류하면서, 그들 사이에서의 변별력과 장점을 키워 나갈 수 있도록 프로그램을 개발하지 못했기 때문이다. 반면에 듀크 대학은 영재 학생들이 다른 또래 집단에 비해 어느 정도 앞서 가는지에 대한 정확한 데이터를 보유함으로써 영재 학생 각자의 수준에 맞는 맞춤 교육을 지향하고 있다.

TIP에서는 영재아를 판별하고 그들에게 적절한 자료를 제공해 주기 위해 노력하고 있는데 4, 5학년과 7, 8학년 이렇게 두 집단을 대상으로 영재 교육을 실시하는 특징 있다. 4, 5학년 학생들은 그들의 학습 능력을 검증받음은 물론 인정받은 영재성을 더 강화시키는 데 초점을 맞추고 있다. 어디까지나 영재로서의 가능성을 인정받는 단계이므로 주변의 도움을 받아 자신의 노력을 최대한 끌어올릴 수 있도록 교육시키는 데 목적을 두고 있다.

다음 단계인 7, 8학년 학생의 경우 몇 년 간 축적된 데이터를 통해서 어떤 분야에서 두각을 나타내고 있는지, 그 분야에서 더 능력을 발휘하기 위해서는 어떤 교육을 받는 것이 좋은지 판단할 수 있으므로 각 학생의 수준에 맞는 교육 프로그램을 제시할 수 있다. 이 아이들은 이러한 실질적인 영재 교육을 통해 특별한 분야에서 두각을 나타내는 영재로 성장할 수 있는 것이다.

● 버지니아, 죽은 교육은 저리 가라! 직접 체험하고 경험하라

온 동네에 영재라고 소문난 아이들, 하지만 이 아이들이 커 가면서 겪는 고통은 만만치 않다. 자신의 눈높이에 맞지 않는 학교 교육을 받으며 호기심과 상상력의 날개가 무참하게 꺾이고, 자칫 학교 부적응자로 낙인 찍히기 십상이다.

미국의 버지니아에서는 이러한 영재들을 위한 특별한 프로그램을 마련하고 있어 그런 염려를 하지 않아도 된다. 버지니아의 리치몬드 교육청에서는 영재

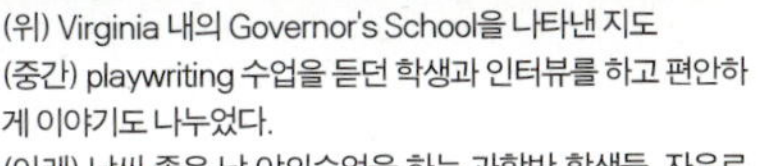

(위) Virginia 내의 Governor's School을 나타낸 지도
(중간) playwriting 수업을 듣던 학생과 인터뷰를 하고 편안하게 이야기도 나누었다.
(아래) 날씨 좋은 날 야외수업을 하는 과학반 학생들, 자유로운 분위기가 아이들에게 교육을 즐길 수 있게 만들고 있었다.

들에게 일반 학교에서 제공받지 못하는 형태의 수업을 제공함으로써 각각의 수준에 맞게 공부할 수 있도록 하는 '가버넌스 스쿨'을 운영한다. 여기서는 영재들에게 학술적이면서 예술적인 도전 과제를 부여하고, 영재들이 이를 해결하는 과정에서 능력을 키워 나갈 수 있도록 해 준다. 따라서 교수법이나 학습법도 전통적인 방법보다는 아이의 창의력을 최대한 발휘할 수 있도록 배려한다. 보통 집단적인 토론을 통해 결과를 만들어 내는 그룹 수업, 스스로 깊게 파고들어 자기만의 결론을 이끌어 낼 수 있는 연구, 생생한 체험을 바탕으로 살아 있는 교육을 담당하는 현장 학습 등을 통해 교육시키며, 수업 시간에 배운 내용을 예술적이고도 창의적으로 표현할 수 있도록 지원을 아끼지 않는다. 학생들은 소설가, 예술가, 과학자 등 각자의 꿈을 이루기 위해 전문적인 멘토와 교육자들의 적극적인 도움을 받는 것이다.

여름방학 합숙 프로그램, 여름방학 통학 프로그램, 학기 내 방과 후 프로그램 등으로 매년 7,500여 명의 영재가 가버넌스 스쿨의 혜택을 보고 있는데, 주의회의 재정 지원을 비롯해 지역 사회의 기부를 통해서 재정 문제를 해결하고 있으며, 지역 산업체로부터 현장 학습을 위한 시설이나 자재, 전문적인 조언을 받고 있다.

같은 버지니아 주에 위치한 윌리엄 앤 메리 대학College William and Mary은 다양한 커리큘럼을 갖춘 영재교육 프로그램으로 알려져 있는데, 특히 인문사회 영재교육 분야에서 선두적인 역할을 하고 있다. 이 대학의 영재교육은 뛰어난 몇 명의 학생들을 선발해 그들에게 맞는 교육을 제공해 주어야 한다는 기본 영재교육의 취지와 더불어, 더 많은 학생에게 기회를 주고 그들이 자신만의 영재성을 찾도록 한다는 취지까지 가지고 있다는 점이 특징이다. 따라서 학생들에게 비교적 넓은 기회를 제공하고 있는데, 영재성 검사를 통해서 영재성을 검증받거나 학교에서 어느 과목에서든 5% 이내에 드는 좋은 성적을 거둔 학생이면 누구나 영재 프로그램에 참여할 기회가 주어진다.

수업 방식도 학생들의 직접 체험을 통한 능동적인 참여를 유도한다. 예를 들어, 4~6세 아동을 대상으로 세계 지리와 글로벌 문화, 매너에 대해 수업하는 시간에는 아이들이 교사의 지도에 따라 매직카펫을 타고 하늘을 날아 해당 나라로 여행가는 상황을 연출한다. 그리고 그 나라의 지리, 역사, 언어뿐만 아니라 문화와 매너 등에 대해서 연습해 보는 형식이다. 연극과 창작 수업 시간에는 학생들이 직접 여러 인물을 연기해 봄으로써 다양한 인물의 입장이 되어 생각해 볼 수 있는 기회를 제공한다. 친구들과 다양한 상황을 설정하여 연기해 봄으로써 사회성은 물론이고 문화적인 능력까지도 기를 수 있는 수업이다.

교사들을 직접 초빙하지 않고 교사들이 수학, 과학, 인문사회 등의 영역에 맞는 커리큘럼을 들고 와 운영진으로부터 선택받는 선발 방식도 특이하다. 영재교육 교사 중에는 전, 현직 교사를 비롯하여 교육과 관계없는 다양한 이력을 가진 사람들을 참여시킴으로써 참신하고 유익한 프로그램을 개발하였다.

영재교육에서 그 어느 곳보다도 독창적인 프로그램을 자랑하는 윌리엄 앤 메리 대학에서는 '영재란 사회에 공헌할 만한 업적을 이룰 수 있는 천재가 될 가능성이 높은 아이들로 정의'하는 한편 '영재교육은 우리 사회의 발전을 위해서는 꼭 필요한 교육'이라고 강조하며 날로 수요가 늘어나는 영재교육에 힘쓰고 있었다.

● 메릴랜드, 모든 아이들은 영재로 태어난다

우리 아이 영재로 키우기가 유행처럼 번지고 있다. 이 말은 어린아이들은 누구나 영재로서의 자질을 갖고 있으며, 주변에서 적극적으로 기회를 제공하면 얼마든지 훌륭한 영재로 성장할 수 있다는 전제에서 출발한다.

메릴랜드 주의 볼티모어 교육청도 거시적으로 모든 아이들은 지능, 리더십, 창의성, 예술성을 가진 영재로서의 가능성이 있다고 본다. 실제 영재교육도 아이들의 이러한 능력을 더욱 발전시킬 수 있는 기회를 제공해야 한다는 방침으로 운영되어, 기존에 인정받은 영재아들만을 대상으로 하지 않고 평범한 아이들까지도 끌어안는 교육 프로그램을 지향한다.

수준 높은 과제를 제시함으로써 기존 영재뿐만 아니라 영재로 인정받을 기회가 없었던 학생들이나 평균 수준의 학생들에게까지 도전의식을 심어 주는 방식이다. 앞에 놓인 어려운 과제를 풀기 위해서는 머리를 싸매고 창의적인 방법을 생각할 수밖에 없고 그를 통해 아이들의 능력과 수준을 높이겠다는 것이다. 무엇보다 그룹 형식으로 수업을 진행함으로써 다른 관심사를 가진 아이들을 섞어 다양한 방면에 관심을 가질 수 있도록 유도하고, 다른 수준의 아이들을 섞어 자연스럽게 어울리게 함으로써 자극을 주고받으며 성장할 수 있도록 도와준다.

이 교육청은 영재교육에 대한 일괄적인 재정 지원을 하지는 않지만, 지역 내에 있는 존스홉킨스 대학과 같은 여러 연구기관의 연구결과를 바탕으로 각 학교에 영재교육을 위한 가이드라인을 제공하고 있다. 대학과 실제 교육 기관과의 연계를 돕는 코디네이터 역할을 충실히 수행하고 있는 것이다.

특히 앞서 가는 아이들에게 그들의 능력을 더 발휘할 수 있도록 환경을 제공하자는 취지에서 만든 존스홉킨스 대학의 CTY^{Center for Talented Youth}는 오랫동안 영재교육에 대한 관심을 기울인 결과 세계적인 수준을 자랑하며, 세계 각국과 영재교육 네트워크를 구축할 정도로 유명한 곳이다. 특히 영재 선발을 할 때 SAT^{미국대학입학표준시험}만으로 측정하는데, 이는 최대한 많은 학생에게 영재성 발휘

메릴랜드 교육청에서 우리를 위해 간단한 프레젠테이션을 준비해 주었다.

의 기회를 주기 위해서이다.

수업할 때 강의뿐만 아니라 야외 수업이나 야외 활동에 많은 무게를 실고 있다는 점도 특징이다. 예를 들어, 이스라엘과 팔레스타인에 대해서 배우는 수업 시간에는 교실 안에서의 강의에 그치지 않고, 직접 역사의 현장인 워싱턴을 방문해 이스라엘-팔레스타인 조약에 대해서 알아보고 토론하는 방식이다. 때로는 일반 학교에서는 접하기 힘든 수업, 예를 들어 '이상국가와 비이상국가Utopias and Distopias'와 같은 깊이 있는 수업을 통해 학생들에게 학문의 신세계를 경험하고, 그 경험을 바탕으로 신세계를 더욱 넓혀 나갈 수 있도록 도와준다.

특히 존스홉킨스 대학은 인문학이 개인과 개인 그리고 사회를 이해하는 데 반드시 필요한 학문임을 강조하고, 인문학 교육에서도 학생들이 인간의 생각과 행동 뒤에 있는 문제들에 답할 수 있도록 해 준다. 인문학 프로그램과 관련된 수업들도 국제관계에서부터 심리학, 역사, 철학적인 문제 등 다양하다. 실제 영재교육 프로그램에서 인문사회 분야가 약 1/3을 차지하고 있을 정도로 많은 관심을 기울이고 있다.

09
뉴미디어아트, 상상력이 기술과학을 이끌다

손부경, 송연주, 이진, 최이주 ●홍익대학교

현대는 그림의 존재 방식보다 컵의 존재 방식이 예술이 될 가능성이 높고, 그림을 잘 그리는 사람보다는 오브제를 발견하는 사람이 예술가로 인정받을 확률이 높다. 예술의 경험은 특정한 장소에서 특별하게 이루어지는 것이 아니라, 보다 일상과 가까운 곳에서 이루어진다는 인식의 전환이 가져다 준 변화다. 따라서 예술가도 남들과 동떨어진 작업실에서 고독하게 작품에 열중하기보다는 삶의 현장에서 사회와 시장을 이해하며 얻은 사회적인 메시지를 자신만의 독특한 전달수단으로 전달하는 사람이 되고 있다. 예술과 기술이 결합된 미디어아트는 현대미술의 최전방에서 그러한 흐름을 주도하고 있다. 미디어아트에 대한 관심이 높아지고 있는 요즘, 우리나라 미디어아트의 발전 방향을 모색해 보고자 유럽을 탐방했다.

What?
현대미술의 최전방에서
미디어아트를 만 나 다

공연 중에 피아노와 바이올린을 부수는 행동으로 기존 예술과 전통적인 가치관에 반기를 들며 예술계에 혜성처럼 등장한 백남준. 그는 독일에서 전통적인 매체에 대항하듯 12대의 텔레비전을 통해 전시회를 개최하였고, 그 전시회로 일약 비디오아트의 창시자로 도약하였다. 뉴욕에서 활약하던 그는 35년 만에 한국으로 돌아오며 '예술은 사기다'라는 폭탄선언을 하여 세상 사람들을 깜짝 놀라게 하였다. 예술은 눈에 보이지 않는 부분을 표현해야 하므로 일반 과학보다는 사기적인 요소가 많다는 것을 표현한 것인데, 듣는 사람에게는 예술 전체가 사기라는 느낌을 주어 많은 논란을 불러일으켰다. 여러 논란에도 불구하고 백남준은 오랫동안 비디오아트의 선두주자로 활약하였고, 본인이 내뱉은 '예술은 사기다. 아무도 하지 않은 것을 그냥 하기만 하면 되니까 말이다.'라는 말처럼 타개할 때까지 다른 사람은 상상도 하지 못한 새로운 시도를 거듭하였다.

백남준이 했던 '새로운 시도'는 20세기 후반의 급격한 기술의 발전, 미디어의 발전과 흐름을 같이한다. 최근 들어 사람들의 일상이 되어버린 텔레비전·비디오·컴퓨터와 같은 매체, 우리 주변을 둘러싼 첨단 기술과 디지털 정보, 여기에 예술을 결합시킨 미디어아트. 이 미디어아트는 최근 현대미술이 추구하는 바를 비교적 정확하게 충족시켜 줄 수 있다.

현대미술은 기존의 예술적인 가치관과는 확실한 선을 긋고 있다. 작품 자체의 예술 가치보다는 작품이 주는 메시지가 사회적으로 가지는 역할이 더 크고,

그 메시지를 표현하기 위해 기존에 없는 독특하고 고유한 방법으로 전하는 것이 더욱 중요하다. 예술가도 현대적인 흐름에 맞게 독특한 커뮤니케이션 방법을 연구해야 하는 것이다. 이러한 맥락에서 볼 때 미디어아트는 현대미술의 최전방에서 현대미술의 특성을 가장 두드러지게 가지고 있는 예술 형식이다.

현대미술의 최전방에 서서 폭발적으로 성장하고 있는 미디어아트. 우리나라는 다양한 전시회를 통해서 미디어아트의 시각적 화려함과 문화 산업적인 가치에 의미를 많이 두고 있다. 그러나 미디어아트를 이용하는 일에만 주목할 것이 아니라 미디어아트의 인문학적, 예술적 가치에 관심을 두고 인프라 구축에 눈길을 돌려야 할 때이다.

우리는 주어진 14일 동안 유럽의 선진 미디어아트 기관을 방문하면서, 각 나라별로 미디어아트 현장이 어떠하고, 그 기관들이 가진 공통분모는 무엇인지를 알아보았다. 유럽의 미디어아트 인프라에서 배울 점을 찾아 우리나라에 적용시킬 수 있는 부분을 찾아보았다.

In Europe

유럽, 예술과 기술이 만나 새로움을 창조하다

● **오스트리아, 전시공간과 랩을 결합하여 수익을 창출하다**

예술, 기술, 비즈니스를 결합한 오스트리아 최대의 미디어 아트센터 아르스 일렉트로니카Ars Electronica는 지역에서 열리는 미디어 페스티벌의 중심이 되어 시민들을 불러 모으는가 하면, 작가들이 거주하면서 작업하는 레지던시 프로그램과 미디어 연구소를 운영하여 세계 각국의 미디어 예술가들을 끌어들이고 있다.

이 센터의 가장 큰 변화는 미디어아트를 연구하는 랩과 작품을 전시하는 전시공간의 결합으로부터 시작되었다. 예전에 산발적이고 독립적으로 존재하여 협조를 이루기 어려웠던 구성 부서들이 1996년 오스트리아 린츠에 하나의 미디어아트센터로 모이면서 시너지 효과를 내며 도약의 발판을 마련한 셈이다. 현재는 독일의 미디어센터인 ZKM과 함께 새로운 미술관 모델로 각광받고 있는데, 가장 눈길을 끄는 점은 각각 독립되었던 랩과 전시공간의 결합이다. 상설 전시공간을 통해 랩에서 생산된 미디어아트 결과물을 전시함으로써 일반 대중과 소통이 용이해졌고, 자연스럽게 수익이 발생함에 따라 재정적인 안정을 꾀할 수 있었다. 또한 예전에는 미디어아트 전시가 페스티벌 형식으로 진행되었다면 안정적인 전시공간을 확보함에 따라 관광객이나 지역주민들이 언제든지 미디어아트 전시를 접할 수 있게 되었다.

무엇보다 이 센터의 핵심은 10년 간 만든 미디어 작업을 볼 수 있는 메인갤러

(위) 오스트리아 아르스 일렉트로니카 퓨처랩의 디렉터와 함께 찍은 사진. 퓨처랩은 출입도, 사진을 찍는 것도 모두 허용되지 않는다. 그러나 우리가 오스트리아에 이틀을 묵으며 이 기관에 보인 관심과 정성 끝에 디렉터는 내부를 잠깐 둘러볼 수 있게 해 주었고, 비록 출입문 앞이었지만 사진도 찍게 해 주었다.
(아래) 아르스 일렉트로니카 딥 스페이스에서 사람들이 3D 안경을 쓰고 '우주 공간' 속에 들어가 있다. 이런 실험적인 영상 체험의 공간이, 몇 년 후에는 멀티플렉스 영화관에서 실현될지도 모른다. 미디어아트는 이렇게 사용외지 않은 첨단기술을 실험적으로 미리 해 보이며 첨단기술을 선도해 나간다.

리와 메인갤러리에서 전시되는 미디어 작업의 대부분을 담당하는 퓨처랩이다.

특히 퓨처랩에서는 50명의 직원들이 아이디어를 현실화시키고자 애쓰고 있는데, 연구에서 나온 결과물을 실제 전시장에 전시하기도 하고 시제품으로 만들어 직접적인 수익을 창출하고 있다.

이 밖에도 딥 스페이스^{Deep Space}는 인터액티브 3D 콘텐츠를 위한 대규모 프로젝션 공간으로 기존의 가상현실 공간의 한계를 극복하기 위해 설계되었다. 현재는 아이맥스 영화관이 가장 발전된 형태이지만 딥 스페이스의 경우 비디오 프로젝션 분야에서 가장 높은 기술을 구현하고 있어 미래의 영상체험 방식을 예고하고 있다.

● 독일, 21세기 디지털 바우하우스를 꿈꾼다

20세기 후반에는 요셉 보이스, 백남준과 같은 작가들이 활용했던 실험매체의 미술이 활발하게 이루어지는 한편, 독일 출신의 발터 벤야민이나 귄터 안더스와 같은 미디어 이론가들의 활약이 돋보였다. 이러한 이론가들의 활약으로 독일은 현대 미디어아트를 선도하는 나라로 부상하였고, 현재는 세계 최고의 업체와 미디어센터를 보유하는 나라가 되었다.

독일에서 먼저 찾아간 곳은 베를린에 위치한 ART+COM이었다. 기획자, 예술가, 디자이너, 과학자, 엔지니어가 협업하여 클라이언트가 주문한 미디어 작업을 수행하는 미디어아트 솔루션 제공 업체로 인터랙티브한 미디어인 뉴미디어를 활용한 디자인 스튜디오로 명성을 떨치고 있다. 주로 박물관, 전시관, 과학관, 아트 페어 등에 설치 작업을 하고 있는데, 디지털 미디어를 활용한 작업을 하되 기술, 디자인, 실용성 면에서 보다 실험적인 시도를 하고 있다.

모든 전시공간이 하얀 벽에 하얀 좌대, 밝은 조명만 있는 것은 아니다. 뉴미디어 작업의 전시공간은 다양하게 변모 가능한 공간이 되어야 한다.

현재 각종 산업과 문화 영역에 종사하는 세계 각국의 의뢰인들이 미디어아트를 활용한 파사드·전시관 등의 디자인 작업을 의뢰하면, 이 업체에 속한 80명에 이르는 미디어 전문가들이 의뢰에 맞는 솔루션을 제공한다. 솔루션으로는 기술적, 디자인적으로 필요한 2차원 스크린이나 파사드를 설치하는 것부터 필요한 공간 전체를 조성하는 것까지 범위가 넓고 다양하다.

독일에서 두 번째로 방문한 카를스루에에 위치한 ZKM은 다른 기관들이 가지고 있는 전시공간, 랩, 교육기관, 아카이브의 네 가지 인프라를 모두 가진 미디어센터로 현대 미디어아트를 선도하는 독일에서도 최고의 미디어센터로 알려져 있다.

ZKM는 건축을 비롯한 예술과 기술을 종합하고자 했던 독일의 종합예술학교인 바우하우스와 같은 맥락에서 이해하면 편하다. 1900년대 초반 바우하우스가 기계화된 산업 시대에 부응하여 새로운 조형언어와 인간환경을 창조하고자 했다면, ZKM은 첨단기술 산업 시대에 과학기술과 매체, 예술을 함께 논하는 공간인 것이다. 즉 21세기 디지털 바우하우스인 셈이다. 이러한 이념을 바탕으로 뉴미디어에 대한 이론 연구와 함께 전시를 병행하며 뉴미디어의 잠재력을 실험하는 한편, 실제 사회에서 상용되는 뉴미디어 형식에 관해 진지하게 모색해 왔다.

가장 눈길을 끄는 점은 현대미술관^{Museum of Contemporary Art}과 미디어미술관^{Media Museum}의 공존이다. 이 두 공간은 동시대의 현대미술과 하이테크놀로지 기반의 미디어아트의 전시를 통해 예술과 뉴미디어의 관계를 드러내는 장소라는 점에서 의미가 깊다.

우선 미디어미술관을 통해 미디어아트의 제작, 감상, 커뮤니케이션 등의 새로운 방식을 제안하는 한편, 현대미술관을 통해 일반적인 매체 미술을 보여 줌으로써 기존 예술 형식과 미디어아트의 관계 그리고 예술의 미래에 대해서 진지하게 고민하게 한다.

이 밖에도 뉴미디어와 예술에 관한 연구소와 기관들을 보유하고 있어 단순히 예술 작품을 대중에게 전시하는 기능뿐만 아니라 새로운 예술 실험, 첨단기술과 예술에 대한 이론 연구, 이러한 실험과 연구 과정에서 예술가와 기술자, 인문학자 간의 협업을 이끌어 나가며, 미디어아트 복합 센터로 자리매김하고 있다.

🔵 네덜란드, 아카이브 기술의 최고를 자랑한다

네덜란드의 대표 미디어센터인 NIMK는 암스테르담 지자체, 문화부, 교육부, 과학부로부터 재정 지원을 받아 운영되는 곳으로 미디어 작업의 신진 작가를 발굴하여 지원하고, 그들을 육성하는 교육 프로그램을 개발하며, 미디어아트 기획전시도 열고 있다. 전시는 NIMK에서 지원받는 학생들이나 작가들의 작품들로 이루어진다. 이 밖에도 심포지엄, 심사, 이미지와 소리에 관한 라이브 퍼포먼스 및 실험적인 시도를 하고 있다.

특히 미디어 작업을 보존하는 아카이빙을 주로 하기 때문에 보존과 보관 기술에 대한 전통이 깊다. 미디어 아카이브는 과거의 미디어아트부터 현재의 미디어아트까지 보존하는 것으로, 과거의 미디어 작업을 현재와 미래에도 감상할 수 있도록 지원하는 미디어 환경이라 할 수 있다. 유럽의 경우 미디어 전문 아카이브를 마련함으로써 다양한 매체로 이루어진 미디어 작업들을 체계적으로 관리하고 이를 바탕으로 전시와 연구를 병행하고 있는데, 네덜란드의 미디어 아카이브는 세계적으로 유명하다. 그중에서는 NIMK는 1978년 창립 이후로 2,000여 명의 작가 작품을 소장하고 있으며, 소장한 작품들을 다른 곳에서 전시할 수 있도록 하고 있다. 또한 네덜란드 문화유산기구[ICN]의 비디오컬렉션을 관리하고 있다. 또한 미디어 작품과 전시에 관한 1,000여 편의 논문, 6,500여 권의 문헌을 보유하고 있다.

프랑스는 오랜 문화적 전통과 함께 예술에 대한 관심이 높은 나라로 알려져 있다. 최근에는 국가 차원에서 적극적으로 현대미술을 지원하고 있는데, 그 시작이 르 프레누아[Le Fresnoy]다. 프랑스 문화부가 지원하는 현대미술 교육기관으로 비디오, 오디오 등 디지털 미디어의 예술적 구현을 위한 교육이 이루어진다.

학사 학위를 가진 39세 이하의 국내외 지원자 24명이 선발되어 2년의 교육기간 동안 1년에 한 번씩 총 두 번의 프로젝트 전시를 진행하며, 진행하는 프로젝트에 관한 기술 인력은 물론 모든 장비를 제공받을 수 있다. 학교에서는 현직 예

(왼쪽) 프랑스 국립현대미술 스튜디오인 르 프레누아의 외관이며 교육기관이라고는 믿기지 않는 파격적인 모습이다.
(오른쪽) 르 프레누아 소속 한국작가 이희원 씨의 작품이다. 태엽이 감길 때마다 멜로디와 메시지가 나오는데, 이 메시지는 고아들의 어릴 적 기억을 모은 것이다.

술가로 구성된 교수진이 소수 정예로 구성된 학생들의 멘토가 되어 전시할 작품의 구성을 돕는다. 첫 해에 맡는 프로젝트에서는 학교에 설치된 비디오, 사운드 장비를 자유롭게 이용할 수 있지만, 두 번째 프로젝트에서는 아직 상용화되지 않았거나 상용화를 앞둔 첨단 기술을 이용해야 한다. 그러한 첨단 기술이 들어가지 않으면 학교 측에서 전시 작품으로 승낙하지 않기 때문이다.

다양한 문화권의 학생들이 차별받지 않도록 그들 작품의 변형, 모순, 변화를 인정해 준다는 점도 높이 살 만하다. 학생과 마찬가지로 다양한 지역과 분야에서 초청받은 교수들도 그들의 관점을 교육과정에 아무런 부담 없이 적용하므로 학생들은 다양한 범주의 여러 가지 생각을 담은 작품들을 만들 수 있는 것이다.

가장 최근에 진행되었던 'PANORAMA12_Soft Machine' 전시를 살펴보면 '과정은 결과보다 중요하다'라는 기조를 내걸고, 프로젝트의 기술적인 면이 얼마나 완성도가 높은가를 평가하기보다는 프로젝트를 이루는 과정을 보여 주는 것에 초점을 맞췄다는 점에서 이채롭다. 특히 이들 학생들이 진행한 프로젝트를 전시하는 공간이 마련돼 있는데, 매년 두 학기가 끝나는 여름방학 때 전시되어 학생과 외부인이 관람할 수 있도록 한다. 이 밖에도 학생과 졸업생들이 기성 미디어 작가와 협력한 기획 전시를 열어 외부인의 발길이 끊이지 않도록 유도하고 있다. 결국 방문객들이 다시 르 프레누아 학생들의 작업에 관심을 갖게 하는 결과로 이어진다.

🔵 영국, 프로젝트 교육으로 미디어아트를 완성한다

영국은 yBa를 앞세워 1990년대부터 유럽 현대미술의 중추로서 두각을 나타내는데, 최근에는 디자인 분야로 특화되었던 센트럴 세인트 마틴즈 대학^{Central St.} ^{Martins}이 미디어아트까지 확장하면서 런던의 대표적인 현대미술 교육기관으로 자리 잡고 있다. 특히 새로운 기술에 대한 교육 프로그램 및 기술 지원이 이루어지고 있고, 기술과 예술의 통섭 교육을 강조하여 미디어아트에 적합한 교육 커리큘럼을 가진 것으로 평가받고 있다.

이 대학의 미디어학부의 교육 내용을 살펴봄으로써 우리나라의 미디어아트 교육기관의 모델을 생각해 볼 수 있는데, 미디어학부는 애니메이션, 사진, E-그래픽스 등 시각 응용 미술 전반을 아우르는 과정을 포함한다. 이 중 주요 전공은 그래픽 디자인과 광고, 일러스트레이션, 영상, 애니메이션, 사진, E-그래픽스 등이며 미디어의 기술적인 부분에 관한 교육도 함께 이루어진다. 영국의 모든 미술 대학들처럼 학부는 3년 9학기, 즉 한 학년이 3학기로 구성되며, 각 학기는 10주이다. 미디어학부의 정원은 200명이기 때문에 20명 안팎이 10개의 반으로 나뉘어 수업한다.

1학년 교육 과정은 모든 분야의 체험을 통해 각 전공들에 대한 개념 정립과 기초 다지기를 위한 기간으로, 특정 전공이 없는 상태로 다양한 종류의 프로젝트들을 경험하게 된다. 첫 학기 동안은 로테이션이라고 해서 광고, 사진, 드로잉, 판화, 영상&애니메이션, E-그래픽스 등 각기 다른 분야의 미니 프로젝트를 1주일 동안 진행하고, 2학기와 3학기에는 프로젝트당 2주 단위로, 총 7개의 프로젝트를 수행한다.

2학년 프로젝트 기간은 2~4주로 1학년 때보다 훨씬 더 심도 깊은 작업을 요구한다. 또한 수업과 함께 컬처스터디를 들어야 하는데, 컬처스터디는 자신의 전공은 아니지만 전공과 관련된 분야, 혹은 자신이 흥미를 느끼는 주제에 관한 이론 강의를 선택해서 듣는 것을 말한다. 주제는 패션, 영화, 건축 등 다양하며, 다른 과정에서 공부하는 학생들과 함께 어울려 수업한다.

3학년 1학기는 2학년 말부터 진행해 온 논문 프로젝트가 계속된다. 그 후에는 튜터들이 제안하는 프로젝트를 하거나 자신이 하고 싶은 프로젝트를 해도 좋다. 3학기에 있는 최종평가를 위한 포트폴리오를 제출하고, 마지막으로 졸업 전시를 한다.

2주 동안 5개의 나라를 탐방하는 동안 우리는 유럽의 미디어아트 기관들이 미디어아트에 대한 면밀한 고찰을 토대로 미디어아트의 생산과 매개, 연구에 필요한 적절한 시설, 즉 전시공간, 연구소, 아카이브, 교육기관 4개의 인프라 시설을 갖추고 있다는 것을 알 수 있었다. 또한 각각의 기관은 나름대로 고유한 접근 방식과 역사를 자랑한다. 그 기관들은 대중적이고 비평적 관점을 만족시키는 세계적인 미디어 아트의 생산과 수용에 깊이 관여하고 있으며 미디어아트의 역사를 주도해 왔다고 해도 과언이 아니다.

유럽 미디어아트 기관들의 모습은 그 자체가 우리에게 좋은 모델이다. 우선 시작은 네 가지 인프라 시설을 구축하는 것이 중요하다. 하지만 인프라를 갖추는 것 외에도 미디어 아트의 가치를 바라보는 시각이 달라지지 않는다면 애써 갖춘 미디어 아트 시설 인프라에서 엉뚱한 결과물을 만들어 낼 수 있다는 것도 잊어서는 안 된다.

10

사람을 위한 집,
희망의
씨앗을 짓다

신기준, 김은혜, 이은우, 김이연 ●한동대학교

대부분의 건물이 무너진 폐허에서 눈물과 먼지로 얼룩진 얼굴로 자식의 이름을 애타게 부르는 엄마, 세상 전부인 엄마를 잃고 헤매는 아이들. 인간의 힘으로 막을 수 없는 자연재해로 가족을 잃은 슬픔에 잠겨 있는 이들에게는 더한 고통이 기다리고 있다. 자그마한 몸 한 자락 누일 집이 없어 추위와 더위와 싸워야 하고, 물과 식량이 부족하여 굶주림에 허덕여야 한다. 세계의 구호 기관은 이들에게 식량과 임시 구호주택을 지어 구원의 손길을 내밀고 있지만, 영구 주거지로 옮겨가기 힘든 가난한 나라의 이재민들에게 임시 구호주택은 오히려 열악한 주거 환경을 제공하는 모순을 낳고 있다. 이 문제를 해결할 방법은 없을까? 바로 경량 소재의 텐트 형식이었던 임시 구호주택 대신에 내구성과 지속성을 가진 과도기적 구호주택을 개발하여 제공하는 것이다.

What?
임시 구호주택에
변혁을 꾀 하 다

지구촌은 현재 지진, 홍수와 같은 자연재해로 몸살을 앓고 있다. 문제는 자연재해로 인한 피해가 개발도상국이나 세계 최빈국에 속하는 나라에 집중되어 있다는 것이다. 지진으로 전체 국민의 12%가 사망하고 수도가 완전히 파괴된 나라 아이티, 강진으로 인해 700여 명이 사망하고 200여 만 명이 살 곳을 잃어버린 나라 칠레, 80년 만의 홍수로 1,300여 만 명의 집이 물에 잠기거나 무너진 나라 파키스탄. 세계의 도움 속에서 이제 도약하려던 이들 나라들은 갑작스러운 자연재해로 인해 갈기갈기 날개가 꺾여 도저히 회생 불가능할 정도로 추락할 위기에 처해 있다. 어느 한 나라만의 일이라고 치부하기에는 피해 지역이나 규모가 너무나 크고, 앞으로 비슷한 자연재해로 인해 지구촌 다른 곳이 얼마든지 피해를 입을 가능성이 있다.

따라서 피해를 입은 나라들에 대한 지속적이고 중장기적인 지원의 필요성이 요구되고 있으며, 실제 세계 곳곳에서는 도움의 손길을 아끼지 않고 있다. 그중 하나가 이들이 쉴 수 있는 주거지를 제공하는 임시 구호주택이다. 자연재해로부터 목숨을 건졌지만 마땅히 기거할 집이 없어서 고통받는 이재민들을 위한 곳인데, 빠르고 효율적인 주거지를 마련하기 위해 가장 많이 사용되는 임시 구호주택은 가볍고 설치가 편리한 텐트이다. 보통 영구적인 집이 마련될 때까지 임시 텐트에서 생활하며 최소한의 생계를 유지하는데, 문제는 피해를 입은 나라들이 대부분 가난하다 보니 영구 주택으로 이전하지 못하고 임시 주택에서 5~10년씩 머물게 된다는 사실이다. 이재민들을 위해 신속하고 빠르게 임시 주택을 공급한다는 구호 목표는 이루었지만, 오히려 거주 기간이 장기화되면서 열악한 주거환경을 만드는 모순을 초래한 셈이다.

이러한 문제를 해결하기 위해 천편일률적인 구호주택에서 벗어나 내구성과 지속성을 가진 구호주택, 즉 '과도기적 구호주택Transitional Housing'이라고 정의하는 다양한 모습과 소재의 구호주택을 개발하려는 움직임이 활발하다.

철제 구호주택,
아이티를 살 리 다

거대한 임시 텐트가 늘어선 곳에서 철모르는 아이들이 삼삼오오 모여서 해맑게 뛰어노는 모습을 보면, 하늘이 무너지고 땅이 꺼지는 자연재해가 있어도 살아남은 것만으로도 다행스럽다는 생각을 하게 된다. 그러나 시간이 지날수록 이들 임시 주택이 낡고 허물어진다면 해맑은 웃음도 오래가지 못할 것이다.

그래서 미국 NGO 단체 CHF는 아이티 지진을 계기로 임시 주택을 지을 때 내구성이 취약한 목재 프레임 대신에 경량 철제 프레임을 사용하는 새로운 시도를 하였다. 약 18m²의 공간을 만들어 내는 이 구조는 아이티의 평균적인 가족 단위인 5~6명을 수용할 수 있도록 만들어졌는데, 기존에 사용하던 목조 프레임의 수명이 3~4년인 데 비해 경량 철제 프레임은 30~40년 동안 사용할 수 있는 중장기적 관점의 구호주택으로 디자인되었다.

경량 철제 프레임을 사용하는 또 다른 이유는 내외장재를 자유롭게 교체할 수 있다는 장점이 재해지역의 사회적인 안정화까지 가져다 줄 수 있기 때문이다. 재해지역에 처음 세워지는 구호주택은 플라스틱 천으로 구성되는데, CHF는 재해지역에 구호주택을 공급하는 동시에 복합패널을 생산하는 공장을 설립한다. 이 공장에서 만들어지는 복합패널은 플라스틱 천을 대체할 수 있도록 규격화된 디자인으로 입주자들이 계속해서 주택을 개조할 수 있도록 돕는다. 단순히 좀 더 나은 주택으로 개선하는 것만이 아니라, 입주자들이 복합패널을 구입하기 위해 지역에서 일자리를 다시 찾고 시장을 활성화해 나가도록 유도하는

워싱턴 DC에서 CHF를 탐방해 구호주택의 새로운 변화와 공급 현황 등에 대해 자세히 들을 수 있었다.

방법이다. 좀 더 내구적이고 영구적인 주택으로 만들어 가는 동시에 지역 주민들의 시장을 되찾아 줄 수 있는 사회적인 요인까지 고려한 방안이다.

그러나 경량 철제 프레임이 무조건 좋은 것만은 아니다. 내구성이라는 측면에서 매우 혁신적이지만 피해 지역에 실제로 적용하는 데는 여러 가지 현실적인 어려움이 있다. 이미 부지가 정해진 도심에 규격화된 철제 프레임을 이용해 주택을 마련하려고 할 때 너무 크거나 작은 경우가 발생하여 실제 아이티 구호 사업에서도 도심보다는 지방과 변두리에 더 많이 지어졌다.

전체 비용 면도 고려해야 한다. 목조 구호주택은 하나를 짓는 데 약 1,000달러, 철제 구호주택은 약 1,300달러의 비용이 들어 비슷하지만, 철제 구호주택의 경우 미국에 위치한 공장에서 제조하여 운반해야 하기 때문에 훨씬 많은 비용이 든다. 따라서 현지의 인력과 자재를 사용하여 지역 시장을 활성화시키는 전략에 대해 좀 더 연구해야 한다.

● 지역성 살린 구호주택을 짓다

2007년 최대 시속 250km의 강풍과 폭우로 방글라데시를 강타한 사이클론 '시드르'로 인해 3,300명 이상이 사망했고 150만 주택이 무너졌다. 이에 따라 USAID의 산하기관으로 긴급 자연재해에 대응하기 위해 만들어진 단체 OFDA 는 과도기적 구호주택 프로그램을 지원했다. 2009년에 완성된 이 구호주택은 지역의 디자인을 활용하면서 홍수와 바람에 저항력이 강한 요소로 지어졌다. 그런데 집이 지어진 후 바로 2차 사이클론 '아일라'가 발생하여 방글라데시를 휩쓸고 지나갔는데, 몇몇 지역에는 OFDA의 후원으로 세워졌던 과도기적 주택이 그대로 남아 있었다. 비록 벽 부분은 바람에 날아갔지만 지붕과 주택의 토대는 그대로 남아 있었던 것이다. 영구주택으로 설계된 것은 아니었지만 짧은 시간의 과도기적 주택으로서의 기능은 물론 2차 피해까지도 견뎌 낸 구호주택으로 내구성과 저항력이 있음이 입증되었고, 이후 OFDA의 보완으로 홍수와 바람에 잘 견디는 주택으로 여전히 사용되고 있다.

이 사례를 통해 철제 자재가 가장 적합하다고 생각할 수 없으며 구호주택 연구에서는 어떤 자재, 기술보다는 효율성과 융통성, 현지와 조화성이 더 중요하다는 것을 알 수 있다. 즉 지역사회에 적합한 구호주택이 되기 위해서는 현지의 시장 분석, 주거지 문화, 대지와 관련된 법적인 절차, 기후 연구 등 다양한 정보와 분석이 바탕이 되어야만 한다.

미국 남캐롤라이나에 위치한 Clemson University의 건축 프로젝트 연구단체인 SEED는 이러한 정보에 대해 장기적이며 실험적인 연구를 하고 있다. 현재 SEED는 기업과 협력을 통해 아이티에 컨테이너 임시 주택을 건설하고 있다. 아이티라는 현지를 분석하면서 아이티에 많은 컨테이너가 쌓여 있다는 데에서 착안한 것이다. 게다가 컨테이너는 방수, 방화, 내구성이 뛰어나다는 장점도 빼놓을 수 없다.

SEED는 "지역적, 환경적 요인에 따라 다양하게 일어나는 자연재해는 모두 같지 않고 다르기 때문에 완벽히 대비할 수 없다. 따라서 건축 디자인보다는 자연재해에 대응할 수 있는 연구기반이 더 중요하다."고 말한다. 한 국가에서 모든 요소들을 미리 생산하여 피해국까지 가지고 가는 것은 절대 효율적이지 못하며, 하나의 해답을 내놓기보다는 상황에 따라 융통성 있게 적용 가능한 기술이 진정한 기술력이라는 설명이다. 그 결과 아이티에 공급될 구호주택으로서 컨테이너의 적합성을 찾아낸 것이다.

● 과도기적 구호주택, 어디로 가야 할까?

사실 처음 이 주제를 정했을 때만 해도 '철제구호주택'에 대한 기대가 많았다. 임시구호 주택에서 쉽게 벗어날 수 없는 것이 재난을 당한 주민들의 현실이라면 오래 사용할 수 있는 튼튼한 집이 필요하다고 생각했기 때문이다.

하지만 이런 생각은 미국의 유명한 대외원조기관들을 탐방하면서 많이 무너졌다. 물론 해외 탐방을 떠나기 전에 국내 탐방을 할 때도 철제 구호주택에 대한 의문은 있었다. 국내 철강기술력으로 구조적 안정성이 뛰어난 철제구호주택을 충분히 만들 수 있다는 데는 이견이 없었지만 과연 현지에 맞을 것인지 또 효율적일지에 대해서는 자신이 없었다.

이런 염려는 USAID를 인터뷰하면서 현실로 나타났다. 우리가 만난 사람은 미국에서도 Mr. Shelter라고 불릴 만큼 구호주택으로는 이미 정평이 난 사람이었다. 아이티, 미얀마, 인도네시아 등 여러 재난지역에 투입되어 지역적합성과 효율성을 지닌 구호주택을 보급한 적이 있는 그는 우리에게 구호주택에서 철이라는 소재를 고집하기보다는 지역적합성, 현지경제 재활성, 경제성 등을 고려하여 가장 접합한 주택을 찾는 것이 중요하다고 했다.

USAID의 산하기관인 OFDA^{Office of Foreign Disaster Assistance}에서 인터뷰했던 내용도 동일하다. OFDA는 매일 다양한 회사로부터 새로운 구호주택을 제안하는 이메일을 받지만 대부분의 제안이 성사되지 못한다고 말했다. 그 이유는 현지의 특징과 경제를 고려하지 않았기 때문이다. OFDA는 구호주택을 짓는 과정에서 지역의 노동력을 활용하여 경제를 활성화시키는 것을 가장 중요한 조건으로 본다. 구호주택의 목표는 단순히 집을 지어주는 것이 아니라 재해지역의 시장과 커뮤니티를 회복

워싱턴 DC에서 USAID를 탐방하였다.

할 수 있는 수단이다. 만약 외부에서 조립식 주택이 만들어져 들어간다면 외부의 수익으로 고스란히 돌아갈 뿐, 재해지역을 활성화시킬 수 있는 경제효과는 기대할 수 없다. 따라서 시간이 걸리더라도 지역 사람들을 고용하고 지역 커뮤니티를 형성해 복구 작업을 함께 수행하는 것이 중요하다고 강조했다.

지역의 시장과 커뮤니티를 활성화하기 위해 OFDA는 제일 먼저 재난이 일어난 지역에 어떠한 자재들이 있는지, 어떠한 산업이 구축되어 있는지를 확인한다. 그 지역의 방법과 사람들을 참여시킬 수 있는 방법을 찾기 위해서다. 예를 들어, 시멘트 공장이 있는지, 벽돌 공장이 있는지, 숙련된 기술자들이 있는 장소는 어디인지 등을 파악한다.

기본적으로 NGO를 통한 지원이 주축이 되지만 그 지역의 건축가, 목수 등의 숙련된 기술자들을 교육하고 훈련시키는 데도 힘을 쏟는다. 이렇게 함으로써 원조 인력이 떠난 후에도 자체적으로 꾸준히 개발을 계속할 수 있도록 돕는 것이다.

외부에서 들어온 낯선 조립식 건물보다는 지역 주민들에게 익숙한 디자인과 자재를 사용하는 것도 잊지 않는다. 또한 건축 과정에 가족 구성원들을 직접 참여시킴으로써 열정과 관심을 증대시킨다.

인터뷰를 할수록 어떠한 재료를 사용할 것인가보다는 진정한 의미에서의 과도기적 구호주택을 만드는 일이 더 중요하다는 것을 깨달았다. 구호주택에 살 주민들이 안전하고 편안하게 생활을 영위할 수 있는 주택을 먼저 고려하고, 세부적인 자재들은 지역의 특성과 문화에 따라 융통성 있게 사용할 필요가 있다.

아무리 좋은 주택을 지어 준다고 해도 수요자 입장을 고려하지 않는다면 무용지물일 뿐이라는 게 OFDA의 생각이다. 일례로 많은 돈을 들여 주택을 만들고 운송했지만 그들에게 익숙하지 않은 형태라는 이유로 살기를 거부하는 일이 있었다고 한다. 또한 한 지역 내에 서로 다른 형태의 주택이 제공되었을 때, 불평등을 이유로 지역 사람들끼리 갈등과 싸움이 생기고 실제로 사람을 죽이는 상황이 벌어지기도 했다고 한다. 따라서 과도기적 구호주택을 지을 때는 문화적으로 적용 가능한 것인지, 경제적으로 그 지역에 유익하고 이로운가를 분명히 따져 보아야 한다.

재해현장에서 오랫동안 구호작업에 참여했던 기관들을 만나면서 많은 것을 배웠다. 재해지역의 안정화를 위한 구호주택연구는 기술력과 자금이 있다고 할 수 있는 것이 아니다. 다각적인 연구와 체계적인 네트워크를 기반으로 여러 주체들이 구호주택의 연구, 생산, 운송, 설치 그리고 지속적인 유지와 개발을 하는 단계까지 전 과정에 참여하는 것을 보면서 진정한 도움이 무엇인지를 되새겨볼 수 있었다.

Part 2

청춘, **자연 속으로** 이끌다!

도시에 자연을 담는다!

회색빛 빌딩숲에서 살고 있는 현대인들은 끊임없이 녹색 자연을 꿈꾼다.

한때 자연을 훼손시키면서 급속 성장을 이루어 냈지만 이제는 삭막한 도시 생활에 지쳐 전원으로

떠나는 이들이 늘고 있다. 최근에는 멀리 있는 자연을 도심 속에 담고자 하는 노력이 다방면에서 이루어지고

있다. 세계의 도심 속 자연은 어떻게 이루어졌는지 직접 보고, 우리나라의 도시를 녹색으로 바꾸기 위한

새로운 방안에 대해 알아보았다.

01

CO₂ 제로의 꿈이 현실이 된다

서보열, 강연희, 이미희, 전은명 ●경북대학교 대학원

네온사인이 매끈하게 흐르는 도로 사이를 자동차들이 꼬리에 꼬리를 물고 달리고, 그 옆으로는 불을 환히 밝힌 고층 아파트들이 빼곡하게 들어선 풍경. 차갑고 세련된 도시를 상징하는 대표적인 모습이 사람들에게 아련한 향수와 동경을 불러일으킨다. 그러나 화려한 도시 불빛을 한 꺼풀 벗겨 보면 이산화탄소를 내뿜는 무서운 괴물들이 유령처럼 서 있는 형상이다. 날이 갈수록 아파서 신음하는 지구를 살리기 위해 무엇을 해야 할까? 전 세계의 도시들은 휘황찬란한 불빛을 향한 무모한 달음박질을 멈추고 온실가스의 주범으로 지목되는 탄소 제로의 친환경 도시를 건설하기 위한 노력을 하고 있다. 우리나라도 다른 나라의 사례들을 참조해 총성 없는 전쟁의 서막이 오른 '탄소 전쟁'에서 주도권을 잡기 위한 비밀 병기를 양성해야 할 때다.

What?
탄소 제로의
　　꿈을　　현실로　　바꾸　　다

"살려 주세요."

　새끼 북극곰이 작은 얼음 조각에 아슬아슬하게 매달린 채 떠 있는 모습이 뉴스를 통해 전 세계에 전해진 적이 있다. 북극곰은 평소와 다름없이 여기저기 누비며 뛰어다녔을 뿐인데 얼음이 깨지면서 생존을 위협받는 신세가 된 것이다. 놀라운 환경 변화에 직면한 북극곰들이 먹이를 구하지 못해 헤매거나 무리와 떨어져 우왕좌왕하는 모습을 통해 지구온난화로 인한 피해를 소름 돋도록 생생하게 느낄 수 있었다.

　언제부터인가 전 세계적으로 기후 변화가 화두로 떠오르고 있다. 온실가스가 증가하면서 지구온난화도 심해져 각종 기상이변이 일어나고 있으며, 이러한 기후 변화는 모든 지구에 영향을 미쳐 그 속도와 규모가 점차 커지고 있다. 놀라운 사실은 과거에는 인간의 힘으로 막을 수 없는 자연적인 원인에 의한 것이었다면, 현재 진행 중인 기후 변화는 인간들 스스로 자초한 재앙이며 긴 인류의 역사에서 먼지만큼이나 짧은 최근 몇 십년 간 만들어 놓은 결과물이라는 것이다.

　산업혁명 이후 급격하게 증가된 에너지 수요를 충족시키기 위해 석유, 석탄과 같은 화석연료를 경쟁적으로 사용하였고, 이러한 연료가 연소되면서 발생한 이산화탄소CO_2와 같은 온실가스의 증가는 지구온난화를 가속화시켰다. 즉 온실가스 발생 원인은 인간 활동으로 인한 발생이 90% 이상이며, 그중에서 이산화탄소가 전체 온실가스 배출량 중 80% 이상을 차지한다. 결과적으로 이산화탄소가 기후 변화에 미치는 영향이 약 70%에 달한다는 의미다.

세계 각국은 기후 변화를 어느 한 나라의 문제가 아니라 공동으로 해결해야 할 심각한 문제로 받아들이고 있다. 이로써 기후 변화의 주범인 탄소 감축을 위한 국제 협약을 체결하고 저마다 감축 목표치를 설정하여 목표를 이행하기 위하여 발 빠르게 대처하고 있다. 특히 유럽연합EU은 국제 협약 목표를 달성하기 위해 독자적으로 새롭게 통합된 규제를 제정하여 현재 탄소 시장을 이끌고 있다. 여기에 그동안 국제 협약을 비준하지 않았던 미국도 오바마 대통령 취임 후 기후 변화에 대한 의무를 적극적으로 부담하고 있어 탄소 감축에 대한 경쟁이 시작되고 있다.

그렇다면 우리나라는 어떠한가? 우리나라는 전 세계 온실가스 배출량의 1.8%를 차지하는 세계 9위의 온실가스 배출국이다. 그렇다 보니 국제 사회에서 탄소를 의무적으로 감축하는 데 동조할 것을 요구하는 목소리가 점점 높아지고 있다. 더 이상 임시방편으로 그때그때 상황을 모면할 수 없는 상황에 이른 것이다. 온실가스를 감축하는 것은 이제 단순한 환경보호가 아닌 국가의 생존을 위한 절대 과제가 되어 버렸다.

탄소 전쟁은 이미 시작되었다. 탄소로 인한 새로운 패러다임 속에서 뒤늦게 뛰어든 한국이 탄소 전쟁 속에서 살아남기 위한 생존 전략이 시급히 필요하다. 탄소시장에서 경쟁력을 강화하고 저탄소 사회를 구현하기 위해서는 어떻게 해야 할까? 그 답을 찾아 세계 탄소 시장을 주도하고 있는 유럽의 선진 기관을 탐방하였다.

유럽, 탄소 없는 도시의 미래를 엿보다

🔵 영국 런던, 결집된 힘으로 푸른 도시로 거듭나다

탄소 시장을 주도하고 있는 유럽에서도 특히 2012년 올림픽을 앞두고 친환경 도시로 거듭나기 위해 정부와 시민들이 한마음으로 노력하고 있는 영국 런던을 가장 먼저 방문하였다. 전통과 현대가 공존하는 매력적인 도시라는 명성에 걸맞게 가는 곳마다 세련되면서도 우아한 아름다움을 자랑하는 런던은 친환경 도시로 다시 태어나기 위해 채소와 과일을 직접 키워 먹는 식생활 개선에서부터 주거 환경 개선에 이르기까지 다양한 분야에 걸쳐 능동적인 변화를 꾀하고 있었다.

가장 놀라웠던 것은 집값이 비싸기로 유명한 런던 한복판에 작은 운동장 크기로 자리 잡은 시민 농장이다. 지역 주민들이 직접 채소를 비롯해 포도, 토마토 등을 재배하고 있었는데, 시작은 제2차 세계대전 때 폭격을 받아 버려진 땅에서부터였다. 1970년대에 생태계 보호 차원에서 시작했지만 점점 시민들로부터 많은 사랑을 받자 정부의 지원을 받아 체계적으로 운영하고 있으며, 현재는 도심 한복판에 자신만의 땅을 분양받아 유기농 채소를 재배하고 싶어하는 사람들이 줄을 이어 신청하고, 대기자 명단으로도 오랫동안 기다려야 할 정도다. 여기서 만난 한 시민은 5년 이상을 기다려 땅을 분양받았는데, 비록 작은 땅이지만 신선한 채소와 과일을 재배해서 먹는 기쁨을 설명하였다. 현재는 런던 시내에만

60여 개의 시민 농장이 있어 대도시 면적의 10%를 차지하며 주민 농장이 지역 주민 먹을거리의 1/5을 책임지고 있다.

재미있는 것은 시민 농장에서 친환경 채소를 재배하는 데 사용하는 거름이다. 런던 경찰들이 타는 말의 배변으로 푸른 농장의 거름을 해결하고 있으며, 그 양이 풍부하고 질도 좋아 런던 시내의 시민 농장으로부터 열렬한 환영을 받고 있다. 더불어 순찰차를 대신하는 말 덕분에 런던 시내의 환경오염까지 줄였다니 일석이조가 따로 없다.

"말을 탄 경찰 한 명이 걸어 다니는 경찰 열 명 이상의 능력을 발휘할 수 있어, 천여 명의 사람을 움직이거나 싸우는 사람들을 제지할 수도 있습니다. 또 차를 타고 순찰하는 것보다 안전하고 환경오염도 줄일 수 있지요."

시내에서 만난 한 경찰의 설명을 듣고 보니, 단순히 전통의 도시 영국을 상징적으로 보여 주는 관광 상품이라고 여겼던 말 탄 경찰이 친환경 도시로 거듭나기 위한 런던을 가장 압축적으로 보여 주는 사례라는 생각이 들었다.

이번에는 런던 시내를 벗어나 근교에 있는 친환경 주택 시범 단지를 가 보았다. 정부의 지원을 받은 건축회사가 20여 채의 집을 지어 선보이고 있는데, 여기서 말하는 친환경 주택이란 건물을 지을 때 발생하는 온실가스의 배출을 줄이는 데 초점이 맞춰져 있다.

"집을 만든 상태로 들여오며 설치에 이틀 걸리고, 건물 벽은 외부 공장에서 만들어 이곳에서 조립합니다. 대략 2주 정도면 집이 완공되는 셈입니다."

주택 시범 단지 매니저의 설명인데, 내부도 모두 친환경 자재로 만들어져 새 집에서 발생하는 유해 물질에 대해서도 걱정할 필요가 없다고 덧붙인다. 일반 시민들은 자유롭게 둘러볼 수 있을 뿐만 아니라 봄, 여름, 가을, 겨울의 계절마다 2주씩을 살아 봄으로써 친환경 주택의 장점을 온몸으로 생생하게 체험할 수 있도록 배려하고 있다.

(위) 노을이 지는 타워브릿지에서 즐거운 시간을 보낸 팀원들
(아래) 영국 런던 유럽기후거래소에서 Patrick Birley와 인터뷰를 마친 후 찍은 단체 사진

"이 집은 별 5개짜리 집인데 별 5개면 아주 친환경적인 집입니다. 별 6개를 받기는 아주 힘든데 별 6개를 받은 집은 전기를 전혀 사용하지 않아야 합니다. 집에서 사용하는 전기를 직접 만든다는 말이지요. 실제로 2016년부터 영국은 모든 집을 지을 때 별 6개의 기준으로 맞춰야 합니다."

최근에 태양열로 전기를 만들거나 빗물을 모아 생활용수를 사용하는 아이디어를 도입하는 건축가들이 늘고 있다고 하니, 영국이 얼마나 작은 것에서부터 환경을 생각하고 있는지를 짐작할 수 있었다.

● 덴마크 에어로 섬, 자연환경을 에너지로 바꾸다

덴마크의 코펜하겐 시내를 돌아다니다 보면 유난히 관광객들이 자전거를 타는 모습이 눈길을 끈다. 코펜하겐에서 자전거 투어를 해 본 사람들은 반드시 추천하는 코스이기도 한데, 무슨 특별한 이유라도 있을까? 코펜하겐의 자전거 관리 시스템뿐만 아니라, 자전거 도로정비 등의 자전거 기반시설의 인프라가 잘 구축되어 누구나 편하고 안전하게 자전거를 탈 수 있기 때문이다. 실제로 일반 관광 상품으로 인기가 높을 뿐만 아니라 코펜하겐의 일반 시민들도 자전거를 대중교통의 대안으로 애용하고 있어 아침저녁 출퇴근 시간에 진풍경을 연출한다. 혼잡한 자동차나 버스 대신에 자전거를 타고 출퇴근을 하는 사람들이 늘어나고 있는데, 이렇게 시민들이 대중교통으로 자전거를 이용하기까지는 코펜하겐 시의 엄청난 노력이 뒷받침되었다.

자전거 전용도로를 확장시켜 자동차나 버스만큼의 이동성을 구현하였고, 사고의 위험을 줄이기 위해 교차로에서 자전거를 타는 사람들에게 우선권을 주는 형식으로 정비하였다. 또한 차량의 정지선은 뒤로 5미터 더 물러나게 되었고,

작은 철제 간판 하나, 총 직원 수 6명이 처리하는 연간 탄소 거래량은 50억 톤 이상, 금액으로는 약 100조 원의 거래 규모를 가지고 있다. 바로 탄소 배출권 거래의 중심은 영국 런던 소재의 유럽기후거래소(ECX: European Climate Exchange)다. 2005년 4월에 설립된 후 현재 전 세계 탄소배출권 거래의 약 80%를 차지, 15,000여 개에 달하는 회원사를 보유하여 세계 탄소배출권 거래시장을 주도하고 있다. 우리나라에서도 시행 예정인 탄소배출권 거래와 관련하여 탄소시장 형성에 가장 큰 영향을 미치는 탄소배출권 거래의 현황을 파악하고 향후 한국이 아시아 탄소시장의 우위를 선점하기 위한 대응 전략을 찾기 위해 유럽기후거래소를 방문하였다.

Q. 왜 ECB 같은 기후거래소가 필요하다고 생각하나요?

우리 같은 기관이 있어야 많은 기업이 회사의 운영 방법을 바꿀 때 올바른 결정을 할 수 있기 때문입니다. 전기를 가장 효과적으로 생산하는 기업은 탄소를 사용하지 않는 기업으로, 예전 방법으로 전기를 생산하는 기업들보다 더 빨리 발전하고 성공하게 될 겁니다.

Q. 하루에 거래되는 양이 얼마인가요?

지금까지의 숫자를 정확하게 더할 수는 없지만 오늘까지 1,200톤 정도의 탄소가 판매되었는데 지금은 오전이라 한가한 편이죠. 보통 오후 5시 정도가 되면 3,500만 톤 정도가 판매됩니다. 그래서 1년에 250일 거래일 동안 60~70억 톤 정도의 탄소가 거래되지요. 이산화탄소 1톤을 배출할 수 있는 권리인 탄소배출권 1단위가 14유로, 약 21,000원에 거래되고 있습니다.

Q. ECX는 어떻게 80%나 되는 시장 점유율을 가지게 된 것인가요?

시장 참여자가 많을수록 전 세계의 컨퍼런스를 많이 다니면서 산업 종사자와 규제 담당자에게 탄소배출권 거래 절차를 교육시킨 결과입니다.

Q. 한국이 아시아의 허브 시장으로서 우뚝 서기 위해서는 무엇이 필요할까요?

거래 및 청산결제 시스템, 규정은 모든 거래소가 쉽게 갖출 수 있지만 관계와 신뢰는 쉽게 형성되지 않습니다. 주거래 국가, 기업과의 신뢰 형성이 중요한 과제가 될 것입니다.

Q. 탄소 시장에서 ECX와 같은 탄소거래소의 미래에 대해 어떻게 생각하는지요?

금융위기 이후 매도자와 매수자가 직접 만나 탄소배출권을 거래하는 것보다 거래소를 통하면 빠르고 정확하기 때문에 장외에서의 직거래는 줄어들고 기후거래소를 통한 거래는 계속 늘고 있습니다. 거래소를 통한 탄소배출권 거래가 활발해지는 이유는 개인들이 직접 거래하는 것보다 투명하고 정확한 가격 정보를 제공할 수 있기 때문입니다. 정확한 가격정보를 이용해 탄소배출권 펀드, 탄소배출권 파생결합증권(DLS) 등 다양한 금융상품도 생겨나 향후 탄소배출권 시장의 규모는 2020년 2조 유로(한화 약 3,000조 원) 규모가 될 것이라 전망합니다.

(위) 에어로 섬에 도착하자마자 바다를 배경으로 점
프샷
(중간) 덴마크 친구 린다의 부모님이 운영하는 에어
로 섬의 카페에서
(아래) 에어로 섬 현장 섭외 & 촬영 후 단체샷

교차로에는 자전거를 타는 사람들을 위한 신호등을 따로 설치하였다. 자전거를 타는 사람들은 차량이 녹색신호를 얻기 전에 먼저 4초 동안의 녹색신호를 얻는 체제로 바꾸었다.

환상적인 코펜하겐의 자전거 전용도로를 뒤로 하고 다음은 코펜하겐에서 기차로 5시간 이상 달리고, 다시 배를 타고 1시간 30분을 타고 에어로 섬에 들어갔다. 전체 6,000여 명이 사는 작은 섬이지만 신재생 에너지의 요람이라고 불리며 전 세계 사람들의 이목을 집중시키고 있다. 물론 에어로 섬 주민들도 처음부터 신재생 에너지에 관심을 가졌던 것은 아니다. 1970년대 당시 에어로 섬을 비롯한 덴마크의 석유 의존도는 90%가 넘었는데, 석유대란으로 인한 한바탕의 홍역이 신재생 에너지에 대한 관심을 가진 계기가 되었다.

에어로 섬의 신재생 에너지는 대부분 자연환경을 이용하고 있다는 점이 특이한데 대표적인 것이 지열난방시스템이다. 땅 아래에 전기회로처럼 파이프를 깔아 축적된 태양열을 이용하는 냉난방 시스템으로 상당한 길이의 파이프가 마치 문어발처럼 늘어져 이어서 일명 문어시스템이라고도 한다. 태양이 없더라도 깊은 땅 속의 따뜻한 열기를 사용할 수 있고, 밤낮의 온도차가 크지 않다는 장점이 있어 섬 주민의 1/3이 사용 중이다.

이 밖에도 바람이 많이 부는 지형적인 특성을 이용한 풍력 발전기, 사계절 태양이 잘 드는 장점을 활용해 태양열을 이용하는 태양열발전시설을 통해서도 많은 에너지를 공급받고 있다. 건축자재에서 남은 톱밥을 알맹이로 만들어 연료로 사용하는 한편, 섬의 들판에서 구하기 쉬운 밀짚을 태워 에너지로 만들고 타고 남은 재는 다시 비료로 사용할 정도로 신재생 에너지에 대한 관심이 높다. 주민들이 사용하는 에너지를 모두 자연으로부터 얻어 탄소 제로를 실천하고 있는 에어로 섬은 모든 도시가 반드시 벤치마킹해야 할 곳이라는 생각이 들었다.

독일의 서쪽 관문이라고 하는 쾰른은 365일 내내 음악이 끊이지 않는 낭만의 도시지만, 신재생 에너지를 연구하는 연구소를 비롯해 최첨단 친환경 시스템을 갖춘 멋진 곳이기도 하다. 먼저 쾰른 근교에 위치한 태양광 발전 기술로 손꼽히는 연구기술 단지를 찾아갔는데, 여기에서는 900여 개의 유리로 된 태양광 모듈이 설치되어 시범 프로젝트로 진행되고 있었다. 이 모듈에서 생산되는 태양열 에너지가 1년에 시간당 무료 14만 킬로와트로 1년 동안 40여 채의 집에 공급할 수 있는 양이라고 한다. 1996년 첫 개발된 뒤로 효율성이 점점 높아지고 있어 신재생 에너지로서의 많은 관심을 받고 있다. 한편 태양의 각도에 따라 움직이는 패널을 비롯해 실시간 전력량을 알려 주는 시스템을 개발해 태양열 에너지를 효과적으로 사용할 수 있는 방법들이 연구되고 있었다.

연구소에서 만난 연구원의 집을 방문하여 실시간으로 전기 사용량을 볼 수 있는 전자계량기인 스마트 미터를 보았을 때는 무척 탐이 나면서도 부러웠다. 전력 소비를 실시간으로 확인할 수 있는 이 시스템은 누구나 손쉽게 사용할 수 있다는 장점이 있는데, 전기를 사용하지 않았을 때는 변화가 없다가 전등을 켜고 가전제품을 사용하면 전력 사용량의 눈금이 올라가고 바로 돈으로 계산해 알려 준다.

그렇다면 스마트 미

독일의 부페탈 연구소에서 전기 사용량을 줄이기 위한 다양한 노력을 살펴볼 수 있었다.

터의 사용으로 어느 만큼의 효과를 보았을까? 이 계량기를 사용했던 연구원은 사용하기 전보다 5~10% 정도 절약되었지만, 조금만 더 신경 쓰면 얼마든지 더 절약할 수 있다는 설명이다. 전력 소비량이 바로 돈으로 환산되므로 술술 빠져나가는 돈을 보면 조금 더 에너지를 절약할 수 있을 거라는 의미다. 우리나라에서도 이러한 스마트 미터를 사용한다면 실시간으로 전기 사용량을 알 수 있으므로 일반 가정에서 직접적으로 에너지를 절약하며 소비를 줄일 수 있는 효과가 있을 것으로 예측해 본다.

● 스위스 인터라켄, 에코 관광의 메카로 떠오르다

알프스가 시작되는 길목에 두 개의 호수를 끼고 있는 인터라켄은 스위스의 대표적인 관광도시다. 우리는 가장 먼저 알프스의 3대 봉우리 중 융프라우를 한눈에 볼 수 있는 곳을 찾아 갔다. 산을 감싸고 있는 구름이 신비로움을 더해 주었는데, 어느 순간 민달팽이의 발견으로 한바탕 소동이 일었다. 자연이 잘 보존된 청정 지역에서만 살 수 있다는 민달팽이를 발견했으니 신기하지 않을 수 없었다.

실제 알프스의 만년설과 평화로운 산간 마을이 조화를 이뤄 한 폭의 그림 같은 절경을 선사했다. 이곳 사람들은 아름다운 자연을 훼손하지 않는 것이 최고의 친환경 활동이라고 생각하고 있다. 그래서 스위스는 환경 피해를 최대한 억제하면서 자연을 이해하고 즐기는 에코 관광에 힘쓰고 있다. 그중 하나가 캐녀링인데, 계곡을 타고 내려가면서 자연을 온몸으로 느낄 수 있는 스포츠다. 밧줄 하나에 의지하며 보기만 해도 아찔한 수직 절벽을 타고 내려가거나 바위를 미끄럼틀 삼아 내려가고, 높은 곳에서 물속으로 뛰어내리기도 한다. 최소한의 안전 도구만 착용한 채로 인간의 몸만 사용하여 자연을 즐기는 계곡하이킹인 셈

라보 포도밭, 명품 걷기 여행지

30km에 달하는 스위스 최대의 와인 생산지, 라보(Lavaux) 포도밭. 이곳은 마을의 특색인 포도밭을 중심으로 하여 관광지로 개발한 곳이다. 다른 관광지와 달리 관련 상업시설의 인가를 최소한으로 허용하여 자연 그대로의 모습을 보전하기 위해 노력하고 있다. 또한 제네바 호수 주위에 위치하여 접근성이 좋아 더욱 각광받고 있다. 2007년 유네스코 문화유산으로 지정되었으며, 도보 걷기 여행은 물론 자전거 여행도 좋다. 포도밭 담장을 따라 내리막길, 오르막길을 즐길 수 있다. 라보의 포도원 테라스는 여행을 즐길 줄 아는 사람들이라면 놓치지 않는 '명품 걷기 여행 루트'다.

이다. 자연 그대로의 현장에서 스릴 넘치는 캐녀링을 즐기면서 들은 투어 가이드의 설명이 인상적이었다.

"이곳의 자연을 보호하는 것은 이 지역 주민들의 힘이에요. 스위스 사람들은 이런 아름다운 자연을 보호하고 싶어하지요. 그래서 관광의 선두에서 큰 상업 건물을 짓는 것을 반대하고 쓰레기 버리는 행위에 아주 엄격한 잣대를 대며 항상 길이 나 있는 곳으로만 다닙니다."

스위스의 맑은 자연을 더욱 잘 살펴보기 위해 패러글라이딩에 도전했다. 날기 전에 발 아래의 스위스의 아름다운 풍경을 보는 것만으로도 충분했지만, 하늘을 10분 정도 날면서 느꼈던 짜릿함은 이루 말할 수 없을 정도였다. 그저 바람을 이용하여 하늘을 날아오르며 '자연은 지킬 때만이 아름다운 모습으로 우리 곁에 영원히 있을 수 있다.'라는 말을 되새겼다.

02

그린스포츠, 환경과 재미를 살리다

최대훈, 이종규, 윤상욱, 김한솔 ● 경희대학교

온 국민이 각자의 이해관계와 가치관을 떠나 한마음이 되어 열광할 수 있도록 만드는 것은 아마도 스포츠가 유일하지 않을까 싶다. 경기장에서 목청을 높여 힘껏 응원을 하는 동안만큼은 모든 근심 걱정을 잊고 행복하기만 하다.

그런데 경기가 끝난 후의 풍경은 한마디로 참담하다. 방금 전까지 가득했던 사람들은 온 데 간 데 없고 각종 쓰레기가 그 빈자리를 채우고 있다. 경기장에 가득 찬 것은 쓰레기만이 아니다. 눈에 보이지는 않지만 경기장을 밝히는 조명을 비롯한 각종 장비와 시설들로부터 배출된 이산화탄소가 환경을 조롱하고 있다. 우리가 스포츠에 열광하면 할수록 환경은 만신창이가 된다. 환경과 스포츠가 함께 갈 수 있는 길은 없는가?

What?

그린스포츠로 에너지 절약과 환경보호

두 마리 토끼를 잡는 다

아마 스포츠 경기장에서 열광하는 사람들은 모를 것이다. 박진감 넘치는 경기에 몰두하는 동안 환경이 얼마나 병들어 가는지를……

우선 경기를 관람하는 동안 엄청난 양의 이산화탄소가 배출된다. 우리나라 프로 스포츠 전체 경기장에서 발생하는 이산화탄소는 연간 7만 5,598톤 이상에 달한다. 이 중 시설 부문에서 4만 7,813톤, 관객 부문에서 2만 7,785톤의 이산화탄소가 배출된다. 관객 부문에서 발생하는 이산화탄소는 거의 대부분98% 경기를 관람하기 위해 이용하는 교통수단으로부터 나온다. 스포츠 종류별로 이산화탄소 배출량을 비교해 보면 인기가 많아 사람들을 많이 불러 모으는 스포츠일수록 많은 양의 이산화탄소를 배출한다.

구분		축구	배구	농구(남)	농구(여)	야구	계
배출량	시설	31,045	5,299	3,092	2,315	6,062	47,813
	관객	8,575	456	2,818	293	15,643	27,785
	소계	39,620	5,735	5,910	2,608	21,705	75,598

스포츠 종류별 이산화탄소 배출량(단위: 톤)

쓰레기도 환경을 오염시키는 데 앞장선다. 경기가 있을 때마다 엄청나게 쏟아져 나오는 쓰레기도 문제지만 그중 충분히 재활용할 수 있는 것까지 그대로 방치되고 있다. 자원순환사회연대가 전국 경기장 9곳의 일반 쓰레기를 각각 약

15kg씩, 총 150kg을 분석한 결과 약 70%가 재활용 가능한 것으로 나타났다.

또한 스포츠 경기장에서는 이산화탄소를 배출하는 것만이 아니라 어마어마한 양의 에너지를 소비한다. 경기장을 환하게 밝히는 LED 조명과 냉난방기가 에너지 소비를 주도하는 에너지 귀신이다.

점점 고갈되어 가는 에너지를 절약하고 온실가스의 주범인 이산화탄소를 줄이는 일이 시급하다. 이미 움직임은 시작되었고, 선봉에 '그린스포츠'가 있다. 그린스포츠는 인기 스포츠에 에너지 절약을 접목한 신개념의 캠페인을 의미한다. 한국환경기술연구원이 연구한 결과에 의하면, 그린스포츠가 효과적으로 정착할 경우 고효율 조명기구 교체, 인지감지센서 설치 및 단열시공 등 경기장 시설개선 및 경기장 운영 방법 최적화로 5,494톤의 이산화탄소를 줄일 수 있는 것으로 나타났다. 또한 관객이 대중교통을 이용하고 쓰레기 배출을 자제할 경우 9,690톤의 이산화탄소를 줄일 수 있어 결과적으로 총 15만 3,700톤의 이산화탄소를 줄일 수 있다는 결론이다. 이는 2년생 소나무 묘목 1,382만 8,000그루여의도 면적의 5배를 심은 것과 동일한 효과를 낸다.

지금까지의 스포츠는 분명 환경에 좋지 않은 영향을 미쳤지만 생각을 조금만 바꾸면 스포츠의 엄청난 파급력을 환경을 살리는 데 쓸 수 있다. 이미 월드컵을 통해 스포츠가 온 국민을 하나로 묶을 수 있다는 것을 확인했다. 환경을 살리려면 사람들의 환경에 대한 인식이 중요하다. 스포츠를 통해 환경에 대한 소중함과 필요성을 알린다면 다른 어떤 방법으로 환경보호를 홍보하는 것보다 효과가 클 것이다. 그린스포츠의 시작은 생각을 바꾸는 것부터 출발하지만 그것만으로 그린스포츠를 완성하지는 못한다. 경기장부터 친환경적으로 바꿔야 한다. 안타깝게도 우리나라에는 아직까지 친환경 경기장이 없다. 머릿속으로만 그려보는 친환경 경기장을 직접 만나 보고 싶었다. 그래서 친환경 경기장이 가장 발달한 미국과 2010년 밴쿠버 동계올림픽을 개최한 바 있는 캐나다를 탐방국으로 선정하였다.

리치몬드 오발 스타디움,
머리부터 발 끝 까지 친 환 경

대망의 첫 탐방지인 리치몬드 오발 스타디움. 오발 경기장은 친환경적 올림픽 경기장으로 정평이 나 있다. 이 경기장은 2010년 밴쿠버 동계 올림픽에서 우리나라의 모태범, 이상화, 이승훈 선수가 금메달의 영광을 품에 안았던 곳으로, 그 명성을 증명하듯 은은한 푸른색으로 외부장식을 이루어 마치 맑은 얼음조각처럼 보였다.

오발 경기장은 자연 친화적인 구조에 투자를 아끼지 않는다. 경기장을 지을 때도 친환경 재료를 사용하고, 경기장 구조도 자연과 호흡할 수 있도록 설계했

리치몬드 오발 스타디움에서 인터뷰를 마치고

다. 특히 죽은 나무를 재활용해서 만든 지붕은 우리들의 눈길을 사로잡았다. 경기장 전체를 뒤덮는 목조 지붕은 경기장에 입장한 사람들로 하여금 은은한 소나무 향기와 함께 따뜻한 느낌을 받을 수 있도록 한다. 하지만 이 지붕의 진면목은 단순히 그 탄탄한 구조와 아름다운 외관이 아니다. 그것은 바로 병충해를 입어 죽은 소나무로 건축되었다는 점이다. 자연 친화적 경기장의 면모를 유감없이 보여 주는 건축물이다.

빗물 재활용 구조물도 독특하다. 이 구조물은 경기장 뒤편 기둥 하나하나에 설치되어 있는데, 목조 지붕에서 흘러 내려온 빗물을 받아 냉동고와 연못으로 보내는 역할을 한다. 냉동고로 보내진 빗물은 바로 옆에 자리한 연못의 물과 함께 링크 얼음을 구성하는 데 쓰이고, 연못으로 흘려보내진 빗물은 연못 속에 설치된 정수 필터를 거쳐 화장실, 경기장 청소용 물로 사용된다.

경기장 자체만 친환경적인 것이 아니다. 경기장 외적으로도 Sky Train, Street Car, See Bus 등의 공항에서 올림픽 티켓 오피스까지 무료 대중교통, 무료 자전거 보관 시설을 제공하는 등 환경을 보호하는 데 앞장서고 있다. 특히 대중교통 시스템은 올림픽 기간 동안 교통량을 30% 이상 줄이는 효과를 얻었다. 그 외 빙질 관리기ice-cleaning machine를 전기 자동차로 운행하고 경기장의 상당 부분을 유리창으로 설계하여 조명을 절약하는 등 효율적인 에너지 사용 면에서도 높이 평가받는 경기장이다.

살아 있는 생물체를 닮은
댈러스 카우보이 스타디움

성공적인 첫 탐방을 마치고 이동한 곳은 미국 중부 텍사스 주의 댈러스. 예상은 했지만 그곳의 더위는 예상을 넘어 상상을 초월했다. 끓어오르는 분노를 온도로 표현한다면 이것일까. 밴쿠버에서 너무나 쾌적하고 평화로운 나날을 보냈던 탓인지 우리는 공항을 나오자마자 미간을 좁혔다. 그 분노와 같은 더위 덕분에 다운타운에도 지나가는 행인 한 명, 문 연 식당 하나를 찾기가 힘들었다.

엎친 데 덮친 격으로 우리의 탐방 기관인 댈러스 카우보이 스타디움은 대중교통으로는 절대로 방문할 수 없는 곳에 위치해 있었다. 댈러스 도착 첫 날 호되게 신고식을 마쳤던 우리는 고민 끝에 거금을 들여 차를 렌트해 우여곡절 끝에 경기장에 도착할 수 있었다.

댈러스 카우보이 스타디움에서 벌칙 수행 중인 종규. 뒤에 보이는 것은 사진이 아닌 실제 경기장이다. 엄청난 규모를 자랑하는 카우보이 스타디움에서 종규가 정시를 알릴 때마다 투어 중인 모든 사람들이 쳐다보았디.

눈앞에 펼쳐진 경기장은 웅장했다. 허허벌판 사막에서 스스로 양분을 생성하며 살아가는 생물체와도 같은 모습. 작렬하는 일광마저 반사하는 카우보이 스타디움은 바로 옆에 있는 일본의 스즈키 이치로 선수가 소속되어 있는 시애틀 마리너스의 홈구장마저 압도할 정도였다.

댈러스 카우보이 스타디움은 웅장한 규모만큼이나 친환경스포츠에 대한 관심도 많다. 미국 환경보호협회EPA의 환경 보전 프로젝트에 참여한 후 경기장을 친환경적인 구조로 바꾸고, 스포츠 팬들을 독려해 환경을 보호하는 데 앞장서고 있다.

경기장 중 가장 많은 에너지를 소모하는 것이 조명이다. 댈러스 카우보이 스타디움은 천장과 측면의 상당 부분을 차지하는 유리창 덕분에 많은 조명이 필요하지 않은 구조로 만들어졌다. 따라서 낮 시간에는 식당이나 VIP룸 등을 제외하고는 불을 끈 채 운영한다. 특히 청소 시간에는 조명의 일부를 추가로 끄기 때문에 시간당 500달러를 절약하는 효과를 얻고 있다. 관중석 의자도 재생 플라스틱을 함유한 소재로 만들었다. 그렇지만 고급 쿠션을 장착해 관중과 친환경적 구조 모두를 만족시켰다. 필드 역시 인조 잔디를 제작할 때 재생 플라스틱을 사용했다.

경기장 구조를 친환경으로 꾸미는 한편 경기장을 찾은 팬들을 독려하는 일도 열심이다. 팬들에게 분리수거를 장려하고 재활용 음료수 컵을 판매하는 등 적극적인 환경 보호 제도의 본보기를 보여 주고 있다.

🔵 워싱턴 내셔널 파크, 태어날 때부터 친환경 경기장

워싱턴에서는 경기장을 지을 때부터 친환경 경기장을 표방하여 가장 훌륭한 에너지 효율, 자연 보호 구조를 많이 보유한 '내셔널 파크'를 방문했다. 듣던 대로

워싱턴 내셔널 파크 입구 앞에서 야구 경기를 보러 가기 전에 촬영. 뒤의 대통령 인형이 눈에 띈다.
클리닝 타임 중엔 역대 대통령들의 인형이 달리기를 하는 퍼포먼스를 보이기도 했다.

내셔널 파크는 친환경 경기장으로 손색이 없었다.

지붕을 열 반사력이 뛰어난 물질로 만들어 자연으로 방출되는 열을 최소화했다. 허가 지역을 포함한 6,300제곱피트를 덮는 지붕은 열을 흡수하는 정도가 낮아 에어컨 사용량을 줄이는 데 도움을 주고 있다. 이 밖에도 경기장을 만드는 데 최소 10%의 재생 물질을 함유한 소재를 사용했고, 접착제와 페인트를 포함한 다른 재료도 환경오염 및 독성 물질을 적게 함유한 제품을 사용했다.

지역 경제와 환경을 고려해 주변 환경을 정비한 것도 높이 평가할 만하다. 특히 조경 구축에 이용된 식물들은 모두 외부에서 이장하거나 벌목한 것이 아닌 현지 식물들로 환경을 고려한 디자인을 뽐내고 있었다. 또한 버스와 지하철과 같은 대중교통 수단이 많이 다니는 교통 좋은 곳에 위치해 교통량을 줄이고 자연스럽게 이산화탄소 배출량을 줄였다.

경기장에는 관중들의 편의를 위해 많은 전광판을 설치해 놓았지만, LEED의 실버 레벨Silver Level을 받은 에너지 절약 조명 설비가 탄소 배출량 절감 등 오염을 줄이고 일반 조명 기구에 비해 연간 21%의 에너지를 절약하고 있었다.

자원을 절약할 수 있는 시스템도 마련해 놓았다. 팬들에게 판매하는 음료수 컵은 재활용이 가능한 플라스틱 컵으로 쓰레기 양을 줄이는 것은 물론 기념품이나 홍보 역할까지 하고 있다. 경기장 내부에 비치된 휴지통도 디자인을 예쁘게 해 팬들의 자발적인 분리수거를 유도하는 데 한몫을 하고 있다.

녹색 경기장 프로젝트의 일환으로 수도 공급 설비를 사용하고 있는 것도 눈에 띈다. 빗물과 경기장 옆에 위치한 애너코스티아Anacostia 강에서 끌어올린 물로 경기장 청소, 화장실 물 공급, 잔디 관리 등을 한다. 이로써 연간 대략 360만 갤런의 물을 절약하여 총 수도 사용량의 30%를 줄이고 있다.

친환경적 면모가 돋보이는 경기장을 볼 수 있었던 것도 기뻤지만 생애 처음으로 내셔널 파크에서 열린 메이저리그를 관람한 것이 두고두고 기억에 남는다. 우리는 홈팀인 워싱턴을 응원했는데, 결과는 참담했다. 필라델피아와 펼쳐진 게임은 2회 말에 8대2라는 엄청난 차이로 밀리더니 결국 9회 내내 맥을 추지 못하고 허무하게 져 버렸다. 하지만 우리나라와는 또 다른 야구 응원 문화와 퍼포먼스 등은 13박 14일의 한 페이지에 또 다른 잊지 못할 추억을 채우기에 충분했다.

● NRDC, 가장 영향력 있는 친환경 활동 조직

마지막으로 이동한 곳은 세계의 중심도시 뉴욕이다. LG 챌린저 2차 면접날 인터뷰에 나왔던 EBS 관계자 분께서 "미국으로 탐방을 가는 팀은 전부 다 뉴욕을 가는 것 같다."라고 말씀하셨을 정도로 뉴욕은 세계의 모든 분야의 모든 것이 집중되어 들어오고 나간다.

뉴욕에서는 스포츠협회가 아님에도 불구하고, 적극적인 친환경스포츠 활동을 하고 있는 NRDCNatural Resources Defence Council를 방문했다. 그 명성에 걸맞게

뉴욕 타임스퀘어 앞. 지나가며 인사하다가 친해진 베네수엘라 친구들과 함께

사무실 역시 녹색으로 예쁘게 인테리어를 갖추고 있었고 직원들도 친절했다. NRDC는 직접 프로그램을 짜서 구단과 협회에 제안을 하고, 구단에서 자체적으로 결정하기 어려워할 때 혹은 친환경 제도에 전문 지식이 필요할 때 직접 도움을 준다. 또한 프로 스포츠 협회들 사이의 중간 다리 역할을 하여 원활한 소통을 돕는 역할을 한다. 예산 책정, 제도 수립 등의 주요 사항부터 홍보나 마케팅 등의 외부적인 사항까지 도움을 제공하는 등 환경 보호 협회로서의 역할을 부족함 없이 해내고 있다.

캐나다와 미국 탐방을 통해 많은 것을 보고 배울 수 있었다. 우리가 보고 싶었던 친환경 경기장을 마음껏 볼 수 있었다는 것도 좋았지만, 스포츠 관련 당사자들뿐만 아니라 협회도 적극적으로 그린스포츠에 참여한다는 것이 인상 깊었다. 하지만 마음 한편으로는 우리나라 세계 10위권 안에 드는 스포츠 강국이면서도 그린스포츠 면에서는 한참을 뒤쳐졌다는 점이 아쉬웠다. 우리나라도 정부, 협회, 구단 등의 적극적인 그린스포츠 지원이 필요하다는 생각이 들었다. 동시에 한국으로 돌아가면 우리 개개인부터 그린스포츠 확산에 적극적으로 동참하자고 약속하며 고국으로 가는 비행기에 올랐다.

03

숲이 된 도시, 디자인의 옷을 입다

홍근학, 박하나, 서정화, 한보영 ●경원대학교

한국의 도시는 숨이 막힌다. 하루 종일 북적이는 자동차로 도로는 몸살을 앓고, 거리는 자동차들이 뿜어내는 매연가스 때문에 숨도 제대로 쉬지 못한다. 어디 그뿐인가! 사방을 둘러봐도 온통 회색빛 콘크리트 건물들뿐이다. 건물을 튼튼하고 멋지게 만들기 위해 사용한 각종 접착제와 도색물질에서는 건강을 위협하는 무시무시한 유해물질이 끊임없이 쏟아지고 있다.

도시의 숨통을 틔워 주려면 이산화탄소를 없애 줄 수 있는 녹지를 마련해야 한다. 하지만 현실적으로 땅값이 워낙 비싸 고밀도로 개발된 도시에서 녹지를 확보하기란 쉽지 않다. 그렇다면 '회색도시'를 '녹색도시'로 변화시키기는 불가능한 것일까? 방법이 있다. 바로 '입체녹화'가 답이다.

What?
입체녹화가
병든 도시를 살 린 다

정신없이 도심 거리를 걷다 문득 주변을 둘러보면 가슴이 답답해질 때가 한두 번이 아니다. 낡은 건물들 대신 초고층 호화 건물들이 빽빽하게 들어서고, 꼬불꼬불 정겨운 흙길들이 시멘트로 덮인 도로로 탈바꿈하는 동안 도시의 자연은 온데 간 데 없이 사라져 버렸다.

무분별한 개발로 녹색 자연을 파괴한 대가는 혹독하다. 자동차와 공장에서 뿜어내는 이산화탄소와 메탄가스로 인해 지구는 날로 뜨거워져 이상기후가 속출하고 생태계까지 파괴되고 있는 실정이다.

도시는 더욱 심각하다. 시골에 비해 각종 매연가스가 훨씬 많이 배출되는데, 공기를 깨끗하게 정화시킬 수 있는 산림과 녹지가 부족하니 점점 더 공기가 탁해지고 자연이 오염될 수밖에 없다. 그렇게 공해로 얼룩진 도시에서 사는 사람도 건강할 리 만무하다.

답답한 도시, 오염된 도시를 살리려면 더 이상 환경을 파괴하는 무분별한 개발을 멈추고 잃어버린 녹지를 복구해야 한다. 하지만 도시를 둘러보면 대체 어디에 녹지를 조성할 수 있을지 암담해진다. 이미 수많은 건물과 도로가 도시를 점령한 상태인데, 녹지를 만들겠다고 기존 건물과 도로를 부수고 새로 건설하는 것은 현실적으로 불가능해 보인다.

그러나 조금만 더 세심하게 도시를 살펴보면 녹지를 대신할 수 있는 공간을 얼마든지 찾을 수 있다. 밋밋한 건물의 벽면, 담장, 자동차 소음을 차단하기 위해

도로에 설치한 방음벽, 교각, 콘크리트 옹벽, 건물의 옥상 모두 녹지를 대신할 수 있는 훌륭한 공간이다. 이런 공간을 활용해 녹색식물을 입체적으로 심는 것이 '입체녹화'다.

우리나라에서도 옥상에 정원을 만들거나 방음벽에 담쟁이 넝쿨을 심는 등 입체녹화를 시도한 곳들이 있지만 아직 갈 길이 멀다. 우선 입체녹화를 한 곳이 손에 꼽을 정도고, 그마저도 보기 싫은 외관을 감추는 역할만 할 뿐, 탄소를 줄이는 녹지대로서의 기능은 하지 못하는 수준이다. 입체녹화 기술도 미흡해 시공과 유지 관리하는 데도 어려움이 많다.

실제로 국내 입체녹화를 시도한 곳들을 돌아보면서 입체녹화가 단순히 녹색식물을 심기만 하면 되는 것이 아니라 녹색식물이 계속 잘 자랄 수 있도록 하는 것이 중요하다는 것을 알 수 있었다. 그런 의미에서 아직 우리나라에서는 성공적인 입체녹화 사례가 없다고 봐야 한다.

하지만 해외로 눈을 돌리면 훌륭한 입체녹화 사례를 많이 만날 수 있다. 독일, 네덜란드, 프랑스를 비롯한 유럽과 일본에서는 이미 오래전부터 입체녹화를 시도하고 발전시켜 왔다. 직접 눈으로 그 도시들을 보고 싶었다. 과연 입체녹화가 삭막한 도시를 어떻게 변화시킬 수 있는지 궁금해 2주간의 짧은 일정으로 유럽으로 떠났다.

우리나라에서 입체녹화를 볼 수 있는 곳은?

선유도공원 과거 정수장 | 건축 구조물을 재활용하여 국내 최초로 조성된 환경재생생태공원이자 '물(水) 공원'이다. 선유도 일대 11만 4천 ㎡ 부지에 기존 건물과 어우러진 수질 정화원, 수생 식물원, 환경 물놀이터 등 다양한 수생식물과 생태 숲을 감상할 수 있고, 벽면 녹화의 사례를 볼 수 있는 시간의 정원 등 다양한 볼거리와 휴식 공간을 통해 생태 교육과 자연 체험의 장을 제공하고 있다. 서울시 영등포구 노들길 700

그룹 공간 | 공간 사옥은 계획할 때부터 건축물 녹화를 고려해 설계된 국내 최초의 건물이다. 사계절이 뚜렷한 우리나라 기후에서는 녹색식물이 벽면을 타고 올라가는 입면녹화가 쉽지 않은데, 유지관리가 아주 잘 되고 있다. 서울시 종로구 원서동 219번지

유네스코 회관 작은누리 | 명동 한복판의 생태학습장으로 2003년 4월에 개장했다. 약 190평의 공간에 200여 종의 식물들을 관찰할 수 있다. 작은누리는 크게 텃밭, 풀꽃동산, 야생 덤불과 연못 등으로 구분되어 있고, 계절마다 매무새를 뽐내는 꽃들이 바뀐다. 식물뿐만 아니라 메뚜기, 여치, 물달팽이 등 60여 종이 넘는 곤충도 볼 수 있다. 서울시 중구 명동 2가

경동보일러 하늘동산21 | 1988년에 지어진 국내 첫 도심 속 옥상 정원. 2002년 서울시가 옥상녹화지원 사업을 벌이면서부터 더욱 관심을 끌고 있는 곳이다. 분당선 수내역 분당구청 방향

광주 공간 사옥 | 담장 등 인공구조물 벽면에 담쟁이 등 덩굴식물을 심는 데 그치지 않고 식물에 물을 주는 시스템을 갖춰 벽면 녹화를 시도한 최초의 건물이다. 광주시 서구 치평동

부산시청 | 2층 벽면과 옥상에서 심어 놓은 나팔꽃 수백 그루가 벽면을 타고 올라가 커튼을 이뤘다. 부산시는 후쿠오카 시와 함께 추진하는 '나팔꽃 커튼 프로젝트'에 따라 나팔꽃을 심었으며 실내 온도가 2℃ 정도 낮아지는 효과를 보고 있다. 삭막한 건물을 친근하게 만들고 에너지도 절약하는 일석이조 효과를 자랑한다. 부산시 연제구 중앙로 2001

유럽의 도시,
사람을 위한 숲을 담다

🔵 네덜란드의 도시, 디자인과 색채감에 넋을 잃다

유럽 첫 여행지 네덜란드는 '디자인의 나라'라는 말이 무색하지 않을 정도로 아름다웠다. 네덜란드에서는 암스테르담, 위트레히트, 로테르담, 델프트를 중심으로 2박3일간 도시를 구경했는데, 도시들이 하나같이 예뻤다.

　무엇보다 각 도시가 저마다의 개성이 뚜렷했다. 암스테르담은 유럽의 고전적인 느낌이 물씬 풍겨 마치 영화 속에 들어온 듯한 착각을 일으켰고, 로테르담은 큐브 하우스와 멋진 빌딩으로 현대도시의 세련미가 돋보였다. 로테르담에 있는 델프트Delft 공대도 인상적이었다. 초록색 잔디와 푸른 하늘, 특이한 건물들과 곳곳에 그려져 있는 그래피티가 연신 감탄을 자아내게 했다.

일상 속에서도 쉽게 접할 수 있었던 네덜란드의 입체녹화(왼쪽_일반 주거 형태 속 입면녹화/중간_일반적인 가로수 형태를 벗어난 입면녹화/오른쪽_델프트공대 도서관의 지붕녹화)

네덜란드에서 입체녹화를 만나는 것은 그리 어려운 일이 아니었다. 디자인의 나라답게 입체녹화도 색의 대비로 패턴을 주고, 구조물을 이용해 더 멋진 입체녹화를 실현했다. 디자인뿐만 아니라 도시에서 뿜어져 나오는 이산화탄소를 필터링해 대기오염을 막고, 도시의 소음을 차단하는 역할에도 신경 썼다.

● 독일의 공원 같은 도시에 빠지다

유럽은 입면녹화기술건물의 벽면, 담장 등을 녹화하는 것의 발전을 주도해 왔는데 그중에서도 독일의 역할이 가장 컸다. 입체녹화의 선두주자라 해도 손색이 없을 정도로 독일은 녹색도시를 만들고 지키는 데 노력을 아끼지 않았다.

베를린은 듣던 대로 정말 친환경 도시였다. 워낙 녹지가 많은 데다 곳곳에 입체녹화로 녹색을 입혀 마치 도시 전체가 공원인 듯한 착각이 들 정도였다. 베를린에서 티어가르텐이란 공원에 들렀는데, 도시의 일부인 이 공원은 도시 속의 공원이 아닌 공원 속의 도시 느낌을 갖게 했다. 네덜란드처럼 구조물을 설치하고 색을 대비시켜 아름다움을 극대화시키는 것은 기본이다. 여기에 건물 벽면에 심은 녹색 식물이 살아 있는 것처럼 기하학적인 패턴을 그리며 벽면을 타고 올라가 건축미를 살린 모습도 쉽게 볼 수 있었다.

독일의 수도 베를린은 도심 속 공원이 아닌 그 자체로 공원 같은 도심이라는 느낌을 주었다.

사람들이 다니는 길목에도 여지없이 입체녹화가 되어 있고, 자칫 아름다운 경관을 해칠 수 있는 분리수거장이나 자전거 거치소에도 녹화를 하는 세심함이 돋보였다. 어찌나 입체녹화로 숲과 공원의 분위기를 낸 곳이 많은지 현대적인 건물이 없으면 도시라는 느낌조차 들지 않는 녹색의 물결이 출렁이고 있었다. 매일 잿빛 도시 속에 살다 큰 마음 먹고 몇 시간씩 교외로 차를 몰고 달려가야 녹색 숲을 만날 수 있는 우리나라와는 사뭇 다른 풍경이다. 이런 도시에 사는 사람들은 정말 행복하고 건강할 것이란 생각이 들었다.

⦿ 문화와 예술의 도시 파리에서 기하학적인 패턴을 만나다

유럽의 마지막 여행지는 프랑스 파리였다. 워낙 볼거리가 많은 도시라 도착하기 전부터 가슴이 설레었다. 프랑스에 도착해 제일 먼저 베르사유 궁전에 들렀다. 오랜 역사가 숨 쉬는 건물들의 아름다움에도 숨이 막혔지만 기하학적인 패턴을 그리며 펼쳐져 있는 정원은 연신 감탄을 자아내게 했다. 베르사유 궁전에서 거의 하루를 보냈는데도 아쉬움이 남을 정도로 볼거리가 많았다.

베르사유 궁전에서 만난 정원뿐만 아니라 프랑스의 도시 곳곳에서 기하학적인 패턴의 질서정연한 아름다움을 만날 수 있었다. 그 아름다움에 입체녹화가 한몫을 했음은 물론이다. 유럽은 건물의 벽면, 담장, 방음벽, 콘크리트 옹벽, 교각 등에 녹화를 하는 입면녹화가 상당히 발달했는데, 프랑스도 예외는 아니었다. 특징 없는 기둥에 녹화를 하여 건축미를 살린다든가, 가로수를 각지게 가지치기해 건축물처럼 만든 모습은 파리에선 흔히 볼 수 있는 모습이었다. 그런 파리를 보며 입체녹화가 단순히 녹지를 대신하는 것에 그치지 않고 도시의 품격을 높이는 데 기여할 수 있다는 것을 느낄 수 있었다.

탐나는 해외 입체녹화 개발 분야

녹화형 보차도 경계 펜스 | 현재 우리나라는 보도와 차도를 보차도 경계석, 펜스, 가로수, 화단 등으로 구분하고 있다. 하지만 유럽이나 일본 등에서는 입체녹화를 활용한 녹화형 보차도 경계 펜스를 많이 활용한다. 녹화형 보차도 경계 펜스는 도시의 미관을 보기 좋게 해 줄 뿐만 아니라 차도에서 발생하는 이산화탄소와 소음, 분진 등 유해한 물질이 보행자 도로 쪽으로 유입되지 않도록 막아 시민들의 건강을 지키는 데 일조한다.

부착형 녹화 필름 | 복사열을 증가시키고 자연환경을 파괴하는 주범 중의 하나가 도시에서 흔히 볼 수 있는 각종 콘크리트 구조물이다. 생명을 죽이는 콘크리트 벽면을 살아있는 생명체로 바꿔 주는 것이 '부착형 녹화 필름'이다. 부착형 녹화 필름은 아주 가볍고 얇은 필름으로 기존 구조물 표면에 붙여 놓으면 벽면에 작은 구멍이 많은 다공질 환경이 조성된다. 그러면 자연계에 존재하는 미생물, 이끼류, 양치류, 풀, 꽃이 벽면에 붙어 생장함으로써 죽은 콘크리트 구조물이 살아난다. 부착형 녹화 필름을 이용하면 기존 구조물을 부수지 않고도 자연환경을 조성할 수 있어 시간과 경비도 대폭 절약할 수 있다. 다공질 환경은 흡습성과 단열성이 뛰어나므로 여름에는 태양열의 반사와 습도를 조절하고, 겨울에는 건조를 방지하여 열섬현상을 완화하는 데도 도움이 된다.

입면녹화 기법 | 건축물의 입면은 식물이 생장하기에 빛, 수분, 양분 조건 등이 모두 열악한 상황이다. 일본과 같이 상대적으로 기후가 온난하고 습도가 높은 나라는 덩굴성 식물과 이끼류의 성장이 왕성하여 건축물의 입면녹화 효과가 우수하지만 우리나라의 경우 별도의 등반보조재가 없이는 생육이 어려운 문제가 있다. 따라서 우리나라 환경에 맞는 입면녹화 기법의 개발이 필요하다. 특히 수분 공급에 있어 식생 보조장치의 유닛 내부에 최대한 수분이 오랫동안 유지될 수 있도록 구성하는 것이 바람직하다.

04
그린시티, 자연을 도시에 녹아 내다

정지윤, 정경록, 고수연, 이회정 ●공주대학교 대학원

꼬맹이들이 개울가에서 옷을 홀딱 벗어 버리고 물장난을 치며 까르륵 웃고, 엉성한 그물망으로 피라미를 잡아 보겠다고 몰이를 한다. 더 이상 이런 하천의 모습은 찾아볼 수 없다. 하천의 모습을 유지하고만 있어도 그나마 다행이다. 더러워진 하천에 뚜껑을 씌워 덮어 버리는 복개 공사를 해 버린 하천은 흔적조차 찾아보기 힘들다. 최근에는 도심 환경 개선이라는 커다란 명제 앞에서 다시 하천 복원 사업들이 속속 이루어지고 있지만, 단절되어 있던 생태계를 하나로 연결하여 생명을 불어 넣는다는 의미보다는 시각적으로 멋진 장소로 치장한다는 의미가 강하다. 그렇다면 도시에 진짜 생명력을 불어 넣기 위해서는 어떻게 해야 할까? 떨어져 있는 녹지대, 하천을 하나로 연결하는 생태네트워크 구축이 정답이다.

지금 우리는

미래 생태도시를 꿈 꾼 다

'뚝딱 뚝딱, 탕탕, 쿵쿵'

언제부터인가 어디를 가든 건물을 부수고 새로 짓는 소리가 끊이지 않고, 어느 날 갑자기 우뚝 서 있는 낯선 건물을 마주하는 일도 많다. 전국을 휩쓸고 간 개발 열풍은 그야말로 염치도 없다. 동네 입구에서 터줏대감으로 100년 이상 자리해 온 나무들이 환경 정화라는 이름으로 싹둑 베어지는 것은 물론, 재개발, 재건축이라는 이름으로 눈앞을 가리는 아파트들이 속속 들어서고, 하늘을 가로막는 초고층 건물이 들어선다.

도시민들은 먹을 걱정, 입을 걱정, 추위 걱정 없이 살고 있지만, 언제부터인가 숨을 제대로 쉴 수 없을 정도로 답답함을 느끼며 헉헉거린다. 세계적인 컨설팅 업체인 머서 휴먼 리서치 컨설팅이 올해 발표한 '살기 좋은 도시 보고서'에서 세계 215개 도시 가운데, 서울은 87위라는 명예롭지 못한 순위를 차지했다.

이미 미국과 영국, 일본과 같은 선진국들의 대표 도시들은 본격적으로 생태네트워크에 해당되는 산책로, 도시 전역에 퍼져 있는 도심 공원, 이를 연결해 주는 녹지를 확보하기 위해 치열한 노력을 기울이고 있다. 이들은 도시의 환경문제를 완화하고 자연과 인간이 공생하는 환경을 만들기 위해서는 도시생태네트워크 구축이 시급하다는 것을 인을 알고 있기 때문이다.

우리는 푸른 도시, 푸른 대한민국을 꿈꿀 권리가 있고, 이는 절대로 포기할 수 없는 권리이기도 하다. 도시의 경쟁력을 확보하고 시민들의 삶의 질을 확보하

기 위해 녹지를 늘리고 도시의 바람길을 열어 열과 공기의 순환이 잘 되도록 하
는 일, 생태네트워크를 구축하는 일을 더 미룰 수 없다.

생태네트워크는 도시에 생명을 실어 나르는 순환 시스템으로 '생명을 잇는
네트워크'라 할 수 있다. 도심의 녹지대와 하천을 연결하는 생태네트워크는 산
소가 부족한 혈액을 심장으로 운반하는 정맥, 산소가 풍부한 피와 영양분을 조
직에 전달하는 동맥이 얽혀 있는 그야말로 '생명을 실어 나르는 핏줄'이다.

회색 빛 도시 숲에서 그나마 자연이 가장 잘 남아 있는 녹지대와 하천을 따라
띠를 구축한다면, 탁한 공기를 맑게 해 주고, 생명에 필요한 영양분을 공급해 주
는 순환 시스템의 역할을 해 줄 수 있을 것이다. 단지 '길'로 연결된 기계적인 네
트워크가 아닌 자연과 인간이 공존하는 생명력 넘치는 생태네트워크가 탄생하
는 것이다.

뉴욕 센트럴 파크, 도시 한가운데에 광활한 숲을 만들어 생태네트워크의 거점을 이루었다.

In USA

미국의 도시 한복판에

숲을 옮겨 놓   다

⦿ 뉴욕, 초고층 빌딩 사이로 흐르는 그린웨이를 달린다

천문학적인 돈을 거래하는 증권사들이 즐비하고 화려한 뮤지컬이 365일 하루도 빠지지 않고 상연되는 도시 뉴욕. 세계 경제와 문화의 중심지라고 일컬어지는 뉴욕은 누구나 한 번쯤 가 보기를 희망하는 매력적인 도시다. 그러나 막상 뉴욕을 방문한 사람들의 평가를 들어 보면, 이 도시의 매력은 단순히 경제와 문화에서만 기인하지 않는다는 것을 알 수 있다.

높은 고층 빌딩에 가려 손바닥만 한 하늘이 잡힐 때 숨이 턱 막혔던 사람들도 곧이어 나타나는 아름다운 공원 앞에서 한숨을 돌리는 곳이 바로 뉴욕이다. 어찌 보면 뉴욕을 뉴욕답게 만드는 것은 도시의 허파 역할을 해 주는 센트럴파크와 같은 공원이다.

뉴욕시는 독립된 섬으로 되어 있는 맨해튼과 스태튼 섬을 포함해 브롱크스, 브루클린, 퀸스 등 5개 자치구로 되어 있는데, 놀랄 만큼 많은 공공 공간을 확보하고 있다. 뉴욕에는 센트럴파크와 같은 100만 평이 넘는 공원이 여섯 개나 더 있을 뿐만 아니라 생활권 내에서 이용할 수 있는 소규모 공원들도 고르게 분포되어 있다. 이러한 공공 공간을 하나의 그린웨이 시스템으로 연결시킴으로써 뉴욕 시민의 삶을 풍요롭게 하고 있는 것이다.

뉴욕의 역사를 돌아보면 1970년대까지만 해도 결코 살기 좋은 곳이 아니었

(위) 뉴욕 허드슨 강변, 친환경적 디자인과 재료를 사용
하여 이용객에게 레크레이션은 물론 야생동물의 쉼터도
제공한다.
(중간) 뉴욕 맨해튼, 도시의 생태네트워크를 위해 끊임없
이 이어지는 자전거 도로를 구축했다.
(아래) 뉴욕 맨해튼 공원휴양청의 윤남식 운영과장님과
뉴욕의 그린웨이 프로젝트에 대한 인터뷰를 진행했다.

다. 건물 벽마다 낙서로 가득 차 있었고, 일부 지역은 범죄의 소굴이었다. 뉴욕시가 파산할 위기에 처하자 대다수의 시청직원들을 해고했기 때문이다. 이 때는 센트럴파크도 거의 버려지다시피 한 공원이었고 밤이면 위험해서 다닐 수도 없었던 곳이다. 그러나 1980년대 초반 뉴욕시의 재정이 회복되기 시작하며 회생의 발걸음을 내딛기 시작했다. 뉴욕의 공공 공간을 하나의 생태네트워크로 연결하는 그린웨이 시스템 구축을 시작한 것이다.

이 시스템의 목적은 뉴욕시의 5개 자치구역을 연결하는 광역망을 350마일의 그린웨이로 연결하여 공기오염이 없는 뉴욕 시 만들기다. 그래서 자전거 도로의 구축과 예전에 항구가 있었던 맨해튼 강 주변을 워터프론트로 조성하여 그린네트워크로의 구축을 시작하였다. 뉴욕시의 가장자리, 즉 워터프론트 부분과 뉴욕 시내에 위치한 공원과의 연결네트워크를 구축하는 것이다. 1993년에 180마일 중 73~75마일 정도의 자전거도로를 통해 연결하였고, 2010년 현재는 80% 정도 네트워크로 구축된 상태이다.

지금까지는 많이 진척되었지만, 앞으로 진행해야 할 부분도 많다. 그렇다면 30년 이상의 장기 프로젝트를 진행하면서 아무런 문제는 없었을까? 예를 들어, 시장이 바뀔 때마다 정책이 바뀌거나 예산 부족과 같은 현실적인 문제에 부딪히지는 않았을까? 다행히도 그 동안 시장이 여러 번 바뀌었지만 그린웨이 프로젝트의 책임자는 바뀌지 않았다. 대규모 프로젝트를 시행하는데 정책적인 측면과 관련법이 바뀌어 혼선을 초래하면 곤란하기 때문이다. 오히려 뉴욕 시장과 프로젝트 책임자와의 정기적인 미팅을 통해 빠른 진행속도를 보였다.

예산 부족 문제는 지역을 개발하는 기업에게 투자를 받는 방식으로 해결하고 있었다. 예를 들어, 한 지역이 그린웨이 프로젝트를 위해 개발지역으로 선정되면 그 지역 주변에 아파트를 건설하고 싶은 회사가 아파트를 건설하고 그 주변의 공원 조성과 그린웨이 조성을 위해 뉴욕시에 투자하는 방식이다. 아파트나 건물주변 공원과 같은 좋은 환경이 조성되면 주변 가격도 높게 되기 때문에 윈윈 전략이 되는 것이다.

장기 프로젝트를 진행하면서 예상되는 문제들을 하나씩 차근차근 풀어 가며, 생태도시로 거듭나고 있는 뉴욕. 지금도 충분히 아름답지만, 하나의 생태네트워크로 묶는 그린웨이 시스템이 완성될 때는 얼마나 멋진 도시가 변모해 있을지 기대해 본다.

● 워싱턴, 수변 완충지대로 체사피크만을 살리다

세계에서 제일 길다는 다리 체사피크베이 브리지Chesapeake bay bridge. 아름다운 체크피크만 가로질러 대륙 간 24.1Km를 연결한 다리로 일단 들어서면 그 끝이 보이지 않을 정도로 길게 이어져 있고, 중간에 바다 밑을 지나는 해저 터널도 있어서 관광객들에게 색다른 즐거움을 선사하는 곳이다.

미국 버지니아 주에 위치한 체사피크만은 동부에서 가장 긴 해안으로 이 지역에 있는 수천 개의 강과 하천들은 주민들에게 풍부한 물을 제공할 뿐만 아니라 굴 양식과 블루크랩을 통해 부가가치를 창출하는 요지이다. 그러나 최근 수십년 간의 무분별한 개발로 체사피크만은 공장에서 쏟아내는 산업폐기물과 농가에서 흘러나온 축산 분뇨 등에 의해 심각한 환경오염으로 굴 양식이나 블루크랩의 생산량이 급격히 줄고 있다.

이에 체사피크만 근처의 주민들을 중심으로 수변을 정비하여 체사피크만을 살려야 한다는 공감대가 형성되었고, 체사피크만을 살리기 위해 중점적으로 강의 복원 사업을 시작하였다. 이를 위해서 우선적으로 수변 완충지대를 조성하였다.

체사피크베이 브리지를 탐방하고 나서 담당자와 많은 이야기를 나눌 수 있었다.

강 주변에 완충지대를 조성함으로써 여러 가지 이익을 볼 수 있는데, 우선 파괴된 생태계를 복원할 수 있다는 것이다. 하천 생태계와 육상 생태계를 연결함으로써 건강한 생태계를 형성할 수 있고, 맑은 물을 확보할 수 있다. 또한 이 지대에 형성되는 숲은 대기오염을 정화시키는 한편, 시민들에게 훌륭한 휴식처를 제공한다.

또한 지역정부, 사회단체, 토지 소유자의 연계로 체사피크만으로 유입되는 중요 지점에 400개의 하수처리장을 건설해 냈다. 이를 통해 오수의 유입을 차단하고 있으며 시민들은 각종 교육 프로그램에 자발적으로 참여해 공동체를 형성하고 있다. 이러한 프로그램에서는 오염원을 줄이기 위해 농업에 종사하고 있는 사람들에게 교육을 통해 공학적으로 축산분뇨를 줄일 수 있는 방법을 안내하는 데 과학적인 도움을 주고 있으며 각종 캠페인 참여를 유도하고 있다.

체사피크만의 회복 정도는 지난 1995년 50%까지 떨어졌던 블루크랩의 생산량이 2008년 78%까지 증가한 것에서 알 수 있다. 체사피크만의 회복은 신뢰에 바탕을 둔 환경개선 프로그램과 행정기관의 투명한 정보 공개와 파트너십을 통한 소통, 신뢰를 통해서 열매를 맺어 가고 있다.

● LA, Live, Work, Play를 위한 강으로 거듭나다

LA는 지난 25년 간 많은 사람들이 로스앤젤레스 강을 더욱 좋은 곳으로 만들기 위해 새로운 공원과 산책로 및 자전거도로를 만들었으며, 동시에 본래의 경치와 자연 생태계를 보존하고자 노력해 왔다. 특히 '로스앤젤레스 강 복원 프로젝트'는 지금까지의 노력을 전체적이고도 장기적인 계획과 연결하여 로스앤젤레스 강을 귀중한 지역사회의 명소로 바꾸려는 것이다.

LA는 도시로 개발되기 전부터 있던 호수를 변형시키지 않고 원래 모습 그대로 살리는 등 자연과 도시를 아우르는 개발을 하고 있다.

이전에는 우기가 되면 강이 범람하고 흐름이 거칠어져서 많은 생명과 재산을 위협했는데, 강을 복원함에 따라 홍수 범람의 예방능력을 강화시켜 폭우에 의한 피해를 최소화 시키고 수질을 상승시킬 수 있었다. 또한 생태 기능이 되살아남에 따라 야생 동식물들의 훌륭한 서식지로 만들 수 있었다. 더불어 장기적인 관점에서 다양한 프로젝트를 수행함으로써 복원 마스터플랜의 완성을 위해 노력하고 있다.

또한 복원하기 전에 로스앤젤레스 강은 사람들에게 안전하지도, 기쁨을 주지도 않았을 뿐더러 강의 기능조차 제대로 하지 못하였다. 하지만 복원 계획을 실행함으로써 강변에 리버 그린웨이를 창조하여 시민들이 안전하게 접근할 수 있고 이로 인해 강의 이용률을 높여 나가고 있으며, 주변의 공공 공간을 확장함에 따라 레크리에이션 활동, 벽화나 전시관 관람 같은 문화 활동이 더욱 활발해질 것으로 기대하고 있다. 이를 위해 200개 이상의 프로젝트가 계획되어 있다. 자전거 도로·산책로를 만드는 계획, 벽화·조각·예술품 관람과 같은 문화 활동을 즐길 수 있는 공간을 만드는 계획, 피크닉·낚시·운동과 같은 여가활동을 즐길 수 있는 공간을 만드는 계획 등이다.

LA의 하천 복원은 생태계뿐만 아니라 자연과 함께 어울리고 싶은 인간에게도 중요한 의미가 있다. 단면적이고 단기간이 아닌 장기간의 목표를 세우는 것, 또 법률적인 제도를 확립하고 협력단체를 구성하는 것도 중요하지만 무엇보다도 중요한 건 시민들의 참여와 깨어 있는 의식이라는 것을 배울 수 있었다.

05

간판공해, 생각을 바꿔야 답이 보인다

최유라, 신현상, 이정원, 조은정 ●연세대학교

상인들은 간판에 목숨을 건다. 간판이 사람들을 끌어 모은다는 굳은 신념 하에 저마다 튀는 간판을 만드는 데 총력을 기울인다. 덕분에 거리는 온통 간판으로 얼룩져 있다. 색깔도, 형태도 제각각인 수많은 간판이 사람들의 시선을 어지럽히고, 때로는 돌발적인 사고를 유발하는 흉기로 변하기도 한다. 이쯤 되니 간판공해가 따로 없다.

1920년대 말 서울의 밤거리에 네온사인이 처음 등장한 이후부터 지금까지 무질서하고 미관을 해치는 간판을 정비하려는 시도는 끊임없이 있었지만 오히려 날이 갈수록 간판공해는 더 심해지고 있는 실정이다. 왜 그럴까? 그 원인과 해결책은 모두 '생각'에서 찾을 수 있다.

What?
대체 무엇이

간판문화의 발전을 방해할까?

"G20인가 하는 그 놈의 회의 때문에 밖에 내놓은 간판들을 다 치우래. 우리 집 손님들은 죄다 그 간판을 보고 들어오는데 차라리 장사를 접으라고 하지."

허기진 배를 채우려 들른 종로의 작은 식당에서 주인할머니는 불만이 가득한 목소리로 정부의 간판탄압(?)을 성토했다. 그동안 간판의 문제와 앞으로의 방향을 모색하느라 분주했던 우리에게 G20을 대비한 도시경관 정비사업 이야기는 이미 익숙한 것이었지만 직접 간판을 바꾸어 달아야 하는 상인의 입장에서는 영 달갑지 않은 모양이었다. 주인할머니의 푸념 섞인 한마디에는 진심이 배어 있어 내심 걱정스러운 마음마저 들었다.

국제적인 행사를 준비하며 지저분한 거리간판을 정비하려는 정부와 생계수단인 식당의 홍보를 위해 더 크고 눈에 띄는 간판을 달아야만 마음이 놓이는 상인들. 너무나 입장 차이가 커서 과연 간판문제를 해결할 수는 있을 것인지 의문스럽기까지 했다.

무질서한 간판을 비판하는 목소리는 이미 오래전부터 있었다. 또한 그동안 수없이 간판을 재정비하려는 노력과 시도가 있었지만 크게 달라진 것은 없다. 많은 전문가들은 그 이유를 한국 특유의 정치·경제적 구조와 사회적 배경에서 찾고 있다. 〈경향신문〉 2007년 1월 24일자는 "한국의 간판이 공해가 된 것은 1차적으로 간판은 무조건 크고 봐야 한다는 상인들의 실용적 사고 탓"이라고 했다. 간판에 대한 생각이 문제라는 지적이다. 하지만 상인들이 그렇게 생각하는

우리가 살아가는 도심 곳곳에는 간판공해가 심각한 상태다.

데는 사회적 책임도 크기 때문에 일방적으로 상인에게 모든 문제를 돌려서는 안 된다.

한국은 자영업 과잉 상태이다. 그것도 대부분 이익을 내지 못하는 영세업자들이어서 간판을 이용한 옥외광고는 생존의 필수조건이다. 전체 자영업자 중 이익을 내는 자영업자의 수는 전체의 10% 미만에 불과하다. 그러니 그들에게 간판 전쟁은 '죽느냐 사느냐' 하는 필사적인 전쟁이 될 수밖에 없다.

그런데 그동안 간판정책을 결정하고 시행해 온 경찰국이나 행정안전부 등의 행정 전문기관은 상인들의 절박한 사정을 충분히 고려하지 않았다. 정책의 시행이야 정부기관이 할 수밖에 없는 일이라고 하더라도 세부적인 규정을 결정할 때 점포주나 업계종사자의 의견을 반영하려는 노력을 하지 않고서는 간판전쟁을 평화적으로 해결할 수가 없을 것이다.

불합리한 도시 구조도 간판전쟁을 부추긴다. 우리나라의 도시건축은 근대화 과정에서 도로 전면에 상업건축이 밀집하고 배면은 주택가로 남는 '수평적 주상병치' 형태로 발전했다. 그러므로 고층에 수십 개의 업소가 입주한 상업 건물의 경우 간판을 어떻게 제어할 것인가가 큰 문제다.

간판을 만드는 업자들은 또 어떤가! 전국의 1만 5,000명에 이르는 간판업자들 중 광고디자인 지식과 함께 도시 경관에 대한 안목이 있는 전문가는 거의 없다. 게다가 간판 제작업의 95%는 영세업체여서 간판산업의 전문성을 향상시킬 여력이 부족한 것도 사실이다.

연세대 사회학과 유석춘 교수는 간판문제의 가장 중요한 요인으로 주소 체계를 지적하기도 했다. 길 이름과 번지수 등이 전혀 체계화되어 있지 않아 주소만으로 원하는 곳을 찾아갈 수 없는 상황에서 그나마 엉망진창인 간판의 홍수가 그나마 목적지를 확인할 수 있는 정보를 제공해 주는 역할을 한다는 것이다.

이처럼 우리 간판의 문제는 단순히 행정법이나 자영업자만의 문제가 아니다. 사회 구조와 경제 발전의 과정에서 비롯한 복잡 다양한 상황이 뒤섞여 나타난 결과인 것이다. 이러한 문제를 해결할 수 있는 방법을 찾기 위해 세계적인 복지 국가로 이름난 핀란드, 공공디자인으로 디자인계의 선두에 서 있는 네덜란드, 합리적인 사고와 규칙을 제일의 가치로 여기는 영국 그리고 역사에 대한 자부심을 바탕으로 그들만의 확고한 규칙을 만들어 가고 있는 프랑스를 방문해 시민의식에 대한 그리고 간판에 대한 각기 다른 이야기들을 들어 보기로 했다.

헬싱키 라이뚜리,
민관이 하나가 되는   그   곳

꼬박 하루가 걸려 첫 번째 방문지인 핀란드의 수도 헬싱키에 도착했다. 헬싱키에서는 어떻게 하면 민관이 서로 협력해 간판 정비사업을 성공적으로 할 수 있는지에 대한 답을 찾고 싶었다. 그래서 헬싱키 도시계획부산하의 정책홍보기관인 라이뚜리Laituri를 찾았다.

핀란드는 도시를 개발할 때 공공성을 매우 강조한다. 그러한 핀란드 내에서도 헬싱키는 가장 공익성을 추구하는 도시로 꼽힌다. 헬싱키에서는 일방통행식 도시 개발이란 있을 수 없다. 개발 계획을 시민들에게 충분히 홍보하고, 누구라도 관심이 있는 사람은 참여해 의견을 제시할 수 있도록 하고 있다. 민관의 쌍방형 커뮤니케이션을 주도하는 것이 바로 라이뚜리이다.

라이뚜리는 헬싱키의 중심지인 Lasipalatsi 광장과 Kamppi 센터 사이에 있어 누구나 쉽게 찾아갈 수 있다. 하루 평균 약 100여 명이 이곳을 방문하고 있으며, 방문객은 각종 모형 및 미디어를 통해 도시 계획의 과정과 계획을 한눈에 볼 수 있으며 원한다면 코디네이터의 설명을 들을 수 있다.

매주 월요일 저녁에는 'Discussion Evening'이 열린다. 약 30명의 도시계획 전문가들과 많은 시민들이 자발적으로 참여하여 헬싱키의 미래에 대해 의논한다. 토론의 주제는 라이뚜리 전시장을 통해 미리 공지하고, 토의 후에는 토의내용과 아이디어의 정책반영 여부도 시민에게 공표한다.

또한 라이뚜리는 헬싱키에 대한 더 많은 관심을 이끌기 위해 대학생이나 업

간판정비사업! 제대로 하지 않으면 아니한만 못하다

간판에 대한 비판과 규제의 역사는 반세기가 넘었지만 본격적으로 간판을 정비하는 사업을 시작한 것은 2003년부터라 할 수 있다. 간판정비사업의 효시는 2003년에 시작한 청계천, 종로 프로젝트이다. 2003년에서 2008까지 간판정비사업을 벌인 곳은 청계천, 안성시, 압구정로, 동해시, 고양시, 의정부 중앙로, 경기도 군포시, 부산시 광복로 8곳이다. 이 중에는 나름대로 긍정적인 평가를 받는 곳도 있지만 대부분 다음과 같은 공통적인 문제를 드러냈다.

개성과 조화를 살린 통합 디자인 필요

간판정비사업 이후 확실히 간판들은 단정해졌다. 하지만 하나같이 똑같은 모습으로 바뀐 탓에 상점들은 고유의 속성과 특성을 잃어버렸다. 간판별로 다른 디자인을 시도한 곳은 전체적인 조화가 이루어지지 않아 산만한 느낌을 주기도 한다. 또한 낡은 건물은 그대로 둔 채 간판만 새로 해 부자연스러운 곳도 많다. 간판의 개성을 살리면서도 전체적인 조화를 살릴 수 있는 통합 디자인이 필요하다.

일방통행은 그만, 민관의 조화로운 참여가 해법

정부나 행정기관의 일방적인 밀어붙이기로 진행한 간판정비사업 중 성공한 사례가 없다. 점포주와 시민의 의견을 충분히 수렴하는 것이 중요하다. 강제로 간판정비사업을 해도 점포주가 불만을 가지면 지속되기가 어렵다.

간판정비사업 이후 유지보수가 더 중요

성공적으로 간판을 재정비했어도 이후 유지보수를 게을리해 또 다시 간판공해를 초래하는 곳이 많다. 엄격한 관리지침을 마련하고, 그것이 지속될 수 있는 행정 장치와 유지보수에 대한 주체를 분명하게 설정하는 것이 중요하다.

전문 인력 양성이 시급

간판정비사업은 여러 가지 면에서 복합적인 지식체계를 필요로 한다. 그러나 다양한 지식과 상황을 이해하고 포괄할 수 있는 전문 인력이 부족한 상황이다. 그러다 보니 잘못된 사례를 우수사례로 오인하여 그대로 답습하는 일도 심심치 않게 일어난다. 간판업자는 물론 해당 업무를 담당하는 공무원이 전문적인 지식과 능력을 갖출 필요가 있다.

(위) 헬싱키 중심가에 위치한 DFF의 사무실
(아래) 고전미가 살아 있는 헬싱키의 '디자인 디스트릭트'에서
포즈를 취하는 열광팀

계종사자들을 대상으로 도시 계획 관련 아이디어 공모전을 열어 시민들의 참여를 유도하기도 한다. 더불어 초·중·고등학교를 직접 찾아가 도시환경 워크숍 및 교육을 실시하고 있는데, 이는 공공교육을 통해 환경적·공간적 체험을 제공하여 도시계획에 대한 이해의 폭을 넓히고자 하는 의도로 짐작된다. 또 대학과의 연계를 통해서 도시계획 프로젝트를 진행함으로써 교수와 대학생의 아이디어와 관심을 이끌어 내고 있다.

이처럼 다양한 방법으로 시민의 참여를 유도하고, 충분한 시간을 두고 의견을 수렴하고 반영하는 모습은 상당히 인상적이었다. 라이뚜리는 정부와 시민의 상호작용이 얼마나 중요한 것인지를 알려 주었다. 우리나라의 고질적인 간판문화를 개선하려면 일방적인 규제나 설득이 아닌 소통을 통해 이해 당사자와 시민들의 공감대를 형성하고, 자발적 참여를 유도하는 것이 그 무엇보다 우선해야 한다는 교훈을 얻을 수 있었다.

라이뚜리를 방문했을 당시 그곳에서는 헬싱키 항구정책을 전시하는 중이었다. 헬싱키 항구정책은 향후 100년을 생각하며 세운 정책으로 마스터플랜을 짜는 데만도 30년이 걸렸다고 한다. 무슨 일이든 빨리빨리 해치우려는 우리나라와는 사뭇 다른 풍경이다. 당장 무언가 가시적인 결과를 만들어 내려는 조급증을 버리고, 충분한 소통으로 민관이 하나가 되어 간판문화를 개선하려고 노력할 때 비로소 반세기에 걸친 간판전쟁에 종지부를 찍을 수 있을 것이란 생각이 들었다.

우리나라 간판문화가 낙후한 데는 간판 디자인과 제작 전문성이 부족한 탓도 크다. 최근 이런 문제를 해결하고자 '간판 디자인 학교' 등을 운영하고는 있지만 그 숫자가 턱없이 부족하고, 업계 종사자들이 2~3일씩 현장을 비우고 참가해야 한다는 단점을 안고 있어 실질적인 효과는 미미한 수준이다. 무엇보다 간판업에 종사하는 당사자들이 큰 불편을 느끼지 못하고, 자발적으로 간판문화를 개선할 의지가 없다는 것이 문제다.

보다 근본적인 해결책을 찾기 위해 핀란드의 디자인정책 진흥기관 Design Forum Finland^{DFF}를 찾았다. 그곳에서 DFF 대표 미코 칼마하^{Mikko Kalhama}를 만나 어떻게 핀란드의 디자인 산업을 세계 최고의 수준으로 끌어올릴 수 있었는지를 물었다.

핀란드는 1875년에 대학 운영과 수집품 관리, 응용미술 및 디자인의 중요성을 전파하기 위해 'Finnish Society of Crafts and Design'을 만든 이후 정책적으로 디자인을 국가 주요 경쟁력으로 육성해 온 나라이다. 이 협회가 바로 1997년에 탄생한 DFF의 전신이다. DFF는 통상산업부의 재정 지원으로 운영되고 있으며, 교육과 기술 그리고 업계 및 비즈니스 활동 간의 매개 역할을 하는 진흥기구로서 핀란드 디자인 산업 관련기구와 정부, 소비자 사이를 연결해 주는 역할을 담당하고 있다.

산업이 성장하려면 생산자 즉 디자이너의 질적 수준을 높이는 일이 무엇보다도 중요하다. DFF는 다양한 전시와 공모전, 시상제도, 세미나와 워크숍 등을 마련하여 국내 디자인 업체와 디자이너의 역량 강화 의지를 촉진하고 있다. 해마다 특정 주제에 대한 기획전을 열고 있으며, 이는 해외 순회전으로 열리기도 한다. 핀란드 제품을 집중적으로 선보이는 전시회의 기획 및 제공은 DFF의 중심

활동이라 할 수 있다. 또한 파일럿 프로젝트Pilot Project는 DFF가 디자이너들을 대상으로 실시하는 대표적인 워크숍으로, 국제미디어와 고객 설득을 위한 PR와 커뮤니케이션 기술 등을 교육한다. 이와 같은 다양한 진흥 활동들을 통해 산업 내 핵심 생산자Designer는 점점 더 우수한 디자인과 제품을 생산할 수 있게 된다.

DFF는 생산 역량 강화를 통해 산업의 직접적인 성장을 이끄는 동시에, 소비자의 관심을 증대시켜 간접 성장을 유도하기 위해 해외의 디자인 행사에 참가하거나 직접 기획한 프로젝트를 진행하며 2년에 한 번씩 발간하는《Finnish Design Year Book》등의 출판물과 웹 페이지를 통한 홍보활동도 하고 있다. 특히 'Design 2005!' 프로그램은 핀란드의 디자인 발전에 많은 기여를 한 것으로 평가를 받는다. 이 캠페인 역시 국가 및 국제적 차원에서 추진되었으며, 디자인의 역할을 증대시키고 핀란드 디자인의 정체성과 더 나아가 디자인 강국으로서의 핀란드의 국제적 이미지를 강화시키는 것을 목적으로 한다.

DFF를 알면 알수록 부러운 생각이 들었다. 정부를 대변해 디자인 생산자와 소비자를 연결하고, 학계와 업계의 협력을 도모하여, 해외의 관심을 끌어와 국내 산업에 이어주는 DFF. 우리나라 간판문화가 발전하려면 핀란드처럼 관련 종사자에게만 책임을 떠맡기지 말고 국가적 차원에서 디자인 산업을 지원해야 한다는 생각이 들었다.

In Netherlands
획일화된 간판에서
벗어날 수 있는 길은?

간판공해를 없애려면 단순히 간판 자체의 디자인만 신경 써서는 안 된다. 도시 전체, 거리와의 조화를 고려한 디자인이 필요하다. 그래서 네덜란드 로테르담에 위치한 세계 최고의 공공디자인 회사 'Studio Dumbar'를 찾았다. 기대했던 것만큼 Studio Dumbar에서 공공디자인의 방향에 대한 궁금증을 풀 수 있었다.

저마다 튀는 간판 혹은 지나치게 획일화된 간판을 탈피하려면 '간판의 공공성'부터 생각해야 한다. 우리는 2003년 처음 청계천을 중심으로 간판정비사업을 시작하면서 겨우 간판을 도시의 경관을 만드는 요소로 인식하기 시작했다.

하지만 간판의 공공성을 인식하는 것만으로는 안 된다. 우리나라에서 무질서한 간판을 정비하기 위해 간판디자인 가이드라인을 만들었는데, 이는 어느 지역을 가나 똑같은 간판을 양산하는 부작용을 낳았다. 이에 대한 해결책으로 Studio Dumbar는 '아이덴티티 디자인Identity design'을 제시했다. 모든 지역은 각자만의 역사와 주변 환경, 주민문화와 같은 정체성identity을 가지고 있기 마련이다. 따라서 각 지역의 아이덴티티를 강조해 개성적인 통일성을 만드는 것이 바로 진정한 간판 개선의 개념이다.

도시 경관 전체의 조화를 고려한 디자인도 중요하다. 간판 환경을 둘러싼 모든 요소를 하나의 덩어리로 보아 간판 개별 작품이 아닌 주변 환경과 어우러져 그 지역을 대표하는 이미지로 만들려는 노력을 해야 한다.

간판 자체가 아닌 전체적인 조화를 고려할 때 가장 신경 써야 할 것은 '점포주의 만족'이다. 점포주에게는 생명줄이나 마찬가지인 '간판'을 단지 공공성 혹은 도시 경관만을 강조하며 협조해 줄 것을 강요해서는 안 된다. 점포주를 설득하려면 간판 개선이 공익은 물론 개인의 경제적 이익을 향상시키는 데도 도움이 된다는 것을 확인시켜 주어야 한다. 점포주와 관련 이해당사자가 가장 중요하게 생각하는 가치를 디자인에 반영하고 객관적 증명을 통해 신뢰를 주는 것은 공공디자인에서 아이덴티티를 발견하고 적용하는 것만큼이나 중요한 일이다.

　마지막으로 Studio Dumbar는 '비주얼 브랜딩Visual Branding'을 강조했다. 지역 아이덴티티를 발견하고, 사회·경제적 검증을 마친 후의 디자인 작업을 '비주얼 디자인'이 아닌 '비주얼 브랜딩'이란 용어로 표현한 것이 흥미로웠다. '브랜딩'이란 '특정 대상에 새로운 의미를 부여하여 기존에 지닌 것 이상의 가치를 창출하는 활동'을 의미한다. Studio Dumbar는 바로 이러한 브랜딩 활동을 시각적 요소인 디자인이 수행할 수 있고, 공공디자인 개념에서 간판은 지역단위, 혹은 국가단위의 비주얼 브랜딩을 통해 개발되어야 한다는 것을 강조했다. 겉으로 드러나는 기술 조건, 즉 소재, 색상, 글꼴, 크기 등을 모조리 통일시키는 것이 아닌 내면에서 발견한 정체성을 몇 가지 '비주얼 언어'로 표현하여 통일성을 향상시키는 것이다. 그랬을 때 단순히 간판의 정리정돈 수준을 넘어 지역 부가가치를 창출해 낼 수 있을 것이라는 얘기를 들으며, 간판 디자인을 어떻게 해야 할지 조금이나마 방향을 잡을 수 있었다.

부드러운 자장
vs 매콤한 짬뽕

유럽 탐방의 마지막 여행지는 런던과 파리였다. 런던과 파리에서는 가장 심각한 상태인 불법간판에 대한 대응방법을 찾는 것이 주목적이었다. 간판문화의 수준이 높은 런던과 파리는 어떻게 불법간판을 규제하는지를 알기 위해 런던의 옥외간판협회OAA와 파리시청Mairie de Paris의 도시경관 담당부서를 찾았다.

런던과 파리는 규제 목적부터 큰 차이를 보였다. 런던은 시민들의 쾌적하고 안전한 도시생활을 가장 중요하게 생각하는 반면, 파리는 '역사, 문화의 보존'을 정확히 명시하며 이를 엄격하게 지키는 것을 목표로 하고 있다. 따라서 불법간판 규제법도 런던의 경우 부드러운 자장처럼 최소한의 중요한 규정만을 두고 비교적 자유로운 반면 파리의 규제법은 매콤함 짬뽕처럼 비교적 강력하고 엄격한 편이다.

구분	부드러운 자장(OAA London)	매콤한 짬뽕(Mairie de Paris)
규제 목적	시민들의 쾌적하고 안전한 도시생활이라는 권리를 보호하기 위한 장치	역사와 문화적 가치의 보존이라는 시민의 의무를 규정
허가제도	**일부허가제** 최소한의 중요한 규칙만을 간직한 채 자유로움을 보장, 전문부서의 허가과정 단순	**전체허가제** 사전 허가신청과 2~6개월 간의 검열
규제 수단	**허가조항** 허가규정들을 자세히 설명해 주고 시민 스스로 지키도록 장려	**벌칙조항** 자세하고, 엄격한 벌칙조항으로 불법간판 단속
추가 안전장치		제도적 안전장치 ABF(특별한 간판의 설치를 허가할 때 동의나 권고적 의견을 제시하는 단체)
민간 참여	간판 공급자가 자체 검열	비정부기관에 역할 부여

런던과 파리의 간판 규제법 비교

합리적인 규제법을 자율적으로 지키도록 하는 런던식 자장, 까다로운 허가를 거치도록 하는 파리식 짬뽕! 불법간판을 근절하기 위해 무엇을 선택할 것인지는 우리들의 몫이다. 어느 규제법이 더 효과적이라고는 말하기 어렵다. 자장과 짬뽕은 각각 저마다의 특징과 장점을 갖고 있기 때문이다. 그보다는 어떤 규제법이든 받아들일 마음의 준비가 더 중요하다. 어떤 음식이든 맛있게 먹을 준비가 되어 있지 않으면 아무리 요리사가 맛있게 요리를 해도 그 맛이 제대로 느껴지지 않을 테니까 말이다.

한국 간판은 복잡한 이해관계로 얽혀 있어 결코 쉽게 해결하기는 어렵다. 일본의 모델을 거의 그대로 가져와서 적용했음에도 불법 간판이 속속 등장하고 금세 개선 전의 상태로 돌아가는 것에서 알 수 있듯이, 단지 해외 우수 디자인 사례를 가져와서 적용하는 외관상의 변화가 근본적인 해결책은 아니다. 간판 문제는 정부와 상인 사이의 문제만은 아니라는 것이다. 이것은 맛있는 요리를 먹을 준비, 즉 우리 모두가 간판에 대한 올바른 시각을 갖추었을 때에야 비로소 해결될 수 있다. 간판을 공공재로 보는 선진 시민 의식의 형성과 함께 국민 모두가 관심을 가지고 해결하려는 움직임이 있을때 비로소 해결될 것이다. 이를 통해 우리나라의 문화적, 사회적 요소가 녹아 있는 '한국형 간판 문화' 형성의 새로운 가능성을 기대해 본다.

06

유해한 화학물질, REACH가 잡는다

심흥석, 김동경, 백송이, 이서진 ●중앙대학교

현대인이 하루에 접하는 화학물질의 수는 1,500~2,000여 가지나 된다. 처음 자연에는 존재하지 않는 물질을 인공적으로 만들어 낼 때만 해도 화학물질은 우리에게 그저 고마운 존재였다. 하지만 그것은 양날의 칼과 같다. 분명 우리의 생활을 윤택하게 만들어 주지만 최근 그동안 잘 몰랐던 화학물질의 위험성이 속속 드러나면서 사람들을 경악하게 만들고 있다. 이미 유럽에서는 오래전부터 'REACH'라는 규제를 도입해 화학물질을 관리하고 있는데, 우리나라는 여전히 화학물질 관리가 소홀하다. 건강을 해치는 화학물질이 버젓이 식품에 첨가되고, 비료나 건축자재에 포함돼 환경과 건강을 위협하고 있다. 더 이상 두고 볼 수 없다는 마음에 화학물질 규제 선진국인 유럽으로 갔다. 그들의 노하우를 한 수 배워 오겠다는 다부진 각오로…….

REACH!

화학물질 관리 차원이 다르다

가난했던 1960~70년대에는 제대로 씻지도 먹지도 못하는 아이들의 머리에 늘 머릿니가 득실거렸다. 이를 잡기 위해 정부에서는 강력한 DDT를 머리에 직접 살포했다. DDT가 인체에 해롭다는 사실이 밝혀진 것은 그로부터 한참이 흐른 뒤였다.

DDT뿐만 아니라 화학물질은 대부분 독성이 바로 나타나지 않는다. 오랜 시간에 걸쳐 서서히 인체와 환경을 망가뜨리기 때문에 화학물질의 유해성을 빨리 알아차리기가 어렵다. 그러니 독성이 드러난 화학물질을 규제하고는 있어도 안심할 수가 없는 것이다. 실제로 현재 시장에서 판매되는 화학물질은 약 4만여 종에 달하는데, 그중 독성물질정보를 갖고 있는 것은 겨우 10%에 불과하다.

화학물질의 유해성을 근본적으로 차단하려면 지금처럼 문제가 터진 후에 사후약방문식으로 규제를 하기보다 사전 예방적인 관리를 해야 한다. 또한 화학물질의 유해성은 사용할 때만 나타나는 것이 아니라 화학물질을 개발하고 생산하는 과정은 물론 폐기하는 과정에서도 나타나기 때문에 탄생과 죽음 이후까지 화학물질의 전 생애를 관리할 필요가 있다.

각 나라별로 화학물질을 규제하는 법들이 마련되어 있지만 그중 가장 강력하고, 근본적인 해결책을 제시한 규제법이 'REACH'다. REACH Registration, Evaluation, Authorization and restriction of CHemicals 는 EU가 협의해 공동으로 만든 화학물질 규제법으로 EU 내 연간 1톤 이상 제조, 수입되는 모든 물질에 대해 양과 위해성에 따라 등록, 평가, 허가 및 제한을 받도록 하는 화학물질 관리 규제다.

REACH는 단순한 지침이 아니라 의무적으로 따라야 하는 법규라는 점에서 다른 화학물질 규제법과는 차원부터 다르다. 실제로 영국의 경우, REACH 법규를 위반했을 때 최고 무제한 벌금형 또는 최대 2년간 징역을 받게 된다.

규제 범위도 특정 산업국만이 아닌 전 산업국을 아우른다. 화학기업뿐만 아니라 완제품을 제조하는 기업, 유럽에 제품을 수출하는 나라도 예외 없이 REACH의 규제를 따라야 한다는 얘기다. 유럽에 자동차, 전자전기, 반도체, 섬유, 조선 등을 수출하는 우리나라도 REACH의 규제로부터 자유로울 수 없다.

평가하는 화학물질의 종류도 신규 화학물질에서 기존 화학물질로 범위를 넓혔다. 평가의 기준도 유해성에서 위해성으로 확대했다. 이는 해당 화학물질이 가지고 있는 고유한 물질 특성만으로 해당 화학물질의 유해성을 파악하는 것을 넘어서 해당 화학물질의 사용 용도, 노출 조건 등을 종합적으로 고려하여 실질적으로 인간과 환경에 악영향을 미치는 경우에 대해서 그 제조와 사용을 규제하겠다는 것을 의미한다.

REACH는 강력하지만 기업을 강제적으로 규제하기보다는 기업 스스로 화학물질을 관리하도록 유도하고 있다. 오염자 부담 원칙에 의거하여 기업 스스로가 화학물질을 관리하고 유해성을 입증하도록 하는 것이다. 기업은 화학물질 정보를 ECHA유럽화학물질관리청나 사용자에게 전달해야 할 의무가 있으며, 궁극적으로는 대체물질을 개발하여 기존의 유해물질을 대체하는 녹색 화학을 실천하도록 촉구하고 있다.

이제 REACH는 선택이 아닌 필수가 되었다. REACH를 만족시키지 못하는 제품은 더 이상 유럽 시장에서 살아남을 수 없다. 그런데도 우리나라는 아직까지 REACH에 대응할 만한 준비가 잘 되어 있지 않다. 물론 REACH에 대응하기 위해 현실적으로 경제적 부담이 큰 것이 사실이지만 사람과 환경을 살리고, 더 나아가 국가경제를 살리려면 REACH를 정면 돌파하는 것이 바람직하다.

유럽의 화학물질 규제,
더 이상 남의 것이 아 니 다

● 위해성 평가기관 BfR를 만나러 독일에 가다

화학물질을 관리하려면 화학물질의 위해성을 정확히 평가해야 한다. 또한 생산된 위해성 정보를 서로 발 빠르게 주고받아야 하는데, 안타깝게도 우리나라는 두 가지 모두 순탄치 않다. 이를 해결할 수 있는 방법을 알아보기 위해 첫 번째 탐방지를 독일에 있는 'BfR'로 잡았다. BfR 건물 근처까지는 무리 없이 갔는데, 그 주변에서 건물을 찾지 못해 30분 이상 헤맨 탓에 그만 약속시간에 늦는 엄청난 무례를 저질렀다.

BfR는 지난 200년 동안 독일의 화학물질 관리를 주도한 곳이다. 약 700여 명에 달하는 전문인력이 화학물질의 위해성을 평가하고 관리하는 데 최선의 노력을 하고 있다. 학사에서 박사까지 다양한 학위를 가진 260여 명의 과학자들은 기존 물질과 신규 물질의 화학물질 정보를 생산하는 연구를 진행한다. 그리고 시장에 나온 화장품, 섬유, 유아용품 등 제품에서의 유해화학물질 유무를 분석하여 그 특성에 대해서 연구를 진행한다.

화학물질의 특성이 파악되면, 소비자의 일상생활에서 그 물질이 노출되는 범위를 산정한다. 그리고 노출 시나리오를 통해 위해성 평가를 실시한다. 위해성 평가 정보는 전문가들의 합의를 통해 생성된다.

BfR의 위해성 평가 정보는 상당한 신뢰를 받는데, 그 이유는 독립성에 있다.

100% 타기관들의 자금 지원_{연간 약 790억}으로 운영되는 국가 산하기관이지만 정치적, 경제적, 사회적 영향을 받지 않는 독립적인 기관이다. 그래서 사람들이 BfR의 정보를 객관적이고 신뢰성 있는 정보라 여긴다.

일단 화학물질의 위해성이 판단되면 BfR는 독일의 소비자 건강 보호 시스템을 통해 정부기관, 정치가, 국민, 기업 등의 이해 관계자들에게 정보를 전달한다. 정부기관과 정치가들에게는 정보를 전달함으로써 유해화학물질 관련 법을 만들 때 참고할 수 있게 한다. 소비자들에게는 대중매체를 통해 유해화학물질의 위해성에 대해 알려 경각심을 심어 준다. 기업에게는 1년에 한 번씩 세미나를 통해서 유해화학물질 정보를 공유할 수 있게 하고, EU의 각 나라에 위해성 평가정보를 제공해 각 나라별로 위해성과 관련된 법 제정을 하는 데 도움을 준다.

동물 대체 실험기관 BfR-ZEBET

독일에서 BfR 외에 동물 대체 실험기관인 BfR-ZEBET도 방문했다. 그 동안 동물은 인간을 대신해 각종 실험에서 목숨을 잃었다. 인간에게 유해한 물질을 가려내고자 힘없는 동물을 희생시키는 것이 바람직하지 않다는 인식이 확산되면서 최근 동물 대체 실험에 대한 관심이 높아지고 있다.

BfR-ZEBET에서 인터뷰했던 안드리아 세일러의 말이 기억에 남는다. 그는 동물 대체 실험에서 비용은 중요한 문제가 아니라고 했다. 동물 대체 실험법은 대개 동물 실험법보다 비용도 더 많이 들고, 실험기간도 오래 걸리지만 BfR-ZEBET는 실험실에서 사용하는 동물실험을 법으로 한정하고(Refine), 줄이고(Reduce), 결국에는 대체하는 것(Replace)을 목표로 함을 분명하게 말했다. 그러면서 유럽은 동물을 사용한 실험에 대한 규제를 점점 더 강화하고 있으며, 화장품 업계에서는 이미 동물 대체 실험법을 사용하고 있다고 덧붙였다.

🔵 독일 글로벌 화학기업 BASF, REACH를 기회로 삼다

BfR에서의 인터뷰를 마치고 두 번째로 방문한 곳은 글로벌 화학기업 BASF였다. BASF가 웅지를 튼 도시, 루트비히스하펜으로 향하는 도로는 아우토반이어서 시속 200km를 훌쩍 넘기면서 스피드를 만끽하며 달렸다. 꼬박 6시간을 내리 달

BASF의 인터뷰를 마치고 Guest Center에서. 한스 마틴 씨는 동양식 인사법으로 고개를 숙이고 센스 있게 인사를 하며 우리를 배웅했다.

려 루트비히스하펜에 도착해 독일에서의 마지막 밤을 보낸 후 다음날 BASF를 방문했다.

BASF의 출입 과정은 꽤나 복잡했다. 여권을 보여 주고 출입증을 받아야 했으며, 인터뷰 약속을 한 한스 마틴 씨가 오기 전까진 회사 내에 출입조차 할 수 없었다. 보안 상의 문제로 카메라도 갖고 들어갈 수 없었지만 인터뷰 내용은 아주 만족스러웠다.

BASF는 공급자와 소비자 양 방향을 포함하는 상하 공급망 구조를 가지고 있는데, 이는 거미줄처럼 연결돼 방사형 공급망 구조라고 불린다. 생산과 에너지부분은 물론이고 소비자, 사회 등 모든 이해관계자를 하나의 공동체로 보는 개념으로 이를 통해 BASF는 유기적인 네트워크를 구축하여 정보를 쉽게 전달할 수 있는 공급망 체계를 유지하고 있었다.

또한 BASF는 자사가 REACH에 등록하는 화학물질을 추적할 수 있는 트래킹 시스템을 구축하고 있었다. 이 시스템은 화학물질의 유통을 양 단위로 감시한다. 화학물질이 제조하려는 양의 60%와 90%에 도달하면 알람이 울리도록 되어 있다.

EU의 REACH는 화학물질 정보를 직접 생성하도록 만들어 사실 기업 입장에서 보면 부담스럽고 귀찮은 존재다. 이에 대해 한스 마틴씨의 입장은 명확했다. 기업에게 부담은 되겠지만, 유해한 화학물질을 만들어 낸 주체가 바로 기업이기 때문에 기업 스스로가 처리하는 것이 당연하다고 생각한다는 것이다. 따라서 앞으로도 BASF 자체적으로 회사의 모든 제품에 대한 위해성 평가를 실시할 예정이고, 유해화학물질의 대체물질을 개발하여 소비자들에게 안전한 제품을 공급할 것임을 강조했다. 기업의 이익만 쫓는 것이 아니라 기업의 책임을 이야기하는 모습을 보면서 한국 기업들도 좀 더 장기적인 안목에서, 기업이 아닌 국가적·국민적 차원에서 REACH에 대응했으면 하는 마음이 간절해졌다.

● 영국에서 기업들의 REACH 대응을 돕는 YCF를 만나다

REACH를 조사하며 느꼈던 것은 REACH에 대응하고 싶어도 방법을 몰라서 혹은 비용이 부담스러워 대응하지 못하는 중소기업이 많다는 것이었다. 그러던 참에 영국에 중소기업에게 화학물질관리 컨설팅을 해 주는 비영리기관 단체인 YCF가 있다는 정보를 접했다. 마치 사막에서 오아시스를 만난 것처럼 기뻐하며 YCF를 탐방목록에 넣었다.

요크셔 지방의 중소기업 사장님까지 초청하여 함께 진행한
YCF 인터뷰에서, 선진화된 그들의 인식을 느낄 수 있었다.

　　YCF가 위치한 곳은 영국 요크셔 지역의 리즈란 도시로, 런던 킹스크로스역에서 기차로 1시간 30분 정도 걸리는 곳이었다. 그런데 YCF와의 약속이 있던 날, 기차를 타러 킹스크로스역에 도착한 우리는 비싼 기차 값에 입을 다물지 못했다. 왕복도 아니고 한 번 가는 데 80만원. 왕복으로 끊으면 100만원이 넘는 금액이었다. 버스를 탈까도 생각했는데, 그마저도 여의치 않아 결국 YCF에 전화를 걸어 교통사정 상 다음날 방문해야 할 것 같다고 양해를 구했다.

　　YCF는 멥버십에 가입한 기업의 목소리를 대변해 정부에게 전달하는 역할을 한다. 또한 멤버십 기업의 현황을 파악하여 그들에게 맞는 실질적인 정보를 전달한다. 요크셔 지역에 분포해 있는 YCF 멤버십 기업들은 규제에 대한 전문가가 없는 경우가 많다. 그래서 그들은 규제가 변하거나 새로이 생길 때마다 어려움을 겪게 되는데, YCF는 이들을 위해 멤버쉽 기업들의 실정에 맞게 규제의 정보를 가공해서 전달해 주고, REACH 대응을 위한 교육과 세미나를 개최한다.

기업들이 효율적으로 화학물질을 관리할 수 있도록 CMSChemical Management Service, 화학물질 관리 서비스를 제공하는 것도 YCF의 중요한 역할이다. 요크셔 지역의 기업들은 대부분 비슷한 업종에 종사한다. 비슷한 원자재를 사서 비슷한 제품들을 만든다는 면에서는 경쟁자지만 화학물질을 관리하는 데는 둘도 없는 협력자이다. CMS를 같이 하면, 원자재를 공동 구매해 원자재 값을 절약할 수 있다. 결과적으로 CMS를 도입함으로써 화학물질 공급 과정에서 생기는 낭비되는 비용을 절감하는 것은 물론, 원자재 값까지도 절약할 수 있어 기업들의 부담이 줄어든다. YCF와 인터뷰를 하면서 우리나라에도 이런 기관이 있으면 REACH에 대응하기가 한결 수월할 것이라는 생각이 들었다.

● 스웨덴 Chemsec, 유해화학물질 사용 금지를 외치다

리즈에서 YCF 탐방을 끝낸 다음날, 런던 지하철을 1시간 정도 달려 도착한 히드로 공항에서 간단히 아침을 때우고, 우리는 유해화학물질 사용 금지를 외치는 NGO 단체 Chemsec이 있는 스웨덴의 환경도시 예테보리로 향했다.

억수같이 쏟아지는 비를 맞으며 스웨덴에 도착한 우리는 청천벽력 같은 소식을 들어야 했다. 인터뷰하기로 한 사람이 휴가를 갔다 온다는 메시지를 남기고 사라진 것이다. 놀란 마음을 가라앉히고 Chemsec 직원 목록에 있는 모든 사람

Chemsec 인터뷰 중. 전 직원이 10명도 안 되고, 사무실도 무척 작았다. 그런데도 전세계적으로 그렇게나 엄청난 영향력을 미치다니 놀라울 따름이었다.

에게 전화를 걸었고, 구사일생으로 'Per Rosander'와 연락이 닿았다. 정말 우연히도 휴가 기간이었던 그가 잠깐 회사에 들렀는데 그때 우리의 전화를 받은 것이었다.

Chemsec은 화학물질의 유해성 정보를 생산한다. 'SIN List'를 작성해 기업에게 배포하고, 세미나를 통해 대체물질 사용을 유도한다. 또한 기업에게 REACH 대응을 위한 교육을 하고, EU에 유해화학물질법을 제정할 것을 촉구하기도 한다. 인터뷰를 하면서 Chemsec이 유럽의 정부, 기업에게 많은 영향력을 미치고 있음을 알 수 있었다.

🔵 핀란드 유럽화학물질청 ECHA, REACH보다 CLP를 먼저 하라

스웨덴에서의 아쉬운 하루 일정을 끝내고 우리는 마지막 탐방지인 핀란드 헬싱키로 이동했다. 스웨덴과 달리 헬싱키에서의 날씨는 정말 좋았다. 헬싱키에서 우리가 가야 할 곳은 유럽화학물질청 ECHA였다. 원래 약속은 오후 2시였지만 비행기 시간 사정 상 11시에 만날 수밖에 없어 담당자 에바 씨에게 양해를 구했다. 고맙게도 에바은 휴가일정을 앞당기며 스톡홀름에서 헬싱키로 일찍 돌아와 무사히 인터뷰를 마칠 수 있었다.

ECHA는 2008년 창설한 이래 EU 집행위가 법제화한 신화학물질 규제 REACH와 화학물질의 분류 및 표시 체계인 CLP 규제를 집행하는 기관이다. 규제 대상 기업들은 ECHA에 제품의 유해성에 대한 정보를 전달해야 하는 의무를 지닌다. 그 후 ECHA는 들어오는 정보들을 평가하고 허가하는 일을 한다.

에바 씨는 REACH보다 CLP^{Classified, Labeling, Packaging}를 먼저 시작하는 것이 좋다고 조언했다. 화학물질을 국제 통합 기준에 따라 분류하고 라벨링하는 것이 CLP의 주된 내용인데, 등록하는 데 비용이 많이 들지 않아 경제적인 부담 때문에 REACH에 대응하지 못하는 기업들에게 현실적인 대안이 될 수 있다고 했다.

유럽 탐방을 하면서 REACH는 이미 유럽에서 상당히 발전해 있음을 알 수 있었다. 화학물질에 대한 인식과 준비가 부족한 아시아권에서는 상대적으로 REACH에 대한 활동이 미약한데, 같은 아시아권인 일본과 중국에 비해서도 우리나라의 활동 수준이 한참 뒤처져 있다는 것을 알았다.

REACH를 알아가는 과정은 쉽지 않았다. ㄱ, ㄴ, ㄷ부터 시작하는 마음으로 REACH의 제정 목적부터 시작하여 수많은 자료조사와 인터뷰를 거치면서 하나하나씩 알아 갔다. 우리는 모두 알면 알수록 화학물질 관리가 결코 간단한 문제가 아니라는 것을 깨달았다. 그동안 수많은 시행착오를 겪고 머리를 맞대어 고심한 우리의 노력이 한국의 화학물질 관리에 있어 조금이나마 도움이 되길 간절히 소망해 본다.

07

건축물의 탄생, 성장, 죽음에 CO₂는 없다

류재호, 이영은, 우승기, 장혜진 ●고려대학교 대학원

건축물은 시공 단계부터 건축물을 사용하고 철거할 때까지 엄청난 양의 이산화탄소를 배출한다. 건축 부문 이산화탄소 발생량이 전 산업의 42%를 차지하고 있으니 사람 편하자고 마구잡이로 지은 건축물이 얼마나 환경을 괴롭히는지 새삼 놀랍기만 하다.

물론 현재 건축 분야에서 환경 친화적인 건축물을 짓기 위한 노력을 많이 하고 있다. 하지만 주로 대부분 사용 단계에서 건물의 부하를 최소화하기 위한 기술에 집중되어 있어 시공 단계와 철거 단계에서 배출하는 이산화탄소를 억제할 수 있는 방법은 아직 없는 것이나 마찬가지다. 과연 이산화탄소를 배출하지 않고 건축물을 지을 수 있을까?

건축자재와

구조개선이 핵 심 이 다

왜 건축물에서는 그렇게 많은 이산화탄소가 배출될까? 원인은 건축물을 지을 때 사용하는 자재에 있다. 건축물을 지을 때 핵심 재료로 많이 사용되는 콘크리트와 철근은 다른 건축자재에 비해 생산 과정에서 약 2~5배 많은 이산화탄소를 배출한다. 어디 그뿐인가. 시공 단계에서는 말할 것도 없고 해체하거나 철거할 때도 엄청난 양의 분진과 먼지를 일으킨다. 게다가 한 번 사용된 콘크리트는 다시 사용할 수도 없어 그대로 환경을 오염시키는 원흉으로 남는다. 탄생부터 죽음을 맞이한 이후까지 두고두고 환경을 괴롭힌다.

이산화탄소를 많이 배출하는 건축 자재는 환경뿐만 아니라 사람들의 건강까지 위협하므로 최근 친환경 건축물에 대한 관심이 급증하고 있다. 우리나라도 친환경 건축물의 중요성을 인식하고 2002년 1월부터 '친환경 건축물 인증제도'를 실시하고 있다. 건축물의 자재 생산과 설계, 시공, 유지 관리 등 전 과정에 걸쳐 친환경성을 평가해 우수한 건축물을 인증하는 제도이다. 현재는 공동주택을 대상으로 실시하지만 단계적으로 학교, 숙박시설 등 모든 건축물로 확대, 실시할 예정이다.

친환경 건축물 인증심사 기준에서 평가와 가산점에서 가장 비중이 큰 항목은 재료 및 자원 부문이고, 이 부문을 평가하는 항목은 대부분 '건축구조'와 직·간접적으로 관련이 있다. 결국 친환경 건축물의 핵심은 건축자재와 구조와 통한다는 얘기다.

하지만 아직까지 친환경 건축물을 짓기 위한 건축자재와 구조에 대한 연구는 미흡하기 짝이 없는 상황이다. 포항산업과학연구원과 대한주택공사가 공동 연구한 'NT를 적용한 100년형 복합구조 아파트 개발'이 유일한 프로젝트다. 그러나 이 프로젝트 역시 건축물의 수명을 늘리는 데만 초점을 맞추었을 뿐, 정작 이산화탄소를 많이 배출하고 재사용이 불가능한 건축자재에 대한 해결책은 제시하지 못했다.

이처럼 국내는 친환경 건축물에 대한 연구가 초보 단계여서 이산화탄소 배출 없이 건축물을 짓고 해체할 수 있는 속 시원한 해결책을 찾기가 어려웠다. 다행히 유럽은 친환경 건축물을 위한 새로운 건축자재를 개발하고, 건축구조를 개선하는 연구가 활발히 진행 중이고, 실제 건축물에 적용한 사례도 많아 유럽 탐방을 시작했다.

콘크리트를 대체할 수 있는 기술, SPS를 만나다

영국은 친환경 건축물 분야에서 기술이나 적용 면에서 모두에서 단연 선두를 달린다. 2006년 12월 '개인탄소할당제도'를 발표하고 제로탄소주택 건설과 이산화탄소 없는 지역사회를 만들고자 노력하고 있다. 2050년까지 1990년 대비 온실가스 배출 60%를 감축하는 것을 목표로 기존 빌딩 에너지 효율성 프로그램을 런던의 상업용 이산화탄소 배출총량 25%를 차지하는 모든 공공 부문 빌딩에 대규모 확대 실시했다. 또한 런던 재활용 은행 기구를 도입하는 등 이산화탄소를 줄이기 위한 다양한 노력을 하고 있다. 그런 영국을 탐방지로 정한 것은 당연한 일이다.

　장장 15시간에 걸친 비행 끝에 창문 밖으로 런던 시내가 보일 때 우리는 런던의 유명한 건물에 탄성을 질렀다. 팀원 모두 건축공학 전공인지라 세인트매리엑스, 밀레니엄 돔, 빅벤 등 사진으로만 보았던 유명 건물이 눈에 들어왔다. 런던에서 이산화탄소 배출을 감소시킬 수 있는 첨단 기술을 만날 수 있다고 생각하니 가슴이 벅찼다. 우리가 탐방한 지역이 주로 런던 외곽에 있긴 했지만 서울 근교에서는 꿈도 꿀 수 없는 깨끗한 하늘을 보니 정말 부러웠다.

　런던에서 제일 먼저 만난 기술은 'SPS^{Sandwich Plate System}이다. 이것은 새로운 합성 재료 기술로 건축과 조선 분야에서 많이 사용하는 철근과 콘크리트를 대신할 신자재로 주목받고 있다. SPS는 두 개의 금속 강판 사이에 탄성중합체^{폴리우레탄}를 주입해 만드는 것으로 강도가 콘크리트 못지않다. 현장에서 조립해 사용하

Bath 대학 Peter Wolker 교수님을 방문하여 함께 햄크리트로
지은 주택을 둘러보았다.

기도 편해 공기를 최대 75%까지 단축시킬 수 있을 뿐만 아니라 슬래브 자중의 경량화로 전 구조체의 물량을 절감함으로써 골조에 가해지는 하중 부담이 줄어 전체 사용되는 강재량을 80%까지 절감할 수 있다는 장점이 있다.

콘크리트를 전혀 사용하지 않아 건설 단계에서 발생하는 이산화탄소 발생량을 대폭 감소시키는 것은 기본이다. 또한 SPS는 볼팅Bolting에 의해 조립하는 방식으로 건축물에 이용되므로 향후 해체하기도 쉽다. 자재를 거의 손상 없이 해체하니 재사용도 가능하고, 사용된 강판과 내부 탄성 중합체로 사용된 폴리우레탄 역시 새 SPS의 중심재로 사용할 수 있다.

SPS는 미래의 기술이 아니다. 이미 SPS를 건축물에 적용한 사례가 있다. 치스윅 공원Chiswick Park, M6 보도교M6 Pedestrian Bridges, The LG Arena, Weston-super-Mare Grand Pier 등이 그것이다. 또한 대형 선박 갑판과 선체 보호막에도 SPS가 사용되었다.

● Lime-Hemcrete, 친환경 건축자재로 부상하다

라임Lime은 약 900℃의 가마 안에서 달구어진 탄산석회calcium carbonate로부터 생산된다. 이 온도에서 이산화탄소가 방출되면서 탄산석회가 화학 변화를 일으켜 생석회^{calcium oxide}를 형성한다.

물과 생석회를 섞으면 수화반응을 통해 수화나트륨이 된다. 이 순수한 석회는 대기 중의 이산화탄소와 탄산염화 반응을 하여 다시 탄산석회로 전환된다.

라임은 이산화탄소 배출을 줄이면서도 오래 쓸 수 있는 건축자재로 주목을 받는다. 라임을 모르타르로 이용한 조적벽에서는 조적벽에 쓰였던 벽돌을 재활용할 수 있고, 라임은 다른 저低에너지 재료의 사용의 폭을 넓게 해 준다. 라임에서 나타나는 투수성과 모세관 현상은 라임을 목재나 대마 같은 재료와 함께 섞었을 때 좋은 성능을 발휘한다. 목재나 마의 수분을 흡수하여 쉽게 증발할 수 있도록 도와 목재나 대마의 상태를 좋게 유지시켜 준다. 라임을 기반으로 한 고대 건축물에 현대의 시멘트를 이용해 보강한 경우 수분이 빠져 나가지 못하게 되어 고대 건축물이 심각하게 부식이 된 경우도 종종 볼 수 있는데, 이것은 라임의 투수성을 입증해 주는 사례다. Hemcrete는 대마 줄기와 특수한 라임 기반 고착제의 혼합물이다. 라임과 대마는 바이오합성biocomposite 건축재료로 사용되는데, 단열 성능이 뛰어나고, 이산화탄소를 흡수하는 장점이 있다.

DECCDepartment of Energy and Climate Change는 최근 BREBuilding Research Establishment에 재정 지원을 해 재생 가능한 재료를 사용한 시험 주택을 지었다. 건물의 벽은 Tradical Hemcrete를 목재 틀에 끼워 맞춰 세우고, 지붕의 단열은 천연섬유를 누빈 재료를 사용하였으며, 콩으로 만든 페인트를 사용하고 그 외 바닥재 벽지도 모두 천연섬유를 사용했다.

총 15주에 걸쳐 완성한 시험 건물은 보통 조적식 주택에 비해 약 20톤이 적은 탄소 발자국을 나타내었다. 20톤 적은 탄소 발자국은 시공 단계에서 대략 50%의 절감을 나타내는데, 이는 즉각적인 탄소배출량 감소를 의미하는 매우 중요한 결과이다. 영국에서 2020년까지 지어질 약 300만 채의 주택에 이 기술이 적용된다면, 6,000aks 톤의 이산화탄소 배출을 감소시킬 수 있다.

In Swiss

스위스 취리히 공과대학의
보다 현실적인 해법을 듣 다

신기술 소통 핫라인,
FCSA

신기술을 하루라도 빨리 상용화하려면 관련 연구단체나 기관들의 적극적인 소통이 필요하다. 유럽에는 FCSA가 이런 역할을 한다. FCSA(Finnish Constructional Steelwork Association)는 각 산업 종사자들로부터 재정 지원을 받고 있으며, 53개의 기업 회원과 수많은 개인 회원으로 구성되었다. 53개의 기업 회원은 철강뿐만 아니라 다른 금속 재료들과 철강 연결물과 코팅재를 연구하고 개발, 판매하는 기업이거나 엔지니어링 컨설팅을 해 주거나 건물 현장 감독들을 포함한다. 핀란드의 강구조협회인 FCSA도 그러한 역할을 하는 기관들 중 하나다.

스위스에서는 취리히 공과대학의 ETH를 방문했다. 스위스에는 영어로 된 안내판이 많지 않아 사람들에게 물어물어 가까스로 ETH를 찾을 수 있었다. 우리가 가야 할 연구실은 공과대학 캠퍼스에 있었는데, 공과대학답게 첨단시설이 많았다. 또한 거의 모든 건물에서 친환경 에너지 시스템을 최소 하나씩 적용하고 있어 놀랐다.

우리가 방문한 Chair of Sustainable 연구실은 국민들의 투표에 의해 어떤 프로젝트를 진행할 것인지를 결정한다. 우리가 방문했을 당시에는 'Living Lab'을 통해서 유럽의 다른 단체와 함께 지역의 기후적, 문화적인 특징에 따른 건물을 분석하는 프로젝트가 한창 진행 중이었다.

친환경 건축물을 위한 신기술을 기대했던 우리는 다소 의외의 말을 들었다. 연구실의 선임연구원인 York Ostermeyer는 기술보다 더 중요한 것이 사회의 인식이라고 했다. 아무리 가격이 저렴하고 성능이 좋은 모델이 나와도 현장에서 쉽게 받아들일 수 없는 부분이 많기 때문에, 새로운 신기술을 적용하기 전에

(왼쪽) 스위스 취리히 공과대학의 ETH를 방문하여 교수님과 두 분의 박사 연구 프리젠테이션을 듣기 전에 우리의 연구 분야를 소개했다.
(오른쪽) 스위스 취리히 공과대학의 ETH를 방문한 기념으로 Rahel과 함께 촬영했다.

사람들의 인식을 바꿔야 한다는 것이다. 또한 기술을 개발할 때 재료의 성능뿐 아니라 기타 비용도 고려해야 한다고 했다.

플로리안 연구원은 LCA^{Life Cycle Assessment}를 개발하고 있었다. 건축물에서 LCA란 건축물의 수명주기 전 과정, 즉 재료 획득 및 가공, 설치, 시공, 운전, 사용 및 운영, 수선, 용도폐기 및 철거과정 동안에 소모되고 배출되는 에너지와 물질의 양을 정량화하여, 이들이 환경에 미치는 영향을 종합적으로 평가하고, 이를 토대로 환경개선 방안을 모색하고자 하는 객관적이며 적극적인 환경영향 평가방법을 말한다. 플로리안이 연구하는 과제의 목표는 재료별 수명주기^{Lifetime}을 측정해 지표화하는 데 있다.

이들이 개발한 프로그램에는 재료의 특성이 데이터베이스로 잘 정리되어 있었고, 이것을 통해서 특정공사에 가장 적정한 재료를 찾을 수 있었다. 이처럼 기술이 상용화되려면 친환경적인 부분 외에도 기타 비용도 함께 고려해야 함을 알 수 있었다.

08

녹색금융, 경제와 환경의 두 토끼를 잡다

김경훈, 김보성, 김영곤, 천창욱 ●KAIST 테크노 경영대학원

고속도로를 달리다 보면 흉물스럽게 깎인 산을 어렵지 않게 볼 수 있다. 허연 속살을 그대로 드러낸 산을 보면 만감이 교차한다. 반듯하게 닦인 고속도로 덕분에 이동시간이 대폭 줄어든 것은 고마운 일이지만 인간의 편의를 위해 무참히 파괴된 자연을 보는 일은 그리 기분 좋은 일만은 아니다.

고속도로뿐만 아니라 대부부의 경제 발전은 환경을 희생시키는 방식으로 이루어졌다. 그 결과 환경은 만신창이가 되어 거꾸로 인간의 생명과 건강을 위협하는 지경에 이르렀다. 환경과 경제 성장은 서로 대치될 수밖에 없는 관계일까? 경제를 성장시키면서 환경을 보호할 수 있는 방법은 없는 것일까? 그 답을 찾기 위해 '녹색금융'의 자취를 쫓아가 보았다.

환경과 경제 모두
'녹색금융'이 살 린 다

녹색금융? 대부분의 사람은 들어 본 적도 없는 생소한 단어일 것이다. '녹색'이란 단어에서 어렴풋이 '환경'을 떠올릴 수도 있지만 정확하게 어떤 것인지, 왜 녹색금융이 화두로 떠오르는지 아는 사람은 드물다. 실제로 우리나라에서는 녹색금융이 이제 막 걸음마를 시작한 단계라 모르는 사람이 많은 것이 당연하다.

하지만 해외로 눈을 돌리면 '녹색금융'이 단순한 미래지향적 용어가 아닌 현실 속에 뿌리를 깊게 내리고 새로운 금융산업의 패러다임을 주도하고 있다는 것을 알 수 있다. 이미 정부의 주도로 10년이 넘게 녹색금융 프로젝트가 진행되어, 프로젝트로 인해 모인 녹색 펀드로 녹색 기술을 보유한 기업을 지원하는 녹색금융이 안정화된 나라가 적지 않다. 또한 녹색금융을 실천하는 금융기관이 빠르게 늘고 있는 추세다.

녹색금융은 시대적 대세다. 녹색금융에 대한 관심이 높아지는 데는 녹색금융이 경제 성장을 독려하면서도 환경이 파괴되는 것을 막고, 파괴된 환경을 개선하는 데 중요한 역할을 하기 때문이다. 즉 녹색금융은 금융산업 발전, 환경 개선 및 경제 성장을 동시에 추구하는 복합적인 목적을 지닌 미래지향적 금융 형태다.

우리나라도 2009년 저탄소녹색성장 기본 법안을 마련하고 녹색산업 및 녹색금융을 적극적으로 지원하기 시작했지만 녹색금융이 원래의 취지에 맞는 제 역할을 하려면 개선해야 할 사항이 많다. 녹색산업을 육성하겠다는 정부 시책이 발표된 이후 금융권에서 우후죽순으로 녹색상품을 내놓았지만 다분히 일회적인 이벤트 성격이 강하다.

녹색기업과 산업에 대한 정확한 평가와 투자를 할 수 있는 시스템도 미흡하다. 녹색기업을 표방하는 업체는 많은데, 이들 또한 녹색금융처럼 이름만 '녹색'인 경우가 많다. 이런 기업들을 걸러내고, 정말 환경을 생각하는 녹색기업을 감별해 낼 수 있는 전문인력 및 프로세스가 부족하다는 것이 문제다.

진짜 녹색금융을 만나 보고 싶은 마음에 모범적으로 녹색금융을 실천하는 해외 금융기관을 찾아보았다. 국내 전문가들로부터 자문을 구해 1995년부터 'Green Fund Scheme'이라는 녹색 프로그램을 진행해 매년 지속적이고 안정적인 발전을 하고 있는 네덜란드의 센터노벰, 세계에서 진행되는 녹색 프로젝트를 발 빠르게 찾고 투자해 수익을 올리고 다양한 녹색금융 상품을 보유·개발하고 있는 프랑스의 도이치 뱅크 그리고 우리나라가 지금 설립을 위해 논의 중인 탄소배출권 거래소인 프랑스의 블루넥스트를 탐방하기로 결정했다. 국내에서는 손에 잡히지 않는 녹색금융의 참모습을 볼 수 있으리란 기대에 출발하기 전부터 마음이 들떴다.

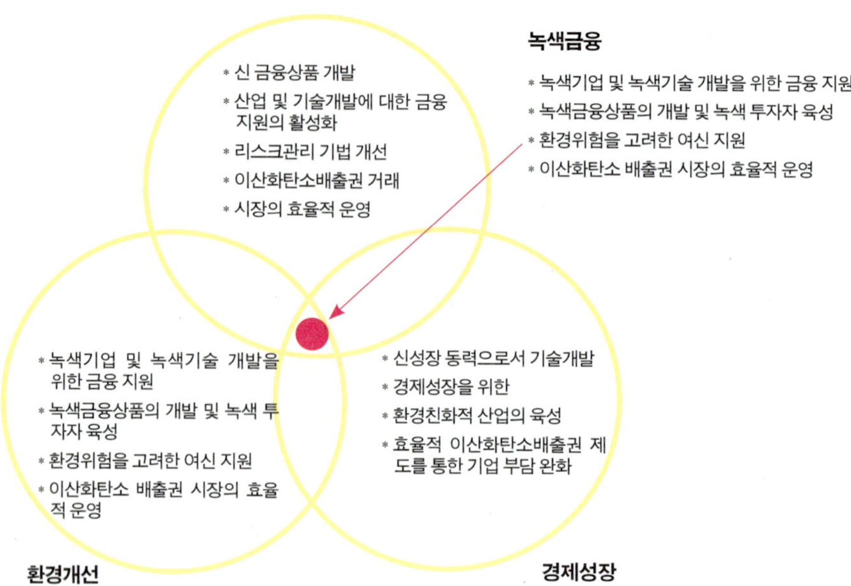

프랑스 도이치 뱅크에서
녹색금융의 전문성을   보   다

도이치 뱅크는 독일의 최대은행이자 총자산 기준으로 세계에서 8번째로 큰 은행이다. 전 세계에 지점들을 두고 강력한 수익성을 가진 다양한 개별 전략으로 세계 투자 은행들의 리더 역할을 하고 있다. 우리는 프랑스에 있는 도이치 뱅크를 탐방했다. 아침 일찍 지하철을 타고 갔는데, 파리의 번지수 표기 방법을 몰라 조금 헤맸지만 약속시간에 늦지 않고 잘 도착했다.

프랑스 파리에 위치한 도이치 뱅크에서 Mark C.Lewis씨와 인터뷰를 했다.

도이치 뱅크는 2005년부터 본격적으로 탄소시장^{carbon market}과 재생에너지에 대한 투자를 하고 있다. 세계를 무대로 다양하게 퍼져 있는 녹색금융 관련 프로젝트를 찾아 투자해 수익을 올리고, 녹색상품을 개발하는 것이 도이치 뱅크의 특징인데, 우리는 운이 좋게도 프로젝트의 수익성을 판단하는 업무를 담당한 사람과 인터뷰를 할 수 있었다.

인터뷰를 하면서 도이치 뱅크 그 자체가 금융기관 차원을 넘어 환경보호기관이라는 느낌이 들었다. 녹색산업을 지원하기 이전에 스스로 환경을 보호하기 위한 노력을 하고 있었다. 예를 들면, 건물을 리노베이션해 환경적으로 에너지를 절약하는 등의 노력을 아끼지 않았다. 또한 녹색금융 프로젝트에 투자하고 이익을 얻으려고 노력을 하기보다 먼저 녹색금융과 에너지에 대한 소개와 교육을 실시하는 데 공을 들인다. 사람들의 녹색금융과 환경에 대한 인식이 넓어져야 실질적인 관심이 증대되고 그래야 녹색산업이 성장해 은행이 자연스럽게 수익을 창출할 수 있다고 생각하기 때문이다.

장기적인 안목에서 투자를 한다는 것도 주목할 만하다. 도이치 뱅크는 녹색산업은 당장의 이익은 없을지 몰라도 꾸준한 투자와 관심을 가지면 높은 수익을 얻을 수 있는 분야라고 생각한다. 유럽만 하더라도 신재생에너지 시장과 녹색 관련 프로젝트에 4,000억 유로가 투자될 전망이고, 화석연료의 잔존량이 줄어들고 있고, 그 가격이 비싸질 것이 자명하기 때문에 재생에너지와 같은 녹색 관련 프로젝트에 대한 투자는 늘어날 것으로 보고 있다.

녹색산업을 위해 전문성을 키우는 데도 노력을 게을리하지 않는다. 도이치 뱅크에서는 5년 전 탄소배출권 거래 시장과 Renewable Energy 시장에 투자를 하면서 그와 관련된 전문부서를 만들었다. 녹색금융 프로젝트의 발굴이나 투자 면에서 빠른 대응과 신속한 결정을 하는 데는 다 이렇게 전문성을 키운 덕분이라 할 수 있다.

🔵 블루넥스트, 주식 대신 탄소 배출권을 사고 판다

블루넥스트는 영국의 ECX와 더불어 세계에서 유명한 탄소배출권거래소다. 우리나라에서도 탄소배출권거래소를 설립하기 위한 논의가 한창이라 블루넥스트를 방문했다. 블루넥스트가 훌륭한 롤 모델 역할을 해 줄 것이라 기대하면서…….

탄소배출권거래소는 녹색금융보다도 더 생소할 것이다. 탄소배출권이란 하나의 주체가 일정량의 탄소를 배출할 수 있는 권리를 의미한다. 현재 탄소를 배출하지 않고 제품을 생산하는 기업은 거의 없다. 제품을 만들 때 나오는 탄소량만큼 탄소배출권을 할당받아야 제품을 생산할 수 있도록 유도하는 것이 '탄소배출권거래소'의 역할이다.

탄소배출권거래소는 주식시장 거래소처럼 많은 사람이 필요한 곳이 아니고 한 국가에서 다양한 나라의 탄소배출권 거래의 중계를 쉽게 할 수 있다. 탄소배출권거래소의 숫자가 증가할수록 탄소배출권거래소 간의 경쟁은 심해질 것으로 보인다.

블루넥스트는 현재 EUA 현물시장에서 70% 이상의 점유율을 차지하고 있고, CERs 현물시장에서는 90~100%의 시장점유율을 자랑한다. 또한 금융 관점의 상품을 상장시킬 획으로 스프레드, 스왑, 경매 등의 새로운 상품을 고려하고 있고, 거래 지역을 확대하기 위해 현재 유럽 전역27개 국가을 담당하고 있으나, 파트너십을 통해 더 많은 국가의 거래소와 협력을 추진하고 있는 중이다.

블루넥스트의 성공 뒤에는 정부의 지원도 한몫을 했다. 또한 탄소 배출권 시장에 대한 명확한 기준과 틀을 마련해 탄소배출권을 거래하는 데 혼란이 없도록 한 점도 성공의 요인이다. 탄소배출권거래소는 환경을 보호하기 위해 꼭 필요하지만 보다 철저한 준비와 의지가 없으면 실패하기 쉽다는 교훈을 블루넥스트를 통해 얻었다.

유럽을 탐방하는 동안 녹색금융뿐만 아니라 유럽인들의 발전된 사회 시스템과 여유가 묻어나는 삶의 모습에서 많은 자극을 받았다. 그런 여유가 환경을 좀 더 생각하고, 자신만의 이익이 아니라 사회와 환경 전체를 생각할 수 있는 원동력으로 작용할지도 모르겠다는 생각이 들었다. 녹색산업, 녹색금융의 결과는 바로 보이지 않는다. 느긋한 마음으로 장기적인 안목으로 환경을 생각할 때 비로소 녹색금융이 꽃을 활짝 피울 수 있을 것이라 믿는다.

센터노벰에서 녹색금융의
성공비법을 찾 다

센터노벰은 네덜란드의 대표 녹색 펀드 프로젝트인 'Green Fund Scheme'을 운영하는 금융기관이다. 벌써 15년째 성공적으로 녹색 펀드를 운영하고 있는 곳이어서 우리나라가 앞으로 탄소배출권과 같은 녹색금융에서 세계 선두주자가 되기 위해서는 반드시 벤치마킹해야 한다는 생각에 센터노벰을 찾았다.

센터노벰의 녹색금융 전략은 정교했다. 녹색 펀드를 시행하기 전부터 환경청과 협력해 국민들에게 환경의 중요성을 알리는 캠페인을 벌였다. 단순히 일회적인 보여 주기식이 아닌 국민들에게 환경의 중요성을 지속적으로 각인시키는 한편, 자전거도로를 만드는 등 국민들이 환경보호에 참여할 수 있는 실질적인 토대를 마련했다. 그래서 네덜란드 국민들은 대중교통 대신 자전거를 많이 이용하고, 중·대형 자동차보다 소형차의 비중이 높다.

'Green Fund Scheme'의 자본은 대부분 개인들의 녹색금융상품 투자를 통해

네덜란드 센터노벰에서 Ing.R.Overgoor씨와 Ir.W.V Siemers씨와 인터뷰를 했다.

서 마련되었다. 센터노벰은 모인 자금을 녹색 기업에 저금리로 대출하고, 그에 대한 혜택을 다시 소비자에게 돌려주려고 애썼다. 이런 선순환이 녹색금융을 성공시킨 첫 번째 비결이다.

정부의 역할도 컸다. 처음부터 Green fund scheme과 같은 녹색금융 프로젝트는 정부의 주도로 시작했다. 정부는 녹색금융 상품에 투자하는 소비자의 세금을 줄여 줌으로써 소비자의 녹색금융에 대한 관심과 투자를 증폭시켰고, 금융기관은 녹색금융상품에 투자한 소비자들에게 일반 예금에 비해 적은 이자를 줌으로써 이익을 창출했다. 정부는 세금을 통해 들어오는 수입이 줄지만, 이런 정책 덕분에 Green Fund Scheme가 15년간 유지될 수 있었다.

또 한 가지 눈여겨볼 것은 '녹색기업을 선정하는 기준'이다. 네덜란드의 녹색기준에 대한 기준은 명확하다. 또한 녹색기업 선정을 금융기관에만 맡기지 않는다. 정부가 직접 기술에 따라 다양한 카테고리로 Green Fund Scheme을 구분하고, 녹색기업의 신청에 따라 각각에 맞는 심사를 하고 녹색기업이라는 인증서를 부여하기 때문에 무늬만 녹색기업이 녹색금융 지원을 받기란 불가능하다. 센터노벰을 보면서 녹색금융이 성공하려면 금융기관만이 아니라 국민과 정부가 공감대를 형성하고 긴밀하게 협조해야 한다는 것을 확인했다.

네덜란드를 떠나기 전에 꼭 자전거를 타고 싶었다. 자전거는 환경을 소중하게 생각하는 네덜란드 국민들의 마음을 대변하는 상징물과 같다는 생각이 들어서였다. 민박집 주인에게 물어 암스테르담에서 차로 한 시간 거리에 자전거를 탈 수 있는 큰 공원 같은 곳이 있다는 것을 알게 되었다. 그곳에 가기 전에 네덜란드 녹색산업의 현장을 보고 싶은 마음에 풍차마을부터 들렀다. 서로 지나가면서 눈인사를 하며 자전거를 당연히 하나의 교통수단으로 여기는 네덜란드 사람들의 모습이 아름다웠다.

09

초고층 빌딩, 관리 못하면 모두 허사다

김규완, 이승원, 김남진, 권정윤 ●건국대학교

하늘 높은 줄 모르고 치솟은 초고층 빌딩. 50층 이상의 빌딩을 보노라면 혹시 꼭대기 층에 있으면 공중에 붕 떠 있는 것처럼 불안하지 않을까, 엘리베이터가 고장 나면 어떻게 해야 할까 오만 가지 생각이 머릿속을 어지럽힌다. 실제로 초고층 빌딩은 저층 건물보다 문제가 생겼을 때 피해가 훨씬 크다. 따라서 치솟는 높이만큼 안정성과 효율성에 만전을 기해야 하는데, 아직까지는 초고층 빌딩 관리가 체계적이지 않아 불안한 구석이 많다. 그럼에도 초고층 빌딩에 대한 관심은 점점 많아지는 추세다. 이미 타워팰리스, 63빌딩, 무역센터빌딩 등 12개의 초고층 빌딩이 있고, 무려 121층에 달하는 제2롯데월드를 비롯한 9개의 건물이 초고층 빌딩 대열에 합류할 준비를 마쳤다. 그만큼 체계적인 초고층 빌딩 관리가 시급한 시점이다.

초고층 빌딩, 잘 관리하면 랜드마크, 못하면 환경 쓰레기

사람들은 끊임없이 도시로 몰려든다. 도시에 경제 활동이 집중되어 있기 때문이다. 하지만 도시 공간은 한정적이므로 늘어나는 사람들을 수용하는 데 한계가 있다. 그래서 지금까지는 도시 주변을 계속 개발해 영역을 확대시키는 방법으로 도시 문제를 해결했다. 그 결과 도시 주변의 녹지는 파괴되고, 원거리에서 출퇴근하는 사람들로 교통은 더욱 혼잡해졌다.

도시를 확대하지 않고 한정된 공간을 밀도 있게 사용함으로써 도시 문제를 해결할 수 있는 방법 중의 하나가 '초고층 빌딩'이다. 그래서 세계는 수백 미터가 넘는 초고층 빌딩을 앞다투어 계획하고 건설하는 중이다. 우리나라도 예외는 아니다. 서울의 잠실 제2롯데월드121층, 555m, 상암 DMC 서울라이트133층, 640m, 부산의 해운대 트리플 스퀘어 관광 리조트117층, 517m, 인천의 송도 인천타워151층, 613m 등 전국 곳곳에서 초고층 빌딩을 짓느라 한창이다. 그 이전에 완공되었던 초고층 빌딩 중 제일 높은 것이 타워팰리스73층임을 감안하면 곧 모습을 드러낼 초고층 빌딩은 규모나 높이 면에서 1세대 초고층 빌딩을 훨씬 압도하는 수준이다.

초고층 빌딩은 짓는 것도 어렵지만 짓고 난 후의 관리가 더 중요하다. 빌딩은 살아 있는 유기체와도 같아 관리를 소홀히하면 금방 낡고 병들어 흉측하게 변한다. 잘 관리하면 위풍당당한 위용을 자랑하고 도시의 다양한 기능이 집적된 랜드마크 역할을 하지만 관리가 소홀하면 애물단지도 그런 애물단지가 없다. 워낙 높은 만큼 흉측한 모습도 눈에 잘 띄어 그 자체가 도시의 미관을 해치고 환

경을 오염시키는 골칫덩어리가 되고 만다.

　보통 건물의 생애주기 비용을 살펴보면 전체의 약 83.2%를 운영관리비가 차지한다고 한다. 상당히 큰 비중을 차지하지만 운영관리비가 건물의 가치를 상승시키는 중요한 역할을 하기 때문에 불필요한 비용이라 생각하면 곤란하다. 초고층 빌딩 관리는 단순한 운영관리만을 의미하는 것이 아니라 임대차 관리, 시설 관리, 안전 관리를 통해 빌딩의 소유주에게는 빌딩의 가치상승을, 빌딩의 이용자들에게는 최대한의 편의를 제공함으로써 초고층빌딩과 연관된 모든 사람들을 만족시키는 것을 목적으로 한다. 즉 초고층 빌딩의 경제적·사회적 가치를 상승시키고 주변 지역에도 영향을 미쳐 지역경제를 활성화시키고, 더 나아가 국가적 위상을 상승시키는 랜드마크로서의 역할까지 수행하도록 만드는 것이 관리의 역할이다.

　그렇다면 현재 우리나라 초고층 빌딩은 관리가 잘 되고 있을까? 결론부터 이야기하자면 썩 만족스럽지 않은 수준이다. 우선 임대료가 비싸 경제적으로 여유가 있는 소수만이 이용할 수 있으므로 임차인을 확보하는 것부터 어려움을 겪는 곳이 많다. 또한 초고층빌딩은 거대한 규모를 유지하고 관리하기 위해 다양하고 많은 설비와 각종 첨단 시설을 운영하기 때문에 그만큼 운영관리비용이 많이 든다. 그뿐만이 아니다. 초고층 빌딩의 재난에 대한 대비와 안전 대책도 미흡하다. 어디서부터, 어떻게 문제를 해결해야 할까? 곧 우리나라에도 100층 이상의 초고층 빌딩이 완성될 것이니만큼 초고층 빌딩을 효과적으로 관리할 수 있는 시스템을 하루라도 빨리 들여와야 한다. 그 노하우를 배우기 위해 초고층 빌딩의 메카, 미국을 찾았다.

미국의 빌딩 숲에서
올바른 발전의 길을 엿 보 다

● 시카고에서 한국 초고층 빌딩의 미래를 보다

첫 번째 탐방지는 시카고 드폴 대학교로 잡았다. 그곳에 시카고 지역에서 부동산 전문인력을 담당하는 핵심기관 중 하나인 'The Real Estate Center'가 있기도 하거니와 대학교 선배인 이진만 교수님이 계셔서 첫 탐방지로 정했다.

교수님은 우리를 정말 가족처럼 따뜻하게 맞이해 주셨다. 직접 차를 운전해 시카고 곳곳을 구경시켜 주시기도 하고, 시차적응을 빨리 할 수 있도록 처음 며칠 동안은 밤 11~12시까지 우리와 함께 시간을 보내며 많은 이야기를 해 주셨다. 졸린다고 일찍 자면 탐방기간 내내 피곤할 것을 염려해서였다.

이진만 교수님은 초고층 빌딩 역시 다른 빌딩과 마찬가지로 시장에서 필요로 하는 수요를 정확하게 예측하고 지어야 한다고 말씀하셨다. 지금까지 우리나라 초고층 빌딩은 규모가 워낙 커서 대부분 정부나 공공기관의 주도 하에 진행되고, 진행 중에도 정부기관의 상당한 도움과 개입이 이루어지는 경우가 많다. 그런데 정작 의사결정에 필요한 데이터는 출처가 불명확하거나 근거가 부족한 경우가 많아 초고층 건물을 지을 때 예상치 못한 많은 문제에 부딪치는 것이 우리나라 초고층 빌딩의 현주소라고 지적하셨다.

미국은 일찍부터 부동산을 경제에 미치는 중요한 재화의 하나로 인식하고, 법률규제로 정확한 데이터를 축적할 것을 장려했다. 그렇게 축적된 데이터를 바탕으로 수요를 예측하고 고객들이 원하는 빌딩을 짓는 것이 무차별적 개발을 주로 하는 우리나라와 확연히 다른 점이다.

교수님의 도움으로 미국 내 굴지의 부동산 데이터베이스 회사인 'CoStar Group'에서 자료도 많이 확보했다. 그곳에서 얻은 자료 중 애틀랜타 지역의 부동산 시장 그래프가 있었는데, 애틀랜타 지역의 공실률특정 지역에 공급된 오피스 중에서 사용되지 않는 오피스의 비율을 %로 나타낸 지표을 나타낸 자료였다. 그 자료를 보면 1980년대까지는 가격이 비싼 초고층 건물의 공실률이 가격이 상대적으로 저렴한 저층 건물보다 압도적으로 컸지만 점점 격차가 줄어 지금은 그 차이가 미미하다. 이는 초고층 빌딩이 효율적인 관리로 임대비용을 조금만 낮추면 얼마든지 다른 부동산과 경쟁할 수 있는 잠재력이 있음을 보여 준다.

시카고에서 가장 높은 초고층 빌딩은 '윌리스 타워Willis Tower'다. 이 타워를 관리하는 곳은 부동산종합관리 에이전트 회사로 주로 상업용 부동산을 집중적으로 관리하는 'U.S. Equities Realty'다. 윌리스 타워 외에도 시카고 지역의 주요 빌딩들을 관리하고 있어 관리 노하우를 듣고자 방문했다.

윌리스 타워는 현재 10% 이하의 낮은 공실률을 자랑한다. 그 비결은 시카고의 상징적인 랜드마크 빌딩이라는 점과 초고층이 갖는 좋은 전망의 장점을 적극 활용해 임차인을 유치한 데 있다. 층별로 특정 업종을 유치한 것도 주요 관리 전략이다. 저층부에는 유동인구가 상대적으로 많은 업종인 보험회사를, 중층부에는 상대적으로 유동인구가 적은 금융회사를, 상층부에는 전망과 분위기를 중시하는 법률회사를 유치했다. 한마디로 유치하려는 임차인을 정확하게 분석하고 이들이 선호하는 오피스를 확보하는 전략이 주효했던 것이다.

임대료 수입에만 의존하지 않고 수입원을 다양화했다는 것도 주목할 만하다. 윌리스 타워는 초고층 빌딩의 장점을 극대화시킬 수 있는 전망대를 마련해 관광수입을 창출했고, 빌딩 거주자들을 위해 기본 상업시설을 갖춰 수익을 내고

끊임없는 탐방의 연속, 그러나 우리의 열정은 멈추지 않았다.

있다. 또한 사람들이 전망대를 거쳐 통로를 빠져나갈 때 기념품가게를 거치도록 동선을 만들어 구매를 유도하기도 한다. 이런 윌리스 타워의 관리 전략은 우리나라 초고층 빌딩에도 많은 도움이 될 것으로 보인다.

윌리스 타워와 트럼프 타워가 들어서기 전까지 시카고에서 가장 높은 초고층 빌딩이었던 'AON 센터'1973년 완공에서는 노후된 초고층 빌딩의 에너지 관리 전략을 집중적으로 알아보았다. AON 센터는 존스랭이라는 글로벌 회사가 관리를 맡고 있었는데, 시설 설비를 최신으로 바꾸고 창문 등을 에너지 효율이 높은 것으로 교체하고 있다. 하지만 무엇보다 중요한 것은 건물을 사용하는 사람들의 인식이어서 다양한 홍보와 인식개선 프로그램을 통해 교육을 하고 있다. 사람들의 인식이 개선되면서 에너지 효율은 크게 높아지고 있다고 한다.

🔵 애틀랜타에서 빌딩 관리 시스템의 정수를 배우다

다음 탐방지는 애틀랜타였는데, 그곳에서는 3박 4일 동안 무려 9곳이나 탐방을 했다. IREM이라는 미국 빌딩 관리 협회의 비키 아주머니 덕분이다. 빌딩 관리자들은 사람을 많이 만나는 직업이어서 그런지 시원시원하고 적극적으로 도와주려는 분들이 많다. 비키 아주머니는 애틀랜타에서 탐방해야 할 기관을 대신 섭외해 준 분인데, 우리를 위해 하루 3개가 넘는 미팅을 잡아 두었다.

빡빡한 일정에 애틀랜타에서의 생활은 정신없이 지나갔다. 점심을 먹을 틈이 없어 가끔 점심도 굶고 내비게이션에 의지해 탐방기관을 찾아 인터뷰를 하고, 숨도 채 돌리지 못한 채 다음 목적지를 향해 질주해야만 했다. 그렇지만 그만큼 얻은 것이 많았다. 다양한 건물의 다양한 관리 방법을 배울 수 있었는데, 그중에서도 'Northcreek Office Park'가 인상적이었다.

Northcreek Office Park는 애틀랜타 5분 정도 떨어진 곳에 있는 8층짜리 건물로 모두 4개의 동이 있다. 나무가 우거진 아늑한 숲 속에 위치해 편안한 느낌을 주었는데, 부동산 서비스를 제공하는 글로벌 기업인 CBRE에서 관리를 맡고 있다. 비록 초고층 건물은 아니지만 임차인을 위한 서비스가 다양하고 관리방법이 참신해 IREM 애틀랜타 지부에서 적극 추천해 방문한 곳이다. 피트니스 센터나 메일박스, 카페테리아와 같은 보편적인 서비스부터 고객의 취향을 최대한 반영해 임차인이 원하는 구조로 사무실 구조를 바꿔 주는 화이트박스WhiteBox, 장학제도, 영화표 예매, 가든파티와 같은 독특한 서비스를 많이 제공하고 있다.

Northcreek Office Park 관리를 맡은 CBRE는 'One Atlanta Plaza'도 관리하고 있는데 이 빌딩을 관리하는 방법은 또 달랐다. 애틀랜타의 빌딩 시장은 한국의 테헤란로와 같은 피치트리로드에 큰 프리미엄이 형성되어 있다. 그런데 'One Atlanta Plaza'는 피치트리로드에서 벗어나 입지가 불리한 편이다. CBRE는 이를 극복하기 위해 건물을 저층부·중층부·고층부로 나누어 차별화된 서비스를 제공하고, 임차인이 원하는 구조로 바꿔 주는 화이트박스 서비스를 하고 있다.

애틀랜타 건물들을 둘러보면서 건물 관리가 환경과의 조화까지 고려한다는 것을 알 수 있었다. 사실 건물은 에너지를 많이 소모하고, 그에 따라 CO_2를 많이 배출해 환경을 오염시키는 데 한몫을 한다. 미국에서는 적절한 빌딩 관리를 통해 환경오염의 주범인 CO_2 배출을 최소화하기 위해 노력하고 있다.

우리는 최근 보수공사를 마치고 LEED라는 친환경 인증을 받은 'North Park Town Center'를 방문했다. 이 빌딩은 애틀랜타 비즈니즈 지역에 위치한 18층짜리 복합 오피스빌딩으로 2008년과 2009년에 BOMA 협회에서 TOBY AWARD를 수상했다. 기존 건물 리모델링에 인색한 우리나라와 달리 친환경 인증을 받기 위해 과감하게 투자 했다는 점이 놀라웠다. 효율적인 에너지 절약 시스템을 구축하는 데 든 투자비용을 회수하려면 2년 이상이 걸리지만 돈보다는 빌딩 이미지와 가치를 높이는 데 도움이 될 것이라고 했다. North Park Town Center 외에도 'The Lenox Building'도 에너지 절감에 앞장서고 있었다.

웨스턴 피치트리 플라자 호텔에서는 재난 발생에 대처하기 위한 관리방법을 알아보았다. 이 호텔은 1976에 완공된 이래로 1987년까지 애틀랜타에서는 물론 세계에서 가장 높은 호텔로 군림했다. 하지만 지금은 애틀랜타에서 5번째로 높은 빌딩이며 세계에서는 13번째로 높은 호텔이 되었다.

그러나 재난에 대처하는 방법만큼은 세계 최고라 해도 손색이 없다. 2008년 3월 14일 오후 9시 04분. 시속 135마일^{약 220km}의 토네이도로 인해 전체 1,068의 객실 중에서 320여 개의 객실이 운용불가 상태가 되었다. 호텔은 즉각적으로 2,000여 명의 숙박객들을 대피시켰다. 이 중 700명은 호텔 최상층에서 열린 결혼파티에 참석했던 사람들이다. 이 모든 인원이 안전지역으로 모두 대피하는데 걸린 시간은 20분이 채 되지 않았다. 부상자는 한 명도 없었다.

이처럼 재난에 신속하게 대처하고 큰 피해를 줄일 수 있었던 비결은 재난 대비 시스템에 있다. 호텔은 기상청과 연계한 예보 시스템을 마련했고 평소 정기적인 재해 재난 대비 훈련 및 직원 교육을 자주 했다. 또한 소방서, 경찰서와 연계하고 지정 병원 등을 운영하는 등 철저한 대비를 해서 커다란 자연재해에도 무사할 수 있었다. 종종 큰 사고가 날 때마다 인재인지 천재인지를 놓고 말이 많은데, 웨스턴 피치트리 플라자 호텔을 보면 막지 못할 천재는 없다는 생각이 든다.

🔵 뉴욕에서 빌딩의 가치를 높이는 방법을 한 수 배우다

마지막 탐방지인 뉴욕에서는 BOMA 협회, 코넬 대학교, Monday Properties 세 곳을 방문했다. 뉴욕은 미국의 그 어느 도시보다 부동산 경쟁이 치열한 곳 중 하나다. 제일 먼저 BOMA 협회를 방문했는데, 애틀랜타 'North Park Town Center'를 탐방할 때 들은 이 협회의 'TOBY AWARDS'가 몹시 궁금했다.

BOMA 협회는 국제건물주관리자 협회로 세계 1만 8,000명의 상업용 부동산 전문가들로 구성된 네트워크를 말한다. 부동산 전문가들의 커뮤니티 활성화, 가치증진, 교육, 정보교환을 목적으로 하는 협회이다. 이 협회에서 수여하는 'TOBY AWARD'는 에너지 효율, 관리 서비스 등 다양한 기준에서 빌딩을 평가해 소규모 지역부터 각 지역 그리고 나라별로 최고의 빌딩을 선정해 수여하는 '올해의 빌딩상'이라 할 수 있다. 건물의 가치를 공식적으로 인증받는 것이어서 이 상을 받으면 건물의 가치가 자연스럽게 높아진다.

BOMA 협회 외에도 미국 부동산 자산관리협회인 IREM 협회를 방문했는데, 이 협회는 부동산 관리 전문가 자격증 관련 교육을 실시해 전문가들을 양성하고 있다. 전 세계에 걸쳐 1만 6,000명 이상의 부동산 관리 전문가들이 회원으로 가입되어 있고, 그중 국제 부동산 자산관리 전문 자격증인 CPM을 딴 인증자가 9,000명에 달한다. CPM은 IREM 협회에서 교육을 받아도 3년 이상의 실무 경험이 없으면 인증을 받을 수 없다. 부동산 자산관리에서 가장 중요한 것은 소유주가 최대의 수익을 낼 수 있도록 '관리'하는 것인데, 학술적 이론보다는 소유주의 목적을 만족시킬 수 있는 실전 대응능력이 중요하기 때문에 이런 장치를 마련했다고 한다.

뉴욕에서 맞는 세 번째 날에는 코넬 대학교를 방문했다. 1865년에 설립된 코넬 대학교는 아이비리그 대학 중의 하나로 뉴욕과 인근 지역뿐만 아니라 전 세계 부동산 관련 전문 인력을 양성하는 학교다. IREM과 BOMA와 같은 협회와도 긴밀한 관계를 유지하여 학술적으로도 다양한 영향을 주고받고 있다.

미국에서는 '빌딩 커미셔닝Building Commissioning'이 확산되는 추세다. 국내에서는 아직 생소한 개념이라 코넬 대학교에서 빌딩 커미셔닝에 대해 집중적으로 물었다. 교수님의 입장은 분명했다. 빌딩은 결국 임차인을 위한 공간으로 빌딩의 존

(위) 미국 뉴욕 이타카에 있는 코넬 대학의 Robert H. Abrams 교수님과 함께 한 인터뷰
(아래) 미국 뉴욕 맨해튼에 있는 Monday Properties의 Jason Faculla와 함께 한 인터뷰

재가치는 공간을 어떻게 운영하느냐에 따라 달려 있다. 따라서 부동산을 개발하는 사람들은 순수한 개발 이익의 시점에서 시공하는 것이 아니라 사용자를 위해 어떻게 운영관리를 해야 할지에 대한 고민부터 시작해야 한다고 강조했다.

미국 역시 예전에는 빌딩이 완공된 이후의 운영관리를 생각하지 않고 주먹구구식으로 빌딩을 지어 복합건물의 경우 복잡한 건물 시스템으로 인해 운영 및 관리 비용이 초기 예산보다 더 많이 지출되는 경우가 많았다고 한다. 건물주에게 건물은 투자자산으로 부실한 건물은 금전적 손실로 이어진다.

이런 문제를 해결할 수 있는 것이 '빌딩 커미셔닝'이다. 이는 계획, 설계, 시공 및 운전 단계에서 건물주가 요구하는 목표치를 달성하고 있는지 검증하고, 부동산으로도 최고 가치를 지닌 고품질 건물을 보장해 주는 관리 방법이라 할 수 있다.

뉴욕에서의 마지막 탐방지는 글로벌 부동산 투자관리회사인 'Monday Properties'였다. 이 회사에서는 뉴욕 오피스시장에서 어떻게 고급 임차인을 확보할 수 있었는지 그리고 오래된 빌딩들을 성공적으로 관리하는 전략을 알아보았다.

'Monday Properties'는 '230 Park Avenue' 빌딩을 관리하고 있었다. 1929년에 완성된 이 빌딩은 뉴욕 시내의 미드타운에 위치한 172m, 35층의 고층빌딩으로 2004년에 대규모 리모델링 공사를 했다. '230 Park Avenue'는 엠파이어 스테이트 빌딩 못지않은 랜드마크적 요소에 클래식한 빌딩 아이덴티티를 최대한 부각시켜 로펌과 같은 클래식한 분위기를 좋아하는 고급 임차인들을 확보했다. 또한 2004년 대규모 리모델링을 실시해 냉난방 시스템을 하나로 통합하고 최신식 시설을 도입해 에너지 고효율을 인증하는 에너지스타Energystar의 상위에 랭크되었으며 우수한 건물을 가리는 TOBY Award의 미국 전체 순위에 올랐다. 이러한 에너지 관리를 바탕으로 LEED의 골드마크를 획득하였는데 이는 에너지 효율뿐만 아니라 입지 조건에서 접근성이 뛰어남을 인증하는 것으로 고급 임차인을 확보하는 데 중요한 역할을 했다.

'Monday Properties'를 마지막으로 미국에서의 모든 탐방은 끝이 났다. 여행은 '아는 만큼 보인다'고 했던가! 좀 더 배웠으면 하는 아쉬움과 뿌듯함이 교차하는 시간들이었다. 대한민국 미래의 초고층 빌딩 시장을 생각하면 한편으로는 기대감이, 한편으로는 우려와 염려가 교차하는 시간이기도 했다. 하지만 우리는 확실한 '가능성'을 보았다. 누군가 관심을 갖고 해결하고자 하면 못할 게 없다는 생각이 강력하게 들었다. 힘들고 고되었지만 미국에서 보낸 나날이 많이 그리울 것 같다.

Part 3

청춘, **미래의 세상으로** 나아가다!

우리의 미래, 우리 손으로 만든다!

누구나 미래를 꿈꾸지만 제대로 된 미래를 위해 어떤 노력을 해야 하는지를 물으면 뻔한 답만 나올 뿐이다.

사람과 사회 그리고 자연이 조화롭게 공존할 수 있는 아름다운 미래를 위해 실제 우리 사회,

경제 곳곳에서 끊임없는 노력이 이루어지고 있다. 이런 노력을 더욱 효과적으로 할 수 있는 방안을 찾기 위해

LG글로벌챌린저 대원들이 나섰다. 전 세계가 꿈꾸는 장밋빛 미래를 위해

유럽과 미국 등지에서 해답을 찾는다.

01

아프리카와 휴대전화, 새로운 세상을 열다

이종택, 박경준, 손소현, 최윤호 ●연세대학교

'아프리카' 하면 어떤 이미지가 먼저 떠오르는가? 아마 대부분의 사람은 기아에 허덕이고, 더러운 환경 속에서 질병에 시달리며, 크고 작은 전쟁에 고통받는 모습을 생각할 것이다. 누군가의 도움이 절실하게 필요한 곳이 우리가 상상하는 아프리카의 모습이다.

하지만 우리가 알고 있는 아프리카는 텔레비전이나 인터넷을 통해 본 것이 전부다. 아프리카에는 우리가 알지 못하는 또 다른 아프리카가 있다. 연평균 5.4%의 높은 경제 성장률을 보이는 나라들도 있고, 천혜의 자원이 풍부해 발전 가능성이 큰 나라도 적지 않다.

더 이상 아프리카는 원조만 해 주어야 할 대상이 아니다. 아프리카는 새로운 소비 대상, 투자 대상, 교역 파트너가 될 잠재력이 충분하다. 지금이야말로 아프리카에 주목해야 할 때다.

저 멀리 아프리카에
이동통신 바람이 불고 있다

아프리카와 휴대전화. 어쩐지 어울리지 않는 조합이란 느낌이 들었다면 아프리카에 대해 몰라도 한참을 모르고 있다고 봐야 한다. 물론 아프리카 대륙 전체를 놓고 보면 아직까지 휴대전화는 소수의 사람만이 누릴 수 있는 문명의 이기임이 분명하다. 국제전기통신연합ITU, International Telecommunication Union이나 세계경제포럼WEF, World Economics Forum과 같은 국제기구에서 발표한 글로벌 IT 경쟁력 지수에 따르면, 아프리카 대부분의 국가들이 최하위권에 속한 것으로 나타난다. 2008년 발표된 IT 발전 지수IDI, ICT Development Index에도 아프리카 53개국 중 5개국만이 100위권 안에 있을 뿐이다.

하지만 아프리카 국가 모두를 하나로 보면 곤란하다. 아프리카 중에서도 남아프리카공화국과 이집트는 휴대전화를 비롯한 이동통신 문화에 익숙하다. 특히 남아프리카공화국은 휴대전화 가입자 수가 100명당 87.1명에 달한다.

아직 이동통신 시장이 발달하지 않은 나라의 변화도 심상치 않다. 아프리카 국가들이 이동통신 시장에 경쟁 요소를 도입함에 따라 이동통신 가입자 수는 연평균 48.4%, 이동통신 서비스 규모는 24.4%의 놀라운 성장률을 보이고 있다.

아프리카 국가가 통신 산업에 주목하는 이유는 ICT 기술 발전이 정보통신 산업 그 자체로 경제 성장을 견인하는 것 외에도 사회, 경제, 행정의 다양한 분야에서 이용되고 국민의 삶의 질을 향상시킬 수 있다고 판단하기 때문이다. 또한 정보 격차Digital Divide가 경제 격차로 연결되며 새로운 의미의 신분제도를 형성할 수 있어 통신 산업에 관심을 갖는 것이다.

통신 산업을 발전시키려는 의지도 강력하다. 그동안 아프리카 국가의 통신 산업이 발달하지 못한 이유는 한 기업이 시장을 독식한 탓이 크다. 따라서 아프리카 각국 정부는 외국인의 투자를 장려하고, 다국적 기업을 적극적으로 유치해 IT 인프라를 구축하기 위해 노력하고 있다.

아프리카는 통신시장을 활성화시킬 모든 준비를 마쳤다. 이제 누가 신천지 같은 아프리카 시장을 선점할 것인가만 남았다. 한국이 선점의 주인공이 되기 위한 조건은 나쁘지 않다. 한국은 자타가 공인하는 IT 강국으로 그동안 아시아·아프리카 및 중남미 지역의 개도국을 대상으로 해외 인터넷 청년 봉사단을 파견하고, 개도국 ICT 인력을 초청해 연수를 받을 수 있게 하는 등 민간 차원에서 활발한 협력을 해 왔다. 또한 정부 차원에서 IT 관련 분야 관리자급 전문인력에 대해 무상 연수를 해 왔던 경험 역시 아프리카 시장을 선점하는 데 긍정적으로 작용할 수 있다.

무엇보다 한국은 아프리카 국가의 좋은 롤 모델이 될 수 있다. 불과 몇 십 년 전만 해도 아프리카 국가와 마찬가지로 빈곤 개도국이었던 한국이 단기간에 IT 강국으로 발전할 수 있었던 성공 경험은 그들의 관심을 끌기에 충분하다.

하지만 조건이 나쁘지 않음에도 아프리카 시장에서의 성적은 썩 좋지 않다. 중국이 2005년을 기점으로 대아프리카 IT 관련부문 수출 1위로 올라선 데 반해, 한국의 수출액은 IT강국이라는 호칭이 부끄러울 정도로 적은 수준이다.

떠오르는 아프리카 시장을 선점하려면 보다 적극적인 투자와 준비가 필요하다. 백문이 불여일견! 무엇을, 어떻게 준비해야 하는지를 알기 위해 머나먼 아프리카를 직접 찾아가 보았다.

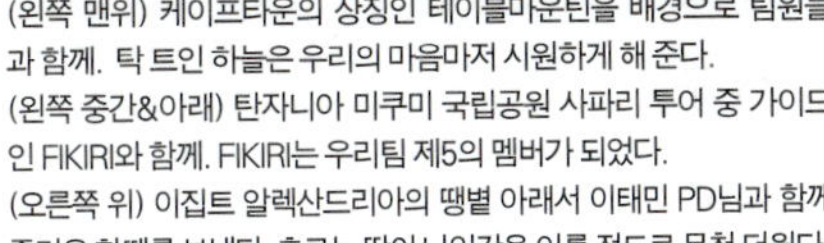

(왼쪽 맨위) 케이프타운의 상징인 테이블마운틴을 배경으로 팀원들과 함께. 탁 트인 하늘은 우리의 마음마저 시원하게 해 준다.
(왼쪽 중간&아래) 탄자니아 미쿠미 국립공원 사파리 투어 중 가이드인 FIKIRI와 함께. FIKIRI는 우리팀 제5의 멤버가 되었다.
(오른쪽 위) 이집트 알렉산드리아의 땡볕 아래서 이태민 PD님과 함께 즐거운 한때를 보냈다. 흐르는 땀이 나일강을 이룰 정도로 무척 더웠다.
(오른쪽 아래) 이집트 기자 피라미드군을 배경으로 팀원들과 함께. 표정이 이날의 폭염을 대변한다.

아프리카 제1경제대국,
남아프리카공화국에   가   다

남아프리카공화국^{이하 남아공}은 아프리카 전체 경제규모와 총교역량의 약 25%를 차지하는 아프리카 대륙 내 최고의 경제대국이다. 세계가 주목하는 가장 빠르게 성장하는 '떠오르는 시장^{Emerging Market}'이기도 하다. 그런 남아공을 탐방하는 것은 우리로선 아주 당연한 일이었다.

남아공은 2010년 월드컵을 개최했던 나라여서 한 번도 가 본 적은 없지만 왠지 친숙한 느낌이 든다. 그러면서도 마음 한 편에는 불안감 또한 존재했다. 낯선 흑인들을 만나는 것도 조금은 두려웠고, 치안 상태가 좋지 않다는 것도 마음에 걸렸다. 그런 마음 때문인지 막상 케이프타운 공항에 내리자 더럭 겁이 났다. 얼른 인증샷을 찍고 뒤도 돌아보지 않고 숙소로 달려갔다.

숙소에 도착하자 조금은 마음이 놓였다. 어떻게 온 아프리카인데 최대한 많이 보고 느껴야 한다는 생각으로 케이프타운의 쇼핑센터와 항구의 야경이 아름다운 워터프론트로 나갔다. 이미 시간이 늦어 대다수 상점이 문을 닫아 볼 수 있는 것이 별로 없었다. 할 수 없이 주린 배를 채워 줄 식량을 구해 호텔로 돌아와 즐겁게 수다를 떨다 잠이 들었다. 아프리카에서의 첫날은 그렇게 끝이 났다.

남아공에서 처음 방문한 곳은 'CITANDA'다. CITANDA는 오랜 역사를 자랑하는 케이프타운 대학교^{UCT, University of Capetown} 산하 기관으로 정보통신기술에 관한 각종 연구와 프로젝트를 수행하고 있다. 그곳에서 UCT 정보시스템학과 교수이며, CITANDA의 총책임자인 어윈 브라운^{Irwin Brown}을 만났다.

케이프타운 대학교 탐방 후 현지 학생들과 함께. 한국에서 왔다고 했더니 그들의 첫마디는 "Jisung Park!"이었다.

그는 남아공의 이동통신 시장 발전을 저해하는 요소로 '정보 격차'를 꼽았다. 정보 격차를 심화시키는 가장 큰 요인은 비싼 요금이다. 지금은 많이 낮아졌지만 아직도 비싼 편이어서 경제 수준이 낮은 국민들이 이동통신을 이용하는 데 큰 부담이 된다. 문자를 읽지 못하는 국민이 많다는 것도 문제다. 이는 음성만이 아니라 문자를 많이 사용하는 무선통신 발전을 방해한다.

'검은 다이아몬드'라 불리는 남아공 시장을 선점하려면 비싼 요금에 대항할 수 있는 대응책이 필요하다. 남아공은 통신 인프라가 잘 구축되어 있는 나라이기 때문에 '비용 절감을 통한 고객 확보'가 더 중요한 시장이다.

아프리카의 독특한 문화를 이해하고 맞춤형 서비스를 제공하는 것도 좋은 전략이다. 예를 들어 질병에 취약한 아프리카의 특성을 고려해 특정 시간에 특정

약을 먹을 것을 문자 메시지로 알려 주는 헬스케어 서비스를 생각해 볼 수 있다.

남아공의 대형 이동통신 사업자인 보다콤 사에서도 많은 조언을 들을 수 있었다. 세계 최초로 선불제 요금방식을 개발한 이 회사에서 만난 리카르도 해리Ricardo Harry는 남아공에 진출하려면 "국가를 보지 말고 사람을 봐야 한다."고 조언했다. 아프리카는 11개의 공식 언어가 존재하고 수많은 부족 출신의 사람들과 다양한 인종이 어우러진 곳이기 때문에 다양성을 인정하지 않으면 소비자의 마음을 사로잡는 데 실패하기 쉽다.

최근 몇 년간 남아공은 경제침체에 시달렸다. 하지만 2010년 월드컵을 계기로 산업생산과 내수 시장이 상당 부분 회복돼 향후 IT 시장이 지속적으로 성장할 전망이어서 우리가 놓쳐서는 안 될 시장이라는 것을 다시 한 번 확인할 수 있었다.

🔵 탄자니아의 무한한 잠재력에 주목하다

아프리카에 왔다는 흥분과 두려움이 사라질 즈음, 우리는 탄자니아로 향했다. 탄자니아는 원래 남아프리카공화국에서 직항으로 간다면 5시간 정도의 비행이면 도착하는 곳이지만, 현지 사정상 두바이에 갔다가 다시 탄자니아로 가야 했다. 서울에서 강원도에 가는데 부산을 들렀다가 가는 격이었다.

처음 본 탄자니아는 충격으로 다가왔다. 비행기가 탄자니아에 도착할 무렵 하늘에서 본 탄자니아는 국가라기보다 거대한 초원이었다. 끝없이 펼쳐진 초원을 보면서 말로 형언할 수 없는 묘한 감동을 느꼈다.

탄자니아에서의 탐방은 제니퍼 덕분에 비교적 수월했다. 제니퍼는 한국에서 유학중인 산토스의 부인이다. 산토스는 탐방대 일원 중 한 명의 친구였는데, 탐방 주제를 '아프리카 이동통신의 현재와 미래'로 정한 후 방문해야 할 관련 기관

(위) 케이프타운대학교의 상징인 Jameson Memorial Hall
(중간) 탐방을 마치고 인근 전통음식점인 Mama Africa에서 팀원들
과 저녁식사. 사고로 놀랜 마음을 먹는 걸로 달래는 중이다.
(아래) 케이프타운 볼더스 비치에서 일출을 즐기며 팀원들과 함께.
이날 본 일출은 정말 아름다웠다.

탄자니아 최고의 대학인 탄자니아 다르에스살람 대학교 앞에서

에 연락을 하던 중 우연히 산토스가 탄자니아 출신인 것을 알았다. 그것도 다르에스살람Dar-es-salaam 대학에서 전기전자공학부 교수로 재직했다고 했다. 탄자니아는 유독 미팅 약속을 잡기가 어려워 고생하던 나라였는데, 산토스가 대학과 기업에 있는 친구들을 연결해 주어 순식간에 미팅 일정을 잡을 수 있었다. 아무리 이메일을 보내도 답장이 없던 탄자니아 기관들까지 척척 연결을 시켜주니, 산토스가 새삼 다시 보였다.

하늘에서 보았던 탄자니아가 초록빛이었다면, 제니퍼의 차를 타고 이동하면서 본 탄자니아는 흙빛이었다. 도로가 아스팔트로 잘 정비되어 있지 않아 온통 흙먼지가 날렸다. 그 흙먼지를 보면서 탄자니아가 아직까지 개발이 안 된, 그래서 더욱 발전 가능성이 큰 나라라는 것을 확인할 수 있었다.

실제로 탄자니아는 통신 인프라가 절대적으로 부족하다. 지방 도시는 아예 통신 자체에 접근하기도 어려워 초기 시설 투자부터 해야 할 나라다. 인구밀도가 낮은 데 비해 국토가 넓어 유선통신을 거치지 않고 바로 무선통신으로 넘어간 독특한 양상을 보이기도 한다.

이러한 국가적 특정 상, 탄자니아 정부는 무선통신 서비스의 발전에 적극적인 정책을 펴서 현재는 6개의 이동통신업체가 각축을 벌이고 있다. 4천만 인구 중 1천만이 채 안 되는 인구만이 이동통신 서비스를 이용하는 것을 감안하면 경쟁이 꽤 치열한 편이다.

탄자니아는 IT 인프라는 미약하지만 정부의 적극적인 정책으로 무선통신 시장이 빠르게 성장하는 중이다. 물론 무선통신이 도시에 집중되어 있고, 전력수급이 불안정하다는 문제를 안고 있다. 이통통신 전문인력도 턱없이 부족하다. 이동통신사인 보다콤^{Vodacom} 사를 방문했을 때 직원은 "국토는 광대한데 통신을 다룰 수 있는 사람은 적어요. 한 사람이 그 넓은 지역의 서비스를 다 확인해야 하니 발전이 더딜 수밖에 없습니다." 하고 말했다. 이렇게 개선해야 할 부분이 많아 더욱 발전 가능성이 큰 시장, 우리가 탄자니아에 주목하는 이유는 이런 매력 때문이 아닐까?

🔵 다시 떠오르는 이집트

15일 일정의 막바지에 도착한 도시는 이집트의 카이로였다. 관광국가로 유명한 나라인 만큼 굉장히 쾌적한 환경을 기대했는데, 공항에 내린 지 채 얼마 가지 않아 환상은 산산조각 나 버렸다. 틀림없이 3차선 도로인데 차 다섯 대가 나란히 달리는 화려한 테크닉에 한 번, 그렇게 달리는 차 사이를 신선마냥 유유히 걸어다니는 사람들에 또 한 번 놀랄 수밖에 없었다. 공항에서 호텔까지 30분도 되지 않는 거리였음에도 한 세 시간은 달린 것 같은 피곤함이 느껴질 정도였다.

대부분의 사람은 이집트를 중동국가로 알고 있지만 엄연한 아프리카 국가다. 지리적인 특성 덕분에 아프리카와 중동 문화를 골고루 지니고 있으면서 통신 산업뿐 아니라 ICT 기술이 발달했다. 1999년 5.9%의 경제성장률을 기록한 이후로 '고물가, 고실업률, 저성장'의 경기불황에 빠져 한때 성장세가 주춤했지만 2004년 이후 다시 빠르게 성장하는 나라로 주목받고 있다.

이집트에서 제일 먼저 탐방한 곳은 '스마트 빌리지'라 불리는 이집트 ICT 집적단지다. 스마트 빌리지는 정부 인가를 얻어 ㈜스마트빌리지가 만든 대규모 IT 연구 클러스터다. 카이로 시내에서 약 한 시간 거리에 있는 이 스마트 빌리지는 첨단 시설 장비와 현대식의 건물을 갖추고, IT 관련 정부기관과 각종 민간 기업들, 금융기관들을 한데 모아 시너지 효과를 창출하고 있다.

아프리카에 이런 곳이 있을 것이라고는 상상도 못한 ICT 집적단지 그리고 수많은 입주업체들 간의 경쟁과 협력, 그 속에서 이집트 정부와 기업들의 IT에 대한 관심과 이집트의 성장 가능성을 발견할 수 있었다.

두 번째로 방문한 곳은 이집트 이동통신 시장을 주도하는 모비닐^{Mobinil} 사였다. 그곳에서 들은 이집트 이동통신 시장의 역사와 현황은 무척 흥미로웠다. 이집트 이동통신 시장은 현재 빠른 속도로 성장하고 있다. 2006년 24%에 머물렀던 이동통신 보급률이 2008년 58%까지 성장했으며, 2008년에만 이동통신 가입자 수가 전년대비 48% 증가했다. 2003년 4월에 보다폰 이집트^{Vodafone Egypt}가, 같은 해 8월에 모비닐^{Mobinil}이 소위 2.5세대 통신 서비스라고 할 수 있는 GPRS 서비스와 MMS 서비스를 공급하면서 이동통신 시장이 급속도로 성장했다.

지금 이집트 이동통신 시장은 2G에서 3G 체제로 전화하는 과정에 있다. 3G 서비스는 이미 2007년부터 시작되었다. 영상통화를 하거나 실시간으로 TV를 시청하거나 초고속 인터넷에 접속하는 일은 더 이상 이집트에서 신기한 일이 아니다. 하지만 여전히 이집트의 3G 서비스는 초기 단계에 머물고 있으며 3G

이집트 카이로 스마트빌리지의 홍보 담당자인 모나 프랜시스와 함께

서비스를 이용하기 위한 스마트폰의 보급은 저조한 상태다. 그만큼 3G 시장에 한국이 진출할 여지는 충분하다.

매력적인 시장, 그러나 만만치 않은 시장

분명 아프리카는 매력적인 시장이다. 하지만 아프리카 이동통신 시장에 진출하기란 그리 만만한 일이 아니다. 가장 심각한 걸림돌은 불안정한 전력 문제다. 탄자니아 보다콤 사에서 만난 엔지니어인 모세스 이스마일 씨는 기지국을 운영하는 데 전력 문제가 가장 큰 영향을 끼친다고 했다. 무선통신이라고 해도 기지국끼리는 유선으로 연결되기 때문에 열악한 아프리카의 전력 문제를 해결하지 않고서는 이동통신 시장이 발전하는 데 한계가 있다.

이 문제를 어떻게 해결할 수 있을까? 사실 전력을 안정적으로 공급하는 일은 쉽지 않다. 언제나 별 불편 없이 전력을 사용하는 우리로서는 상상조차 할 수 없는 일이지만 안정적으로 전력을 공급하는 나라는 전 세계에서 손에 꼽을 정도다.

우리나라는 체르노빌 원전 폭발 사건으로 원전에 대한 수요가 없는 상황에서 원전을 발주한 결과 저렴한 가격으로 원전을 건설할 수 있었지만 현재는 상황이 다르다. 따라서 우리가 전력 문제를 해결했던 방식으로 아프리카의 고질적인 전력 불안정을 해소하기는 어렵다.

그렇다고 포기하기에는 이르다. 이와 관련해 좋은 사례가 있다. 나이지리아의 통신사인 셀텔Celtel은 송수신기마다 자체 발전기를 설치하는 방법으로 전력 문제를 해결했다. 송수신기가 있는 지역 주민들에게 휴대전화를 충전하는 데 발전기를 이용할 수 있도록 허가하고, 대신 송수신기가 파괴되지 않게 관리하는 책임을 지역 주민에게 맡겼다. 결과적으로 셀텔 입장에서는 발전기 설치 비용을 부담해야 하지만 지역 주민들에게 전력을 안정적으로 공급하고 관리, 유지 비용을 절감하는 효과를 얻을 수 있었다.

전력 문제 못지않게 아프리카로의 진출을 방해하는 요소가 있다. 바로 '어떻게 이동통신기술을 전수할 것인가?' 하는 문제다. 아프리카는 남아공을 제외하면 대부분 통신 인프라가 아주 취약하다. 우리나라는 인구가 도시로 집중되어 있어 비교적 쉽게 통신 인프라를 구축할 수 있었다. 하지만 아프리카는 국토가 넓어 인프라 설치 비용이 많이 들고, 그러한 기술을 전파하기도 어렵다. 그렇다고 우리가 아프리카 국가의 인프라를 대신 구축해 주는 것도 불가능하다. 한 국가의 통신 인프라를 구축한다는 것은 곧 그 국가의 정보를 속속들이 안다는 것을 의미하는데, 그러한 위험부담을 감수하면서 해외 기업에게 자국의 통신 인프라를 맡길 만한 국가는 없을 것이다.

결국 시간이 걸리더라도 현지 인력을 교육시켜 스스로 통신 인프라를 구축할

이집트 카이로의 스마트 빌리지 내 모비닐 연구소 인터뷰 후 인턴들과 함께

수 있도록 지원하는 것이 최선이다. 우리나라로서는 개도국을 대상으로 다양한 교육을 실시한 경험이 있기 때문에 유리한 고지에 있다.

아프리카 기업과의 기업 인수합병M&A도 현실적인 문제를 해결할 수 있는 좋은 방법이다. 아프리카에 진출해 나름대로 성과를 거두고 있는 해외기업들은 대부분 이 방법을 사용했다.

아프리카 시장 진출이 그리 쉬운 일만은 아니지만 길은 분명히 있다. 아프리카의 성장세가 빠른 지금, 거리를 다니는 모든 아프리카인의 손에 휴대전화가 들려 있을 날이 그리 멀지 않았다. 낯선 곳이었던 아프리카, 언젠가 또 다시 이 검은 대륙에 다시 올 수 있을까 자문해 보았다.

02

전자폐기물, 애물단지가 자원이 되다

서은성, 김지현, 박미나, 김경난 ● 명지대학교

전자제품처럼 빠르게 변하는 것이 또 있을까? 하루가 멀다 하고 최신 전자제품이 나오고, 요란하게 신기술을 자랑하며 등장한 제품이 반 년도 안 돼 구형으로 전락한다. 그러다 보니 수명을 다하거나 신모델에 밀려난 구형 전자제품이 쓰레기더미처럼 쌓이는 상황이다. 마치 은막 뒤로 사라진 배우처럼 쓸쓸하기 짝이 없는 퇴장이다.

하지만 더 심각한 것은 용도를 다한 전자폐기물이 환경을 오염시키고, 건강을 위협한다는 사실이다. 그럼에도 정작 이런 위험성을 아는 사람은 많지 않다. 더 이상 방치하면 대한민국이 전자폐기물 천국이 될지도 모른다는 불안감에 서둘러 해결 방법을 찾기 위해 발걸음을 옮겼다.

Why?
전자폐기물의 역습,
더 이상 갈 곳은 없 다 ?!?

사람들로부터 버림받은 그 많은 전자폐기물은 다 어디로 갔을까? 일부는 재활용되기도 하지만 대부분은 땅에 묻히거나 소각된다. 2009년 기준으로 서울특별시가 회수한 전체 전자폐기물은 1,228만 대인데, 이중 고작 5%에 해당하는 81만 대만이 재활용되었다고 하니 얼마나 많은 전자폐기물이 얼마 살지도 못하고 죽음을 맞이했는지 충분히 짐작할 수 있다.

그런데 문제는 지금부터 발생한다. 버림받은 전자폐기물은 뒤끝이 심하다. 땅속에 묻히면 썩지도 않고 오염물질을 배출해 땅을 엉망으로 만들고, 태우면 유독가스를 배출해 공기를 더럽힌다. 죽어도 자연으로 돌아가지 못하고 자연과 환경을 오염시키는 골칫덩어리가 되는 것이다.

전자폐기물이 배출하는 유해물질의 폐해는 상상 이상이다. 선진국들은 종종 자국의 환경을 보호하기 위해 전자폐기물을 가난한 후진국에 수출한다. 푼돈을 받고 전자폐기물 하치장 역할을 하는 나라가 겪는 고통은 이루 말할 수가 없다. 한 예로 중국 구이위진 마을의 강은 심하게 오염되어 색깔이 새까만 상태이며 1년 내내 유해가스로 가득 차 있다. 마을 주민들은 회로기관을 태워 나오는 다이옥신, 바륨 등의 발암성 물질로 인해 피부병, 호흡기 질환에 시달리고 있을 뿐만 아니라 작업과 상관없는 아이들의 80% 이상이 심각한 납중독에 시달리고 있다고 한다.

선진국들이 버린 전자폐기물에 의지해 살아가는 사람들도 있다. 가나 같은 아프리카 국가의 사람들은 전자폐기물을 소각한 뒤 나오는 고철을 팔아 생계를 이어 간다. 주로 10대 어린아이들이 구리를 얻기 위해 시뻘건 불길 속에서 유독 가스가 가득한 검은 연기를 마시며 전자폐기물 더미 속을 헤맨다. 그렇게 목숨을 걸고 찾은 구리 한 뭉치는 겨우 1,000원에 불과하다.

전자폐기물을 다른 나라에 수출하는 것은 나 살자고 힘없는 다른 사람을 대신 희생시키는 것과 다름없다. 그런 면에서 우리나라도 이기적인 전자폐기물 수출의 대표주자라 할 수 있다. UN 환경프로그램UNEP의 보고에 따르면, 전 세계적으로 연간 약 5,000만 톤의 전자폐기물이 버려지고, 그중 5,000톤 이상의 폐기물이 '개발도상국 정보선진화'의 일환으로 중고품으로 둔갑해 아프리카나 중국으로 들어간다고 한다. 우리나라는 매년 500톤 이상의 전자폐기물을 아프리카, 인도, 중국 등의 국가에 불법 수출하고 있다. 환경운동연합의 2009년 7월 조사 결과에 따르면 한국에서 건너 온 전자폐기물의 양이 일본에 이어 두 번째로 많았다고 한다.

한국은 그 어느 나라보다 전자제품 교체가 빠른 나라다. 그런 데다 휴대전화 시장의 판도를 바꿀 스마트폰이 등장하고, 디지털 방송으로 전환됨에 따라 전자폐기물은 더 많아질 전망이다. 급속도로 늘어나는 전자폐기물을 처리할 근본적인 대책이 필요한 때다.

🔵 전자폐기물 재활용이 답이다

전자폐기물로 인한 재앙을 줄일 수 있는 가장 좋은 방법은 '재활용'이다. 재활용했을 때 얻을 수 있는 효과는 엄청나다. 우선 전자폐기물을 매립하거나 소각할 때 발생하는 온실가스를 대폭 줄일 수 있다. 서울시의 온실가스 배출원별 비중을 보면 전자폐기물에서 배출되는 온실가스 비중이 전체의 12.5%에 이른다. 따라서 전자폐기물을 재활용한다면 서울에서만 연간 67만 톤 이상의 CO_2를 줄이는 효과를 얻을 수 있다.

환경적 가치만 있는 것이 아니다. 전자폐기물에는 금, 은, 동, 구리, 철 등 많은 양의 금속자원이 포함되어 있다. 일본 물질재료연구소에 따르면 일본 전자제품에 들어 있는 금 6,800톤은 세계 금 매장량의 16%, 은은 세계 매장량의 23%, LCD TV에 들어가는 인듐은 38%와 맞먹는다고 한다. 뿐만 아니라 휴대폰 1톤약1만 대에서 나오는 금은 약 840g인데, 이는 금광 1톤을 채굴할 때 5g의 금이 추출되는 것과 비교하면 약 160배가 넘는 어마어마한 양이다. 2009년 33톤의 금을 수입한 자원빈국인 한국으로서는 전자폐기물이 또 다른 가치를 창출하는 자원의 보고나 마찬가지인 셈이다.

국내에서 보유한 폐금속 자원의 경제 가치는 46조 4,000억 원이며, 매년 발생하는 폐금속 자원은 4조 300억 원가량으로 추산된다. 폐가전제품 약 3억 3,000만 대통계 추정의 가치를 분석해 보면 무려 9조 6,000억 원에 달하는 유가금속이 포함되어 있다.

이처럼 전자폐기물을 재활용하면 환경을 보호하는 것은 물론 부족한 자원을 충당하고, 경제 가치를 창출할 토대가 마련된다. 하지만 전자폐기물을 효과적으로 재활용하기 위해서는 준비가 필요하다. 사람들의 인식을 바꾸는 한편 적절한 시스템을 만들고, 재활용 기술을 향상시키는 작업을 병행해야 우리가 원하는 가치를 제대로 창출할 수 있다.

전자폐기물 재활용 방안에 대한 아이디어와 노하우를 얻기에는 유럽만한 곳이 없다. 그중에서도 선진적인 재활용 시스템을 갖추었다고 판단되는 독일, 스위스, 벨기에, 스웨덴을 탐방지로 결정했다.

전자폐기물의 재활용, 유럽에서 답을 찾다

🔵 스웨덴 El-Kretsen, 유럽 최고의 재활용 시스템 구축

스웨덴에서는 IT 제품, 백색가전, 갈색가전, 조명기구, 의료실험기구 등의 제품을 대표하는 23개의 회사 조합이 모여 만든 생산자 재활용기구인 El-Kretsen을 방문했다. El-Kretsen은 스웨덴의 290개 지방자치단체와 협력해 가전제품 중심의 재활용 시스템인 'Elretur System'을 구축했다. 시스템 내에서 지방 자치단체는 각 지역의 재활용함 설치와 관리를 담당하고, El-Kretsen은 회수·운송·처리 업체들과 계약을 맺고 업체들을 관리하며, 재정적 사안을 담당하고 있다.

El-Kretsen은 지방자치단체에게 수거결과를 통보해야 한다. 보통 유럽의 다른 재활용 시스템은 지방자치단체와 기관이 계약을 체결하고 기관에 의해 모든 절차가 운영·관리되는 반면, Elretur System은 지방자치단체와 책임을 분담하고, 함께 참여한다는 차원에서 독특한 구조를 가지고 있다. El-Kretsen은 전국 1,000개의 재활용 저장고와 650개의 재활용센터를 바탕으로 2005년에 국민 1인당 전자폐기물 재활용량 14kg을 달성했고^{2010년 현재, EU WEEE 목표량 4kg,} 2009년 한 해 14만8,000톤에 달하는 전자폐기물을 회수해 재활용했다고 한다.

El-Kretsen은 'Container Management'와 'Web-based information System'이라는 운송시스템을 운영해 물류 비용을 절감하고 있다. Container Management는 전자폐기물을 재활용할 때 크기별로 나누어 재활용을 하도록 돕는다. 먼저

스웨덴 스톡홀름 El-Kretsen에서 선진화된 재활용 시스템을 살펴보았다.

세탁기나 냉장고와 같이 큰 전자제품은 보통 판매자를 통해 회수해 저장고 컨테이너에 따로 보관하고, 중소형 가전제품은 특별히 제작된 카트에 보관한다. 배터리나 형광등은 특별히 제작된 재활용함에 소비자가 직접 넣는다. 매우 간단해 보이지만 이러한 Container Management를 도입한 결과, 운송할 때의 수용량은 50% 증대되었고, 재활용 저장소의 작업량이 줄었다고 한다. 또한 'Web-based information System'을 통해 재활용 저장고에서는 정기적으로 보관하고 있는 제품의 카테고리와 그 양을 웹 상에 보고하고, 이를 바탕으로 운송업체는 효율적인 운송 루트를 계획하고, 투입되는 운송 차량의 수를 최소화할 수 있다고 한다.

벨기에 레쿠펠, 효율적인 재활용 운영 시스템

벨기에는 EU 회원국으로서 WEEE 지침에 규정된 모든 전자제품을 재활용한다. 하지만 WEEE 지침에 나와 있는 규정은 그 내용이 포괄적이고 모호해 벨기에 환경에 맞는 세부적인 전자제품 카테고리를 만들어 시행 중이다. 벨기에는 전자제품 재활용률이 높은데, 그 중심에는 폐가전 제품 수거와 선별 처리를 총괄하는 기관인 '레쿠펠Recupel'이 있다.

레쿠펠은 전자제품을 색깔별로 나누어 구분한다. 따라서 한눈에 알아보기 쉽고, 각 제품마다 일련 번호를 기록해 번호만으로도 어떤 제품군에 속하는지, 어떤 방식으로 재활용되는지 알 수 있다. 품목을 업데이트하는 데도 많은 노력을 기울인다. 전자제품의 경우 한해에도 새로운 개념의 신제품들이 수없이 쏟아진다. 이에 대응하기 위해 레쿠펠은 매년 1월, 7월 재활용 대상 품목을 갱신하여 발표한다. 신제품의 경우 재활용에 관해 벨기에 3개의 지방자치 당국에 허가를 받아야 하며, 지침 적용 6개월 전에 미리 배포하여 소비자와 해당 기업들에게 알리도록 되어 있다.

전자폐기물을 관리하는 데는 기존 재활용 회수 시스템을 100% 활용한다. 이미 갖추어진 재활용품 수거함에 전자폐기물 수거함을 추가하여 소비자들이 쉽게 참여할 수 있도록 했다. 그 결과, 시스템 도입 3년 만에 국민 1인당 9.8kg 수거라는 성과를 거두고 있다.

레쿠펠의 운영 노하우는 이것만이 아니다. 레쿠펠은 물류 IT 데이터베이스를 구축해 정확한 통계수치를 확보하며, 이렇게 얻은 데이터는 매년 분석을 통해서 전자 폐기물 시스템을 개선하는 데 중요한 참고자료로서 사용된다.

전자폐기물의 재활용에서 가장 중요한 것은 생산자들의 재활용 책임에 대한 홍보다. 이를 위해 레쿠펠은 의무적으로 하루 160통의 전화 상담을 한다. 전화 상담을 통해 재활용 책임에 대해 설명하고, 재활용에 참여하는 방법과 과정을 알려 준다. 또한 TV, 라디오, 신문, 잡지 등 가능한 모든 언론매체를 활용하여 소비자에게 전자폐기물 재활용에 대해 알리고 있다.

(위) 벨기에 앤트워프의 유미코어를 방문해 전자폐기물의 금속을 추출하는 것을 살펴보았다.
(아래 왼쪽) 벨기에 앤트워프 중앙광장에서 이곳만의 특별한 정취에 흠뻑 취하다.
(아래 오른쪽) 벨기에 전자제품 재활용의 중심에 있는 브뤼셀의 레쿠펠을 방문했다.

환경선진국 독일에서는 'StEP'과 'UNU'를 방문했다. StEP은 UN 산하 환경전문 기구인 UNEP국제연합 환경계획 위원회와 학술기관인 UNU 주도로 진행되는 전자폐기물 문제 해결을 위한 프로젝트다. StEP에서는 전자폐기물을 재사용하기 위한 명쾌한 가이드라인을 제시했다. 'C2C Cradle to Cradle', 즉 제품을 사용한 후 폐기해 '무덤Grave'으로 보내는 것이 아니라 재탄생을 위한 '요람Cradle'으로 되돌리자는 모토만으로도 StEP가 지향하는 바를 선명하게 느낄 수 있었다.

StEP에서는 전자제품을 성공적으로 재활용하기 위해 '3R Task Force'를 강조한다. 첫 번째는 리디자인ReDesign에 대한 지침으로 유해물질의 사용을 최소화하는 대신 재생 및 재활용이 가능한 물질을 사용할 것을 제안한다. 또한 기존 전자폐기물은 유해물질이 포함된 부품 등을 제거하는 전처리 단계에서 많은 비용이 발생하는데, 제품을 설계할 때부터 재활용을 고려해 쉽게 할 수 있도록 제안하고 있다.

두 번째는 재사용Reuse에 대한 명확한 가이드라인을 제시한다. 재사용은 처리 과정에서 폐기물 발생 가능성이 가장 낮고, 새 전자제품의 사용을 방지하는 측면에서 상당히 환경친화적이며 경제적이다. StEP은 재사용을 촉진시키기 위해 재사용에 대한 정확한 용어 규정과 재사용 선별 과정에 대한 가이드라인을 제시했다.

마지막으로 세계 재활용Recycle 시장에 새로운 패러다임을 제시한다. StEP에 따르면 불법적인 전자폐기물의 재활용률은 전체 재활용률의 25%를 차지하고 있다고 한다. 이 문제를 해결하고자 StEP은 StEP이 직접 개발도상국으로 뛰어드는 '베스트 오브 월드Best of Worlds'라는 프로젝트를 개발했다. 불법적인 재활용이 성행하던 중국 지역에 공장을 짓고, 노동자들에게는 표준화된 매뉴얼을 제공하였다. 이들에게는 전처리 단계까지 작업을 진행하도록 하였고, 고도의 기술력을 요구하는 작업은 금속 추출을 전문적으로 하는 벨기에의 유미코어Umicore가 담당

독일 본에 있는 UNU에서 전자폐기물 관련 교육 환경을 살펴보았다.

하도록 하였다. 환경 문제 해결과 금속의 경제 가치 상승이라는 두 마리 토끼를 잡은 이 프로젝트는 성공적이라는 평가를 받고 있으며, 앞으로도 같은 문제를 안고 있는 아시아·아프리카 국가와 지속적인 합작을 추진할 계획이다.

UNU에서는 주로 전문가를 양성하고 배출하는 현황과 교육환경을 살펴보았다. 모든 환경 문제를 해결하기 위해서는 소비자의 역할이 가장 중요하며, 소비자의 행동을 변화시키기 위해서는 많은 시간과 지속적인 노력이 요구된다. 선진국들은 단계적인 경제 성장 과정을 밟았기 때문에 시민 의식도 더불어 성장할 수 있었지만, 단기간에 빠른 성장을 이룬 제3국의 경우에는 그렇지 못하다. UNU는 이러한 국가들을 위해 과학을 기초로 한 정책 프로그램의 개발을 해법으로 제시하였다. 법제화를 촉구하여 소비자에게 의무를 부과한 이후 교육을 통해 환경 문제의 중요성에 대해 알리고 있다.

전문가 육성을 위한 정규 프로그램뿐만 아니라 관련 분야의 기업과 협력을 통해 매년 서머 스쿨Summer School을 개최하여 기업 현장을 탐방하며 실무 교육을 하는 데도 열심이다. 특히 전자폐기물 분야의 경우 매년 가장 성공적인 서머 스쿨로 평가받고 있다.

● 스위스 SENS, 재활용 인프라 구축의 비법

유럽 국가 중에서도 스위스는 특히 자연환경이 빼어나고 공기가 맑은 나라다. 특히 이곳은 재활용을 위한 인프라가 잘 갖춰져 있는데, 그렇게 되기까지는 SENS라는 가정용 전자제품 재활용 의무대행 기관의 역할이 컸다.

SENS는 재활용 시장의 97%를 차지하는 기관인데 건물이 너무 작아 놀랐다. SENS에 국민 1인당 14.6kg이라는 재활용량을 달성할 수 있었던 비결이 궁금했다. 거기에는 SENS만의 노하우가 있었다. SENS는 승인을 받은 회수·운송·처리 업체들이 전자폐기물 재활용 시장에 참여할 수 있도록 했으며, 이 안에서의 경쟁 체제를 유지해 최상의 서비스를 제공하도록 했다. 경쟁을 유도하는 비결은 명쾌하다. 전자폐기물을 회수하여 운송할 경우 SENS에서 해당 업체를 지정하는 것이 아니라 회수 업체가 운송 업체를 선택하고, 운송 업체가 처리 업체를 선택하는 방식을 택해 각 분야의 사업자들이 서로 선의의 경쟁을 하게 만들었다.

또한 SENS는 전국 21개의 리사이클 센터, 100개의 운송 업체, 11,000개의 판매 업체 등과 계약을 맺고 스위스 전역의 전자폐기물 재활용에 관한 행정 및 운영을 맡고 있다. 스위스 전역 453개의 재활용 수거함을 관리하는 것도 SENS의 몫이다. 스위스는 한국의 절반 정도인 작은 면적의 국가지만 한국보다 월등한 재활용 인프라를 갖추고 있으며, 탄탄한 회수 및 물류 시스템을 통해 효율적인 재활용 시스템을 운영하고 있다. 같은 해당 분야 사업자에게는 같은 비용을 지불하는 원칙을 고수하는 것도 SENS의 성공 비법이다. 지불 비용은 생산자 및 수입업자들로부터 받

스위스 취리히 SENS에서 효과적인 재활용 시스템에 감탄했다.

는 ARF^{Advanced Recycling Fee}를 사용한다.

스위스에서는 제조 업체뿐만 아니라 판매 업체도 재활용에 참여할 의무가 있다. 판매 업체는 SENS-System에 등록하며, 재활용 분야 사업자와 따로 계약을 하지는 않는다. 시스템에 등록한 후 안내에 따라 활동에 참여하면 된다.

2010년 기준으로 생산자의 98%가 SENS에 등록되어 있으며, 핸드폰과 복사기 제조 업체의 경우 100% 참여하고 있다. 이렇게 되기까지 오랜 기간 소통을 해야 했다. 통계 자료를 바탕으로 전자폐기물 재활용 사업의 필요성에 대해 지속적으로 설득 작업을 한 결과 업체들의 자발적인 참여를 이끌어 낼 수 있었다.

In Korea
전자폐기물,
쓰레기가 아닌   새로운   자원이다

유럽 탐방을 통해 우리는 전자폐기물 재활용에 관해 많은 것을 보고 배울 수 있었다. 전자폐기물을 쓰레기가 아닌 자원으로 활용하려면 정부, 기업, 연구기관, 소비자 등 각계각층이 전자폐기물 재활용의 중요성을 인식하고 서로 협력해야 한다는 것을 알게 된 것이 유럽 탐방에서 얻은 가장 큰 소득이다.

우리가 탐방한 유럽 국가들은 제각각 자기 나라에 맞는 재활용 시스템을 구축하고, 효율적으로 운영하고 있었다. 특히 독일은 제품을 설계할 때부터 재활용을 염두에 두고 만든다는 점이 가장 인상 깊었다.

03

반도체, 실리콘을 버리고 그래핀을 담다

배상훈, 원승욱, 이길용, 황지환 ●성균관대학교

컴퓨터와 휴대전화는 물론 디지털 카메라, 냉장고, TV 등 우리가 사용하는 전자제품에는 대부분 반도체가 들어 있다. 지금까지 반도체는 크기는 계속 작아지면서 반대로 용량은 대폭 늘어났다. 이렇게 되기까지 '실리콘'의 역할이 컸다. 실리콘은 반도체 주재료로 열에 강하고 화학적으로도 안정감이 있으며 가격이 저렴하고, 산화층인 SiO_2가 쉽게 형성되어 절연 층으로 사용할 수 있다는 장점이 뛰어나 지금까지 반도체 주재료로 이용되었다.

하지만 실리콘의 역할이 서서히 끝나가고 있다. 실리콘으로는 더 이상 반도체의 크기를 줄일 수 없다. 더 줄이면 반도체가 열을 감당하지 못하기 때문이다. 그렇다면 실리콘을 대체할 수 있는 소재는 없을까? '그래핀'이 바로 그 주인공이다.

Why?
우리가 그래핀에
주목해야 하는 이유

실리콘을 대체할 수 있는 반도체 소재로 거론되는 것으로는 GaAs, ZnO, 그래핀 등이 있다. 이들은 각각 저마다의 장단점이 있어 어떤 것이 가장 강력한 후보라 단정 짓기는 어렵다.

우선 GaAs는 실리콘보다 질량이 작아 속도가 더 빠르다는 장점이 있다. 하지만 웨이퍼의 크기가 커질 경우 쉽게 깨질 수 있고, 실리콘에 비해 가격이 비싸다. 또한 실리콘과 달리 CMOS로 처리할 수 없어 구동할 때 전력 소모가 심하다.

ZnO도 반도체 소재가 될 수 있는 가능성은 있지만 이 또한 한계가 있다. 반도체에서 도펀트^{dopant}는 전자가 이동할 수 있는 길을 만들어 주는 중요한 역할을 한다. 그렇다고 도펀트를 첨가해 도핑^{doping} 농도가 적정치 이상으로 증가하면 반도체로서의 성질을 잃어버리기 때문에 도핑 농도를 적절하게 조절하는 것이 중요하다. 그런데 ZnO는 적절한 도핑 농도를 조절할 수 있는 도펀트가 없다. 재료 내에 존재하는 기존 결함이 많아서 도펀트를 넣어도 내부에 보상 효과만 나타나 전자가 움직일 수 있는 길을 만들 수 없다. 이것이 ZnO를 실리콘 후보로 올리기 힘든 이유다.

그렇다면 '그래핀^{Graphene}'은 어떨까? 그래핀은 연필심으로 쓰이는 흑연을 뜻하는 '그래파이트^{Graphite}'와 화학에서 탄소 이중결합을 가진 분자를 뜻하는 ~ene'을 결합해 만든 용어다. 연필심의 원료인 흑연은 탄소를 6각형의 벌집 모양으로 수없이 쌓아 올린 3차원 구조로 이루어졌다. 여기서 가장 얇게 한 겹을

떼어 낸 것을 '그래핀'이라고 보면 된다.

그래핀은 앞의 두 후보와 달리 반도체 소재로서 필요한 자격을 거의 완벽하게 갖춘 데다 실리콘의 한계를 해결할 수 있어 차세대 반도체로 주목받고 있다. 우선 그래핀은 두께가 0.2nm로 얇으면서 물리적·화학적 안정성이 높다. 또한 상온에서 실리콘보다 전자를 100배 빨리 전달할 수 있으며, 기계적 강도도 강철보다 200배 이상 강하다. 열전도성도 최고의 열전도성을 자랑하는 다이아몬드보다 2배 이상 높으며 신축성도 좋다. 자유롭게 늘리거나 접어도 전기 전도성을 잃지 않는 유연한 소재다.

세계 반도체 시장을 선도하는 나라답게 우리나라는 일찌감치 그래핀 연구를 시작했다. 구체적인 성과도 있다. 성균관대 홍병희 교수 연구팀은 2009년 1월 15일 국제학술지《네이처》에 차세대 신소재인 그래핀의 대량 생산법을 제시한 논문을 발표했다. 이 논문에서는 그래핀의 단점을 해결하고 대량 생산할 수 있는 그래핀 합성기술을 소개해 많은 사람들의 관심을 받았다.

하지만 그래핀의 합성기술과 어플리케이션은 별개의 문제다. 특히 전자산업의 핵심 부품인 트랜지스터에 대한 연구는 많이 부족한 상황이다. 이런 추세라면 조만간 차세대 반도체 선두주자라는 타이틀을 빼앗길지도 모른다.

그래핀을 상용화하려면 무엇보다 그래핀 트랜지스터 기술력을 확보해야 한다. 다른 나라에서는 그래핀 트랜지스터에 대한 연구가 어느 정도 진행되었는지 궁금했다. 그래핀은 영국 A.K. Geim 교수 그룹이 최초로 발견했지만 현재 그래핀 기술력이 가장 뛰어난 나라는 미국이다. 그래서 우리는 미국으로 탐방 방향을 잡았다. 특히 이미 그래핀을 이용한 초고주파수 트랜지스터를 제작하고, 상용화를 연구 중인 IBM을 집중적으로 탐방하기로 결정했다.

In USA

그래핀 기술력으로
세계를 선도하는 미국으로 가다

IBM에서 실리콘 반도체 뒤를 바짝 쫓는 그래핀을 보다

미국에서 첫 번째로 탐방한 곳은 IBM 연구소로, 우리가 알고 싶어 하는 그래핀을 가장 많이 연구하고 구체적인 성과도 내고 있는 곳이다. 우리가 방문한 IBM Watson Research Center는 IBM의 중앙연구소로 주로 차세대 기술을 연구하고 있다. 그래서 입구에서 출입 허가증을 받고서야 겨우 들어갈 수 있었고, 내

첫 탐방지인 미국 IBM의 중앙연구소 격인 왓슨리서치 센터를 방문해 다양한 연구 모습을 살펴보았다.

부에서 사진을 찍을 수도 없었다. 할 수 없이 슈퍼컴퓨터를 비롯한 다양한 연구 환경과 연구소라기보다는 예쁜 박물관 같은 내부의 모습을 마음속에 담았다.

IBM은 실리콘 기반 반도체의 한계를 일찌감치 인식하고 차세대 기술에 막대한 투자를 하고 있다. 특히 세계 최고의 특허 출원 기업에 걸맞게 선행기술 투자를 아끼지 않았다. 신소재 그래핀을 이용한 소자 구현은 물론 반도체 소자를 2층 이상의 집적을 통해 소자의 효율을 올릴 수 있는 패킹^{packing} 기술 연구에 집중했다.

트랜지스터 타입은 크게 두 가지로 나뉜다. 하나는 컴퓨터 등에 이용되는 디지털 트랜지스터고, 다른 하나는 핸드폰 등에 이용되는 아날로그 트랜지스터다. 아날로그 트랜지스터는 높은 수준의 온/오프 라티오$^{on/off\ ratio}$가 필요하지 않기 때문에 전문가들은 밴드 갭$^{Band\ Gab}$의 열림 현상에 문제가 있는 그래핀 안에서는 상용화가 보다 빨리 이루어질 수 있으리라고 본다.

현재 IBM에서는 그래핀을 채널^{Channel} 영역에 사용해 기존 상용화 트랜지스터와 같은 구조로 트랜지스터를 제작하였으며 초고주파에서도 동작함을 확인한 상태다. 그들이 제작한 그래핀 트랜지스터의 차단 주파수는 100GHz다. 즉 100GHz까지 트랜지스터 동작이 가능하다.

하지만 IBM이 그래핀을 소재로 만든 RF 트랜지스터는 두께가 200nm가 넘는다. 현재의 일반 트랜지스터의 두께가 60nm 수준임을 감안하면 아직 갈 길이 멀다. 무엇보다 온/오프 라티오$^{on/off\ ratio}$가 좋지 못하다는 것이 가장 큰 문제다.

● 콜롬비아 대학에서 자랑스런 한국인을 만나다

콜롬비아 대학은 우리에게 특별한 추억을 만들어 준 곳이다. 그곳에서 그래핀 부문 세계 최고 권위자인 김필립 교수님을 만날 수 있었기 때문이다. 또한 홍병

미국 뉴욕 콜롬비아 대학에서 그래핀 최고 권위자인 김필립 교수님과 다양한 이야기를 나눌 수 있었다.

희 교수님과 함께 세계 최초로 그래핀 대면적 합성 방법을 개발한 김근수 박사님도 마침 콜롬비아 대학에서 연구중이어서 인터뷰할 수 있는 영광을 누렸다. 머나먼 미국에서 세계적인 그래핀 권위자인 한국인 교수를 만나니 왠지 모르게 가슴이 벅차 올랐다.

김필립 교수님 연구팀은 세계에서 두 번째로 이론 상으로만 존재하던 그래핀을 검증하고, 반정수배 양자홀 효과를 상온에서 보여 주는 실험을 세계 최초로 선보였고 그래핀의 재료로서의 순수성을 증명해 세계적으로 인정받고 있는 연구 그룹이다. 그래핀을 연구하는 사람들에게 "그래핀 분야에서 노벨상이 나온다면?"이라는 질문을 했을 때 대부분의 사람들은 주저하지 않고 그래핀을 발견한 맨처스터 대학의 A.K Geim 교수님과 한국인 김필립 교수님을 꼽는다.

김필립 교수님께 실리콘 트랜지스터의 한계를 그래핀으로 해결할 수 있다고 보는지 물었다. 교수님은 현재 대부분의 그래핀을 이용한 스위칭 소자 연구는 밴드 갭 성질을 이용한 트랜지스터에 집중되어 있는데, 과연 밴드 갭이 꼭 필요한지부터 생각해 봐야 한다고 답했다. 트랜지스터라는 방식 외에 다른 방식으로 스위칭 소자를 만들 수 있다면 그래핀의 난제인 밴드 갭 열림 현상으로 인한 문제도 자연스럽게 해결할 수 있어서 연구를 많이 하고 있다고 했다.

김필립 교수님과의 인터뷰가 끝난 후 그래핀 대면적 합성법을 개발한 김근수 박사님을 만났다. 마치 헤어졌던 형을 만난 것처럼 반가웠다. 박사님께 그래핀을 이용한 어플리케이션의 가장 큰 문제가 무엇인지 물었다. 우리나라는 합성 기술은 최고지만 어플리케이션을 만드는 부분에서는 취약하기 때문에 몹시 궁금한 문제였기 때문이다.

김근수 박사님은 한 층으로만 되어 있는 그래핀을 연속적으로 얻을 수 없다는 것을 가장 큰 문제로 지적했다. 현재 가장 일반적으로 쓰이고 있는 구리를 촉매층으로 하는 CVD 방식도 대략 6% 정도는 순수 그래핀이 아닌 여러 층의 그래핀이 얻어지므로 완전한 해결책은 아니다. 따라서 현재로선 6% 정도의 불완전성을 감수하고도 충분한 성능을 발휘할 수 있는 투명적극이나 배리어, 스트레인게이지 등과 같은 마이크로 단위 이상에서 제작하는 방향으로 가닥을 잡고 있다고 한다.

🔵 밴드 갭을 해결할 수 있는 실마리를 쫓다

그래핀에 대해 알면 알수록 그 무한한 가능성에 빠져들었다. 그러면서도 그래핀의 난제인 밴드 갭 열림 현상이 자꾸 마음에 걸렸다. 이 문제를 해결하기 위한 연구가 어느 정도 진행되었는지를 알고 싶어 텍사스 대학의 맥도날드 그룹과 LBNL 연구소의 란자라 그룹을 방문했다.

맥도날드 그룹은 기존과 다른 방법으로 밴드 갭을 여는 현상을 연구 중이다. 제로 밴드 갭을 가지는 그래핀에 전자기외장을 걸어 밴드 갭을 열 수 있는 방법을 확인했다. 이 방법은 다른 그룹에서도 많이 연구하던 것이지만 그래핀 3층을 쌓아 밴드 갭을 여는 연구는 맥도날드 그룹이 가장 앞선 상태다.

란자라 그룹을 방문한 이유는 밴드 갭 연구 내용을 알고 싶은 것 외에도 정부의 지원을 받아 연구를 하는 곳이라는 데 흥미를 느꼈기 때문이다. 란자라 그룹에서는 투명테이프를 이용하거나 CVD법을 사용해 그래핀을 얻지 않는다. 이들은 진공 상태에서 약 17000℃ 정도의 온도에서 SiC의 연분해를 이용하여 SiC 기판에서 그래핀을 얻는 방식으로 디바이스를 제작하는데, 이렇게 얻은 그래핀을 'Epitaxial Graphene'이라고 부른다. 이 그래핀은 SiC가 전기전도도가 없으므로 촉매층을 이용한 CVD 방식을 통해 얻은 그래핀과는 달리 다른 기판에 전사가 필요하지 않다는 장점을 가지고 있다. 또한 기존 그래핀과 달리 밴드 갭이 열려 세간의 주목을 받았다.

하지만 문제는 있다. 성장 단계에서 약 17000℃ 정도의 고온이 요구되기 때문에 공정 자체에 드는 비용이 만만치 않고, SiC 역시 비싸 상용화하는 데 어려움이 많다. 또한 디바이스에 따로 전사가 필요하지 않다는 점은 장점이기도 하지만 자유로운 활용이 불가능하다는 단점으로 작용한다.

란자라 그룹이 속해 있는 LBNL은 국립 연구소여서 그런지 입구에 국가가 파견한 병사가 화기를 보유한 채로 방문자들을 검사하고 있었다. 연구소는 언덕 위에 위치하는데 규모도 그렇지만 자연친화적인 환경에 크게 놀랐다.

그래핀은 반도체뿐만 아니라 다양한 분야에서 이용할 수 있는 신소재로 각광받고 있다. 미래를 이끌어 갈 핵심 기술의 원천으로 국가 차원에서도 이를 위한 연구를 대대적으로 지원하는 미국이 조금은 부러웠다. 우리나라도 정부가 앞장서 미래를 위한 기술을 마음껏 연구할 수 있는 환경을 만들어 주면 좋겠다.

04

CO₂ 없는 대체 에너지의 열쇠를 찾다

탁영주, 한지원, 박태현, 남재훈 ●연세대학교

지구 온난화를 부추기는 CO_2를 줄이는 것은 이제 선택이 아닌 필수다. 이미 많은 나라에서 CO_2와의 치열한 전쟁을 벌이고 있다. 우리나라도 그 대열에 합류하기는 했지만 여러 면에서 미흡한 점이 많다. CO_2를 줄이는 방법은 여러 가지가 있지만 CO_2를 가장 많이 배출하는 원인을 찾아 그것부터 해결하는 것이 효과적이다. 그래서 조사해 본 결과, 발전 산업에서 배출되는 CO_2 양이 전체 산업 부문에서 배출하는 CO_2 중 약 45%를 차지했다. 또한 발전 산업 중에서는 석탄화력, 유류화력, 가스화력 등 화력발전에서 배출하는 양이 전체의 99.5%를 차지하고 있었다. 결국 화력발전이 CO_2 배출의 원흉이므로 화력발전을 최소화시키는 것이 최선이다. 그러려면 화력발전을 대체할 수 있는 에너지를 찾아야 하는데, 과연 무엇이 있을까?

한국에 적합한
신재생 에너지는 무엇인가?

CO2를 가장 많이 배출하는 발전산업 속으로 들어가 연료 종류별로 CO2 배출량을 살펴보면 석탄화력이 전체의 82.5%를 차지한다. 이처럼 석탄화력이 엄청난 CO2를 배출하는 것도 문제지만 더 큰 문제는 머지않아 석탄이 고갈될 것이라는 점이다. 이제는 CO2는 적게 배출하면서도 화력은 좋은 신재생 에너지를 찾는 것이 중요하다.

그동안 신재생 에너지 후보로 태양력, 풍력, 수소연료 등이 주목받아 왔다. 이중 풍력발전은 넓고 평평하며 강한 바람이 일정한 방향으로 불어오는 지대가 필요한데, 국내에서는 이러한 요건을 충족할 만한 장소가 거의 없다. 또한 내륙 지역의 복잡한 토지규제로 인해 대형발전단지를 조성하는 데 한계가 있어 해상풍력에 관심을 갖고 있다. 그러나 해상풍력은 육상풍력에 비해 기반공사와 해저케이블 연결 등의 작업에 많은 비용이 들어 가까운 시일 안에 실용화되기 힘들다.

태양광은 현재 가장 널리 보급된 신재생 에너지다. 정부에서 지방 소규모 촌락과 공장 등에 발전시설을 갖추기를 권고하며 정책적인 지원도 많이 한다. 하지만 아직 상용화 단계에 들어선 지 얼마 안 돼 현재 기술로는 발전표율을 높일수록 모듈module의 가격이 기하급수적으로 올라가는 문제가 있다. 발전량으로 절감하는 비용보다 설치비가 훨씬 많이 들어서 아직까지 신재생 에너지로 낙점하기는 어렵다.

이런 점에서 수소는 가볍고 많은 에너지를 낼 수 있어 신재생 에너지로서의 자격이 충분하다. 하지만 현재 기술로는 무게와 부피 및 안정성 문제 등 현행 기관보다 경제성과 실용성이 떨어져 실용화까지 많은 시간이 필요하다.

훌륭한 신재생 에너지, 'Torrefied Biomass'가 뜬다

신재생 에너지
공급의무 할당제
RPS, Renewable Portfolio Standard

2012년부터 우리나라에서도 신재생 에너지 공급의무 할당제가 시행된다. 신재생 에너지 공급의무 할당제(Renewable Portfolio Standard)는 발전사업자가 의무적으로 총발전량에서 일정 비율을 신재생 에너지로 공급하도록 하는 제도다. 기존 화력 등 온실가스를 내뿜는 화석연료 발전소에서 공급하는 전기 대신 신재생 에너지 설비에서 공급하는 발전량을 매해 전체 발전량에서 몇 퍼센트씩 반드시 공급해야만 되는 것이다.

2010년 현재 우리나라의 신재생 에너지 사용 비중은 약 1% 수준인데, 2020년까지 10%까지 확대할 계획이다. 신재생 에너지 공급의무 할당량을 채우지 못하면 그 양만큼 벌금을 내야 한다. 이를 지키지 않을 시 2012년 제도 시행 첫해는 최대 벌금이 1,600억 원 수준이고, 2022년엔 무려 7,000억 원에 달한다.

CO_2를 배출하지 않으면서도 화력이 좋은 신재생 에너지로 주목받고 있는 것 중의 하나가 '바이오매스'다. 바이오 에너지는 식물에 존재하는 포도당 등의 당류를 가공해 만든 것이다. 지금껏 바이오 에너지의 가장 큰 원료는 사탕수수나 옥수수였다. 하지만 세계적으로 바이오 에너지 산업에 대한 관심과 투자가 늘어나면서 사탕수수와 옥수수에 대한 수요도 늘어났고, 결과적으로 옥수수와 설탕 가격이 폭등하게 되었다. 바이오 에너지를 만들기 위해 엄청난 양의 식량 자원을 소비하는 것은 바람직하지 않다. 에너지를 얻고자 누군가의 배를 곯게 하는 불행한 사태가 벌어지기 때문이다. 따라서 전 세계는 식량자원으로 바이오 에너지를 만들지 않기로 협정을 맺어 이제 바이오 에너지를 만들기 위한 원료로는 먹지 못하는 식물만을 쓸 수 있게 되었다.

식물로 바이오 에너지를 만들려면 식량을 원료로 했을 때 훨씬 더 많은 '바이오매스'가 필요하다. 이 바이오매스를 안정적으로 공급할 수 있는 방법을 찾아야만 한다. 그러려면 한국에서 다량 재배할 수 있는 작물을 원료로 할 필요가 있다. 가장 효율적이면서 다량으로 구할 수 있는 원료는 나무다. 현재는 캐나다와 동남아의 나무를 이용할 계획이지만 향후 국내에서도 생산할 계획이다.

그 다음으로 고민해야 할 것이 원료를 가공하는 기술이다. 현재 비교적 효과적으로 바이오 에너지를 얻을 수 있는 기술로 주목받는 것이 'Torrefaction'이다. 이는 섬유질이 있는 바이오매스를 산소를 차단한 상태에서 가열하는 공정이라 할 수 있다. 숯을 만드는 것과 비슷한 공정이라고 생각하면 이해하기 쉽다. 단, 이때 가해지는 열은 약 250~300℃ 정도로 낮은 온도여야 하며, 공정에 걸리는 시간도 숯을 만드는 공정에 비해 훨씬 짧다.

이 공정을 거치고 나면 바이오매스가 숯과 비슷한 모양이 되는데, 숯보다는 낮은 온도에서 반응이 이루어지기 때문에 더 많은 열량을 낼 수 있다. 이렇게 숯처럼 변신한 바이오매스를 'Torrefied Biomass' 혹은 'Biocoal'이라고 부른다.

'Torrefied Biomass'의 가장 큰 매력은 전 공정에서 산소를 차단하기 때문에 공정 중 CO_2가 발생하지 않는다는 것이다. 물론 공정에 필요한 에너지 때문에 에너지밸런스가 맞지 않을 수도 있지만, 공정 중에 바이오매스에서 발생하는 수증기나 에탄올 등의 가스를 공정에 필요한 열을 공급하는 데 재활용하기 때문에 사실상 CO_2가 거의 발생하지 않는다고 봐도 무방하다.

● Torrefied 과정을 거친 후 펠렛 형태로 성형한 바이오매스

현재 우리나라에서는 한국우드펠릿사가 'Torrefied Biomass'를 연구 중이지만 아직 상용화할 수준은 아니다. 과연 우리가 찾은 한국형 'Torrefied Biomass'가 신재생 에너지로서 상용화될 수 있을까 궁금해 기술력을 갖고 있는 해외 업체를 탐방하기로 했다. 또 'Torrefied Biomass'를 적용할 수 있는 분야로 화력발전과 제철소를 꼽는데, 현실적으로 가능한 일인지를 알아보기 위해 해외로 눈을 돌렸다.

유럽 현지에서

신재생 에너지 방안을 찾다

● 프랑스 Thermya, Torrefied Biomass의 선두주자

프랑스는 최초로 Torrefied Biomass에 대한 연구를 시작하고, 실용화시킨 나라다. 프랑스의 Torrefied Biomass를 주도하는 곳은 'Thermya'다. Thermya는 혁신적이고 친환경적인 재생 에너지를 연구하는 단체로 여러 종류의 바이오매스를 이용한 Torrefaction 공정을 연구하고 있으며, 생활폐기물부터 나무까지 다양한 원료를 사용해 바이오 에너지를 얻는 실험을 많이 하고 있다.

Thermya가 생각하는 Torrefied Biomass의 가장 큰 이점은 원료인 '매스^{mass}'의 종류가 상당히 다양하다는 것이다. 실제로 Thermya는 단순히 나무를 이용한 Torrefied Biomass의 제조보다는 음식물 쓰레기나 추수 후 남은 볏 짚단 등 폐기물을 처리하여 Torrefied Biomass를 얻는 쪽에 더 많은 관심을 갖고 있었다. 또한 폐목재는 열을 가열하는 과정에서 많은 독성 물질을 배출해 바이오 에너지 원료로 쓰이지 못하고 버려지는데, Thermya는 폐목재의 독성을 제거하기 위한 실험을 많이 하고 있었다.

Thermya에서 제일 열심히 살펴본 것은 Torrefaction 기술 중에서도 가장 핵심적인 'TORSPYD'에 대한 것이었다. 'TORSPYD'는 어떤 바이오매스도 지속적으로 태울 수 있는 시스템으로, 회사 내부 사정으로 인해 자세한 과정은 알 수 없었지만 Thermya사에서 스페인에 세우고 있는 플랜트의 축소 모형은 볼 수 있었다.

프랑스 Thermya에서 'TORSPYD'에 대해 자세히 살펴보았다.

한국에 Torrefied Biomass를 적용시키는 방안에 대해 생각하면서 계속 고민이 된 것은 매스^{mass}에 대한 부분이었다. 한국은 분명 토지에 비해 산림이 차지하는 비율이 큰 나라지만, 토지 자체가 워낙 작아 한국에서 소비하는 화석연료의 양에 비해 Torrefied Biomass로 만들어 대체할 수 있는 나무의 양은 턱없이 부족하다. 그래서 Torrefied Biomass가 훌륭한 신재생 에너지의 역할을 할 수 있다는 것을 알면서도 정말 상용화할 수 있을지 걱정스러웠다.

이런 걱정은 Thermya를 방문한 후 상당 부분 사라졌다. 우리가 생각했던 것보다 Torrefied Biomass의 원료는 훨씬 더 다양했기 때문이다. 프랑스에서

Torrefied Biomass가 한국에 적합한 신재생 에너지라는 확신을 굳힐 수 있었던 것이 가장 큰 성과였다.

🔵 네덜란드 토펠 에너지, 상업화에 앞장서다

네덜란드에서는 현재 상용화를 목표로 플랜트를 짓고 있는 토펠 에너지Topell Energy 사를 방문했다. 네덜란드는 전 세계에서 유일하게 Torrefied Biomass 플랜트를 가동시키고 있는 나라다. 토펠 에너지는 시간당 60메가톤을 생산할 수 있는 플랜트를 짓고 있으며, 미국에 두 번째 플랜트를 계획하고 있는 단체다. 전 세계에서 Torrefied Biomass를 가장 많이 제조하는 곳이기도 하다.

우리는 토펠 에너지가 네덜란드 뒤벤Duiven에 짓고 있는 플랜트를 견학했다. 이곳은 전 세계적으로 유일하게 상업적 목적을 띄고 있다. 이미 상당 부분 진행되었으며 가장 먼저 Torrefied Biomass 상용화를 위한 생산에 성공할 것으로 예상된다.

토펠 에너지에서 우리는 한국에 Torrefied Biomass 플랜트를 세울 때 고려해야 할 점들에 대해 많은 조언을 들었다. 수송, 대도시로의 접근 등 다른 요소보다 원료 확보가 가장 중요하다는 것도 이곳에서 배웠다. 그리고 아직 유럽에서도 Torrefied Biomass 시장은 아직 시작하는 단계에 있기 때문에 우리가 발 빠르게 움직이면 선점할 가능성도 얼마든지 있다는 것을 확인할 수 있었다.

네덜란드 암스테르담에서는 토펠 에너지 사의 플랜트를 견학할 수 있었다.

영국 리즈 대학교에서 한국 Torrefied Biomass의 미래를 묻다

영국은 정부에서 지원하는 바이오 에너지에 대한 연구비 규모가 큰 나라다. 그만큼 다양한 바이오 에너지에 대한 연구가 활발하다. 특히 다양한 매스를 이용한 바이오 에너지를 연구하고 있어 'Torrefaction'에서 목재 외에 다른 재료를 활용할

영국의 리즈 대학교에서 만난 윌리엄스 교수님과 제니 존슨 교수님을 통해 Torrefied Biomass를 한국에 적용할 수 있는 방안에 대해 생각하게 되었다.

수 있는 방안을 알 수 있으리란 기대를 품게 한 나라이기도 했다.

영국 바이오 에너지를 주도하고 있는 곳은 바이오매스의 열 반응을 연구하는 13개의 대학과 회사가 모여 만든 'SUPERGEN'라는 단체다. SUPERGEN의 연구로 얻어지는 최종 생산물인 바이오 에너지는 연료나 재생 에너지 화학물 형태로 생성된다. 화학 반응과 더불어 바이오 에너지와 연관되어 생기는 전체 효과에 대한 연구도 진행하고 있다.

우리는 SUPERGEN에 소속된 리즈 대학교를 방문해 Torrefied Biomass 연구 분야의 최고 권위자인 윌리엄스 교수님과 제니 존스 교수님을 만났다. 영국에서의 신재생 에너지 보급 현황과 앞으로의 전망, 한국에서의 Torrefied Biomass의 적용 가능성에 대해 질문을 했는데, 많은 도움을 얻을 수 있었다.

리즈 대학교에서는 농작물과 버드나무를 원료로 사용하는 Torrefied Biomass 연구를 하는 중이었다. Torrefacion을 거치는 동안 5%의 에너지를 잃게 되는데, 기존의 Torrefied Biomass의 형태에서 벗어남으로써 에너지를 잃지 않는 Torrefacion 과정도 연구 중이라고 한다.

In Korea
한국에 돌아와
적용 방안을 고민 하   다

해외에서 보고 배운 내용을 토대로 한국에 Torrefied Biomass 플랜트를 세우고 이를 활용하는 방안을 고민해 보는 시간을 가졌다. 우리가 생각한 방법은 세 가지이다. 첫째, 한국에서 목재원료를 얻어서 이를 원료로 삼아 Torrefied Biomass를 생산하는 방법, 둘째, 한국에서 버려지는 폐목재들을 활용하고 이를 Torrefied Biomass로 가공하여 사용하는 방법, 셋째, 목재 원료가 풍부한 동남아시아 국가에 Torrefied Biomass 플랜트를 건설해 한국으로 가져와서 사용하는 방법이다.

세 가지 모두 실현 가능한 방법이지만 현실적으로 상용화될 수 있으려면 생산 가격이 최대한 적게 들어야 한다. 이런 관점에서 보았을 때 첫째 방법, 즉 국내에 플랜트를 직접 세우고 Torrefied Biomass에 필요한 원료를 플랜트 근처 숲에서 나무를 경작해 조달하는 방법은 운송비를 절약할 수 있다는 큰 장점이 있다. 하지만 국토가 좁은 국내의 상황에서는 얻을 수 있는 목재 자원이 한정되어 있기 때문에 화력 발전을 위한 Torrefied Biomass가 충분히 공급되기 힘들다. 대량 공급이 어렵기 때문에 보편적으로 상업화시킬 수 없다는 점이 가장 큰 단점으로 꼽힌다.

둘째, 즉 해외에 플랜트를 세우고 앞의 경우와 마찬가지로 Torrefied Biomass에 필요한 원료를 근처 숲에서 조달하는 방법은 운송비가 상대적으로 많이 들지만 동남아에 플랜트를 지을 경우 인건비를 적게 들일 수 있다는 이점이 있다.

또한 목재 자원이 풍부한 동남아에서는 Torrefied Biomass에 필요한 목재를 원활히 공급할 수 있어 Torrefied Biomass를 상업적으로 널리 사용할 수 있다는 것도 장점이다.

마지막으로는 국내에 플랜트를 짓고 필요한 원료를 폐목재에서 얻는 방법인데 첫째 모델과 마찬가지로 운송비는 적게 들어가나 필요한 목재 원료의 양을 충분히 조달하기 어렵다.

여러 가지 방법을 검토한 후 우리는 둘째 방법이 우리에게 가장 적합하다는 결론을 내렸다. 우리나라 화력발전소 혹은 제철소에서 Torrefied Biomass를 이용해 석탄과 혼합소각co-firing할 경우에도 둘째 모델이 가장 적격이다. 부족하지만 해외 탐방을 통해 Torrefied Biomass를 실용화할 수 있는 방안을 생각해 볼 수 있어 더없이 뿌듯했다.

05

폐수에서 인을 찾아내다

김정헌, 김재관, 예성지, 신희선 ●KAIST

건강에 관한 관심이 많아지면서 비료를 쓰지 않은 청정 농산물을 찾는 사람이 증가하고 있지만 여전히 비료는 우리에게 필요한 식량을 만드는 데 결정적인 역할을 한다. 그렇다면 비료를 만드는 핵심 원료는 무엇일까? 바로 '인(P)'이다. 인은 인광석에서 얻을 수 있는데 애석하게도 우리나라에는 인광석이 하나도 없어 100% 수입에 의존하는 형편이다. 그나마도 향후 100년 이내에는 전 세계 인광석이 완전히 고갈될 전망이라고 한다.

없으면 안 쓰면 된다고 생각할 수도 있지만 인은 식량 생산뿐만 아니라 수소에너지, 태양에너지 등의 생물 연료를 생산하는 데도 꼭 필요한 자원이다. 부족한 인을 확보할 대책을 마련해야 한다. 어떻게 해야 할까? 현재로선 이미 사용한 인을 회수하는 것이 최선이다.

What?
도대체 왜
인을 회수해야 할 까?

부족한 인을 확보할 수 있는 최선의 방법은 한 번 사용한 인을 회수하는 것이다. 회수하는 것 외에는 방법이 없다. 석유도 인과 똑같이 언젠가는 지구상에서 완전히 고갈될 자원이지만 석유와 인의 사정은 천양지차다. 이미 세계는 석유가 사라졌을 때를 대비해 수력에너지, 원자력에너지, 수소에너지, 생물연료, 태양에너지, 풍력에너지 등 다양한 대체 에너지를 연구해 왔지만 인은 대체할 만한 자원이 없다.

더욱 안타까운 것은 인광석은 착굴할수록 효율이 떨어져 똑같은 양의 인광석에서 얻을 수 있는 인의 양이 점점 줄고 있다는 것이다. 예전에는 효율이 30%가 넘었던 것에 비해 지금은 인광석 하나당 20% 정도의 인을 얻는 수준이다.

이처럼 대체할 자원도 없고, 그나마 있는 인광석에서 얻을 수 있는 인도 줄어든다면 어떻게 해야 할까? 다행히 한 번 이용하면 재생 사용할 수 없는 석유와 달리 인은 비료로 이용한 후에도 재생해 사용할 수 있다.

인을 재생하려면 인의 이동 경로를 살펴봐야 한다. 비료가 토양에 뿌려지면 인은 식물에 흡수되어 식물을 구성하는 원소가 된다. 비료를 먹고 자란 식물은 식량 자원이나 생물연료로 이용되는데, 식물을 구성하는 인은 공장의 폐기물 혹은 가정 폐수를 통해 빠져나가게 된다. 이 폐수에 섞여 있는 인을 회수하는 것이 우리의 관심사다.

비료를 뿌린 토양에도 인이 있을 텐데, 왜 하필 폐수에서 인을 회수해야 할까?

토양 속에 있는 인은 잘 녹지 않는 난용성의 형태로 존재하므로 인의 순환은 전적으로 식물에 의한 흡수력에 의존할 수밖에 없다. 하지만 그 양은 다시 비료로 이용하기에는 너무 적고, 분산되어 있으므로 식물을 통해 인을 재활용하기에 무리가 있다. 또한 비료의 다른 원소질소, 칼륨와는 달리 지구상에서 기체 상태로 존재하지 않아 순환이 거의 불가능하다. 반면 폐수에는 인이 대량으로 존재한다. 이것이 우리가 폐수에 주목하는 이유다.

하지만 생각만큼 폐수에서 인을 얻기는 쉽지 않다. 폐수를 그대로 사용하면 그 속에 포함된 중금속이 토양을 오염시킬 수 있을 뿐만 아니라 악취가 심하고 부패가 빨라 이용하기가 어렵다. 따라서 폐수에서 인을 효율적으로 얻어낼 수 있는 기술이 필요한 것이다.

아직 우리나라는 인을 회수하기 위한 아무런 준비도 되어 있지 않다. 하지만 유럽에서는 이미 국가 차원에서 정책적으로 인 회수를 장려하고 있다. 1970년대부터 인 회수 사업을 시작한 네덜란드를 포함하여 스웨덴, 핀란드, 독일 등 많은 나라들이 연합해 활발하게 인을 회수하고, 계속 기술을 연구하는 중이다.

우리나라는 아직 인 제거 기술만 가지고 있고 실제로도 하수처리장에서 인을 제거만 하는 형편이다. 인을 제거하면 폐수가 강이나 바다에 흘러들어가 부영양화를 초래하는 것은 막을 수 있지만 인을 회수해 재생할 수 있는 기회도 차단된다. 하루 빨리 인 회수 기술을 도입해야 한다. 또한 인을 효과적으로 회수하려면 정책 기반을 먼저 마련하는 것이 중요하다. 과연 일찌감치 인을 회수하기 시작한 유럽은 어떻게 하고 있을까? 그들의 선진기술, 정책 기반을 배우기 위해 유럽을 탐방했다.

In Europe
유럽의 인 회수 기술에서
한국에의 적용 방안을 찾다

● **독일 JKI, 경제적 이익보다 환경을 위해 기술을 연구한다**

무려 13시간이 넘게 걸려 도착한 곳은 독일의 프랑크푸르트다. 말로만 듣던 프랑크푸르트를 마음껏 구경하고 싶은 마음이 굴뚝 같았지만 다음 날 퀘들린부르크Quedlinburg라는 작은 시골 도시에 있는 JKI라는 기관과 약속이 잡혀 있어 간단하게 프랑크푸르트를 돌아보고 일찍 잠자리에 들었다.

다음날 아침 유레일을 타고 퀘들린부르크에 갔다. 유레일을 처음 타 보는 것만으로도 가슴이 벅찬데, 창밖으로 펼쳐지는 아름다운 풍경은 우리들을 더욱 들뜨게 만들었다. 녹색 벌판과 간간히 보이는 빨간 지붕의 집들과 소떼. 바라보기만 해도 평화롭고 행복했다. 퀘들린부르크에는 약 2시간 후에 도착했다. 기차역이 아주 운치 있었다. 오래된 나무판자에 써 있는 'Quedlingburg'는 마치 영화 속의 한 장면을 보는 듯한 착각을 하게 만들었다.

우리가 처음 방문한 JKIJulius Kuhn-Institut는 독일의 농업 관련 공장을 위한 연방 연구 기관이다. 농업 관련 연구를 하기 때문에 비료로 쓰이는 인을 회수하는 연구도 한창이다. 특히 이 기관은 인 회수에 대한 주요 기술인 WWTPWaste Water Treatment Plant 외에도 다양한 기술을 보유하고 있어 주목을 끌었다.

JKI는 인 회수의 중요성을 여러 번 강조했다. JKI는 정부의 지원을 받고 연구하는 기관이어서 어떠한 프로젝트를 진행하고 계획한 후에 지원을 받으려면 정부

독일 퀘들린부르크에 있는 JKI에서 인 회수의 중요성에 대해 다시금 깨닫게 되었다.

에 보고서를 제출하고 허가를 받아야 한다. 하지만 독일에서도 처음에 인 회수에 관해 연구를 한다고 했을 때 정부에서 잘 이해하지 못했다고 한다. 그래도 포기하지 않고 끈질기게 왜 인을 회수해야 하는지를 논리적으로 설득한 끝에 정부의 동의를 얻고, 2005년부터는 인 회수 기술을 본격적으로 연구할 수 있었다.

현재 JKI의 기술은 경제적인 면보다는 환경적인 면에 더 초점을 맞추고 있다. 연구소가 보유한 기술을 잘 이용해 친환경적인 비료를 만들어 내는 것이 주목표라고 한다. 비록 아직은 인 회수를 통해 얻은 인으로 만든 비료가 기존의 비료보다 효율이 떨어지지만 머지않아 곧 경제적으로도 큰 이득이 될 수 있을 것이란 얘기를 들으면서 인 회수 기술이 미래의 기술이 아니라 현재진행형 기술임을 실감할 수 있었다.

● 인 회수의 중요성을 외치는 벨기에 CEEP를 가다

두 번째로 방문한 벨기에는 탐방 일정이 1박 2일에 불과해 바쁘게 움직여야 했다. 그중 하루는 벨기에 인 회수 기술 기관인 CEEP를 방문하기로 되어 있어 브뤼셀 도시를 구경할 수 있는 시간은 단 하루뿐이었다. 한국에서 유럽 탐방 계획을 세울 때 누군가 브뤼셀은 하루 정도면 전 시내를 볼 수 있다고 말한 것을 곧이곧대로 믿은 탓이다.

짧은 일정에 비해서는 CEEP^{Centre European d'Etudes des Polyphosphates} 탐방도 브뤼셀 구경도 꽤 만족스러웠다. CEEP는 인 회수 개발 사업에 집중하는 기관이었다. CEEP에서는 하수, 폐기물에서의 인 회수, 재사용에 초점을 맞춘 제1회 국제회의를 1998년 5월 영국에서, 2001년 3월에 네덜란드에서 제2회 국제회의를 개최한 적이 있다. 뿐만 아니라 일 년에 4~6번 정기적으로 발행하는 《ScopeNewsletter》라는 간행물을 통해 새로운 인 회수와 재사용에 대한 방법을 찾고 인에 대한 정보를 사람들에게 알려 준다. 이처럼 CEEP는 현

벨기에 브뤼셀 CEEP 입구에서

재 가장 활발히 인 회수에 대한 방법을 연구 중인 기관이다. CEEP와의 인터뷰를 통해 비록 지금은 벨기에를 비롯한 유럽이 인 회수의 중요성을 충분히 인식하고 있지만 그렇게 되기까지 범국가적인 노력이 있었음을 확인할 수 있었다.

CEEP에서의 인터뷰도 좋았지만 자전거를 빌려 타고 돌아본 브뤼셀 시내도 오래 기억에 남는다. 웅장한 고딕 양식의 건물들로 둘러싸인 그랑플라스 광장, 그랑플라스 바로 옆에 있는 오줌싸개 동상, 궁전……. 도시는 크지 않은데 볼거리는 어찌 그리 많은지 지금도 가끔 브뤼셀이 그립다.

🔵 재생 인을 생산하는 그곳! 네덜란드의 SNB

네덜란드는 1970년대에 가축 분뇨에서 인을 회수하는 프로그램을 처음 시작해 1985년부터 1996년까지 대대적인 분뇨조사를 진행한 나라다. 그러나 대규모 프로그램은 결국 실패로 끝이 났다. 그 후 실패를 발판 삼아 현재는 여러 기관에서 대규모로 인 회수 프로젝트를 진행하고 있으며, 1998년에 이미 약 11%의 인을 함유하고 있는 인 알갱이를 약 200톤 정도 생산할 정도로 발전했다.

인 회수 연구와 생산을 주도하는 곳은 'SNB^{Slibverwerking Noord-Brabant}'다. SNB는 매년 400,000톤 이상의 슬러지를 처리한다. 이는 네덜란드 하수 슬러지 중 27%에 해당하는 규모다. SNB의 슬러지 처리 시설은 유럽에서 가장 클 뿐만 아니라 최대한 인간과 환경을 존중하는 친환경적 시설이다.

하지만 SNB에게는 아픈 기억이 있다. 5년 전 Thermphos사와 함께 인 회수 시설 설치를 시도한 적이 있었으나 철의 양이 너무 많아서 실패했다고 한다. 그래도 실망하지 않고 노력한 끝에 철 허용 정도를 0.02%에서 0.2%로 높임으로써 문제를 해결하고 지금의 SNB를 만들 수 있었다.

네덜란드 뫼르딕의 SNB 공장 곳곳을 살피는 중

  SNB를 방문하기 전에는 인 회수 시설을 갖추려면 어떤 지형 요건이나 물질 상태 등과 같은 조건이 필요할 것이라 생각했는데, 인터뷰를 해 보니 의외로 그런 조건은 없었다. 다만 인 회수 과정 중 슬러지를 태우는 과정이 있기 때문에 이를 고려하여 최적의 조건을 찾는 것이 중요하다고 조언해 주었다. 나라마다 특성이 다르기 때문에 우리나라에 이 기술을 도입할 때는 우리나라의 환경과 특성에 맞게 시설 설비 장소를 선택해야 한다는 소중한 정보를 얻을 수 있었다.

  또한 놀랍게도 현재 SNB는 국가로부터 경제적으로 독립을 했다고 한다. 국가에서 경제적인 지원은 전혀 받고 있지 않다는 것이다. 시민들에게서 받은 세금으로 공장이나 시설을 운영한다고 한다.

  SNB에서 사용하고 있는 인 회수 기술이자 가장 효율적인 인 회수 방식은 'WWTP 방식'이다. 하수 슬러지로부터 회수된 인은 P_2O_5의 형태로 추출되는데

18~19%의 효율을 보인다. 기존 인광석에서 추출되는 인이 30~38% 추출되는 것에 비하면 적은 양이지만 현재로서는 가장 적절한 방법이라 본다.

SNB와 인터뷰를 하면서 인 회수 기술을 도입하는 것이 우려했던 만큼 어려운 일만은 아니라는 생각이 들었다. 인 회수 기술은 규모가 크지만 그에 비해 비용이 많이 들지 않고, 현재 가지고 있는 인프라를 사용할 수 있다는 장점을 지닌다. 기술보다 인 회수의 중요성을 인식하지 못하는 게 더 큰 문제라 느끼며 네덜란드를 떠났다.

🔵 핀란드 Helcom, 발트 해 환경문제에 앞장서다

핀란드는 발트 해의 환경문제를 해결하는 데 중심 역할을 하는 나라다. 최근 발트 해에서 인으로 인한 부영양화가 심해지면서 이를 방지하기 위해 인을 회수하고 상용화하는 방법을 연구하기 위해 핀란드가 발 벗고 나선 상태다. 인 회수와 같은 문제는 한 나라만의 문제가 아니라 전 세계적인 문제이기 때문에 여러 나라와 협력하여 연구 중인 핀란드는 좋은 본보기가 되기에 충분하다.

현재 발트해의 부영양화와 오염물질을 분석해 발트해를 보호하는 데 동참하는 국가는 핀란드 외에도 덴마크, 독일, 폴란드, 리투아니아, 라트비아, 에스토니아, 러시아, 스웨덴, 노르웨이 등 주로 발트 해를 둘러 싼 국가들이다. 핀란드는 Helcom^{The Helsinki Commission}이라는 기관이 핀란드를 대표해 발트해 보호에 나서고 있다. Helcom의 미래 비전은 환경적, 경제적, 사회적인 넓은 범위에 걸쳐서 다양한 해양 생태계를 조절하고 발트 해를 건강하게 유지시키는 것이다.

Helcom에서 들은 부영양화의 피해는 끔찍했다. 인이 유출돼 부영양화가 나타나면 복구하기까지 35~40년 정도가 걸린다고 한다. 이처럼 피해가 너무 크고

발트 해 보호에 앞장 서고 있는 핀란드 헬싱키의 Helcom에서는
전문가의 친절한 설명 덕분에 더욱 인상 깊었다.

복구 기간도 오래 걸리기 때문에 미리 정책적으로 예방하는 방법이 가장 안전하다는 게 Helcom의 생각이다. 실제로 발트 해 주변 국가들은 이미 제도적인 장치를 마련해 인의 유출을 금지했거나 줄이도록 하고 있다.

그에 비해 우리나라는 제도적 장치는커녕 '인'의 존재조차 모르는 사람들이 많다. 그래서 어떻게 하면 인 회수에 관련된 문제를 이슈화 시키고, 일반인들에게 널리 알릴 수 있는지를 물었다. Helcom은 정치인들에게 연락하는 것도 좋은 방법이고, 온라인 상에서 블로그 등으로 홍보를 하거나 전문 사이트에서 정보를 제공하는 것도 좋은 방법이라고 했다. Helcom와 인터뷰를 하면서 블로그나 전문 사이트를 통해 인 회수의 중요성을 홍보하는 것은 우리도 얼마든지 할 수 있겠다는 생각이 들었다.

06

건물 설계부터 관리까지, BIM이 책임진다

이경주, 한경수, 정진영, 문수인 ●고려대학교 대학원

3D 아바타를 관람한 사람은 3D의 놀라운 세계를 알 것이다. 평면적인 2D에서는 상상도 할 수 없었던 세계. 마치 자신이 영화 속 현장에 들어간 것처럼 모든 것이 생생하다. 이 3D의 놀라움이 건축에도 이어지고 있다. 2D 일색이었던 건축 설계가 3D로 전환하기 시작한 것이다. CD로 제작된 설계도는 자체가 완공된 건물을 그대로 찍어 놓은 것처럼 입체감이 넘친다.

보기에만 좋은 것이 아니다. 3D로 설계하면 2D 설계에서는 알 수 없었던 설계 및 시공 과정에서 발생하는 문제점을 예측할 수 있다. 또한 건축과 관련된 모든 정보를 데이터베이스로 만들어 설계는 물론 시공, 유지 관리까지 통합적으로 관리할 수 있는 길이 열렸다. 이처럼 건축의 패러다임을 바꾸는 시스템의 중심에 'BIM'이 있다.

Why?
BIM, 이제는
선택이 아닌 대 세 다!

아직까지 우리나라에서 BIM은 생소한 개념이다. 건축사무소가 BIM에 눈을 뜨고 설계에 적용하기 시작한 것이 2006년이고, 불과 몇 년 전부터 BIM을 실제 건축에 적용하기 시작했으니 아직은 첫걸음도 떼지 못한 초보 단계라 할 수 있다.

하지만 해외의 상황은 다르다. 유럽에서는 2000년대 중반, 이미 50% 이상의 건축프로젝트가 BIM을 적용했고, 미국에서도 2006년부터 연방 조달청이 모든 프로젝트에 BIM 적용을 의무화했다. 심지어 건설 프로세스에 관해 한 수 아래로 여겼던 중국조차 2008년 베이징올림픽 주경기장과 국제수상경기센터를 건설할 때 BIM을 전격 도입해 국제 건축계에 신선한 충격을 주었다.

최근 우리나라도 BIM의 필요성을 인식하고 도입하려는 움직임이 많아지고 있다. 서울시는 2009년 9월 BIM 기술의 도입을 공식 발표한 이후 시범적으로 상암동 IT컴플렉스 건립공사에 BIM을 적용하고 있다. 또한 대형 건설사와 건축사무소를 중심으로 민간 부문에서 BIM 적용을 위한 다양한 실험을 하고 있다.

대체 BIM이 뭐길래 건축의 패러다임을 송두리째 흔들고 있는 것일까? BIM^{Building Information Model(s)/Building Information Modeling}은 건물의 초기 개념 설계부터 유지 관리 단계에 이르기까지 건물의 전 수명주기 동안 다양한 분야에서 적용되는 모든 정보를 생산, 관리하는 기술을 의미한다.

하나의 건축물이 탄생할 때까지 상당히 다양하고 복잡한 과정을 거친다. 건축설계, 구조설계부터 실제 건물을 짓고, 내부 인테리어를 디자인하는 등 공정이 복잡하다. 또한 아무리 설계를 꼼꼼히 해도 실제 공정에 들어가면 미처 예측하지 못하는 갖가지 문제점이 드러나기 마련이다. BIM을 도입하면 이런 문제를 상당 부분 해결할 수 있다. CAD 도면에서 구현되는 정보를 3D의 입체 설계로 전환하고 3D의 가상 세계에서 미리 건물을 디자인하고 시공해 보는 과정을 모델링해 봄으로써 이후 발생할 수 있는 문제점을 미리 예측하고 수정할 수 있다.

정보를 공유하고 소통하기도 쉽다. BIM을 도입하지 않은 프로세스에서는 각 단계별로 따로 소통할 수밖에 없는 구조다. 하지만 BIM 프로세스는 가운데에 커다란 단일 BIM 모델^{3D 가상모델}을 기준으로 함께 소통할 수 있다. 건설 프로세스의 전 과정에서 효율적으로 정보를 교환하고 협력할 수 있는 환경이 만들어지기 때문에 불필요한 시행착오를 줄여 공사 기간을 단축시킬 수도 있다.

또한 BIM은 3D 입체 설계가 가능하기 때문에 자유롭게 다양한 디자인을 개발할 수 있다. 또한 2D 설계는 시공 후 정보로서의 역할이 거의 끝나지만 BIM은 모든 과정에서 발생하는 정보가 축적되어 사후 관리는 물론 다른 건축물을 설계할 때 유용한 자료로 활용할 수 있다.

경제적인 비용 절감 효과도 크다. BIM을 적용해 만든 중국의 올림픽수영장은 당초 예상 비용이 125만 달러였는데, 75만 달러의 비용을 절감할 수 있었고, 영국 로체 본사는 예상 비용 5천만 파운드 중 8백만 달러를 절감했다. 이만하면 BIM 바람이 점점 거세지는 이유가 분명하지 않을까?

현재 유럽은 BIM 분야에서 선두를 달리고 있다. BIM을 적용한 우수 사례로는 독일 뮌헨의 벤츠 박물관^{Benz Museum}과 BMW 박물관^{BMW Welt}, 핀란드의 HUT600 ^{헬싱키 기술대학교 오디토리움}과 FMO^{Finnforest Modular Office}, 영국의 웸블리 경기장^{Wembley Stadium}, Swansea sail bridge, 런던 시청 등이 있다. BIM을 적용한 건물은 무엇이 다른지, 또 BIM을 훌륭히 적용한 나라의 기술력은 어느 정도인지 궁금해 영국, 독일, 핀란드를 탐방하기로 결정했다.

유럽의 건축에서
한국 BIM 적용의 실마리를 찾다

● 영국에서 BIM 선두주자 ARUP를 만나다

유럽의 첫 탐방지는 영국 런던에 있는 ARUP이었다. 부푼 꿈을 안고 런던에 도착한 우리는 생각보다 화창한 날씨와 낯선 공간에 대한 설렘으로 가득했다.

우리의 관심을 끌었던 런던시청은 그야말로 정밀도의 극치를 보여 주는 건축물이다. 설계자인 노먼 포스터Norman Foster는 시청사에 BIM을 적용해 소수점 6자리까지 계산하는 초정밀 설계를 달성했다. 시공 단계에서 정밀도 확보를 위해 수백 개의 레이저 포인트를 구사하며 시공 오차를 15mm까지 줄였다고 한다. 이러한 레이저 포인트는 BIM 모델에서 바로 추출했으며 BIM을 사용하면 설계 및 시공의 정밀도를 극적으로 향상시킬 수 있음을 런던 시청이 여실히 보여 주고 있다.

ARUP에서는 토니를 만나 많은 이야기를 나누었다. ARUP은 세계 곳곳에 여러 지사를 둔 설계회사로 아키텍처, 엔지니어링 등을 담당하고 있다. 중국 베이징의 CCTV, 베이징 경기장, 수영장 등 비정형 건물과 세계 곳곳에 초고층 건물을 설계하기도 했다.

건축물을 지으려면 다양한 분야가 서로 협력해야 하므로 협력 업체가 사용하는 소프트웨어와의 호환성이 매우 중요하다. 현재 건설 업계가 표준으로 채택한 것은 IFC지만 IFC는 문서화documentation와 조정coordination에 중점을 두어 이것만으로 디자인 옵션을 검토하기는 어렵다. 또한 IFC는 움직이는 속도가 느려 적

영국의 Arup사에서 BIM에 대한 실질적 정보를 듣는 것도 좋았지만 탐방 내내 친절하게 배려해 준 경비 아저씨 덕분에 탐방이 더욱 즐거웠다.

기에 협력 업체의 소프트웨어로부터 필요한 정보를 얻지 못하는 불상사가 발생할 수도 있다.

이런 문제를 해결하기 위해 ARUP은 자체 개발한 'Design Link'를 사용해 프로그램간 호환성을 해결했다. 'Design Link'는 주로 초기 디자인과 최적화 프로세스에 초점을 맞추고 있기 때문에 이러한 문제들을 해결할 수 있다.

ARUP의 대표적인 작품은 'Melbourne Rectangular Pitch Stadium'과 'Heathrow 공항 제5 터미널의 관제탑'이다. 스타디움은 콘셉트 단계에서 시공까지 가상 3D를 사용했다. 지붕은 자연광과 통풍을 최대화 해 달라는 요구 때문에 기하학적 구조로 설계되었다. 또한 곡률과 높이가 서로 다른 24개의 모델을 비교 분석하여 가장 효율적인 모양을 찾아냈다. 이러한 최적화를 통해 유사한 다른 경기장의 지붕에 비해 50%가량의 경비를 절감했다고 한다.

히드로Heathrow 공항 제5 터미널의 관제탑은 관제탑 건설이 공항 운영을 방해하거나 사고를 일으키지 않도록 4D 시공으로 계획되었다. 시간 변수를 추가한

4D 모델 시뮬레이션은 공항을 운영하는 도중 건설을 하는 것이 어떤 영향을 미칠지 보여 준다. 이 모델로 충돌을 예상해 냈고 여러 발생 가능한 문제점에 대한 해답을 미리 제시함으로써 250만 파운드를 절약할 수 있었다.

ARUP을 탐방해 BIM에 관련된 많은 정보를 얻을 수 있었던 것도 좋았지만 우리에게 친절의 정석을 아낌없이 보여 준 경비 아저씨가 기억에 많이 남는다. ARUP에서 인터뷰를 마치고 내려온 우리는 하루 전 잃어버렸던 물건을 경찰서에 보고하러 가야 했다. 경비 아저씨께 도움을 요청했는데, 구글에서 직접 전화번호를 찾아 위치를 물어 보고 친절하게 설명해 주었다.

● 독일 네메첵, BIM 기술발전에 앞장서다

두 번째 탐방지였던 독일의 네메첵NEMETSCHEK은 한국에서 연락을 했을 때 가장 호의적으로 방문을 환영해 주었던 곳이다. 그래서인지 독일 뮌헨으로 가는 내내 마음이 설레었는데, 역시 뮌헨은 우리의 기대를 저버리지 않았다. 거리는 깨끗했고, 거리를 지나는 사람들마다 친절한 미소를 짓고 있었다. 맥주와 음악 연주가 흘러넘치는 활기찬 도시에서 우리는 독일 BIM의 선두주자 역할을 하는 네메첵을 방문했다.

독일은 기술적으로는 BIM의 발전에 크게 기여했지만 실무에서는 기대했던 것만큼 BIM을 많이 사용하지 않았다. 아직까지 건물을 만들 때 3D보다는 2D나 21/2D을 더 선호하고, 아키텍처와 엔지니어가 따로 일해 협조가 잘 안 되기 때문이다. 또한 BIM이 의무사항이 아니기 때문에 동기부여를 잘 받지 못하는 것이 BIM의 발전을 가로막고 있다.

하지만 독일의 기술력은 그 어떤 나라에도 뒤지지 않는다. 네메첵이 그것을

독일 BIM의 선두주자 역할을 하는 네메첵에서 BIM에 대한 상세한 설명을 들을 수 있었다.

증명한다. 네메첵은 독일의 BIM 프로그램 개발 기업으로, BIM 안의 기술 문제를 해결하기 위해 독일 내에서 중추 역할을 하는 선도적 기업이다. 설계에서 구조, 건설 단계까지 모든 정보를 총체적으로 관리할 수 있는 'Allplan'이라는 소프트웨어를 구현해 냈으며 IFC 기능을 강화하기 위해 만들어진 ISG에서 활동하고 있다.

Allplan은 설계에서 시공까지 동일회사의 프로그램을 이용할 수 있다는 장점을 지닌다. 또 다른 BIM 툴인 'Tekla'의 경우 Allplan같이 디자인하는 기능이 없기 때문에 타 프로그램을 이용해 모델링해야 한다. 또한 Allplan은 IFC를 이용해 다른 소프트웨어들과 호환함으로써 전반적인 프로세스에서 모델데이터를 교환할 수 있고, Allplan의 빌딩 모델을 직접적으로 전달할 수 있어 편하다.

네메첵이 설계한 대표적인 건물로 '알리안츠 아레나' 경기장을 들 수 있으며 이는 2006년 FIFA 월드컵 때 세계 축구인뿐만 아니라 건축계의 시선을 집중시켰다. 건축 계획 단계에서 BIM을 적용, 사업 비용을 조기에 결정하고 설계, 시공 과정에서 수시 변경하는 부분을 최소화하는 등 손실을 줄였다는 평가를 받고 있다. 특히 알리안츠 아레나 경기장의 RC 슬래브^{연면적 5만 6,000㎡}의 설계에서 BIM의 효험을 톡톡히 보았다고 한다.

🔵 핀란드에서 BIM의 화려함에 넋을 잃다

핀란드에서 BIM은 상당히 발전해 있었다. 1990년대에 BIM의 씨앗이나 마찬가지인 아키캐드^{archicad}를 이용했고, 2000년부터는 BIM을 의무화하고, 정부가 앞장서 프로그램 개발을 적극 지원하면서 대폭 성장했다.

제일 먼저 방문한 테클라^{TEKLA}는 30년 전부터 BIM을 실현시키기 위해 프로그램 개발에 앞장서 왔고, 그 결과 테클라 프로그램은 접합부를 상세하게 표현하는 데 가장 많이 사용하는 소프트웨어가 되었다. 물론 테클라가 우수한 프로그램을 만든 데에는 국가의 든든한 지원이 중요한 역할을 했다.

테클라는 처음부터 BIM의 아이디어를 가지고 작업해 왔다고 한다. 한 번도 단순한 문서, 도면을 만들어 내는 것을 목표로 하지 않았다. 단순한 3D 모델링을 넘어 건물의 행동, 거동까지 컴퓨터 안에서 모델링하는 것을 추구한다. 또한 BIM의 핵심은 정보를 모델링하는 단계를 훨씬 뛰어 넘었으며 프로젝트 간 정보를 어떻게 교환하는가에 초점을 맞춰 연구 중이라고 했다.

두 번째로 방문한 토코만TOCOMAN은 자신만의 시공, 관리 프로그램으로 500개가 넘는 건물을 설계한 유서 깊은 회사다. 토코만의 프로그램은 핀란드의 시공회사 YIT에서 이용하는데, 다른 프로그램에 비해 인지도가 낮은 편이다. 하지만 최근 영국과 일본이 고객으로 등록하면서 조금씩 영역을 확장하고 있다.

토코만의 프로그램은 타 프로그램에서 모델링한 파일을 가지고 견적과 물량 산출을 할 수 있기 때문에 다른 프로그램과의 연동이 중요하다. 아직까지 100% 호환은 되지 않으므로 수작업이 필요하며, 토코만에서도 이런 문제를 해결하기 위해 노력 중이라고 한다.

마지막 탐방 기관이었던 Senate Properties에서는 우리의 주제인 BIM 실현을 몸소 체험할 수 있었다. Senate Properties는 핀란드 재무부 산하에 있는 정부 발주기관으로, 핀란드 부동산 자산을 관리하고 공공발주를 담당한다. 이곳에서는 핀란드 현 BIM 단계와 현재 발전 양상에 대해 들을 수 있었다. 또한 우리나라의 LH, SH와 같은 발주기관이므로 발주기관에서 어떠한 가이드라인과 조항을 사용자들에게 제시하고 있으며 의견 수립에 어느 정도 힘쓰고 있는지도 함께 알아보았다.

Senate Properties의 BIM 가이드라인은 구체적이었다. 이미 설계, 구조, 설비, 유지 관리 등 각 부분에 대한 상세한 가이드라인을 제시하고 있었고, 핀란드

핀란드의 BIM 가이드라인을 제시하는 Senate Properties에서 우리나라에 적용할 수 있는 다양한 방법을 알 수 있었다.

어뿐만 아니라 영문 버전도 마련해 놓은 상태였다. 핀란드의 BIM 가이드라인은 Senate Properties의 정책에 의해 개발되며, 실무에 널리 활용되고 있다. 핀란드 가이드라인은 BIM 모델의 재이용 부분까지 다루고 있다는 점이 인상적이었다. 설비 장비를 교환할 때 BIM 모델을 이용하거나 분석 모델 소스로 이용하고, 다른 BIM 모델과 통합시켜서 다른 모델을 생성, 유지 관리까지 하는 등 다양한 분야에서의 재사용을 권고하고 있었다.

BIM을 이용한 공공발주는 모델 체킹 시스템을 통해 설계, 구조, 건설 등의 빌딩 프로세스를 매달 보고해야 하는데, BIM 가이드라인은 실무자들이 모델 체킹 시스템이 요구하는 조건들을 적절히 충족시킬 수 있도록 친절한 지침서 역할을 하고 있다.

핀란드는 고등학교 때부터 BIM 교육을 실시하며, 전문 인력 양성소, 인턴 등 정부에서 적극적으로 교육 및 보급을 실시하고 있었다. 현재 우리나라에서도 대학교 과목으로 개편되고 있지만 교수와 실무자들조차 아직 BIM에 대한 이해가 부족한 상태라 핀란드의 BIM 교육체계가 부럽기만 했다. 하루 빨리 우리나라에서도 BIM이 꽃피울 수 있기를 바라며 핀란드에서 마지막 밤을 보냈다.

07

날씨도
비꿀 수 있는
미래가 온다

김혜수, 최유미, 이은정, 황덕현 ●부산대학교

2008년 8월의 중국 베이징을 기억하는가? 당시 베이징은 올림픽 개막을 앞두고 대기오염과 힘겹게 씨름하고 있었다. 한 마라톤 선수가 베이징에서 뛰다가 죽고 싶지 않다며 출전을 포기했을 정도로 베이징의 대기오염은 악명이 높았다. 높은 습도와 하늘을 뿌옇게 뒤덮은 연무는 좀처럼 사라지지 않았다. 하지만 중국은 성공적으로 개막식을 열었다. 수차례 인공 강우를 실시해 베이징 상공의 대기오염을 거둬 낸 덕분이다. 이제 비와 눈이 내리는 것은 100% 자연 현상이 아니다. 인간이 비, 눈, 안개를 조절할 수 있는 시대가 되었다. 미국은 이미 오래전부터 대평원이면서 최대의 곡창지대인 텍사스에서 기상조절 기술을 활용한 인공 강우를 실시해 부족한 수자원을 확보하고 있다. 그 현장을 보기 위해 미국으로 갔다.

기상조절로 이상기후도 잡고, 에너지도 얻는다

단 한 시간 만에 집이 잠길 정도의 폭우가 쏟아지고, 몇 년씩 비가 오지 않아 풀 한 포기 자랄 수 없을 정도로 땅이 갈라지며, 목마름에 지친 생명들이 가엽게 쓰러지는 일들이 세계 곳곳에서 벌어지고 있다. 우리나라도 예외는 아니다. 사계절이 분명했던 우리나라의 기후도 어느새 봄과 가을이 자취를 감추고 여름과 겨울만 있는 아열대성 기후로 바뀌고 있다.

기상이변은 이변으로만 끝나는 것이 아니라 살아 있는 모든 생명을 위협하고 지구를 파괴하는 것으로 이어진다. 예전처럼 기후를 그저 하늘의 뜻이라 여기고 살기엔 기상이변이 점점 심해지고, 이로 인해 생태계가 급속도로 파괴되고 있어 대책이 필요하다. '기상조절 기술'이 주목을 받는 이유도 여기에 있다.

'기상조절'은 특별한 목적을 가지고 어떤 지역의 안개나 구름, 강수 등의 기상 변화를 일으키는 것을 말한다. 대표적으로 인공 강우, 인공 증설, 안개 소산, 우박 억제, 폭풍우 완화 등이 있다. 기상조절 기술은 미국, 멕시코, 호주, 태국, 이스라엘, 러시아, 중국, 일본, 아르헨티나, 그리스, 남아프리카공화국 등 세계 37개국에서 총 150여 개의 다양한 프로젝트를 수행하고 있다. 현재 진행되는 기상조절 프로젝트는 거의 인공 강우 분야지만 우박 억제와 폭우 완화 등의 연구로 범위를 넓히고 있고, 활용도도 대기질 개선 및 산불 예방 등으로 높아지는 추세다.

기상조절은 단순히 기상이변으로 인한 자연재해를 예방하는 것으로 끝나지 않는다. 기상조절 기술을 잘 활용하면 날씨를 이용해 신재생 에너지를 개발할 수도 있다. 예를 들어 현재 수자원을 확보하기 위해 해수를 담수로 전환하는 방법을 주로 사용하는데, 이 방법은 이상기후의 주범인 탄소를 필요로 한다. 반면 현재 우리나라에서 연구 중인 인공 증설과 안개 소산 기술이 실용화된다면 자연의 힘을 최대한 이용해 수자원을 확보하는 것이 가능해진다.

기상조절 기술과 시장을 주도하고 있는 나라는 미국이다. 민간 기업들의 수준도 세계적이지만 정부의 의지도 매우 강하다. 정부가 직접 진행하는 프로젝트는 구름 및 강우 수치 모델 연구개발, 연구용 항공기와 각종 구름물리 측정장비 관리, 새로운 구름씨 개발, 최신 레이더를 이용한 인공 강우 실험의 적정 조건 결정 및 효과 평가 기술개발 등의 기초 연구 부문이다. 많은 비용과 시간이 필요한 연구 프로젝트를 정부가 맡아서 진행하고 있는 것이다.

기상조절 기술을 선도하고 시장을 주도하고 있는 미국의 기업과 학교를 방문해 그들의 경쟁력이 어디에서 나오는 것인지, 또 세계 시장을 주도하고 있는 미국의 수준은 어느 정도인지 알아보기 위해 미국으로 향했다.

In USA

미국의 학교와 기업에서

기상조절의 기술을 엿 보 다

● **Texas A&M 대학에서 인공증우에 한걸음 더 가까이 가다**

미국에서의 일정은 빡빡했다. 2주 안에 미국 중부를 가로지르며 3개의 주와 6개 도시 9개 기관을 방문해야 했다. 우리들의 탐방은 휴스턴Houston에서부터 시작됐다. 첫 탐방지인 Texas A&M 대학은 대평원의 남쪽 끝 텍사스에 위치하며 미국에 있는 대학 가운데 캠퍼스가 가장 넓고, 서울시 면적의 2배 가까이 된다.

첫 탐방지에서는 현재 우리의 스승인 서경환 교수의 은사인 케네스 보우먼 Kenneth Bowman 교수를 만났다. 선진 '기상조절 기술'을 체험하러 온 '제자의 제자들'이 대견해 직접 스케줄을 짜고 선물까지 준비했다고 한다. 텍사스 A&M 대학 기상학과 학과장인 보우먼 교수가 미리 잡아 둔 일정에 따라 단 칼린스Don Collins 교수, 앤드류 데슬러Andrew Dessler 교수, 핑 양Ping Yang 교수 등을 만나 기상조절 기

첫 번째 탐방지인 Texas A&M 대학교에서 보우먼 교수님과 유쾌한 미팅 시간을 가졌다.

술의 학술적인 내용, 각종 장비에 대한 설명, 기상조절 기술이 더욱 실용화되기
위해 연구해야 할 과제 등을 배우고 토론했다. 특히 에어로졸의 특성 및 영향에
대해 연구하고 있는 칼린스 교수는 에어로졸 분석기기인 TDMA를 개발했다. 칼
린스 교수와는 우리가 국내 탐방 도중 얻게 된 국내 기술 도입과 실험 결과 보고
서에 대해 토론할 기회도 가질 수 있었다.

보우면 교수는 기상조절 분야 중 인공 증우의 경우 아직까지는 효과 검증이 어
렵다고 말하며 검증하려면 실험자와 실험장비가 항상 같은 조건을 만들어야 한
다고 강조했다. 또 이때 구름씨를 뿌린 것과 뿌리지 않은 것, 즉 비교군과 대조군
이 있으면 조금 더 과학적인 의미를 가질 수 있지만 서로 영향을 주지 않는 거리
에 위치하면서 같은 조건의 구름을 선별하는 것은 매우 어렵다고 한다.

수증기와 기후 변화의 연관성을 연구하고 있는 데슬러 교수는 시딩Seeding이 구
름의 발달에 영향을 주는 것은 확실하다고 전제했다. 하지만 변화가 어떻게 일어
날 것인지, 기상 상태에 어떤 영향을 미치는지에 대한 과학적인 답을 얻으려면
더 많은 연구가 필요하다고 한다. 대기 중에 어떤 에어로졸이 얼마나 있는지에
따라 구름의 특성이 달라진다고 말하는 칼린스 교수는 기상조절을 시도하기 전
에 대기질을 먼저 분석해 해당 지역에 구름씨를 뿌릴 경우 구름이 어떻게 반응하
는지를 예측할 수 있어야 하고 그에 맞는 매뉴얼을 만들어야 한다고 강조했다.

● 14년째 텍사스에서 인공증우를 시행해 온 'STWMA'에 가다

텍사스에서 인공 증우를 시행하는 여러 자치주들이 모여 네 개의 기상조절 연합을
이루고 있는데 그중 하나가 STWMASouth Texas Weather Modification Association다. 주정부
와 Water District에서 5:5로 자금을 지원하고 있는 STWMA는 두 명의 기상학자

와 두 명의 파일럿 그리고 기술자가 근무하고 있으며 14년째 서부 텍사스 지역에서 인공 증우를 시행하고 있다. 항공기 유지 보수, 플레어Flare, 인건비 등 모든 비용이 포함된 인공 증우 시행 비용은 3.75cents/acre다.

인공 증우는 이론적인 배경도 중요하지만 시행하려는 지역의 특성에 따라 큰 차이가 있는 분야다. 따라서 인공 증우가 필요한 지역에서 다년간의 연구를 통한 데이터 축적이 중요하다. STWMA가 위치한 플레즌턴Pleasanton은 구름의 아랫부분을 1km, 섭씨 0℃ 부분을 4.5km, 구름의 최고 높이를 6km로 설정하고 있다.

STWMA에서 인공 증우를 시행하는 두 가지 방법에 대해 자세히 들을 수 있었다. 차가운 구름 영역cold part에 구름씨를 뿌리는 방식인 톱 시딩Top Seeding과 따뜻한 구름 영역warm part에 구름씨를 뿌리는 방식인 베이스 시딩Base Seeding이다. 톱 시딩은 구름의 윗부분에서 플레어를 쏘아 차가운 구름 영역에 있는 빙정에 바로 반응하게 함으로써 빠른 결과를 얻을 수 있는 반면 비행 고도가 높아 큰 비행기가 필요하고 비용이 많이 든다. 베이스 시딩은 구름의 아래쪽에서 따뜻한 구름 영역 부분에 플레어를 쏘며 상승기류를 이용해 구름을 성장시키는 방법인데 반응 시간이 길지만 저고도여서 비용이 덜 든다는 장점이 있다. STWMA에서는 베이스 시딩을 해왔으며 현재 톱&베이스 시딩을 동시에 시행하는 방법을 시도하고 있다.

시행과 연구 결과 분석 및 검증에는 TITANThunderstorm, Identification, Tracking, Analysis, and Nowcasting이라는 레이더 소프트웨어 프로그램이 이용된다. 인공 증우

텍사스의 STWMA에서 기상학자 Todd와 인공 증우에 대한 심도 있는 이야기를 나누었다.
기념으로 기상조절에 사용되는 비행기 시승까지 할 수 있었다.

결과 분석 및 검증에는 다섯 가지 요소의 그래프 변동oscillation을 보고 판단하며 인공 증우를 한 구름과 하지 않은 구름 간의 그래프 변화 분석을 통한 변화비율을 본다. 이처럼 꾸준히 인공 증우 실험을 하며 데이터를 축적하고 발전시키는 모습을 보니 부러운 마음이 들었다.

SOAR에서 기상조절 실험에 참여하다

SOAR^Seeding Operations & Atmospheric Research는 서부 텍사스 플레인즈Plains에 위치한 기상조절 및 대기분석 전문업체다. 넉넉한 풍채인 개리 워커Gary Walker는 인터넷에서 찾았다면서 한국말로 "반카우요, 요미반가워요. 유미" 하며 우릴 맞이했다. 우리는 여기서 실제 비행기를 타고 기상조절 실험에 참여하는 귀한 체험을 할 수 있었다.

학교와 기관 그리고 기업들과의 공동연구를 벌이고 있는 SOAR는 미국내 텍사스, 뉴멕시코, 캘리포니아에서 기상조절 업무를 수행하고 있으며 해외에서는 인도, 아르헨티나, 터키에서 대기분석 및 기상조절에 관한 연구 프로젝트를 진행하고 있다. SOAR가 보유하고 있는 항공관측기 샤이엔 2는 기초적인 기상 관측기, 난류 플럭스 관측기, 미기상 규모의 역학센서, 화학분석기 등의 장비를 탑재하고 있는데, 구름의 특성과 구성을 데이터화하고 그 안에서 일어나는 열역학적 환경 변화를 공중에서 직접 측정할 수 있다고 한다.

세계 최대의 곡창지대인 이 지역은 수자원의 확보가 매우 중요하다. 근처에 강이나 호수가 없어 빗물 의존도가 아주 높다. 따라서 인공 증우를 꾸준히 연구, 수행해 미래 수자원 확보에 힘쓰고 있다. 농업을 위한 관개시설도 함께 관리하는데 인공 증우 비용은 주민들의 세금으로 조성된 수자원 관리 예산을 사용한다.

SOAR는 예전에는 톱&베이스 시딩을 동시에 했지만 현재는 톱 시딩만 한다. 캘리포니아는 겨울에 록키산맥에 인공 증설로 눈을 내리게 해 수자원을 확보하고 있는데 그 사업을 SOAR가 맡고 있다.

또 우박 억제를 위한 사업도 수행하고 있다. 우박 억제는 어려운 기술 중 하나다. 플레어를 탑재한 여러 비행기들이 고도별로 다양한 방향에서 플레어를 발사하는데, 보통 인공증우에는 최대 20개의 플레어를 쓰는 것에 반해, 우박 억제에는 100개 이상을 사용한다. 우박 억제는 레이더에 관측된 호우Heavy rain나 우

실험 비행에 참여할 수 있도록 배려해준 Gary와 파일럿

박^{Hail}일 가능성이 있는 높은 반사도를 가진 구름을 공격^{attack}해 우박이 형성되기 전에 비로 내리게 하거나 우박의 크기를 줄여 피해를 줄이는 것이다. 우박 억제 기술은 폭우 억제에도 적용할 수 있다.

● 세계 유일 위상배열 레이더가 있는 곳, OU&NWC

NWC$^{National\ Weather\ Center}$가 자리잡고 있고 세계에 하나밖에 없다는 위상배열 레이더가 있는 오클라호마 주에는 오클라호마대학교 $^{University\ of\ Oklahoma}$ 기상학부와 수많은 연구실, 세계적 규모의 기상산업회사가 밀집해 있다. 이곳에 파견된 우리나라 기상청 기상선진화사업단의 파견팀장인 남재철 박사를 만나보았다.

오클라호마대학교 기상학부$^{The\ School\ of\ Meteorology\ at\ University\ of\ Oklahoma}$는 300명이 넘는 학부생과 120여 명의 대학원생을 보유해 미국에서 규모가 가장 크며, 중규모와 악기상 연구 분야는 미국 내 1위다. 100여 개의 대기과학 학위 수여기관 중 7위 안에 들 정도로 권위를 지녔는데 4학년의 절반 이상이 NWC 산하 기관에서 인턴으로 일하는 등 체계적인 교육 시스템을 갖추고 있다.

NWC는 오클라호마 대학과 NOAA 그리고 주정부가 지구대기에 발생하는 현상들의 이해를 높이기 위해 협약을 맺어 만든 독특한 연합이다. 오클라호마 대학교에 있는 시설은 정부기관과 학교가 함께 사용하며 여러 가지 연구 프로

(맨위) 세계 하나밖에 없는 오클라호마의 위상배열 레이더 앞에 서
니 뭔가 뿌듯함이 느껴졌다.
(아래) 오클라호마대학교에서 우리를 도와주신 Snow 교수님, 정
영선 박사님, 남재철 박사님과 함께(순서는 왼쪽 위부터 시계 방향
으로)

그램을 수행하고 있다. 여기서는 이론적인 연구 진행과 민간사업, 새로운 예보 시스템의 발달 그리고 여러 실험을 진행한다.

우리나라 기상청도 오크라호마대학교와 협약을 맺고 다양한 협력사업을 추진하고 있다. 우리나라 기상청과 OU&NWC와의 협력 분야는 선진레이더기상학Advanced Radar Meteorology, 경보예보교육 시스템Warning Decision Training System 현재예보기술Nowcasting technologies, 기타 협력Partnership 등이다.

● ICE에서 기술 상업화의 중요성을 배우다

노스다코타에 위치한 ICEIce Crystal Engineering, LLC는 우박 억제, 인공 증우, 인공 증설 그리고 안개 소산을 위한 기상조절용 플레어를 제조해 공급하는 업체로 세계에서 가장 큰 플레어 제조회사다.

다음에 방문할 WMI의 직원도 ICE 견학에 동행했는데 같은 지역 내의 회사인 만큼 서로 긴밀한 관계를 유지하고 있었다. 세계 최대 기상조절회사인 WMI와 플레어 전문 제조사 ICE가 노스다코타에 함께 위치하여 서로 긴밀히 연계하면서 기상조절사업에서 각각의 위치를 확고히 한다는 것이 인상적이었다.

플레어는 여러 가지 화학물질을 적절한 비율로 혼합한 것이다. 요오드와 은은 따로 냉장보관하는데, 요오드는 초록색 분말이고 은과 소금은 아주 고운 가루로 만들어 둔다. 플레어 원료에 대한 연구는 필요할 때마다 외부 기관에 의뢰한다. 의뢰를 통해 현재 와이오밍대학교에서 요오드화은에 대해, NCAR와 UCAR에서 염화칼슘에 대해 연구하고 있다.

ICE 구름씨 뿌리기 플레어는 빙정 형성에 작용하는 온도 범위가 넓고 1분 안에 63%의 빙정을 형성하고 2분 안에 90%의 빙정이 형성되는 등 반응 속도가 빠르며 단위 무게^{gram}당 점화 비율이 가장 우수하다는 장점이 있다. ICE에서 공급하고 있는 구름씨 뿌리기 장비^{Cloud Seeding Equipment}는 날개 장착형 플레어 판^{Burn in Place Flare Rack}, 분사형 플레어 판^{Ejectable Flare Rack}, 지상 플레어 트리^{Ground Based Flare Tree}가 있으며 플레어의 종류로는 요오드화은 분사식 시딩 플레어^{AgI Ejectable Cloud Seeding Flares}, 염화칼슘 흡습성 날개 부착형 구름 시딩 플레어^{CaCl2 Hygroscopic Burn-In-Place Cloud Seeding Flares}가 있다.

● WMI에서 세계 최대 기상조절회사다운 넉넉함에 취하다

ICE에 이어 방문한 노스다코타의 WMI는 방문부터 송별까지 우리에게 내내 '감동'을 선물해 주었다. WMI, ICE 그리고 UND까지 모든 일정을 다 짜 주고 우리가 방문하는 날에는 환영과 우호의 의미로 태극기까지 걸어 주었을 정도다. 게다가 기상조절 기술이 나아갈 가장 실질적이면서도 국내에 적용할 만한 열쇠를 함께 고민해 주

WMI의 사업개발부 팀장인 Allan과 우리를 위해 이틀 동안 WMI는 물론이고 UND와 ICE까지 가이드해 준 Erin이 있었기에 탐방 내내 즐거웠다.

는 넉넉함을 보여 주었다.

WMI^{Weather Modification Inc.}는 다년간의 시행 경험과 인프라가 구축된 세계 최대 기상조절회사로, 특정 목적에 맞게 처음부터 끝까지 프로그램 전반을 관리할 수 있는 능력과 조직을 지녔다. 뛰어난 과학자와 연구자, 프로젝트 매니저, 기술자, 파일럿들은 능률적이고 효과적인 기상조절 수행이 가능한 전문지식을 갖추고 있다. WMI는 기술이전교육 프로그램을 시행하고 있는데, 새로운 프로그램을 시작하거나 기존의 프로그램을 업그레이드할 때 유용하다. 민간항공서비스를 제공하는 Fargo Jet Center Inc.를 자회사로 거느리고 있어 기상조절 전문 파일럿 교육을 할 수 있고 필요시 기상학자의 인력 지원도 가능하다. WMI는 TITAN 외에도 자체 개발한 'AirLink'라는 프로그램을 이용해 기상조절 성공률을 높이고, 매일 weather balloon을 띄워 Sounding 자료를 수집한다. NCAR, NOAA, 와이오밍대학과 공동으로 구름물리와 에어로졸 연구를 수행하기도 했다.

🔵 UND에서 노스다코타 기상조절 산업의 근간을 보다

UND^{University of North Dakota} 대기과학과는 중요한 연구환경을 학부와 대학원 과정에 포함시키고, 기후 변화, 대기의 위성 원격감지 장치, 레이더 기상학, 자료동화, 중규모 모델 그리고 수송 기상 등 흥미로운 연구를 다양하게 진행하고 있다.

DMT CCN 계수기^{Cloud Condensation Nuclei Counter}는 과냉각 수적이 만들어지는 온도를 분석하고 그 특성을 파악, 구름과 강수의 형성을 연구하며 기상 조절 수행의 적절한 시점과 장소를 결정하는 데 이용되는 주요 장비다.

연구실에는 CCP, CPC, DMA 등 에어로졸 측정 및 분석기기를 다양하게 갖추고 있는데, 기기 각각의 특성에 맞게 입자의 수와 크기, 총질량, 밀도, 에어로졸의 수명 등을 측정하고 분석한다. 이 모든 것은 CCN이 잘 작동하는지, 기기보정의 역할과 함께 왜 CCN에서 그런 결과가 도출되었는지를 설명해 주는 역할을 한다.

UND에서는 학생들이 직접 소프트웨어와 기기를 다루도록 교육시키고 학생 개개인이 하나의 기기를 한 학기 또는 1년 정도 맡아 연구를 수행토록하며 그 기간 동안 모든 실험 과정은 스스로 해결해야 한다. 자료 수집 못지않게 분석을 중시해 보통 한 달 정도 수집한 자료를 1년간 분석한다.

UND에서 본 다양한 장비와 교육 시스템도 인상 깊었지만 데이비드^{David Delene} 교수에게서 받은 감동은 지금도 잊을 수가 없다. 그는 우리에게 학자로서의 열정이 무엇인지 제대로 보여 주었다. 금발머리와 콧수염에 한쪽 입 끝을 싱긋거리면서 웃는 모습이 특징인 데이비드 교수는 우리의 방문 소식에 학교 주차장까지 나와 우리를 맞이해 주었다. 이날 데이비드 교수는 자신의 연구까지 미루고 우리를 위해 하루 종일 각종 기기와 실험 전반에 대해 설명해 주었다. 긴 시간 동안 자신의 연구를 열정적으로 설명하는 모습은 대기과학도로서 우리가 크게 본받아야 될 점이라 생각하였다.

우리는 사진 속 환하게 웃고 있는 데이비드 교수의 열정에 큰 감동을 받았다.

08

차세대 태양전지의 미래를 그리다

남희진, 허미희, 신연란, 윤영심 ●UNIST 대학원

2050년이면 석유가 바닥난다. 내연기관 자동차는 더 이상 도로를 달릴 수 없고 이 자리를 전기자동차가 대신할 것이다. 또 기름과 가스로 했던 수많은 건물과 주택의 난방은 전기보일러로 해야 할 것이다. 그러면 그 엄청난 양의 전기는 어떻게 만들어야 할까?

현재 공급되는 전력의 대부분은 수력·화력·원자력발전소에서 생산하고 있다. 그러나 화력·원자력발전소는 한 번 쓰면 없어지는 지하자원을 연료로 쓰기 때문에 한계가 있다. 더 큰 문제는 이들 기존 발전시설로는 폭증할 전력 수요를 감당할 수 없다는 것이다. 이런 엄청난 전력 수요를 충족할 수 있는 가장 효과적인 방안은 무엇일까? 지구를 생명이 가득한 초록별로 만든 존재, 태양의 힘을 활용하는 것이 답이다.

Why?

화석연료의 시대는

막을 내리고 있다

석유 41년, 천연가스 61년, 석탄 164년, 우라늄 85년. 우리가 사용하고 있는 에너지들의 매장량이다. 대안 없이 계속 화석연료를 사용하면 가장 많이 남아 있다는 석탄이 164년 뒤에는 없어진다. 국가들은 고갈돼 가는 에너지를 조금이라도 더 많이 확보하기 위해 경쟁하고 있다. 석유, 천연가스, 석탄 등 에너지 자원을 보유하고 있는 국가를 자기편으로 만들기 위한 경쟁이 치열하게 벌어지고 있다. 외교력과 경제력을 앞세운 에너지 확보 경쟁에 이어 무력이 동원되는 일도 생길지 모른다.

화석연료의 문제점은 한정된 자원이라는 데 그치지 않는다. 화석연료를 사용하면서 발생하는 이산화탄소는 온실 효과를 일으켜 기후 변화를 가져온다. 즉 온난화 현상으로 지구의 연평균 기온이 상승하고 해수면이 높아지는 등 환경 문제를 유발하는 것이다. 우리나라도 이산화탄소 배출이 많은 나라 가운데 하나다. 2007년 우리나라 이산화탄소 포함 온실가스 총 배출량은 6억 2,000만 톤으로 전년도인 2006년의 6억 260만 톤 대비 2.9% 증가했다.

이같은 온실가스 배출량은 고유가 지속에 따른 화석연료 사용 둔화 및 저탄소 연료전환 확대정책 등으로 점차 감소할 것이지만, 총배출량은 당분간 증가 추세를 유지할 것으로 보인다.

화석연료의 대안으로 원자력이 이야기되고 있지만, 원자력 발전은 미래 에너지의 대안이 될 수 없다. 에너지원 고갈 문제는 어느 정도 줄일 수 있겠지만, 우라늄이 핵무기 원료가 될 수 있기 때문에 군사적인 이유로 국가 간 분쟁을 일으킬 수 있다. 또한 원자력 발전도 땅속에 묻혀 있는 광물 자원을 이용하므로 에너지의 용량에 한계가 있다. 결국 지하자원으로부터 만들어지는 에너지는 인류의 에너지 문제를 근본적으로 해결할 수 없다는 결론이 나온다.

그렇다면 경제적, 군사적 그리고 환경적으로 문제가 없는 에너지를 생산할 수 있는 자원은 없는 걸까? 수력, 파력, 조력, 지열, 풍력 그리고 태양광 등이 있다. 이런 자원을 이용해 만들어진 에너지를 재생 에너지 또는 친환경 에너지라 한다. 이들 가운데 가장 친숙한 것이 수력 에너지다. 보통 댐을 건설해 전기를 생산하는 것인데 최근에는 댐이 수중 생태계를 파괴하고 주변 환경에 미치는 영향이 적지않아 오히려 대형 댐은 줄이는 추세다. 파력, 조력, 지열, 풍력 등의 에너지는 활용할 수 있는 지역이 제한된다는 약점이 있다. 풍력 에너지 역시 바람의 양에 따른 지역적인 제약이 있고, 전력 소비량이 많지 않은 밤 시간에 에너지 생산이 집중된다는 문제가 있다. 그러면 사람과 자연 모두에게 유익한 에너지원은 무엇인가. 바로 태양이다. 설치에 제약이 없고, 에너지의 생산도 에너지 소비가 많은 낮에 집중돼 있다.

태양은 빛과 열, 두 가지를 에너지원으로 이용할 수 있다. 이 중 태양광은 재생가능 에너지 분야의 주역이다. 현재 태양광 에너지는 풍력, 수소발전 또는 바이오매스보다 활용도가 낮다. 하지만 태양광은 현재 사용하고 있는 화석연료와 원자력 에너지를 모두 합한 것보다 크고 다른 어떤 재생가능 에너지보다 큰 잠재력을 가지고 있다.

태평양 너머 미국에서
태양전지 기술을 배 우 다

● 유기태양전지 기술을 선도하는 벤처기업, Solarmer Energy

미국에는 차세대 태양전지인 유기태양전지와 염료감응 태양전지 기술을 선도하고 있는 기업과 연구소가 많이 있다. 호랑이를 잡으려면 호랑이굴에 가야 하는 것처럼 미래 에너지 자원으로 관심이 집중되고 있는 태양광 에너지 기술을 배우기 위해 미국으로 향했다.

미국에 도착해 첫 탐방지 Solarmer Energy 사를 찾아갔다. 지도로 보기에는 시내에서 멀지 않았는데 실제로 가보니 1시간 정도 버스를 타고 또 택시를 타야 했다. LG 기업 관계자가 오는 것으로 알고 공들여 준비했다는 Solarmer 관계자의 설명을 듣고 실험실도 구석구석 관찰했다.

2006년에 설립된 벤처기업 Solarmer는 현재 유기태양전지 분야에서 8.13%

첫 탐방지인 Solarmer Energy에서 태양전지 연구에 대한 다양한 이야기를 나누었다.

라는 가장 높은 발전효율을 기록하고 있으며 2011년까지 발전효율을 10%까지 끌어 올린다는 목표로 연구개발을 진행하고 있다. 플라스틱 솔라패널 기술을 개발하고 있는 Solarmer는 고분자 물질기반의 OPV 기술을 선도하고 있다. Solarmer는 다른 연구기관과의 공동 연구를 적극적으로 진행한다는 특징을 지닌다. 최근 기록한 7.9% 효율의 태양전지도 시카고대학과 공동 연구를 통해 이룬 성과였고, UCLA, MIT 등 여러 대학 또는 그 부설 연구소와 공동 연구를 진행하고 있다. Solarmer의 관계자는 "유기태양전지의 발전효율 기록을 계속 경신할 수 있는 힘은 오픈 이노베이션의 마인드로 다양한 공동연구를 진행한 데서 비롯한다."고 설명했다.

Solarmer에서 개발하고 있는 유기태양전지는 유연한 소재여서 여러 형태로 제작할 수 있다. 따라서 수 년 안에 핸드폰이나 노트북에 장착된 태양전지를 통해 따로 전원을 연결하지 않고 충전한다거나, 건물의 벽면, 유리창 등에 설치할 수 있는 제품이 나올 수 있을 것으로 기대하고 있다.

● 다양한 기초분야 연구에 충실한 UCLA Yang Yang Lab

다음으로 Solarmer Energy사의 공동설립자이자 기술고문인 UCLA의 Yang Yang 교수의 연구실을 찾았다. 현재 Solarmer Energy가 보유하고 있는 발전효율을 이룰 수 있었던 초석이며, 유기태양전지를 비롯한 발광다이오드, 박막 트랜지스터 등 photovoltaic 소자에 대한 전반적인 연구를 진행하고 있다. 물질의 합성과 소자의 물성 등 태양전지 효율을 증가시키기 위한 모든 분야의 연구를 진행하고 있으며, 매년 꾸준히 학술논문을 발표하고 있다.

Yang Yang Lab에서도 Solarmer와 마찬가지로 외부기관과의 공동 연구가 다

UCLA에서는 유기태양전지뿐만 아니라 다양한 태양전지 연구를 살펴볼 수 있었다.

수 진행되고 있다. 유기태양전지는 재료만 좋다거나 소자만 잘 만든다고 해서 우수한 결과가 나오는 분야가 아니다. 따라서 다양한 기관이 모여 협력하는 것이 좋은 결과를 얻는 지름길이 된다. 이 연구실은 인기 있는 분야의 연구에만 치우치지 않고, 하나의 주제에 편중하지도 않는다. 유기태양전지뿐만 아니라 2세대 CIGS 태양전지, 전도성 고분자를 이용한 메모리소자도 연구하고 있으며 최근에는 전극물질로 주목받는 그래핀도 연구하고 있다. 이처럼 다양한 주제를 연구하는 것은 여러 분야의 융합 연구로 두 마리 이상의 토끼를 잡는 효과를 노릴 수 있다.

"안정성에 대한 연구에 비중을 두고 있으며 안정성 문제만 해결된다면 지금이라도 바로 상용화 할 수 있습니다." 하며 연구실 관계자가 말했다. 새로운 합성 물질을 찾는 연구를 계속하고 있는데 이는 안정성을 확보하고 발전 효율을 10% 이상으로 올리기 위한 것이라고 한다.

🔵 유기전자공학의 산실, UCSB의 CPOS 연구실

UCSB의 CPOS 연구실의 조신욱 박사와 함께 열띤 토론을 벌였다.

CPOS 연구실은 전도성 고분자를 발견, 이를 바탕으로 한 새로운 연구 분야를 개척하고 선도적인 연구를 이끈 공로로 2000년 노벨 화학상을 수상한 Alan J. Heeger 교수의 연구실이다. 이 연구실은 전도성 고분자를 이용하는 유기 발광다이오드, 태양전지, 레이저 등 '플라스틱 전자공학'분야를 만들어 낸, 유기전자공학의 산실이다. 이곳에서는 조신욱 박사가 연구원으로 일하고 있었다. 조 박사의 안내로 실험실을 둘러 보고 알찬 인터뷰를 진행할 수 있었다. 인터뷰가 끝나고 참여한 세미나에서는 오랫동안 질문과 함께 열띤 토론이 계속됐다. 토론이 길지 않은 우리나라 세미나와 사뭇 다른 분위기였다. 20여 명의 소규모로 움직이는 이 연구실은 〈Organic magazine〉에서 실시하는 설문조사에서 전세계 유기전자 분야에서 맨파워 1위, 그룹파워 1위를 차지하고 있다. 현재까지 700여 편에 달하는 학술논문 발표와 50여 개의 특허를 소유하고 있는 말 그대로 '대단한' 연구실이다.

CPOS 연구실에서는 태양전지를 비롯한 유기소자의 응용 분야에서부터 소자 자체의 물리적인 현상을 규명하기 위한 기초과학까지 넓은 영역에 걸친 연구가 진행 중이었다. 상용화를 위한 기술 자체도 중요하지만 그 기술의 뿌리인 기초과학에 대한 연구에 상당한 비중을 두고 있어 유기소자의 학문적 저변을 넓히는 데 큰 역할을 하고 있는 것이다.

🔵 태양전지용 신소재 개발의 중심, UCSB의 The Wudl Group

UCSB의 The Wudl Group은 유기태양전지 분야에서 Heeger 교수와 양대 산맥을 이루는 Fred Wudl 교수가 이끌고 있다. Wudl 교수는 유기태양전지에서 대표적으로 사용되고 있는 전자 받게^{acceptor} 물질인 PC$_{60}$BM을 합성한 장본인이다. The Wudl Group에는 임보규 박사가 일하고 있어 친절한 안내와 설명을 들을 수 있었다. 세계적으로 유명한 차세대 태양전지 연구실 요소요소에 우리나라의 두뇌가 참여하고 있다는 사실을 확인할 수 있어 우리나라의 신재생 에너지 분야의 미래가 밝아 보인다. 대부분의 물질합성 실험실에서 전자 주게^{donor}에 대한 연구가 진행되고 있는 것과 달리 Wudl Group에서는 전자를 잘 받아들이는 신소재에 대한 연구가 주를 이루고 있다.

UCSB의 The Wudl Group에서 임보규 박사를 통해 차세대 태양전지 연구실 면면을 살펴보았다.

NREL에서는 태양광 연구 분야를 중점적으로 살펴보았다.

미국 에너지부에서 1977년에 설립한 태양에너지연구소를 모태로 두고 있는 NREL은 신재생 에너지와 관련된 모든 분야의 연구를 하고 있다. 현재 NREL에서 가장 큰 규모로 진행하는 사업이 태양광 분야이며, Iberdrola Renewables사와 공동으로 미국 전역에 태양자원 측정소를 설치하는 등 정밀한 태양 에너지 맵 건설 계획을 이끌고 있다.

NREL은 신재생 에너지 분야의 기초 연구부터 기술 이전, 마케팅까지 모든 영역을 연구 대상으로 삼고 있으며, 기술 적용 시기와 관계없이 대학·연구소·회사 등에서 필요로 하게 될 주제를 모두 수행하고 있다. 10~20년 뒤에나 적용할 수 있을 만한 기술의 개발에 관여할 뿐만 아니라, 다른 한편으로는 당장 1~2년 후에도 사용 가능한 기술에 대해서도 연구를 수행하는 미국 신재생 에너지 연구의 중심이다.

연구 범위가 너무 넓어 보이지만 NREL은 뚜렷한 목표를 가지고 있다. 화석연료를 대신할 신재생 에너지를 상용화하는 것이다. 이를 위해 국한된 분야에서의 연구보다는 태양광 에너지를 포함한 풍력, 수력, 지력 등 신재생 에너지에 대한 전반적인 연구를 진행하고 있다.

태양광과 풍력을 통해 전기를 생산하고 지력을 통해 온수를 공급하거나 에너지를 저장하며, 수소 자동차를 이용하는 등 모든 신재생 에너지를 융합하여 공급하는 것을 목표로 하고 있다. 오바마 정부에서 신재생 에너지에 대규모 투자를 하겠다고 했지만 실제로 이 분야의 연구는 클린턴 정권 때부터 진행되어 온 것이다. 에너지를 확보하는 일은 국가의 미래 경쟁력과 생존을 담보하는 정책이기 때문에 정권 교체와는 무관하게 투자가 이루어지고 있다.

미국에서 태양전지에 대한 연구는 연구소만의 몫이 아니었다. 기업도 연구소 못지않게 태양전지를 연구를 주도하고 있는데 그중 대표적인 기업이 Dyesol, Sharp, G24 Innovations 등이다.

Dyesol은 염료감응 태양전지의 원천기술을 소유한 M. Gratzel 교수가 기술이사로 있으며 이 분야에서 최고 선두기업이다. 이 회사의 제품은 현재 11.2%의 효율을 보이며 M. Gratzel 교수와 로잔공대가 보유한 특허의 전체 사용권을 소유하고 있다. 2009년에는 염료감응 태양전지염료를 유리기판에 도포해 제작하는 상용화과정을 개시하기 위해 한국 경기도에 파일럿 생산설비를 준공하기도 했다. 염료감응 태양전지와 LED를 이용한 건물일체형 조명제품의 개발을 완료하고 전지모듈을 양산해 시장에 내놓는 등 염료감응 태양전지 분야를 주도하고 있다.

실리콘 태양전지의 강자 Sharp사는 2006년에 이미 염료감응 태양전지의 발전효율 11.1%를 기록한 실력을 지녔다. 2007년에는 26.5cm^2 모듈에서 변환효율 7.9%를 성공시켰으며 2009년까지 L. Han 박사팀에 의해 8.2%의 변환효율 모듈 개발에 성공했다. 기존의 실리콘 태양전지에서 세계 시장의 30% 이상을 차지하고 있는 Sharp는 염료감응 태양전지 분야에서도 최고 수준의 기술력을 확보하고 있다.

영국의 G24 Innovations는 2008년에 이미 roll-to-roll 인쇄방식을 이용한 충전용 염료감응 태양전지 시트를 시장에 내놓았고 같은 기술을 적용한 소형 휴대기기 충전기도 생산, 판매하고 있다. 또한 G24I는 공장 전력을 풍력 발전으로 공급하는 설비를 건설하는 등 신재생 에너지 산업화의 대표적 모델 기업이다.

염료감응 태양전지

● 동진쎄미캠　2008년 KIST로부터 기술을 이전받았고 2009년에 지식경제부와 에너지기술평가원(KETEP)에서 주관하는 태양광 분야 신재생 에너지 기술개발 총괄사업자로 선정됐다. 스위스 로잔공과대학과 협업을 통해 소규모 태양전지를 비롯해 대용량 태양전지 모듈 등의 기술을 개발하고 있다.

● 다이솔-티모　2007년 KERI(한국전기연구원)의 태양전지 기술을 이전받았고 미국 일리노이대학과 공동 연구를 진행하고 있다. 2008년 호주의 염료감응 태양전지 회사인 다이솔과 합작해 (주)다이솔-티모를 설립했고 효율 7%의 시제품 개발에 성공했다.

● 삼성SDI　2002년 소면적 염료감응 태양전지 개발을 시작해 2008년에는 대면적 염료감응 태양전지 개발에 성공했다. 효율 10%, 수명 20년의 발전용 고효율 염료감응 태양전지 개발을 목표로 하고 있다. 염료감응 태양전지를 주제로 한 논문 20여 편을 게재했고 수십 건의 특허를 가지고 있다.

● 이건창호　2010년 지식경제부가 주관하는 정부개발사업에 '대면적 염료감응 태양전지(1500 X 1200mm) 패널이 적용된 건물 외장형 태양광 발전시스템(BIPV) 창호' 연구 주관기관으로 선정됐다.

● 현대기아자동차　산화티타늄 나노튜브를 이용한 염료감응 태양전지 기술 등의 특허를 보유하고 자동차에 활용할 수 있는 염료감응 태양전지를 연구하고 있다.

● 연구소　염료감응 태양전지의 연구를 진행하는 정부출원 연구기관은 KIST(한국과학기술연구원), ETRI(한국전자통신연구원), KERI(한국전기연구원) 등이 있다.

● 대학교　염료감응 태양전지용 유기염료, 나노산화물, 전해질 등 소재와 태양전지 특성평가 관련 기초기술을 개발하고 있다. 서울대학교, 연세대학교, 고려대학교, 한양대학교, 국민대학교, 인하대학교, 서강대학교, 성균관대학교, 부산대학교, KAIST, UNIST(울산과학기술대학교) 등이 있다.

유기태양전지

● 코오롱 글로텍　고분자 분야에 축적된 기술을 바탕으로 유기태양전지용 소재인 전도성 고분자를 연구하고 있다. 전도성 고분자 연구는 미국의 Fibron과, 전도성 소재 연구는 UCLA와 공동연구를 진행하는 등 국외 산학연 네트워킹이 잘 되어 있다.

● 연구소　유기태양전지의 연구를 진행하는 정부출원 연구기관은 KIST(한국과학기술연구원), KRICT(한국화학연구원), KIMM(한국기계연구원) 등이 있다.

● 대학교　유기태양전지용 재료와 소자를 만들어 효율을 향상시키는 실험을 하고 있다. 광주과학기술원, 포항공대 등이 있다.

09

안전한 의약품,
천연식물에
비밀이 있다

전하은, 이소희, 전가경, 박지선 ●성균관대학교

한동안 전 국민을 공포에 떨게 했던 신종플루. 감기와 비슷한 증세를 보이지만 방치했을 때 치명적인 결과를 초래할 수 있는 신종플루는 14세기 전 유럽을 강타했던 무서운 전염병 페스트를 연상케 하였다. 한꺼번에 몰리는 수요를 감당하지 못해 백신 부족 현상을 보일 때는 그 공포가 더 커졌다. 백신의 공급이 원활하지 못한 나라의 국민들은 예상치 못한 전염병 앞에서 속수무책으로 당할 수도 있다는 불안감에 시달려야 했다.

그렇다면 날로 성장하고 있는 바이오 의약품 시장에서 우리나라가 주도권을 잡기 위해서는 무엇을 해야 할까? 기존 의약품 시장의 연구가 미생물이나 동물을 이용한 백신 생산에 초점을 맞춰 왔다면 이제는 새롭게 각광받고 있는 식품기반의 의약품 개발에 관심을 가져야 할 때다.

의약품의 새로운 패러다임은 식물이다

식물기반 의약품이란 예방접종을 위한 백신을 생산해 내는 원료로 식물을 이용하는 것이며, 유전자재조합, 형질전환 등의 생명공학기술을 통해 항암제, 백신 등 의료용 단백질을 발현하는 유전자를 식물체에 도입해 생산한 의약품을 일컫는다.

이렇게 식물기반 의약품 시장이 각광받는 이유는 미생물이나 동물세포를 기반으로 생산한 의약품이 한계를 드러냈기 때문이다. 미생물이나 동물세포를 기반으로 생산된 의약품에는 사람에게 위협적인 병원균이 포함되어 있으며, 약화되거나 불화된 병원체를 사용함으로써 접종 후 부작용이 나타나기도 하였다.

의약품의 혜택을 받지 못하는 후진국을 위해 값싼 의약품이 필요하다는 세계적인 인식도 무시할 수 없다. 식물기반 의약품은 배양 과정이 복잡한 동물세포보다 초기 투자비용이 적고, 병원균의 감염에서 자유롭기 때문에 정제 과정에서도 비용이 감소되는 장점이 있다.

이렇게 미생물이나 동물세포 기반의 의약품이 여러 문제점을 내포하고 있음에도 불구하고 식물기반 의약품이 주도권을 잡지 못하는 이유는 무엇인가? 대부분의 연구자들이 조작하기 편리하고 대체기술이 없다는 이유로 미생물, 동물기반 의약품을 계속해서 사용해 왔기 때문이다. 고수익 창출이 가능한 시장 규모에도 불구하고 식물을 활용해 의약품을 생산하고자 하는 국내의 연구가 아직 초기 단계에 머물러 있는 이유이기도 하다. 그러나 이제는 기술이 없다는 이유로 식물기반 의약품의 개발을 미룰 것이 아니라 적극적으로 대안을 모색해야 할 때다.

In USA
식물기반 의약품 개발,
미국의 현장에서 그 해답을 찾 다

● ASU, 에볼라 바이러스 게 물렀거라!

미국에서 처음으로 방문한 애리조나 주립대학교 Biodesign Institute는 식물기반 의약품을 다양한 방면으로 깊이 있게 연구하여, 여러 질병의 백신에 대해 임상 실험을 진행 중이며 식물을 통한 치료제의 개발에도 힘을 쏟고 있는 곳이다. 세계 최고의 시설을 자랑하는 연구소를 견학하며, 이곳에서부터 널리 알려지기 시작한 '일시적 형질전환Transient Transformation' 기술과 여러 연구자의 독특한 연구 방향에 대해 인터뷰하였다.

세계 최고의 기술력을 갖고 있는 연구소답게 일시적 형질전환 기술을 이용해 에볼라 바이러스 백신과 웨스트 나일 바이러스의 백신 개발에 박차를 가하고 있는 점이 눈에 띄었다. 특히 지구촌의 수많은 목숨을 앗아간 에볼라 바이러스를 퇴치할 수 있는 백신 개발은 이미 괄목할 만한 성과를 거둔 상태였다.

에볼라 바이러스에 감염되면 갑작스러운 고열, 심한 두통, 근육통에 이어 설사, 구토를 하며 출혈하고, 발병 7~14일 후에는 쇼크나 장기부전으로 사망한다. 아프리카의 밀림에서 유래한 동물원성 바이러스인 것으로 추측되지만 아직 숙주가 발견되지 않았고, 가장 큰 문제는 치료법이 확립되지 않아 인간에게 효과가 있는 백신이 개발되지 않았다는 점이다. 높은 치사율과 공기를 통한 전염 가능성, 백신과 치료제가 없다는 점에서 에볼라 바이러스는 생물무기로 쓰일 위

식물기반 의약품 개발에서 세계 최고의 기술력을 가졌다고 해도 과언이
아닐 정도로 애리조나 주립대학교 연구실은 최상의 환경을 갖추고 있었
다. 연구실을 돌아보고 또 Dr.Chen과 나눈 인터뷰를 통해서 새삼 이곳의
위대함(?)을 느낄 수있었다.

험성이 커 더욱 더 백신과 치료제의 개발이 시급하다. 이 연구팀은 에볼라 바이러스 백신을 개발하여 쥐를 대상으로 한 임상실험에서 면역 유도에 매우 성공적인 결과를 얻었으며, 현재는 원숭이·오랑우탄 등 영장류를 대상으로 한 임상실험을 준비하고 있다.

한편 웨스트 나일 바이러스는 주로 모기에 의해 감염되는 뇌염 바이러스의 일종이다. 건강한 성인이 감염되었을 때는 단순한 감기 증상만 보이다가 낫지만, 어린이나 노약자 등 면역체계가 약한 사람들은 바이러스가 뇌의 중추신경계를 교란시켜 사망할 수도 있다. 지난 10년 동안 웨스트 나일 바이러스는 미국뿐만 아니라 멕시코와 캐나다, 카리브 해 지역, 남미까지 널리 퍼지면서 2만 9,000명이 넘는 환자가 심각한 형태의 감염 증상을 보였다. 치사율은 2009년에 보고된 자료에 의하면 4.5% 정도로 높지는 않지만 예상 불가능한 패턴을 가지고 발병하여 증상을 일으키고 현재까지 사람에게 효과가 있는 백신과 치료제가 개발되지 않아 그 위험성을 섣불리 판단할 수 없는 상황이다.

ASU의 연구팀은 웨스트 나일 바이러스에 효과가 높은 것으로 알려진 치료제를 포유류 동물세포에서 생산하는 기존 방법과 달리 담배를 이용해 생산하는 기술을 연구하고 있다. 실제로 치명적인 웨스트 나일 바이러스에 감염된 쥐에게 투여하여 대부분의 쥐들이 생존했다. 여러 실험을 통해 생산효율과 치료제로서의 효능 측면에서 포유류 동물세포에서 생산한 것만큼 의약품으로의 상용화에 충분한 가능성이 높은 것으로 전망된다.

미국의 토머스 제퍼슨 대학은 식물백신과 바이오 의약품 등 5개의 특허를 가지고 있을 정도로 식물기반 의약품 분야에서 다양한 기술력을 갖고 있는 곳이다. 접종방법이 다양한 천연두 백신, 식물을 이용한 DPT 백신 등을 개발하고 있는데, 특히 식물을 이용해 암 예방과 치료제를 개발하는 데 괄목할 성과를 자랑한다.

미국에서는 최근 몇 년 전부터 생물학 무기를 이용한 테러의 위협에 대한 대응책으로 군인들과 의료계 종사자를 포함한 고위험군에게 천연두 백신 접종을 재개하고 있다. 현재 사용하는 백신은 살아 있는 천연두 바이러스를 독성만 약화시킨 형태인데, 이 백신은 최근 면역력을 갖게 된 개인뿐만 아니라 그들과 자주 접촉하는 사람들을 감염시켜 잠재적인 치사를 야기할 수 있다는 치명적인 단점이 있기 때문이다.

이 대학 연구소에서는 이러한 부작용이 없는 대체 백신을 식물에서 생산하고 있다. 이 백신은 지금 현재 사용하고 있는 백신에 비해 저렴한 비용으로 생산할 수 있고, 기술적으로도 식물로부터 쉽게 대량생산이 가능하다는 장점이 있다. 실험을 통해 식물을 기반으로 하는 천연두 백신이 천연두 바이러스에 노출된 쥐의 감염을 100% 예방할 수 있다는 것이 입증되었다. 새로운 백신은 널리 사용하는 주사뿐 아니라 코 점막에 뿌리는 스프레이 등 다양한 방법을 통해 접종할 수 있다는 장점이 있다. 연구팀은 2010년까지 붉은털 원숭이를 대상으로 임상실험을 진행시킬 계획이다.

또한 식물을 이용한 DPT 백신 개발에도 박차를 가하고 있다. 디프테리아, 백일해, 파상풍의 소아 백신을 흔히 DPT 백신이라 부르는데, 완벽한 예방을 위해서는 5가지의 백신이 필요하다. 이 연구소에서는 식물에서 3가지 백신물질을 한꺼번에 생성, 혼합할 수 있는 식물생명공학기술을 개발했다. 이렇게 만든 백

신물질을 실험한 결과 2배의 복용량으로 3가지 질병 모두를 예방할 수 있는 수준의 면역반응이 유도되는 것을 확인하였다. 한 식물에서 동시에 3가지 백신을 결합하여 생산한다면 5가지 대신 2가지의 백신만 있으면 된다. 따라서 비용절감을 통해 백신의 효율적인 생산이 가능해질 것으로 보인다.

특히 이 연구소에서는 10년 전부터 암을 예방하기 위한 백신에 대한 연구를 활발히 진행해 왔는데, 알로에 베라를 사용하여 면역을 유도하기에 적합한 형태의 단백질인 VLP^Virus-Like Particles를 생산하는 데 많은 진척을 보이고 있다. 이미 알로에에서 발현시킨 VLP를 이용한 백신은 동물을 대상으로 한 실험이 진행되었으며, 질 점막을 통해 전달했을 때 100%는 아니지만 높은 효율로 면역반응이 일어나 암을 예방할 수 있다는 것이 입증되었다. 현재 연구팀 백신의 효과를 향상시키기 위해 VLP를 포함한 알로에 추출물로 좌약을 만들기 위해 최상의 비율

일시적 형질전환 (Transient Transformation) 기술이란 ?

지금까지 식물기반 의약품의 연구에서는 원하는 단백질을 암호화하는 유전자를 단백질 생산의 원료가 되는 식물체의 게놈에 끼워 넣어 지속적으로 단백질을 발현시키는 형질전환 식물을 만드는 기술을 사용해왔다. 보통 백신을 만들기 위해 필요한 항원 단백질은 바이러스, 박테리아 등에서 유래하기 때문에 식물에서 발현시킬 때에 mRNA가 중간에 절단되거나 분해될 수 있다. 단백질의 정상적인 발현을 저해하는 DNA의 염기서열이 여러 연구를 통해 밝혀지면서 식물체에서 발현이 최적화된 유전자들이 고안되고 있다.

그러나 항상 발현되는 프로모터를 이용해 식물의 전체 부위에서 단백질을 발현시키는 안정된 형태의 형질전환 식물에서는 일반적으로 특정 단백질의 높은 발현 양을 기대할 수 없다. 식물체에서 생산되는 전체 단백질의 1% 정도만 면역반응을 유도할 수 있는 온전한 항원 단백질이 생산되기 때문이다.

최근 많은 연구에 적용되는 일시적 형질전환은 이러한 형질전환 식물의 단점을 극복하기 위해 고안된 방법이다. 바이러스벡터를 사용함으로써 형질전환 식물에 비해 DNA의 복제나 mRAN의 양이 매우 높아 단백질 발현 양이 훨씬 많다. 또한 최근 식물체의 원하는 부분에서 발현이 가능하도록 하는 조직 특이적인 프로모터가 발견되면서 다양한 적용이 가능해졌다. 그러나 4일 후에는 더 이상 발현되지 않기 때문에 반복적으로 형질전환을 시켜 주어야 하는 번거로움이 있다. 또한 식물 조직에서 독성을 없애고 안전하게 항원 단백질만 정제하는 과정이 해결해야 할 과제로 남아 있다.

을 결정하는 연구가 한창이며, 우선적으로 VLP의 발현 양을 최대로 높이는 연구를 진행하고 있다. 실험 결과는 곧 논문으로 발표될 것이며, 이 기술에 대한 특허는 미국 특허청에 등록되어 있다.

자궁경부암 외에도 유방암, 대장암을 치료하는 항체와 백신에 대한 연구도 활발하다. 암 치료용으로 개발하는 식물기반의 단일클론항체는 인체의 암세포를 이식한 쥐에서 암세포를 파괴할 수 있는 능력이 증명되었다. 또한 항원이 밝혀진 유방암과 폐암에 대항하는 두 가지 백신의 개발은 거의 임상실험 단계까지 진행된 상태다.

13박 14일의 탐방 기간 동안 우리는 미국이라는 거대한 나라를 몸소 체험하였고 더불어 선진 문화를 경험할 수 있었다. 여러 연구소를 탐방하면서 식물기반 의약품에 대해 세계적인 연구팀들이 보유한 기술과 그들의 비전에 대해서 알 수 있었고, 앞으로 의약품 시장에서 주목해야 할 연구과제도 짐작해 볼 수 있었다.

우리가 여러 연구기관들을 찾아가면서 가장 집중적으로 탐방했던 것은 바로 '기술'이었다. 유수의 연구팀들이 주목하는 선진기술은 무엇인가에 초점을 맞추고 많은 것을 알아오기 위해 노력했다. 시간이 흐르면서 미국 시장에서 단백질 발현 기술은 '일시적 발현기술Transient Transformation로 집중되었고, 전통적인 방법을 고수하던 연구팀들도 현대적인 방법인 이 기술을 통해 의약품을 개발하는 데 주력하고 있다고 밝혔다.

기술에도 흐름이 존재한다. 미국 시장에서 각광받는 기술을 무조건적으로 사용해야 성공하는 것은 아니지만, 세계적인 연구의 흐름에 발맞춰 우리나라의 배경에 맞는 기술을 선택하는 것이 중요함을 깨달았다.

10 운송의 변화, 환경과 유통을 살린다

장성만, 육상도, 황지은, 서동환 ●서울시립대학교 대학원

교수형당한 목들이 나무에 대롱대롱 매달려 있다. 환경을 오염시키는 사람들을 교수형에 처해 효수해 놓은 것이다. 오존층이 파괴되어 뜨거운 햇빛 때문에 피부암으로 죽어가는 사람들이 속출하고 북극의 얼음이 녹아 해수면이 점점 높아지자 지구 전체가 멸망할지도 모른다는 공포감이 퍼짐에 따라, 담배를 피워 환경을 오염시키는 사람들의 목을 잘라 일벌백계의 의미에서 나무에 걸어 놓은 것이다. 프랑스 소설가 베르나르 베르베르의 단편 소설에 나오는 내용인데, 끔찍하기는 하지만 미래에 충분히 가능한 일일지도 모른다. 그만큼 미래에는 환경을 파괴하는 국가와 기업·사람은 살아남기 힘든데, 그런 의미에서 보면 우리나라 대부분의 화물 운송을 담당하는 도로 물류는 최대의 환경파괴범이 된다. 이 한계를 극복할 대안을 모달 시프트에서 찾아보고자 한다.

What?
친환경적인
모달 시프트를   주 목 한 다

항상 꽉 막히는 도로, 자동차에서 내뿜는 매연으로 제대로 숨도 쉴 수 없는 도시 환경. 편리한 삶을 지향하는 도시인들의 기대를 처참히 배반하는 결과가 나타나고 있는데, 도시 환경 파괴의 원인을 도로 집중 현상에서 찾을 수 있다. 주말마다 여가를 즐기러 떠나는 사람들이 전국 도로를 점령하고 있으며, 전국 일일 생활권을 자랑이라도 하듯이 서울에서 주문한 부산 생선을 하루 만에 싱싱한 상태로 배달하기 위해, 혹은 광주에서 주문한 동대문 옷을 배달하기 위해 물류차가 밤새도록 도로 위를 달린다.

이렇게 한정된 도로에 많은 자동차가 몰리면서 여러 문제가 발생하고 있으며, 그 문제를 해결하기 위한 비용도 급격히 늘어나는 추세다. 우선 대기오염과 소음으로 인해 환경오염을 예방하기 위한 비용이 늘어났고, 급격히 늘어나는 교통사고를 예방하고 처리하기 위한 비용도 대폭 증가하였다. 수시로 도로를 혼란에 빠뜨리는 교통 혼잡을 처리하기 위한 비용도 만만치 않으며, 도로를 유지하고 보수하기 위한 비용도 점점 커지고 있다. 결과적으로 사회적 비용이 다른 교통수단보다 훨씬 높음은 물론이고, 사회적 비용 대비 도로 수송의 효율성도 그리 높지 않은 것으로 나타났다.

특히 전체 화석연료로부터 발생하는 이산화탄소 발생량 중 20%가 수송 부문에서 발생하고, 육상교통에 의한 이산화탄소 발생이 71%로 큰 비중을 차지함에 따라 도로 수송으로 인한 환경오염 문제를 그대로 두고 볼 수 없는 상황이다. 따라서 국토해양부는 2010년 5대 중심과제 중 하나로 온실가스 배출량의 많은 부분을 차지하는 교통, 도시 부문의 녹색화를 내세우고 있으며, 2013년부터 우리나라도 온실가스 감축 의무국이 되므로 더 이상 도로를 최선의 운송 수단이라고 고집하기 힘들다.

우리는 그 대안을 트럭 중심의 물류운송 수단을 친환경적인 다른 수단으로 대체하는 모달 시프트Modal Shift에서 찾으려고 한다. 모달 시프트는 여객 또는 화물을 운송할 때 수송 수단을 화물차에서 철도, 선박과 같은 다른 운송 수단으로 대체하는 것을 의미하는데, 우리나라는 녹색물류 체계를 위해 2009년부터 본격적으로 모달 시프트 정책을 추진하고 있다. 그러나 아직 걸음마 단계에 불과하다. 아직 실행 노하우가 부족하여 이미 오래전부터 모달 시프트를 연구하고 발전시켜 온 선진국의 사례를 참조할 필요가 있다.

전 세계적으로 많은 나라가 온실가스 감축과 지속 가능한 성장을 위하여 모달 시프트를 주목하는데, 전통적인 철도 강국인 유럽과 미국 그리고 가까운 일본 등의 선진국들이 주인공이다. 이들은 이미 도로 물류의 한계를 깨닫고, 철도·해상·항공 등 다른 수단으로의 변경을 꾀하고 있다. 특히 유럽은 모달 시프트를 위한 정책 지원이 활발하고 실행도 체계적으로 이루어지고 있다. 또한 기존의 운송수단보다 더 효율적이면서도 유럽의 각국에 적용 가능한 ULSUnderground Logistics System에 대한 연구에도 박차를 가하는 중이다. 이에 우리는 모달 시프트 시행 전략과 기술을 배워 우리나라에 적용시킬 수 있는 방안을 모색하기 위해 유럽의 담당 기관들을 탐방했다.

유럽의 도시 곳곳에서
모달 시프트 시행 전략을 배 우 다

● 독일, 지하에 제5의 운송수단을 건설하라

처음으로 도착한 영국에서의 인터뷰가 무산된 후 허탈한 마음을 추스르고 도착한 독일. 뒤셀도르프 공항에 첫 발을 디뎠는데, 입국 심사 때부터 영국과 다른 분위기가 느껴졌다. 행동 하나하나에 매너가 느껴졌던 영국인들과 달리 무표정한 모습이었다. 다소 어색한 분위기에서 일단 독일 북서부에 위치한 탐방지인 보훔Bochum으로 향했다.

　모달 시프트의 새로운 대안으로 떠오르는 ULSUnderground Logistics System에 대해 알아보기 위해 Cargo Cap 연구소를 방문하였다. Cargo Cap은 도로, 철도, 해상, 항공 이후 5번째 운송수단으로 복잡한 도시지역의 지하도를 통해 물건을 빠르고 효과적으로 그리고 확실하면서도 친환경적으로 운송하는 신개념 물류 시스템이다. 세계적으로 가장 선진화된 시스템으로 평가받고 있는데, 1998년부터 연구를 시작하여 현재 테스트 베드 시험 중이다.

　연구 배경을 살펴보면 이 시스템이 추구하는 바를 알 수 있다. 독일에서도 도시 밀도가 높고 오래전부터 각종 교통 운영체제가 시행된 지역의 경우 운송수단에서 변화를 꾀하기가 쉽지 않았다. 새롭게 철도나 연안 해운으로 운송수단을 개발하려고 할 때 마땅한 부지를 확보하기 힘들기 때문에 부지를 적게 차지하면서도 효율적인 운송수단에 대한 요구가 높았다. 더불어 도로혼잡과 정체,

Cargo Cap 연구소를 방문해 편안한 분위기에서 이야기를 나누었다.

각종 소음과 공해 등의 문제를 일으키는 도로 운송의 문제도 해결할 수 있는 대안이 필요했다. 이에 지하로 물품을 운송시키려는 연구가 시작되었고, 그래서 탄생한 것인 하수도처럼 파이프 관으로 구성된 Cargo Cap이다. Cap이라 불리는 자동 운송수단은 폭 지름 2미터인 파이프 관을 통해 2개의 팰릿Pallet을 적재하고 이동하는데, 직접 연결된 적재물은 가장 가까운 역으로 배달된다. 이러한 역들은 지상과 연결될 뿐만 아니라 도심 중앙의 대형 상점 등에도 위치한다.

특히 이 시스템은 지표면을 훼손시키지 않으면서도 도시의 교통체증을 줄여 환경문제를 해결하고, 지하 운송체계이기 때문에 날씨에 영향 받지 않고 독립적으로 운영 가능하다. 또한 완전 자동화 시스템으로 운행되어 시속 36km의 속도를 지속적으로 유지할 수 있어 결과적으로 지상 트럭에 비해 운송시간을 현저하게 줄일 수 있다.

현재 우리나라에서도 모델이 되는 트랙을 만들어 Cargo Cap의 실제 운행 가능성을 검증하고 있는데, 상용화하기 위해서는 아직 해결해야 할 문제가 많다.

우선 정부 차원에서의 지원이 미흡하여 비용적인 측면에서 어려움을 겪고 있었고, 실제 이용자라고 할 수 있는 산업계 사람들의 시스템에 대한 전반적인 이해도 부족한 편이다. 그래서 시스템을 완벽하게 보완하는 연구도 필요하지만, 정부와 산업계가 더 많은 논의를 하는 것이 시급하다.

또한 법률적인 문제도 남아 있다. Cargo Cap은 기존에 존재하는 도로, 철도, 전력라인, 파이프관이 아니기 때문에 현재 법률상으로는 인정받을 수 없기 때문이다. 그러나 Cargo Cap은 기존 수송수단의 문제를 해결하는 데 머물지 않고 존재하지 않던 새로운 블루오션을 발견했다는 데 그 의미가 크다.

🔵 벨기에, 유럽을 새로운 운송수단으로 엮는다

벨기에서는 마르코 폴로Marco Polo 프로그램을 총괄하는 EC European Commission를 첫 번째로 찾아보았다. 마르코 폴로는 유럽연합의 보조금 프로그램의 하나로 철도, 해상, 운하 등 운송수단을 변경하는 프로젝트다. 환경오염과 교통혼잡을 줄이기 위해 도로 수송의 분담률을 최소화하고 더 효율적인 물류 운송을 목표로 하는 프로그램이다. 지난 2003년부터 2006년까지 마르코 폴로 1차 프로그램이 시행되었고 2007년부터 2013년까지 2차 프로그램이 시행되고 있다.

프로그램 전략은 간단하다. 가능한 최대한 많은 화물 운송을 도로에서 다른 수단으로 옮기는 것으로 매년 200억 톤-km 도로화물 용량, 파리와 베를린 간에 매년 70만 대 이상의 트럭 운송을 줄임으로써 유럽 화물운송의 친환경화를 목표로 한다.

마르코 폴로는 매년 약 6,000만 유로의 예산을 보유하고 있고 이를 바탕으로 보조금을 지급하는데, 프로젝트는 27개 유럽연합 국가와 노르웨이, 아일랜드,

리히텐슈타인을 포함한 국가 내에서 수행되고 있다. 이 프로그램을 통해 모달 시프트를 실행한 사례를 보면 다양하다. 리퍼 익스프레스는 북쪽 스페인의 빌바오 항구와 영국의 시어니스, 네덜란드의 로테르담 간 근해 수송 서비스를 실시하고 있다. 해상 교통이 도로 교통시장에 필적할 수 있도록 전면 배치한 것이다. 이로 인해 선박 용적수가 증가하고 있는데, 기존 도로 교통 이용자의 선입견을 깨는 것이 난제로 남아 있다. 기존 육로 트럭 이용자에게 상업적으로나 경제적·환경적으로 해상수송 경로가 실질적인 대안을 제공한다고 설득하는 것이 그것이다.

에비앙과 볼빅은 체인 프로젝트를 진행하여 기존 트럭 대신 철도를 이용해 생수를 운반하고 있다. 특히 철도는 물처럼 대량 수송되는 단일 품목을 다루는 데 적합하다. 볼빅은 모달 시프트를 활용해 물이 나오는 프랑스 볼빅에서 독일의 최종 목적지까지 평균 거리의 70%를 철도를 이용하고 있다.

이미 많은 기업이 2003년부터 실시된 마르코 폴로 프로그램 덕분에 모달 시프트를 적극적으로 추진하고 성공적인 결과를 얻었다. 그러나 마르코 폴로 프로그램도 문제는 있다. 대부분의 프로젝트들이 철도와 근해 수송, 운하 등의 친환경적인 운송 수단에 초점을 맞추고 있지만, 전통적인 운송수단을 선호하는 분위기는 여전하다. 적극적인 홍보와 교육을 통해 도로 수송에 익숙한 운송 종사자들을 설득해 인식을 바꾸는 일이 시급하다.

마르코 폴로의 성과를 직접 확인하고, 철도 서비스 향상 방안에 대해 알아보기 위해 벨기에 최대 항구인 앤트워프 항을 방문하였다. 이곳은 화물 운송 중 스케줄이 맞지 않아 운송수단과 방법을 바꾸어야 하는 환적화물의 비중이 매우 높은 유럽의 주요 물류 점거 항으로 지리적으로 독일, 프랑스 북부, 브뤼셀, 암스테르담과 인접해 있다.

현재 이곳에서는 모달 시프트 프로젝트에서 가장 많은 지원예산을 배정받은

Port of Antwerp에서 AIN의 성공 사례를 듣고 modal shift의 유용성을 엿볼 수 있었다.

사업인 AIN^{Antwerp Inter modal Network}을 진행 중이다. AIN은 유럽의 50여 파트너와 함께 앤트워프 항과 내륙 터미널간의 기차 이용 복합 운송체계를 구축하는 사업으로 앤트워프 항 250km 이하 거리 내의 내륙 터미널 네트워크를 강화하여 기본 시설을 개선하는 한편 새로운 서비스를 도입하고 있다. 우리는 마르코 폴로 지원을 받아 AIN의 효과가 더욱 극대화될 수 있다는 것을 확인하고 우리나라에서 모달 시프트를 추진하기 위해서는 정책 지원이 반드시 필요하다는 것을 깨달았다.

네덜란드는 오래전부터 컨테이너 물류와 관련한 내륙의 해운수송 비중을 증가시킬 필요성을 인식하고 모달 시프트 프로젝트를 진행하였다. 컨테이너와 관련한 내륙수송의 문제 중 하나는 항구에서의 선박 정체다. 그래서 네덜란드의 로테르담 항구에서 실현 가능한 방안에 관한 많은 연구가 이루어졌는데, 장기적으로 도로 이용의 비중을 줄이고 철도 이용의 비중을 늘려 나가기 위해 도로를 이용하는 모든 차량에 대해 도로 이용료를 부과할 예정이다. 즉 2012~2016년에 모든 차량에 대해 도로 이용료를 부과하는 법안을 발의하여 오염물질을 배출하는 차량에 대해 요금을 부과하겠다는 것이다.

한편 네덜란드는 도로 물류가 가지는 환경적인 문제점과 경제적 비효율성을 깨닫고 이를 해결하기 위해 냉전 후부터 발달해 온 식수, 하수, 천연가스의 언더그라운드 파이프라인 시스템에 주목해 왔다. 1980년대 말부터 모달 시스프의 일환으로 ULS의 연구와 정책적인 지원, 인프라 구축에 힘써 온 연구소인 KiM Netherlands institute for Transport Policy Analysis를 방문하여 ULS 지원책에 대해 알아보았다.

네덜란드의 ULS는 1999년부터 본격적으로 인프라를 구축하기 시작했는데, 몇 가지 성과물이 나타나고 있다. 첫 번째로 레이던의 경우 지역 경제에 활력을 불어넣기 위해 정부의 지원책이 발표되기 전인 1996년부터 레이던 시의회에 의해 물류 시스템의 개조가 이루어졌다. 통합 물류 센터와 지역 터미널로 나뉜 멀티 모달 체계가 잘 잡혀 있다.

두 번째로 아르헴과 네이메헌 지역을 연결하는 ULS AB를 구축하였다. A 시스템의 길이는 총 27.25km로 지상 22km, ULS 5.25km이고, B 시스템의 길이는 지상 4.5km, ULS 7.5kmm이다. 세 번째로 화훼의 생명인 신선도를 유지하기 위해 알스메르 플라워 옥션과 암스테르담 스키폴 공항 사이에 ULS를 개발하였다.

이 밖에도 사우스 림부르흐, 위트레흐트, 틸부르흐 지역에서 ULS에 대한 연구가 활발히 이루어지고 있으며 도입하기 위한 시장 조사와 적용이 활발하게 이루어지고 있다.

그렇다면 네덜란드에서 ULS 상용화는 언제쯤에 가능할까? 스키폴 공항처럼 한 지역에 국한하는 ULS는 5년 안에 문제없지만, 이를 대도시에 적용하면 상황이 조금 달라진다. 이 연구소 관계자에 의하면 시스템을 도입하는 데 얼마나 시간이 걸릴지 모른다고 한다.

"유럽에서 지하철 시스템을 도입할 때 20년이라는 시간이 걸렸다. 따라서 새로운 시스템을 도입하는 데 얼마나 시간이 걸릴지 모른다. 10~20년의 기간이 공적 합의를 이끌어 내는 데 소요될 것이고, 추가로 5년 정도 디자인을 하는 데 소요될 것이고, 5년 정도의 건설기간이 더 소요될 것이다. 국가적으로 적용한다고 생각하면 아마 40~50년은 걸릴 것으로 보인다. 물론 한국은 다를 수도 있다. 하지만 우리는 로테르담에서 덴하그까지 단지 7km의 라인을 건설하는 데 국가의 결정이 14~15년 걸렸다."

우리는 네덜란드에서 ULS가 상용화되는 데 시간이 걸리겠지만 그 가능성을 확인하며 유럽 탐방을 마무리할 수 있었다. 특히 선진국들의 새로운 물류 시스템에 대한 개발, 연구 과정을 인터뷰하면서 우리나라에서도 새로운 물류 시스템에 대한 연구가 시급하다는 생각이 들었다.

이미 선진국들에서는 철도를 통한 물류 수송 역시 뒤처진 기술로 인식하고 있다. 그래서 철도보다 훨씬 적은 비용으로 높은 이익을 낼 수 있는 새로운 운송 시스템들을 개발하고 있다. 독일의 Cargo Cap의 경우 이미 1998년부터 연구가 시작되어 현재 테스트 베드를 운영하는 단계다. 비단 독일만이 아니다. 네덜란드와 영국 등 유럽 선진국들에서 이러한 새로운 운송 시스템은 이미 오래된 연구 과제였다. 이러한 세계적 흐름에 따라가지 못한다면 우리나라는 KTX처럼 막

네덜란드 ULS에서 모달 시프트의 사례를 살펴보고
우리나라가 나아가야 할 방향을 모색해 보았다.

대한 비용을 지불하고 해외의 앞선 기술을 수입해야 할지도 모른다.

따라서 정부는 이미 선진국들 사이에서는 뒤처진 기술로 취급받는 철도를 통한 물류 수송 인프라 건설에 투자하는 대신 시간이 걸리더라도 새로운 기술 개발에 투자하여, 보다 효율적인 물류 수송 시스템을 건설해야 한다.

또한 우리나라의 경우 정부에서 새로운 기술에 대한 필요성을 느끼면 이를 이용하는 기업에게 가이드라인을 제시하여 기술을 지원하는 하향식이다. 이러한 방식은 정부 차원의 지원이 이루어지지 않으면 기술 연구를 지속할 수 없다는 단점이 있다. 결과적으로 세계 시장에서 국내 기술의 경쟁력이 떨어질 수밖에 없다.

유럽을 방문하면서 정부 지원 시스템이 우리와 다르게 이루어짐을 확인할 수 있었다. 네덜란드의 스키폴 공항의 경우 ULS에 대한 필요성을 기업 차원에서 인식하고 이에 대한 개발을 정부에 건의하였다. 정부에서도 이에 대한 필요성을 공감하고 ULS에 대한 기술 지원을 승인했다. 여기서 주목할 점은 기술 개발에 대한 지원을 스키폴 공항사가 50% 부담했다는 것이다. 기업 차원에서 필요성을 인식하고 건의, 지원하는 이러한 상향 방식은 우리가 본받아야 할 부분이다.

11

친환경 수산물, 인증만이 살길이다

서정대, 이헌호, 박재실, 윤상훈 ●부경대학교

바다에 나가 그물을 던지기만 하면 그물이 찢어질 만큼 많은 고기가 잡히고, 특별히 어업 활동에 제약을 받지 않던 시절이 있었다. 바다는 영원히 고갈되지 않는 수자원의 보고였고, 인간 식량의 많은 부분을 뚝딱 뚝딱 해결해 주는 도깨비 방망이었다. 그러나 사람들의 무분별한 고기잡이는 예전에는 상상도 하지 못한 결과를 낳았다. 절대로 줄어들지 않을 것 같았던 수자원이 바닥을 드러내기 시작했고, 미래 우리 자손들에게 지속적인 어업을 보장하기 힘든 상황이 되었다. 이제 지구를 생각하고 바다를 보호하기 위한 합리적인 수자원 관리는 선택이 아닌 필수가 되었고, 수산물에 친환경 인증제도를 도입한 에코 라벨링에서 대안을 찾을 수 있다.

What?
수산업에도
녹색 소비자가   떴   다

부산 기장에서 연근해 어업에 종사하고 있는 김대한 씨는 요즘 3대째 해 오던 어업을 그만 두고 새로운 일을 찾아야 하나 하는 고민에 빠져 있다. 5년 동안 적자를 면하지 못하고 있기 때문이다. 주변의 사정도 대한 씨와 크게 다르지 않다. 이미 지난 5년 동안 대한 씨와 같은 어업 조합원 35명 중 절반이 넘는 인원이 수산업을 그만 두고 도시로 떠났다. 세계적으로 자유무역 확대에 따른 저가의 해외 수산물 유통과 함께 어업인간의 과도한 경쟁으로 수산 자원이 예전에 비해 많이 감소되면서 어획량이 줄었기 때문이다.

그러나 김대한 씨가 다른사람들 처럼 직종을 전환하는 것은 간단한 일이 아니다. 수산업은 1960~70년대 주요 외화 획득 수단이었고 이를 통해 한국 경제는 지속적으로 성장할 수 있는 발판을 마련했다. 그만큼 그는 이 일에 대한 자부심이 대단했다. 또한 지금은 식량 안보의 중요성이 세계적으로 부각되고 있는 시점이다. 이에 따라 대표적 식량 산업 중 하나인 수산업은 중요성이 매우 크다.

특히 제 2차 세계 대전 이후 수산업의 어획 기술 발전에 따른 수자원의 고갈과 수자원의 합리적인 이용만이 지속적인 어업을 보장한다는 인식을 바탕으로 수산업의 에코 라벨링Eco-labelling 도입에 결정적인 역할을 하였다. 결국 친환경 제품에 대한 인증을 보장하는 에코 라벨링 제도를 수산물 분야에까지 확장시키기에 이른 것이다.

수산업 분야에서 에코 라벨링에 대한 논의는 2005년 제26차 국제연합식량농

업기구FAO 수산회의에서였다. 이에 따르면 수산물의 에코 라벨링은 수산물에 특정 로고나 문장을 부착함으로써 수산물이 어업 자원을 보호하는 한편, 지속 가능한 어업 생산방식에 따라 생산되었음을 인증하는 제도다. 그 특성에 따라 다양한 수산물 에코 라벨링이 존재하는데, 현재 세계적으로 가장 활발히 이용되는 수산물 에코 라벨링 인증은 해양수산위원회MSC를 통해 이루어지고 있다.

MSC의 에코 라벨링의 특징은 수산업과 관련된 모든 이해 관계자를 지속 가능한 어업의 틀에 모두 포함시킨다는 것이다. 즉 1차 생산자를 시작으로 가공업자, 유통업자 그리고 소비자까지 MSC라는 제도 안에서 유기적으로 연결될 수 있도록 하여 자연스럽게 수자원 보호의 순환 시스템을 구축하도록 한다. 2010년 현재 MSC 인증을 받고 있는 나라는 62개국이며, 개도국이나 아시아권 국가보다는 미국을 비롯한 캐나다, 영국, 독일, 스웨덴, 네덜란드, 뉴질랜드, 덴마크, 노르웨이, 프랑스 등 유럽 선진국이 대부분을 차지한다. 이 밖에는 호주, 일본이 MSC 인증 대열에 서 있다.

국내에서는 아직까지 MSC 인증을 받은 사례가 없는 가운데 해외 저가 수산물의 국내 시장 잠식, 연근해 수산 자원량의 급격한 감소 등으로 국내 수산업은 종합적인 위기를 맞이하고 있다. 그래서 우리는 MSC 에코 라벨링을 도입해 국내 수산업의 발전 가능성을 모색하고자 선진국을 탐방하기로 하였다.

가장 고심했던 부분은 MSC 에코 라벨링 제도가 가장 유기적으로 이루어지고 있는 곳이 어디인가였다. MSC를 통한 인증방식부터 수산업자, 생산업자, 유통업자 그리고 소비자의 견해까지 복합적으로 잘 구축되어 있고 정부의 입장도 잘 이어져 있는 곳이 필요했다. 그 결과 우리가 선정한 곳은 유럽이었다. 유럽은 친환경 정책의 보고라 할 정도로 매년 수많은 환경 정책이 쏟아져 나오며 전 세계의 환경 관련 제도와 흐름을 주도하고 있다. 국내 수산업 위기를 타개하기 위한 대안을 알아보기 위해 유럽으로 14일간의 의미 있는 탐방을 떠났다.

국내 수산업의 위기,
유럽 현장을 누비며 해결책을 모 색 하 다

영국, 전방위적인 친환경 수산업을 꿈꾼다

13시간이라는 긴 시간의 공간 너머에 있는 런던의 첫 방문기관은 MSC^{Marine Stewardship Council} 본사였다. 국내 수산업의 발전 방향 모색을 위해 생각했던 대안인 MSC 에코 라벨링을 시행하는 기관이었기 때문에 우리 탐방에서 의미가 큰 곳이었다. 사무실은 빅토리아 역 근처에 있었는데, 규모는 생각보다 작았다. 지금은 많은 나라가 참여하고 있지만, 초기 MSC 인증제에 대한 논의가 시작되었

첫 탐방 기관인 MSC Head Office에서 에코 라벨링 사용에 대해 전반적인 이야기를 나누었다.

을 때만 해도 그 효과를 아무도 확신할 수 없었다. 처음 세계야생동물보호기금 WWF이 수산물에 대한 MSC 라벨제를 제안했을 때는 일본 등 주요 어업국과 단체가 어업 생산을 위축시킨다는 이유로 거세게 반대했다. 하지만 최근에는 빠른 속도로 유럽 각국과 미국 그리고 일본까지 확산되고 있다. 특히 2007년에는 800개가 넘는 MSC 라벨이 붙은 수산 제품이 34개국에서 팔렸다. 7%가 넘는 세계의 수산업자들이 이 프로그램에 참여하고 있으며 지속 가능한 어업을 위해 MSC 표준에 입각한 평가와 인증을 따르는 등 점차 확대되는 추세다. 또한 MSC 라벨이 첨부된 수산제품은 환경문제에 민감한 지식층 소비자에게 '자원보존과 환경 친화적인 상품'이란 인식을 심어 주기 때문에 선호도가 높은 편이다.

이를 위해 MSC는 3가지 원칙을 갖고 인증 제도를 실시한다. 첫째, 자원이 고갈되었거나 고갈 상태에 있는 어족을 어획하거나 또는 과잉어획하지 않는다. 또한 자원 고갈 상태에 있는 어족은 자원을 회복할 수 있는 방법으로 생산되어야 한다. 둘째, 해양생태계 구조, 생태계의 생산성, 생태계의 기능과 다양성을 유지할 수 있는 방향으로 어업이 이루어져야 한다. 셋째, 어업은 각국의 국내법과 국제법의 기준을 존중하고, 어업자원을 지속 가능하고 책임 있게 사용하기 위한 제도적인 틀을 마련해야 한다.

또한 인증이 이루어지고 난 이후에는 인증 국가에 MSC 직원을 파견하고, 지속적인 감시 활동을 한다. 즉 MSC 에코 라벨링 제도를 통해 한 번 인증을 받았다고 영구적으로 지속되는 것은 아니다. 이 기관의 목적이 지속 가능한 어업을 하도록 유도하는 것인 만큼, 이를 위해 일정 기간이 지나면 다시 인증을 받아야 한다.

MSC를 방문한 다음날 새벽, 시끄럽게 울어대는 알람소리에 겨우 눈을 떴다. 부랴부랴 숙소를 빠져 나와 도착한 빌링스 마켓은 영국 최대 수산물도소매시장으로 수산물 동향과 도소매인들의 수산물 에코 라벨링에 대한 전반적인 인식을 엿볼 수 있는 곳이다. 수산물을 거래하는 만큼 새벽 5시에서 7시 30분 내에 방문

영국 빌링스게이트마켓에서 본 수산업자들은 하얀 가운을 걸쳐 위생적인 느낌을 더했다.

해야만 한다. 빌링스 마켓은 그 명성답게 입구부터 수많은 수산물을 실은 트럭들이 빼곡히 들어서 있었다. 특히 제복을 입은 보안요원이 입구를 지키고 있는 모습이 우리나라의 수산물 시장과는 사뭇 다른 느낌을 주었다.

빌링스 마켓의 내부는 밖에서 보는 것만큼이나 컸다. 많은 도소매인이 수산물을 지정된 위치에서 팔고 있었는데 신기한 것은 그들 대부분이 흰 가운을 입고 있었다는 점이다. 그들이 착용한 흰 가운에서 자신의 일에 대한 전문성과 위생관념 그리고 자부심을 엿볼 수 있었다.

빌링스 마켓에서 판매되는 수산물은 영국인들이 선호하는 연어, 다랑어는 물론이고 아시아계, 중동계 등이 소비하는 수산물까지 매우 다양하다. 또한 판매되는 제품도 살아 있는 신선 제품뿐만 아니라 활어 형태, 냉동 형태 등 여러 가지이다. 도매시장이지만 도소매상은 물론 레스토랑 등의 외식업 종사자와 일반 소비자도 수산물을 구입할 수 있다.

그렇다면 이들은 에코 라벨링 제도가 필요하다고 생각하고 있을까? 대답은 '그렇다'이다. 현재 전 세계적으로 수산물 소비가 증가하는 추세인데, 과거에는 단순히 생선을 조리해서 섭취하는 형태로 이루어졌지만 현재는 가공업체에서 소비자들이 여러 방식으로 수산물을 쉽게 섭취할 수 있도록 가공하여 유통업체에 납품하는 경우가 많다. 이렇게 수산물 섭취의 방식이 다양해지면서 수산물의 소비는 점차 늘게 되고 비 규제 지역 내에서는 남획이 이루어지는 경우가 빈번하다. 하지만 아직까지 MSC 에코 라벨링 제도는 막스앤스펜서^{Marks&Spancer}와 세인즈버리^{Sainsbury's} 등 유통업체에 납품되는 것에 한정되어 점차적으로 그 범위를 넓힐 필요가 있다.

그래서 우리는 영국에서 가장 오래된 백화점으로 세계의 친환경 흐름에 따라 다양한 부문에서 그린 마케팅 정책을 펼치는 막스앤스펜서를 방문하여 MSC 제품의 판매 현황과 소비자들의 인지도에 대해 알아보았다. 이 백화점은 플랜 A 프로젝트를 가동시켜 탄소배출감소 운동과 그린마케팅을 추진하고 있으며, 특히 해양 생태계 보전을 위해 MSC가 인증한 방식으로 잡은 어류만 판매하고 있어 눈길을 끌었다.

물론 MSC 라벨을 부착한 수산물이 전체에서 차지하는 비중은 그렇게 크지 않다. 일단 소비자가 요구하는 수산물의 종류는 매우 다양한데 MSC 인증을 받은 수산물의 종류가 그리 많지 않기 때문이다. MSC 인증 수산물이 늘어나는 추세이긴 하지만 소비자의 수요를 100% 만족시킬 수는 없고, MSC 라벨이 부착된 제품의 경우 프리미엄이 붙어 기타 제품보다 약간 더 비싸다. 또한 MSC 라벨에 대해 아직 모르는 소비자가 많다. 그러나 제품에 부착된 라벨의 의미에 대해 설명을 해주면 거의 대부분 긍정적인 반응을 보인다는 점에서는 가능성이 높다.

영국 런던 막스앤스펜서 판매중인 다양한 MSC 제품들

특히 다른 유통 체인보다 백화점이라는 특성상 친환경 제품에 대한 반응도 매우 호의적이다. 따라서 이 백화점은 지속 가능한 경영을 위해서는 친환경 경영을 하며, 그 일환으로 지속적으로 MSC 제품을 유통할 예정이다.

● 프랑스, MSC 도입하려면 어업인 지원이 필요하다

런던에서의 모든 일정을 마치고 바로 프랑스 파리로 향했다. 숙소에 도착하고 보니 시간은 이미 오후 5시를 향해가고 있었다. 당장 어업인협회[CNPMEM]로 간다고 해도 약속 시간에 늦을 것 같아 메일에 적힌 전화번호로 전화를 건 뒤 인터뷰 장소로 달려갔다.

프랑스 어업인협회는 프랑스 내 어업인들이 주축이 되어 만든 단체로 어업인들의 권익 신장을 목적으로 한다. 프랑스에서는 유럽연합 차원에서 수자원의 고갈을 방지하기 위한 협약을 추진 중에 있다. 이에 프랑스 어업인협회를 방문하여 어업인들의 MSC 인증제에 대한 견해와 입장을 들어보았다.

유럽연합은 수자원을 보호하기 위해 감척 사업을 하고 있는데, 프랑스에서는 자원 고갈 방지를 위해 1980년대 말부터 감척 사업을 추진해 왔다. 이러한 추진 사업의 여파로 선원

해질녘 에펠탑 앞에서 프랑스 탐방의 여운을 만끽했다.

이 감소되었는데 이에 따른 퇴직과 복지제도를 다각도로 시행함으로써 어업인들의 불만을 최소화시키고 있다. 선원을 등급별로 나누어서 고정급을 산정한 뒤 여기에 어업인들의 생산량에 따라 판매 후 매출액에 대해 성과배분 방식을 적용한다.

MSC 제도에 대한 어업인들의 반응은 어떨까? 2008년 프랑스에서는 유가변동의 불확실성 등 주변 환경에 대비하면서 미래 산업을 육성하기 위해 자국 내 수산 기업인에게 향후 3년 간 3억 1,000만 유로의 기금을 지원하는 계획을 발표하였는데 실행 주체는 프랑스 농수산부다. 이에 따라 지속 가능하고 책임 있는 어업을 실행하는 어업인에 대해서는 약 3억 유로를 지원하고 있다. MSC 제도의 경우 이러한 지속 가능한 어업을 가능하게 해 주는 에코 라벨링 제도의 한 방편이기 때문에 어업인들 사이에서도 이슈화되고 있다. 문제는 단순히 이슈에서 끝내지 않고, 어업인들을 적극적으로 참여시키려면 위에서 말한 정부의 제도적인 지원이 반드시 필요하다.

🔵 벨기에, 가이드라인 제시하며 강력한 제재를 가한다

파리에서 일정을 마치고 다음날 아침 일찍 벨기에의 브뤼셀로 이동해 유럽연합 집행위원회European Commission를 방문했다. 유럽연합은 1957년 마스트리히트 조약에 따라 EC^{EU의 이전 명칭}가 탄생해 오늘날까지 유럽 사회의 정치, 경제, 사회를 관장하는 영향력 있는 기관으로 자리 잡고 있다. 따라서 유럽연합의 정책 의결과 실행을 담당하는 유럽연합의 집행위원회를 방문하여 유럽의 환경적 트렌드와 수산업에 관련한 동향을 조사해 보았다.

유럽은 세계적으로 환경에 대한 관심이 높은 나라들이 밀집한 지역으로 유럽

유럽집행위원회에서 Xavier씨와 인터뷰를 하면서 환경보호를 위한 다양한 가이드라인을 배웠다.

연합을 중심으로 각 유럽 국가들은 환경보호에 대해 다양한 가이드라인을 채택하고 있으며 수산업에 대해서도 마찬가지다. 지구온난화와 북해 일대 어업 선진국을 중심으로 수산어족 보호규제에 대한 목소리가 높아지자 유럽연합집행위원회 해양수산집행부서에서는 어업인들을 대상으로 한 남획 방지 교육과 가이드라인에 대해 집중적으로 교육하고 있다. 특히 최근 강화되고 있는 환경규제로 인해 선박의 오염 배출 문제와 희소한 어종에 대한 논의는 더욱 활발하게 진행되는 중이다.

현재 WTO 무역환경은 세계 시장에서의 공정한 거래를 위해 자국 내 상품에 대한 차별적인 지원금을 금지한다. 하지만 선원의 복리후생이나 친환경적인 조업을 위한 기술 도입에 한한 지원금은 허용하고 있기 때문에 유럽연합은 지원금 사용의 출처를 분명히 증명할 수 있는 수산업자를 심사해 합리적인 선에서 각종 세제 감면이나 교육비 제공, 선박 무상 수리 등의 인센티브를 지원하고 있다.

그러나 유럽연합의 어족자원 보호에 관한 규제는 향후 더 엄격해질 전망이다. 현재 가장 우려되는 점은 소규모 어촌의 영세업자들이 유럽연합의 수산업 가이드라인을 잘 지키지 않는다는 것이다. 이들은 규제를 의도적으로 위반하는 것이 아니라 관련 규칙들에 대해 정확히 숙지하지 못해 가이드라인을 지키지 못하는 것이므로 유럽집행위원회는 산하 해양수산집행부를 중심으로 보다 체계적인 교육 시스템을 마련할 계획이다. 또한 유럽연합 각 국들의 협의를 통해 공통된 국제 규칙을 마련하여 현재의 권고 수준이 아닌 위반 어업인에게 강력한 제재 조치를 취할 예정이다.

독일, 반짝반짝 위생만이 살 길이다

벨기에 브뤼셀에서 밤새 야간열차를 타고 도착한 독일 브레머하펜은 바다 근처에 위치한 항구도시이기 때문에 생각했던 것보다 훨씬 더 쌀쌀했다. 더군다나 우리가 도착한 시간은 아침 7시. 여름이라기보다는 초겨울의 날씨에 가까웠다. 우리는 캐리어를 역 바닥에 펼쳐 두고 긴 팔 옷들을 꺼내기 시작했다. 근처 가게에서 따뜻한 커피를 마시고서야 탐방기관으로 향할 수 있었다.

독일 브레머하펜에 본사를 둔 수산물 가공업체 Deutschesee는 독일 28개 지역과 유럽 각지로 제품을 유통하고 있으며, 제품 19개 군에 대해 MSC 에코 라벨링을 도입하였다. 따라서 이곳에서는 공장을 견학하며 생산과정을 살펴보는 데 집중했다. 우선 청결을 위해 공장 내부로 들어가기 전에 위생복과 위생모자 위생신발을 모두 갖춰 착용했는데 '이 정도야 우리나라에서도 다하는 데 뭘'이라는 생각은 금물이다. Deutschsee 내부는 정말 놀라울 정도로 깨끗했다. 수산물을 다루는 일인데도 공장 바닥에는 생선에서 떨어져 나온 이물질이 거의 없었다. 기계설비들도 하나같이 찌꺼기가 고여 있다거나 녹 슨 것 없이 깨끗했다. 더군다나 각 공정이 빈틈없이 체계적으로 진행되고 있었다.

Deutschesee의 생산 공정은 먼저 MSC에 의해 친환경 수산물 인증을 받은 어업인 또는 본사가 직영하는 어선에서 어획한 물고기를 공장에서 인도받는 것으로 시작한다. 본사에는 몇 개의 공장이 있는데 품목에 따라 먼저 분배한 후 엄격한 품질검사를 받는다. 여기서 기준 이상을 통과한 수산물들을 가공방법에 따라 각 파트로 분배한다. 가공되지 않는 냉장 수산물뿐 아니라 즉석에서 조리해 먹을 수 있는 다양한 가공수산물을 생산하기로 유명한데, 특히 우리가 눈 여겨 보았던 것은 하나의 수산물을 이용해 다양한 가공식품을 만들어 내는 과정이었다. 훈제 연어는 물론 카레양념을 한 연어, 매콤한 향신료에 절인 연어, 반 가공 연어 등 종류가 매우 다양했다. 또한 그 목적에 맞게 가공품도 달라졌는데 위의 제품들이 가정요리를 위한 것이라면 문어푸딩, 새우 카나페 등이 파티나 연회요리용으로 만들어졌다. 특히 파티용으로 가공된 제품은 너무 예뻐서 먹기가 아까울 정도였다.

Deutschesee가 전 공정에서 가장 중요시하는 것은 위생인데 공장 내에서는 가공할 상품을 땅에 방치하거나 소독하지 않은 손으로 만지는 것을 금지하는 등 수 차례의 과정을 거쳐야만 공장 내로 늘어갈 수 있다. 엄격한 위생처리 과징을 거친 제품들은 포장을 하며 이때 상표와 에코 라벨링을 부착한다. 현재 독일 내 Deutschesee의 인지도는 상당히 높은 편이라 굳이 전 상품에 MSC 에코 라벨링과 자사 브랜드를 같이 부착하지는 않지만 제품 홍보에서 MSC 환경인증을 받고 있다는 점을 알리고 있다. 완성된 제품은 선도 유지를 위해 냉장 또는 냉동 차량에 적재되어 독일과 유럽 각 지역의 슈퍼마켓, 레스토랑 등으로 팔려 나간다.

문제는 MSC 에코 라벨링 도입으로 가격이 올라간다는 것이다. 인증과 관리

브레머하펜 Deutschesee 공장 견학 전 Kertin Schiewe씨와 인터뷰를 했고 이후 친절한 설명을 들으며 공장을 둘러보았다.

에 적지않은 돈이 들고, 인증에 들어간 돈을 회수하기 위해서 타제품보다는 가격을 높게 책정할 수밖에 없다. 이를 고려하여 프리미엄을 단순한 환경 부담금으로 생각하지 않고 줄어든 어획량만큼 더 고급화를 시도하였다. 그 결과 도입 전보다 높아진 가격에도 불구하고 판매량은 증가하였다.

독일에서 두 번째로 방문한 곳은 베를린에 위치한 훔볼트 대학Humboldt University 이다. 1806년에 설립된 종합대학으로 근대 대학의 효시로 평가받고 있는데, 우리는 훔볼트 대학 내에 있는 '베를린 경영 경제 연구센터'를 방문하여 친환경 어업이 경제적으로는 어떤 영향을 미치게 될지 알아보았다.

우선 수산물 에코 라벨링 도입의 경제학적 의미를 알아보았다. 어족 자원의 한계량을 고갈시키지 않고 계속적으로 어업을 가능하게 한다는 점에서 긍정적이다. 함수식으로 살펴보면 자원은 시간에 비례해 감소하는데 생산과 소멸을 반복하는 생명자원의 특성으로 볼 때 무분별한 남획은 어족 자원의 생산주기가 채 끝나기도 전에 진행되므로 어족 자원의 고갈을 촉진시킬 수 있다. 이에 에코 라벨링 제도를 통해 제한시키는 것이다. 요즘은 양식어업을 많이 하는 추세지만 양식은 인위적인 것으로 사람이 기르는 어업이라는 측면에서 다르다.

에코 라벨링에 대한 경영학적 관점의 접근도 무시할 수 없다. 지속 가능한 어업을 위해서는 에코 라벨링 제도의 시행도 중요하지만 위기의식을 가진 전 세계 어업인들의 자발적인 참여가 중요하다. 제품을 만드는 CEO가 어업인들이라고 생각했을 때 그들이 먼저 제품에 대한 환경의식을 가지지 않는다면 절대로 회사는 환경 친화적 제품, 즉 지속 가능한 어업을 만들 수 없기 때문이다.

● 이탈리아, 피쉬플레이션 막으려면 수자원을 관리하라

이탈리아 로마, 탐방도 이제 막바지에 달한 시점에 우리는 마지막 탐방기관인 FAO국제연합식량기구로 향했다. FAO는 전 세계의 식량과 자원에 관한 문제를 다루기 때문에 그 경비가 매우 삼엄했다. FAO로 들어가기 전에는 출입국 수속을 밟을 때와 마찬가지로 무기소지에 대한 검사를 시행하는데 하필이면 기념품용 로마군 검이 심사에서 걸려 버렸다. 게다가 기념용 칼 수십 자루를 가방에 넣어두고 있었다. 졸지에 야쿠자와 그 일당들이 되어버린 우리는 위험인물로 낙인 찍혀 한 발짝도 들어갈 수 없었다. 다행히 인터뷰 담당자가 우리를 변호해 준 덕분에 겨우 내부로 들어갈 수 있었다.

이탈리아 로마에 있는 FAO^Food and Agriculture Organization of the United Nations 본사에는 농업, 어업, 축산업 등 식량생산의 전 범위를 아우르는 부서들이 세부적으로 나뉘어져 있는데 수산업 전담 부서에서는 지속 가능한 어업을 통한 수산 식량자원의 보존을 연구하고 있었다. 또한 OECD 선진국들을 대상으로 지속 가능한 어업에 대한 가이드라인을 발간하고 있었다. 선진국들을 우선 대상으로 판단하는 것은 상대적으로 국민들의 환경에 대한 관심이 높고 수산물의 수요도 계속 증가할 것이라는 전망이 있기 때문이다. 또 지속 가능한 어업이란 어업인들뿐만 아니라 정부의 적극적인 장려 없이는 효과적으로 이루어지지 않기 때문에 선진국의 솔선수범하는 모습이 필요한 것이다.

낯선 도시를 탐방하는 내내 많은 외국인에게 길을 물어봐야 했다.

FAO에서는 수산물 에코 라벨링에 대한 연구도 진행 중이다. MSC를 필두로 하는 다양한 수산물 에코 라벨링의 절차와 비용 등에 관한 정보를 일목요연하게 정리한 보고서는 친환경 어업인증을 받기를 원하는 수산업자들의 이해를 돕는다. 단 인증기관에 대한 직접적인 관리는 FAO가 하는 것이 아니며 필요에 따라 각 인증기관과 협정을 맺는 방식을 통하여 정책적 흐름과 동향을 함께 하고 있다.

특히 FAO는 지속가능한 어업과 함께 책임 있는 어업을 강조하고 있는데, 책임 있는 어업이란 어획 후 처리에 대한 문제를 포함하는 것으로 생산 이후 가공, 저장, 유통 등의 전 과정을 아우르는 개념이다. '책임 있는 어업'이 수산업을 영위하는 당사자들의 환경적 책임을 강조한다는 점에서 지속 가능한 어업과 비슷하지만 전자에는 시장원리가 들어간다는 측면에서는 다르다. 즉 가공 등의 과정을 통해 부가가치가 변하는 수산물의 특성상 시장에서 결정되는 가격에 따라 어업 자원의 효율적인 배분이 이루어질 수 있다. FAO에서 이러한 점을 강조하는 이유는 식량자원의 보존 때문이다. 수산물뿐만 아니라 곡물 또한 식량 자원으로서 보존이 어려워지면서 애그플레이션에 대한 언급이 많다. 이에 어업도 수자원의 부족으로 가격이 올라가는 피쉬플레이션의 가능성을 배제할 수 없기 때문에 이러한 점들을 강조하면서 식량자원을 관리하는 것이다.

국내에서 아직 널리 알려지지 않은 MSC 인증제는 소문만 무성할 뿐 이에 대한 구체적인 내용은 많이 부족했다. 특히 MSC 제품이 실질적으로 유럽 내 시장에서 유통되는지는 막스앤스펜서나 세인즈베리 같은 대형 유통체인의 짤막한 기사로만 접할 수 있어서 그 진실성을 확실히 알 수 없었다. 그리고 2010년 7월 18일. 마침내 우리는 MSC에 대한 전반적인 사항과 베일에 가려졌던 수많은 MSC 제품들을 만날 수 있었다. 실제로 MSC 제품들은 국내에 알려진 소수의 제품에서 벗어나 훨씬 다양한 형태로 널리 판매되고 있었다. 그제야 비로소 국내 수산업의 위기를 타개할 새로운 방향성은 MSC 인증제에 있음을 실감했다.

앞으로 진행될 세계무역기구WTO&도하개발아젠다DDA, 자유무역 협정FTA 등의 결과에 따라 우리 수산업은 더욱 더 예측하기 어려운 구조적 변화에 직면할 것이다. 관세감축에 따른 시장개방, 수산보조금의 철폐 등 논의되는 모든 분야가 우리 수산업에 적용될 경우 지금까지 겪어 왔던 변화보다 훨씬 큰 구조적 충격이 수반될 수 있다. 이러한 위기를 슬기롭게 극복하여 수산업의 경쟁력을 강화하기 위해서 내수시장에 의존하는 수산물 유통구조가 아닌 수출을 통한 시장구조 자체의 변화와 지속 가능한 어업이 가능하도록 환경 문제 역시 고려해야 할 것이다. 이러한 차원에서 세계적으로 부각되는 MSC와 같은 에코 라벨링 제도를 통해 국내 수산자원의 회복을 도모함과 동시에 지속적인 투자와 발전방안을 모색해 수출 위주의 수산업으로 전환해야 한다. 이를 통한 수산물 수출의 증가는 연근해 어업인의 소득증대와 수산기업의 수익증대를 함께 가져 올 것이며 궁극적으로는 국내 수산업의 발전에 한 걸음 다가갈 것이다.

2010년 LG글로벌챌린저

손지혜, 전혜미, 박민섭, 안윤철_고려대학교

변민정, 김예진, 조주선, 최인아_청운대학교

김소영, 김태은, 이경희, 이재화_숙명여자대학교 대학원

고은경, 이지영, 박지훈, 소중희_연세대학교

백승경, 이혜진, 김정현, 김선희_숙명여자대학교

이지은, 송한아, 황승민, 정태환_서강대학교

강보배, 김소라, 이소영, 최인혜_KAIST

김미숙, 이지윤, 설경은, 어지현_성균관대학교

손부경, 송연주, 이진, 최이주_홍익대학교

신기준, 김은혜, 이은우, 김이연_한동대학교

서보열, 강연희, 이미희, 전은명_경북대학교 대학원

최대훈, 이종규, 윤상욱, 김한솔_경희대학교

홍근학, 박하나, 서정화, 한보영_경원대학교

정지윤, 정경록, 고수연, 이회정_공주대학교 대학원

최유라, 신현상, 이정원, 조은정_연세대학교

심홍석, 김동경, 백송이, 이서진_중앙대학교

류재호, 이영은, 우승기, 장혜진_고려대학교 대학원

김경훈, 김보성, 김영곤, 천창욱_KAIST 테크노 경영대학원

김규완, 이승원, 김남진, 권정윤_건국대학교

이종택, 박경준, 손소현, 최윤호_연세대학교

서은성, 김지현, 박미나, 김경난_명지대학교

배상훈, 원승욱, 이길용, 황지환_성균관대학교

탁영주, 한지원, 박태현, 남재훈_연세대학교

김정헌, 김재관, 예성지, 신희선_KAIST

이경주, 한경수, 정진영, 문수인_고려대학교 대학원

김혜수, 최유미, 이은정, 황덕현_부산대학교

남희진, 허미희, 신연란, 윤영심_UNIST 대학원

전하은, 이소희, 전가경, 박지선_성균관대학교

장성만, 육상도, 황지은, 서동환_서울시립대학교 대학원

서정대, 이헌호, 박재실, 윤상훈_부경대학교

2010년
LG글로벌챌린저 대원들의
유쾌·상쾌·통쾌한 이야기
청춘 無한도전